中国人民大学"985"工程国学院青年教师培养计划资助项目

唐代俗体诗研究

梁海燕 著

中国社会科学出版社

图书在版编目（CIP）数据

唐代俗体诗研究/梁海燕著 . —北京：中国社会科学出版社，2015.9
ISBN 978 - 7 - 5161 - 6530 - 0

Ⅰ.①唐… Ⅱ.①梁… Ⅲ.①唐诗—诗歌研究 Ⅳ.①I207.22

中国版本图书馆 CIP 数据核字（2015）第 159986 号

出 版 人	赵剑英
责任编辑	吴丽平
责任校对	张依婧
责任印制	李寡寡

出　　版	中国社会科学出版社
社　　址	北京鼓楼西大街甲 158 号
邮　　编	100720
网　　址	http：//www.csspw.cn
发 行 部	010 - 84083685
门 市 部	010 - 84029450
经　　销	新华书店及其他书店

印刷装订	三河市君旺印务有限公司
版　　次	2015 年 9 月第 1 版
印　　次	2015 年 9 月第 1 次印刷

开　　本	710 × 1000　1/16
印　　张	21.5
插　　页	2
字　　数	365 千字
定　　价	68.00 元

序

钱志熙

在近十余年的古代文学研究领域，文体学及文学史研究、作家研究中重视文体因素的倾向，是各种学术趋向中比较突出的一种。在这种学术语境中，一方面是对传统文体学的继承与发展，对诗、词、曲、赋、骈文、古文、小说等各种大的文体类型的重新研究，尤其是对其体制源流的深入探索；另一方面是对各大文体类型中各种层面的次文体的研究也以丰富多彩的姿态涌现出来。这其中有一些是带有挖掘与重新发现的性质的。尤其是那些向来处于文学史研究的边缘，甚至一直没有在研究者视野之内的应用文体、通俗文体乃至于宗教文学的文体纷纷受到关注。可以说，相对于社会学、文化学，乃至最近备受重视的文献学的研究方法，文体学的研究方法的明确，大约也可以说是古代文学研究本体意识的自觉化。当然，再度受到重视的文体学研究，并没有隔断其与上述诸种研究倾向之间的联系，或者说它与中国古代传统的文体学的最大区别，正在于重视文体因素的同时，比较充分地运用当代学术流行且比较成熟的社会学、文化学、文献学的研究方法，试图在文献流传与社会文化的整体中阐述特定的文体与文体现象。从这个角度来看，梁海燕博士的《唐代俗体诗研究》，无疑是上述学术语境中的预流的成果之一。

对于唐诗中的俗体诗，尤其是唐代诗坛上到处存在的俗体诗创作现象，前人研究虽曾从不同的角度有所涉及，但从清晰而自觉的界定、全面的呈现来看，在本书之前，显然还是属于一片处女地。在本书的"绪论"中，作者对何谓俗体诗，以及其与正宗的文人诗及乐章歌词、民间歌谣等相邻或相关的诗歌体裁的区别，作了很清晰的辨析。扼要地说，所谓俗体诗，是属于徒诗创作的一种，是在特定的知识阶层、民俗背景、审美趣味的作用下，正宗的文人诗体与诗风的一种俗化。它的诗体及诗格的渊源，当然也有部分来自于乐府或者歌谣，但主要来自于同时的文人诗体。本书不仅以此全新的文体界定来确立唐代俗体诗这一研究对象，而且还将这种诗歌创作现象追溯到汉魏六朝时期。尤其是举出北朝时代成霄、姜质、高昂等人创作俗体诗的例子（本书第二章第二节）。这本身就可以说是一个小小的发现，是历来研究北朝诗风者未曾注意到的问题。至于其对唐代俗体诗的整体性的发掘，其价值自不待言。由此可见，在文学史研究中，最重要的第一步工作就是发现各种现象。在这其中，理论思维是必不可少的。只有通过理论思维，去粗存精，去伪存真，由感性上升到理性，建立起能够充分地呈现对象性质的学术范畴，才能真正展开有效的学术探讨。所谓认识事物，就是要认识事物的本质，而认识事物与本质，就表现在通过理论思维建立起相应的概念或范畴。本书成功的第一步，正是在于重视上述的学术规范。当然，俗体诗的创作现象虽然存在于历代的诗歌创作中，但它本身并非一个独立的创作系统，更非独立的创作传统，它是依附于各个时期雅俗丛生的整个诗歌系统中的。这么说的意思，是指俗体诗与正宗的文人诗不同，它并无真正前后相续、自成传统的发展历史。也就是说，唐代的俗体诗并非学习六朝俗体诗。同样，宋、元、明、清各代俗体诗，自然也都不是渊源于前代，而是各各依附于同期的雅俗诗体系。但是，各个时期俗体诗创作的有无和流行与否，其具体的情况也都不同。从这一点来讲，俗体诗的历时存在状态，与民间歌谣有相似性。民间歌谣也始终处于群体诗学的层次，并没有形成历时演进的创作传统。真正意义上的诗歌发展史，只存在于自觉的诗歌艺术中。我们通过这样的辨析，也许对本书的研究对象能够更加明确。

在厘清了概念内涵，亦即确立了研究对象之后，本书对唐代俗体诗展开了文献学、社会学（包括发生学）、诗学等各种角度的研究。在文献来源方面，作者通过其比较广泛的调查，确定了唐代俗体诗的几大宗，即长沙窑瓷器题诗、敦煌学郎诗、唐人墓志盖俗体挽诗、清人编《全唐诗》中的"谐谑卷"。应该说这几大宗俗体诗，都有其各自的文献来源及发生与存在的形态，在学术上也都有各自的成果积累，如敦煌学郎诗还属于具有当代显学性质的敦煌学的范围。但本书因为建立了俗体诗这样一个新的系统，就显示出它们作为唐代诗歌创作中一种独特存在的共同性来。这本身就是学术上的一个进展。具体介绍这几大宗俗体诗文献时，作者一方面充分尊重已有研究成果，征引规范，同时又因为俗体诗概念明确，即使从文献学来看，也作出了新的整理。这其中如唐人墓志盖俗体诗、唐代俗体诗作者权龙褒的创作，都是前人很少触及的题目。在有关俗体诗创作现象发生的社会及文化成因的考察方面，作者能够在相当广阔的社会生活与民俗文化的背景下来寻找，指出社会性的重文风气为主因，这是符合实际的。中国古代大量存在的民俗、民间的文体运用与文学创作，并非人类学意义上的自然发生的文学现象，而是社会学意义上的文化发达的结果。显著例子就是对联在民间的普遍使用，尤其是南方农村大量使用春联、挽联、墓碑联，其实正是文人文学的俗化。这是文人文学在民俗上的运用，是中国传统文学的一个重要构成部分，也可以说是中国传统文学的一种民族特点，是值得深入研究的。本书对俗体诗的诗学性质的研究，主要从群体诗学、功能性诗学这两个范畴出发，也应该是比较有效的。这些概念也同样运用于本书的其他章节里。笔者在相关研究中提出群体诗学与个体诗学这一对范畴，自然是以整个诗歌史为考察对象的。本书作者能够运用这一理论于俗体诗的研究，可以说是一个新的发现。

作者此项研究的最初思路，来自于其对中晚唐诗歌史中雅俗问题的思考，而其研究唐代俗体诗的最终目的，也在于通过对俗体诗这一唐诗中次要的，但被长期隐埋的部分的钩沉与抉发，以期对唐代诗歌史的整体有一些新的认识。这是作者在研究中始终贯彻的目标，也是本项研究中最具有理论的挑战性的部分。作者将中晚唐时期诗学中的通俗化倾向与俗体诗创作联系起来，并提出这样的问题："唐之中晚季，俗体诗的应用领域和文化空间都得到极大的拓展。那么，对于立意寻求新变的中晚唐诗人来说，这一在民间社会迅速发展的俗体诗学，其作品的独特功能属性和艺术风格，是否引起他们关注并在创作实践中加以吸收、借鉴了呢？"（本书第五章前引）这可以说是由这项研究逼出来的一个问题，要回答却并不容易。到了这个时候，几乎又要重新思考"唐代俗体诗"这个概念本身的合理性。俗体诗本来就是依附于正宗的文人诗创作的，其发生俗体的变异，是由于作者、环境、审美及应用功能造成的。这样说来，是不是又可以如此理解，即俗体诗与正宗的文人诗之间，并没有绝对的界限。事实上也是这样，从语言风格与表现方式来看，唐诗的不同体裁之间，本来就存在从通俗到古朴、典雅的多个层次。如古体雅于近体，绝句的语言较律诗为通俗。那么，中晚唐诗歌中的通俗化倾向，是否可以理解为诗歌审美趣味上的俗化呢？也就是说文人诗学一定程度上的俗体化。当然，如果这样提出问题，作者在前面建立起来的俗体诗的几种内涵又要受到新的检验。

看来还是得承认俗体诗与正宗文人诗之间，还是有一个相对的界限的，尽管这个界限不易截然厘清。作者就是在对这个相对界限的辨别中，对中晚唐时期几种文人诗的俗化现象进行讨论。首先是由敦煌文献中的"白侍郎诗"，以及相类似的民间诗中"元相公""王建郎中"等现象出发，来论证中唐新乐府派的俗化倾向。其次则是研究晚唐诗歌的俗化倾向。晚唐诗的俗化及部分诗作、诗句在唐宋时期流行过程中的无名氏化，的确是文人诗俗体化的一个表现。这个现象，宋代诗话中就已提到过。五代之际，其实又出现了好几位俗体诗人。而罗隐、李山甫等人的豪俗诗格的出现，与上述现象的确是相关的。这些问题，本书都有所涉及，但尚可以进一步展开。看来关键还是要在理论上做进一步的开拓。

总的来看，本书的研究成绩是显著的，在理论思维及文献条理、史实考证、艺术分析诸方面表现得比较平衡。梁海燕博士曾就读于首都师范大学吴相洲教授门下，出版过专著《舞曲歌辞研究》。现在将其在北京大学攻读博士期间的论文修改出版，欲期与学界同人共相讨论，可谓已能崭露头角。然学术道路，漫长脩远，当不断进取开拓，期于远大，底于成就其学，庶不负吾辈寒门士子之初衷矣！

乐清钱志熙甲午岁杪书于京寓

目　录

图表目录

绪　论

中国古典诗学，向来秉持崇雅抑俗的精神理念。然而，换个角度思考，历代诗论家们不断地、重复地强调"雅"而贬斥"俗"，似乎正表明了"俗"之与"雅"总是不离不弃。"俗"之生死存亡，并不以某人或某些人的意志为转移，作为一种文化现象的产生，自有其深刻原因。但凡"俗"的事物，往往具有占领大众的本领，传播速度快且不说，还会潜藏于民间，成为活的文化，渗入世人生活的方方面面。于是，文人学士们欲求与普通民众拉开档次、分清彼我，便不得不严防"俗"的浸入，尤其在制诗作文时，更是小心谨慎地规避俗语、俗事。故而，在传统诗学著述中，涉及流传于民间的俗体诗歌时，或语焉不详，或以反面教材示众，鲜有将俗体诗作为一种具有特殊审美属性及艺术功能的文体加以阐释。

然而，俗体诗作为一种历史的客观存在，原本不容忽视。仅以堪称文人诗学全盛的唐代为例，诗僧皎然《诗议》曾言："俗有二种：一鄙俚俗，取例可知；二古今相传俗。"[1] 所谓"鄙俚俗"，即指以世俗俚语所为之诗。近代学者王国维也曾撰文强调唐代有"俗体诗文"。[2] 然而，唐代的俗体诗今存几许？主要分布在哪些文献资料当中？这些俗体诗歌在唐人的文艺生活或日常生活中具有什么功能？其在整个唐诗体系中占据何等位置？甚至，俗体诗歌在民间社会的传播，是否会影响到文人的诗歌创作？这一系列问题至今尚无明确的答案。有鉴于此，本书选取唐人的俗体诗及其相关的文学现象作为研究对象，拟将俗体诗的出现放在整个唐代社会及

---

[1]　张伯伟：《全唐五代诗格汇考》，江苏古籍出版社 2002 年版，第 206 页。本书对征引文献的注释，均在首次出现时详注出版社及出版时间，此后同一版本书籍重复征引，仅注书名和页码。

[2]　王国维：《敦煌发见唐朝之通俗诗及通俗小说》，《东方杂志》第 17 卷第 8 号，商务印书馆 1920 年版，第 95—100 页。

唐诗艺术的生成体系中进行阐释,以期填补此项研究之空白。

一 俗体诗界说

下面先梳理一下传统诗学论著中,论及"俗体""俗诗""俗体诗"等有关概念的情况。可从广义、狭义两个层面看。

其一,就广义的层面而言,基于传统士人"非雅即俗"的文艺观念,往往使用此类概念指称那些格调浅俗、语词绮靡、内容庸常、无继风雅等文艺作品。这也是俗体诗概念形成最早、涵盖面最广的文体范畴。雅、俗之辨,很早就进入了文艺评论领域。雅乐衰微,新声竞起,自先秦以来几乎在每个朝代都能听到如是叹息,音乐文艺方面的这一雅俗观念直接影响到诗学批评。两汉以来,民间不断涌现的俗乐新声往往成为乐府新歌诗的渊薮之地,对于这些"非雅乐"的歌诗,评论家常以"俗体"目之。在《文心雕龙·乐府篇》中,刘勰一面喟叹"桂华杂曲,丽而不经,赤雁群篇,靡而非典",一面愤懑于"若夫艳歌婉娈,怨诗诀绝,淫辞在曲,正响焉生"?① 刘勰的这个观点颇具代表性。综合全书,被刘勰目为"俗调"的作品,主要指那些取材于民间都市人的生活,纵意流露喜乐哀怨,采用世人趋赏的奇辞丽句之类的作品。又如钟嵘在《诗品》中评论鲍照的创作:"贵尚巧似,不避危仄,颇伤清雅之调。故言险俗者,多以附照。"② 同样以"俗"作为与"雅正"相对的新巧奇俗的诗境或格调,这一意义内涵为后代诗论家广泛沿用。如唐代殷璠《河岳英灵集·叙》曰:"夫文……有雅体、野体、鄙体、俗体。"③ 宋严羽《沧浪诗话·诗法》又曰:"学诗先除五俗:一曰俗体,二曰俗意,三曰俗句,四曰俗字,五曰俗韵。"④ 所说之"俗体"泛指格调不高雅的文体。不过,具体到对某家某作的评判,所持标准有时只是个人的阅读体验,甚至是主观情绪的表达,并非皆是严谨的、统一的诗学论断。入宋以后,依随通俗文艺迅速发展,

① (梁)刘勰著、范文澜注:《文心雕龙注》卷二,人民文学出版社 1958 年版,上册,第101、102 页。

② (梁)钟嵘著、曹旭集注:《诗品集注》,上海古籍出版社 2011 年版,第 381 页。

③ 李珍华、傅璇琮:《河岳英灵集研究》,中华书局 1992 年版,第 117 页。《文镜秘府论》引该段文字无"野体"两字。

④ (宋)严羽著、郭绍虞校释:《沧浪诗话校释》,人民文学出版社 1961 年版,第 108 页。

主流文化转型的历史趋势，在诗学领域内，"俗体""俗诗"等概念使用得更为独立和频繁。如宋人包恢在《书徐致远无弦稿后》中说："其视桃李辈，华彩光焰，徒有余于表，意味风韵实不足于里，而反人人爱之。至以俗花为俗诗者，其相去又不亦远乎。"① 这是视缺少风韵、意象庸常的诗为俗诗。林希逸《竹溪鬳斋十一稿续集》卷二十九载："放翁曰：俗人为俗诗，佛出救不得。"② 其视"俗诗"为无理想、无境界之诗。以上所举诗学论著中的"俗体""俗诗"都是就意境格调方面所言。需要注意的是，尽管诗论家们皆鄙视"俗诗"，但此等"俗诗"多数情况下是与文人诗中的优秀诗篇相对而言。作品之"俗"与"不俗"，很大程度上有赖于诗人才思之高下、取境之高低以及诗学修养之厚薄。换而言之，这些论著所谓"俗体""俗诗"者，多数只是文人诗内部系于作者艺术创新之多少、思想境界之高下形成的分化。

其二，狭义层面的"俗体诗"是与文人雅诗相对而言，主要由民间知识分子创作、在民间社会传播与流行的一类诗歌。下面先举几则诗例进行说明。宋代学者林之奇写作《寸斋记》时，先列举了历史上有关"寸"的著名言论、故事，取其惜时进取之意。最后征引"俗诗"一首，曰：

> 俗诗：一尺都来十寸长，东家量了西家量。算来只是他长短，何不回头独自量。③

这是一首具有劝教意味的俗体诗，讽刺那些整天对别人说长道短，却不反躬自照的人。我国传统通俗教育读物《增广贤文》里面记载一则古语："生平只会量人短，何不回头把自量。"应该就是从这篇俗诗中脱落而来。另一则广为传诵的格言："静坐常思己过，闲谈莫论人非。"意思相同，只不过采用正面警示的口吻。林之奇特意将这首"俗诗"记录下来，也是为了警示自我，如其所言："入予斋而未喻其义，试观诸此，则予之区区名斋自警之意一见决矣。"

明代谢肇淛的《五杂俎》中也有一则材料，内容是这样的：

---

① （宋）包恢：《敝帚稿略》卷五，影印文渊阁《四库全书》本。
② （宋）林希逸：《竹溪鬳斋十一稿续集》卷二十九，影印文渊阁《四库全书》本。
③ （宋）林之奇：《拙斋文集》卷十五，影印文渊阁《四库全书》本。

韩文公，有道之士也，训子之诗有"一为公与相，潭潭府中居"
之句，而俗诗之劝世者，又有"书中自有黄金屋"等语，语愈俚而
见愈陋矣。①

其实，初盛唐诗论家已经注意到俚俗语词入诗的问题。崔融在《唐
朝新定诗格》中论"文病"七体时专门提到"涉俗病"，他说："诗曰：
'渭滨迎宰相。'官之'宰相'，即是涉俗流之语，是其病。"② 其后，王
昌龄《诗格》、遍照金刚《文镜秘府论》都引用了崔融这个观点，强调写
诗要力避俗言俚语。谢肇淛把韩愈训子诗"一为公与相，潭潭府中居"
与民间俗诗并列，也是因为"公与相"这样的用语太过直露鄙俚，与崔
融批评"渭滨迎宰相"有"涉俗"病道理一样。而据笔者考察，"书中自
有黄金屋"最早出自宋真宗赵恒的《劝学诗》③。明代沈鲤《亦玉堂稿》
卷六载《沈氏家训序》曰："前代劝学诗文如'富家不用买良田，书中自
有千钟粟。安居不用架高堂，书中自有黄金屋'诸语，皆出自明主御制，
流传至久，比户吟哦，信如蓍龟。凡父兄之教其子弟，师友之相为劝勉
者，率不外是。"④ 可知宋真宗的《劝学诗》由于在社会上流传至广，融
入世俗社会，原作者的身份地位已经淡化到可有可无的境地，以致谢肇淛
在《五杂俎》中径直称"书中自有黄金屋"为"俗诗"之语。此"俗
诗"概念，与前引林之奇《寸斋记》所说"俗诗"内涵完全一致。"俗
诗"有时又作"俚俗诗"，如《明史·温体仁传》记载：

天启二年，谦益主试浙江，所取士钱千秋者，首场文用俚俗诗一
句，分置七义结尾，盖奸人绐为之。⑤

俚俗诗是绝不能登大雅之堂的，如果在进士考试中引用这类诗，将被
视作对朝廷的藐视和不恭。钱谦益的政敌蓄意谋划此案，显然很明白这个

---

① （明）谢肇淛：《五杂俎》卷十三，上海书店出版社 2001 年版，第 260 页。

② 张伯伟：《全唐五代诗格汇考》，第 137 页。

③ 全诗见《全宋诗订补》"宋真宗"名下，大象出版社 2005 年版，第 41 页。辑自明永易
黄坚氏集《古文真实》前集卷一。

④ （明）沈鲤：《亦玉堂稿》卷六，影印文渊阁《四库全书》本。

⑤ 《明史》卷三〇八，中华书局 1974 年标点本，第 7931 页。

道理。

总之，唐宋以来，"俗诗""俚俗诗"作为与文人雅诗对立的、在世俗民间普遍流传的一类具有特殊文艺价值和社会价值的诗歌文类，其意义内涵已经逐渐趋于稳固。这类诗歌作品，依附于世俗民众的教育、娱乐或其他意义功能而存生，民间知识分子及普通民众在其创作和流传过程中发挥了重要作用。广义的俗体诗范畴，虽说亦能包括狭义俗体诗概念的指称对象，但在更多时候，是用来指称思想内容、语词意象、人生境界不甚雅致的文人诗作。而狭义"俗体诗"之核心范畴，就是与文人雅诗对立。要之，本书的研究对象正是狭义"俗体诗"概念所涵盖的唐诗作品。

从目前掌握的材料看，狭义"俗体诗"的内涵被诗论家认同和普遍接受似乎始于赵宋一朝。但从文学史发展的一般规律看，理论概括往往滞后于现象发生。尽管民间资料留存有限，我们借助出土唐诗文献仍能找到一批与宋人"一尺都来十寸长"诗、"书中自有黄金屋"诗在意义功能和文体风格方面都非常接近的唐五代诗篇。例如，敦煌遗书中许多题写在经头卷尾或正文空余处的诗抄，多为民间社会的学生郎或书手们所为。如伯2622《吉凶书仪》卷末李文义所抄诗篇："遮莫千今（金）与万金，不如人意与人心。黄金将来随手散，不如人意进（尽）长存。"千金易得，情义无价，不仅是个人的经验总结，更是中华民族传统的育人法宝。又如北BD04291 号《佛说七阶礼佛名经》卷背索惠惠抄诗："高门出贵子，存（好）木出良在（材）。丈夫不学闻（问），观（官）从何处来？"此诗与宋代以后广为传诵的劝学诗"书中自有黄金屋"性质完全相当。令人惊叹的是，唐代民众还把那些在我们今天看来绝对无法同文士作品同日而语的俗体诗歌，当成艺术品欣赏。湖南长沙市望城县铜官镇至石渚湖一带，是唐五代时期长沙窑的遗址区，所出土瓷器的表面写有不少诗歌、俗语。这些瓷器题诗内容丰富，有涉及做买卖的，如："买人心惆怅，卖人心不安。题诗安瓶上，将与买人看。"言买卖双方的心理博弈，情思微妙。又有临别赠人的诗，如："频频来作客，扰乱主人多。未有黄金赠，空留一量靴。"言辞浅俗，但感情深挚，反映了唐代民间的做客礼俗。更有言志向抱负的："男儿大丈夫，何用本乡居。明月家家有，黄金何处无？"等等。这些用诗歌作为装饰图案的瓷器品，在全国各地以及国外十多个国家都有发现，足以证明它们在当年流传广泛且深受民间喜爱。就连唐代文人小说中的部分无名氏作品，经出土唐诗文献印证，有些已能找到其民间艺术的渊源。如徐铉《稽神录》所述后周显德二年涟州出土古冢瓶上的题诗"一双青鸟子，飞来五两头。借问船轻重，寄信到扬州"①，此诗竟赫然题写在长沙窑出土瓷器的表面，说明古冢瓶上的题诗的确曾在民间流传过，并非小说家的虚妄之谈。这些实例证明，在唐五代的民间社会，的确存在着一类有别于文人以追求艺术创新、展现个人才性为动机的诗歌创作。长沙窑瓷器题诗与敦煌民间俗诗，正是我们认识唐代民间诗歌文化的两个难得的标本，它们向后人昭示着，在众星闪烁的文人诗坛之外，在普通民众的生活空间里，诗歌的存在具有别种的面目和意义。

为进一步明确俗体诗的文体属性，有必要补充以下两点。

其一，本文所论俗体诗基本为徒诗形态，而不属于音乐体系的文学。

众所周知，乐府歌诗是属于音乐体系的文学样式。有些乐府诗，自六朝至唐五代，一直在民间被歌唱传诵。如南齐释宝月所作西曲歌《估客乐》："有信数寄书，无信心相忆。莫作瓶落井，一去无消息"，在长沙窑瓷器的表面题诗中也看到它的身影，说明此诗流传至唐五代仍为民众所喜爱。还有一些乐府诗，尤其是体式接近近体诗形式的作品，与俗体诗确有形态上的类似性，如民间的《竹枝词》。金昌绪的《伊州歌》："打起黄莺儿，莫教枝上啼。啼时惊妾梦，不得到辽西。"如果没有作者信息，视其为俗诗也未尝不可。但从艺术生成体系来说，《估客乐》《竹枝词》《伊州歌》等作品的生成、传播与价值实现途径更依赖于音乐歌唱。若以狭义的"诗歌"范畴审视，俗体诗仍属于以徒诗为主的"诗体文学"，而乐府歌诗则属"音乐文学"的诗歌系统。长沙窑瓷器上的题诗，完全是一种诉诸视觉的诗歌艺术。据考古学界最近的调查研究，长沙窑瓷器题诗数量已接近百种②，其中见于《全唐诗》或作者可考的仅有十首，绝大部分是

---

① 《太平广记》卷三九〇引徐铉《稽神录》载后周世宗显德二年（955），涟水军使秦进崇修城墙时，掘得一座古墓，葬品中有一个黄底黑纹的瓶子，瓶上有隶字云："一双青鸟子，飞来五两头。借问船轻重，寄信到扬州。"在这个故事中，此诗带谶语性质。"其明年，周师伐吴，进崇死之。"在长沙窑瓷器题诗中，发现一首与之几乎完全相同的诗："一双青鸟子，飞来五两头。借问舡轻重，附信到扬州。"仅"船"字作"舡"，"寄"字作"附"。（宋）李昉：《太平广记》，中华书局1961年版，第3122页。

② 据2004年版长沙窑课题组编《长沙窑·综述卷》书后所附"器物诗文、题记总录"的统计，截至2004年所见瓷器题诗为103首。但有些作品尚未完全解读，有的仅为五言两句。具有四句规模、体制相对完整的瓷器题诗应为95首。所谓95首，其实是95种，一诗而各瓷器录文不同者，不重复计数。长沙窑课题组编：《长沙窑·综述卷》，湖南美术出版社2004年版。

中晚唐及五代时期在民间流传的无名氏作品。陈尚君《长沙窑唐诗书后》对于长沙窑瓷器题诗性质的概括是准确的，认为"从一定程度上来说，长沙窑唐诗可作为唐代民间最流行的诗歌选本来读"①。文中又指出："即从诗歌形式上来说，这些诗无疑可视为南朝乐府民歌的延续，可与敦煌遗书中的民间诗钞参比并读。"但瓷器题诗终究不是乐府民歌或乐章歌诗，而是属于徒诗形态的唐诗艺术体系。瓷器题诗的表现范围以及艺术手法，都大大超越了乐府民歌，这一点我们在讲俗体诗的艺术特色时还要仔细分析。至于敦煌遗书中的学郎题记诗更与音乐歌唱关系不大。

其二，俗体诗虽与谣谚俗语、宗教白话诗性质相邻，但它们具有不同艺术传承，分属不同的艺术体系。

从文学艺术的生成机制看，谣谚俗语属于民间文化土壤自然孕育的艺术形式，作为最古老的诗歌样式，日后成熟、发达起来的文人诗歌艺术对其影响并不明显。在后世文人诗日渐丰富发展之时，原始谣谚所包含的文学性萌芽（包括叙事、抒情两方面）的发展却极其有限。这表明，谣谚俗语拥有自己的艺术生成机制，这一机制独立运行于文人艺术体系之外。而唐人俗体诗虽然不是文人诗体的分化，却受到文人诗歌形态的深刻影响，在体式和艺术手法上，具有明显的向文人诗靠拢的倾向。唐代高度发达的文人诗学艺术及其向民间社会的普及正是俗体诗艺术形成的重要前提。

至于宗教白话诗，也有自己的艺术传承系统。项楚《唐代白话诗派研究》所定义的"白话诗"便是具有宗教背景的人物的作品，其最初形态为释家子弟用于宣赞佛理的偈颂歌诗。南北朝时期的傅大士、宝志和尚、释亡名、卫元嵩，以及唐代王梵志、寒山等人，都是宗教白话诗发展序列上的代表人物。虽然宗教诗偈与民间俗诗都广泛采用了白话语言艺术，并且在进入隋唐历史后，宗教士人的诗偈创作同样受到文人诗体的影响，不少"诗偈"作品与民间俗诗具有颇为相似的体貌特征。《唐高僧传》《法苑珠林》《宗镜录》《宋高僧传》《古尊宿语录》等佛教典籍中录有大量唐代高僧的诗颂偈语，或言经义，或寓心性，或体禅悟道。然而，这类诗偈主要在宗教界内部流传，其在世俗民间的流传范围和发生的影响比较有限。在这一点上，俗体诗恰与之相反。俗体诗以反映世俗民众的日

---

① 《中国诗学》第五辑，南京大学出版社1997年版，第75页。

常生活、思想情感为基本内容。优秀的俗体诗，一定是兼具通俗性和文学审美性的。如长沙窑瓷器上题的这首诗："青骢饮渌（绿）水，双吸复双呼。影里蹄相踏，波中嘴对乌。"写一匹青骢马在清澈碧绿的河流中饮水的情景。马儿低头饮水，恰好与水中倒影连为一体，四蹄相踏，两嘴相对似在亲吻。此诗既富于谐趣，又给人美的享受。再如这首瓷器题诗："岭上平看月，山头坐听风。心中一片气，不与女人同。"主人公于岭上平看山月，坐听晚风，用大自然的仁厚宽阔充实自己，虽用俗语，却颇有气格。从这些优秀的民间俗诗身上，可以看到唐代文人创造的高超诗艺以及取得的辉煌成就对于民间诗坛的引领作用。

综上所述，俗体诗与乐府歌诗、谣谚俗语、宗教白话诗等作为性质相邻的文体，它们之间既有"共性"，更具"别样"的特征。就本书而言，"俗体诗"这一诗学术语所涵盖的是一类具有独特风格和审美意趣的诗歌作品。其作者主要为民间社会的知识分子，作品主要在民间社会流传，承担世俗民众的文学审美和文化教育、社会认识功能。俗体诗的独特性能，在作品的语词运用、题材内容、价值观念、传播途径以及所承担艺术功能方面，都有独特的体现。若从理论层面讲，俗体诗与民歌俗曲具有颇为接近的语言形态，广大民众在日常生活及劳动过程中产生的各类经验、诸种情感成为它们共同的文化土壤。由于民歌俗曲对于文人诗艺无所依傍，在中国诗歌史上率先出现，如先秦歌谣、两汉乐府早早占据了诗歌史的前端位置。而只有在文人诗歌逐渐在社会各阶层形成普及之势的唐朝，文人诗艺如雨露般遍洒民间社会的土壤之时，俗体诗这颗奇异的种子方才长出新苗。宗教白话诗与俗体诗也不是同一系统的语言艺术。因此，对"唐代俗体诗"进行自成体系的研究，不仅仅是必要的，也是必须的。

此外，在广义的诗体范畴下，俗体诗与民间歌谣、民间唱词又同属俗文体诗歌，作品语言、风格比较接近，接受群体基本一致。在不明创作原委的情况下，文体的相邻性也会造成作品体性易变。如果一篇具有俗体特征的诗歌作品脱离其原作者进入传播领域后，能够很快地为民众所接受，愈传愈远，最终在某地区产生影响力。而此时，原作者的名字大概早已丢失，这样的无名氏作品，是极易被时人视之为歌谣的。如果该作品带有品评人物、针砭时弊的倾向，这种可能性会更大。伊用昌《题茶陵县门》诗的流传就是很好的例子。《太平广记》卷五十五《伊用昌》条引王仁裕《玉堂闲话》载：

江南有芒草,贫民采之织履。缘地土卑湿,此草耐水,而贫民多着之。伊风子至茶陵县门,大题云:"茶陵一道好长街,两畔栽柳不栽槐。夜后不闻更漏鼓,只听锤芒织草鞋。"时县官及胥吏大为不可,遭众人乱殴。逐出界。江南人呼轻薄之词为覆窠。其妻告曰:"常言小处不要覆窠,而君偏要覆窠之。"①

伊用昌初到茶陵县,对这里的风俗习惯感到怪异,情不自禁吟诗相嘲。这首"茶陵一道好长街"诗也被后人视为覆窠体诗的代表,覆窠体,也即打油体。然而在后来的记载中,这首《题茶陵县诗》却屡被记为童谣,另生故事相附会。宋陶岳《五代史补》卷四《张少敌抗议嫡庶》条载:"先是城中街道尚种槐,其柳即无十一二,至是内外一变,皆种柳,无复槐矣。又居人夜间好织草鞋,其槌芒之声闻于郊野,俄有童谣:'湖南城郭好长街,竟栽柳树不栽槐。百姓奔窜无一事,只是槌芒织草鞋。'人无少长皆诵之,未几国乱。"②清吴任臣《十国春秋》卷六十九《楚三·废王世家》记载:"先是潭州多夹道植槐,废王时尽易以柳干。又居人向夜争织草履为业,声闻内外。童谣云:'湖南有长街,栽柳不栽槐。百姓任奔窜,抛芒织草鞋。'识者以为长街者,内外路也。不栽槐者,兄弟失孔怀也。草鞋者,远行所服,百姓遁逃之义也。其预兆有如此。"③《五代史补》所载湖南童谣,显然是伊用昌《题茶陵县诗》的异传。《十国春秋》不仅记其为谣,更删为五言。因此,若硬要从语言和风格上判别俗诗与歌谣,则会十分困难。不过,某些俗体诗一旦转化为了歌谣,其功能也随之发生变化,也即由狭义的"诗体"领域进入了"语体文学"的领域。在《五代史补》和《十国春秋》中,所谓的湖南童谣、潭州童谣,在史传故事中所具有的意义功能,与《题茶陵县诗》已经相去甚远。不过,由于俗体诗与民间歌谣、民间唱词具有不同的传播形态和意义功能,在看到个别具有双重身份的作品的同时,我们更要关注俗体诗在传播形态、社会功能等方面所具有的不同于其他民间韵文体的体性特点。如

---

① 《太平广记》卷五十五,第 342 页。
② (宋)陶岳:《五代史补》卷四,影印文渊阁《四库全书》本。
③ (清)吴任臣著、徐敏霞点校:《十国春秋》卷六十九,中华书局 1983 年标点本,第967 页。

此，方能将俗体诗研究从民间文学研究、通俗文学研究的思维框架中独立出来，构建真正的属于俗体诗的研究体系。

有时具体到个人的某一篇作品，这种分界可能会更困难，如在宗教白话诗人中，王梵志、寒山是两位带有神秘色彩的人物。尤其是王梵志，不仅作品成分复杂，且作者身份也很特殊。据有些学者研究，在现存题为王梵志所作的三百余篇作品中，既包括佛教诗人王梵志本人的创作，又含有其他佛教诗人以及民间诗人的大量拟作。现存王梵志诗中既有阐释佛教义理的作品，也有描述俗众生活、人生经验和事理情感的篇章。我们相信，在王梵志诗中一定存在合乎本书所说"俗体诗"内涵的作品，但鉴于辨析之困难，且梵志诗、寒山诗目前已经得到较为充分的整理和研究，笔者决定不将梵志诗、寒山诗划入本书研究范畴之内。另一方面，俗体诗虽为民间的诗歌艺术，但在特定情况下，文人也有主动取用其体的情况，如宋真宗作《劝学诗》，本身就是俗体风格，宜于最广泛地劝化民众。此外，文人们在谈笑谐谑或寓意嘲讽时，往往也会通过写作俗体诗强化其效果。文人取用俗体为诗的现象也很值得重视。

综上所述，可将本书研究对象的范畴及其与其他诗体范畴之间的关系列表如下：

唐诗文献 ┤ 文人诗 ┤ 文人雅诗（古体诗、近体诗、拟乐府民歌等）／ 文人所作俗体诗（基于特定目的）┤ 唐代俗体诗研究

非文人诗 ┤ 民间社会的俗体诗／民间歌诗（民歌、民谣、俗曲唱词等）、宗教白话诗

二 前人研究及本书主要内容

唐人的俗体诗目前主要分布在敦煌诗歌、长沙窑瓷器题诗以及唐人通俗笔记小说这三类文献当中。先就学界在这三类文献资料的研究方面择其与本书相关者作一介绍。

进入 20 世纪以来，随着敦煌文书的面世以及其他文物考古新发现，一些学者开始关注那些由民间文化自然滋生，且与传世经典著作风格迥然的文学作品。1920 年，王国维在《东方杂志》上发表了《敦煌发现唐朝之通俗诗及通俗小说》一文，首倡"通俗诗"的概念。王国维以"通俗"

二字来统称这批"绝不能与唐人他种文学比"的作品，显然是敏感地捕捉到了这些作品在语言、风格、功能等方面的特殊性。他说："唐代不独有俗体诗文，即所著书籍，亦有平浅易解者，如《太公家教》是也。"①王国维虽然明确指出唐代有"俗体诗文"，但具体拿来举证的是《季布歌》《云谣集杂曲子》等，这也无形中影响到后人对民间俗体文学范畴的认识。那些狭义上被称作"诗"的、不以入乐歌唱为主要传播途径、出自民间无名诗人之手的俗体诗歌，在此后很长一段时期受到冷落。20世纪80年代以后，敦煌遗书中大量不依赖音乐歌唱的民间徒诗慢慢走进研究者的视域中来。1989年，颜廷亮主编《敦煌文学》一书参照传统的文体分类法，"诗歌"类专立"敦煌民间诗歌"一目，述及"反映民间风习之作""感叹抒怀之作"，以及"戏谑嘲讽之作"。1993年出版的《敦煌文学概论》也将"敦煌民间诗歌"专门列出，并指出："这主要是指流行于敦煌地区，带有民间风味，反映民间习俗、家教世训以及一般民间生活的作品。"②表明敦煌研究界不仅走出了以变文、俗曲为俗文学之中心的误区，并将俗体徒诗作为独立研究对象进行更为细致的分类。项楚的《敦煌诗歌导论》是目前笔者所见对敦煌民间俗体诗分类最详细、介绍最全面的著作。③徐俊的《敦煌诗集残卷辑考》，为世人提供了最全面的敦煌诗歌的文本及研究资料。作者十分关注敦煌诗中的民间诗歌，倡导以敦煌民间诗为标本进行唐代民间文学研究。《敦煌诗集残卷辑考·前言》云："从文学的源流看敦煌文学，最突出的是传统文学与民间文学的差异，即所谓的'雅'与'俗'之分。……在那些填补了诗歌发展史空缺的大量的通俗诗歌之外，最值得我们关注的是敦煌写本中大量的民间诗歌作品，以及它所揭示的唐五代宋初民间社会通俗诗歌曾经普遍流行的事实，所展现出的'雅'与'俗'交汇点独特的文学风貌。"④总而言之，对于敦煌遗书中的民间俗诗艺术价值的认识，是随着人们对于敦煌遗书材料的认识走向全面深入后自然形成的。

敦煌遗书中的学郎诗是最具典型意义的俗体诗，如徐俊所说："敦煌

---

① 王国维：《王国维经典文存》，上海大学出版社2003年版，第166页。

② 参见颜廷亮主编《敦煌文学概论》第十一章第一节"敦煌诗歌概说"，甘肃人民出版社1993年版，第361页。

③ 项楚：《敦煌诗歌导论》，台北新文丰出版公司1993年版，巴蜀书社2001年再版。

④ 徐俊：《敦煌诗集残卷辑考》，中华书局2000年版，第33—34页。

学郎诗总体上属于民间通俗诗的范畴，现存作品中……更多的则是流行于学郎间的民间俗诗和文人作品。"早在 1936 年胡适为许国霖所编《敦煌石室写经题记与敦煌杂录》写的序中，就引用了《写书不饮酒》《写书今日了》二首诗，称其为"书手的怨诗"①。1962 年，王重民在《记敦煌写本的佛经》文中论述"写经生"时，也引用了斯 692《秦妇吟》卷末学郎安友盛的"今日写书了，合有五升米。高代不可得，坏是自身灾"一诗。② 1969 年，新疆吐鲁番阿斯塔那三六三号唐墓出土的卜天寿抄本《论语》卷后有六首题诗，再次引起人们关注。郭沫若《卜天寿〈论语〉抄本后的诗词杂录》③、龙晦《卜天寿〈论语〉抄本后的诗词杂录研究和校释》④ 等文章，对诗歌的作者归属情况有所考订。1994 年，徐俊发表《敦煌学郎诗作者问题考略》一文，将敦煌遗书中的学郎诗与长沙窑瓷器上的题诗结合，证明"敦煌学郎诗中有相当一部分是民间盛传之通俗诗歌，某种程度上已超出儿歌童谣的范围"。⑤ 文中对学郎诗的固定格式和创作情况的分析很有见地。

20 世纪 80 年代后，围绕敦煌民间诗形成的探索唐五代民间诗歌文化的呼声日益强烈，与另一批考古新材料——长沙窑瓷器题诗的发现有关。唐五代长沙窑遗址，1956 年由湖南省考古工作者调查发现，分别在 1965 年、1973 年、1983 年进行过三次大规模发掘，随之，一些题有诗句、俗语的瓷器品被陆续公布出来。最先接触这些诗歌的，是文物考古界人士，如萧湘的《唐代长沙铜官窑瓷诗内容初探》⑥、傅举有《唐代铜官窑题诗瓷器》⑦ 等。发表于 1997 年《中国诗学》第五辑周世荣的《长沙窑唐诗录存》，汇录了当时作者所见长沙窑出土瓷器上的全部题诗和格言，诗计六十四首。作者还考证出有十首瓷器题诗（句）见于《全唐诗》。同期发表的陈尚君《长沙窑唐诗书后》，指出长沙窑瓷器题诗实为唐代民间诗歌的优秀代表。几乎同时，长沙窑课题组主持编写的汇聚以往考古成果的大型图书《长沙窑》出版，书中除整理题诗作品六十首外，还附有大量瓷

① 《国立北平图书馆馆刊》十卷三号，1936 年。
② 王重民：《敦煌遗书论文集》，中华书局 1984 年版，第 300 页。
③ 郭沫若：《出土文物二三事》，人民出版社 1972 年版。
④ 《考古》1972 年第 3 期。
⑤ 《文献》1994 年第 4 期。
⑥ 湖南省博物馆编：《湖南考古辑刊》第 1 集，岳麓书社 1982 年版，第 121—126 页。
⑦ 《典藏艺术杂志》1994 年第 16 期。

器的图版、摹图。瓷器题诗的结集出版，再次吸引了从事敦煌学及唐诗研究的学者，他们试图将这批资料与各自的研究对象结合起来，为揭示唐五代时期民间丰富的诗歌文化样态作出努力。1998 年，徐俊《唐五代长沙窑瓷器题诗校证——以敦煌吐鲁番写本诗歌参校》① 一文在已有的文物考古成果基础上，对 1996 年版《长沙窑》专著所披露的瓷器题诗作了尽可能全面的文字校订和考证。蒋寅《读长沙窑瓷器所题唐俗语诗札记》② 联系唐人诗歌用语习惯，对部分题诗中俗字、俗语的用法，以及个别篇章的文意加以考证。刘静敏博士的论文《长沙窑及其题记之研究》第五、第六两章是有关题记诗的文学研究。③ 贺晏然《唐长沙窑诗文初探》④、潘军《诗海遗珠，民俗瑰宝——从长沙窑器表诗文看唐代民间诗歌文化》⑤是利用瓷器题诗探索唐代民间文化的两篇文章。此外，李建毛《长沙窑瓷题诗意蕴索史札记》试图开掘瓷器题诗所折射出的中晚唐社会在文化、经济以及社会心态等方面发生的种种变化。⑥ 吴顺东《关于长沙窑诗文瓷的几点认识》⑦ 对长沙窑诗文瓷的产生年代做出进一步推定。近年来，对于长沙窑瓷器题诗的研究，已经渐由前期平面的文字考释、思想内容阐发，转向与文学史结合的多层面、深层次的探讨。新的瓷器题诗不断公布出来，在 2004 年出版的《长沙窑》专著中，题诗数量已接近百种。不过，2004 年版《长沙窑》所载"题记录文"未经很好校正，虽然题诗数量比 1996 年版《长沙窑》多出近四十首，但尚未被研究者充分利用。

　　以上是对前人在敦煌民间俗体诗及长沙窑瓷器题诗两个领域的研究情况的简单介绍，可以看出，相关文献资料的整理与公布，以及研究者对待俗体文学的观念，直接关系到我们的研究进程。顺便提一下，唐人在墓志盖面题刻俗体挽诗的现象近几年也得到关注，但文献整理尚不充分。2007

　　① 《唐研究》第四卷，北京大学出版社 1998 年版。

　　② 《咸宁师专学报》1999 年第 4 期。

　　③ 刘静敏：《长沙窑及其题记之研究》，博士学位论文，台湾中国文化大学，2001 年。北京国家图书馆博士论文文库，索书号：2007X＼K876.3＼1。第五章考述长沙窑自发掘以来近半个世纪公布的题诗图文资料，得诗句 66 首（种），格言、俗谚 25 种，单句形式 67 种。这部分多为资料汇总，新见不多。唯第六章讨论瓷器题诗的思想背景、内容及题材，在分析艺术特色时适当联系了其与吴歌西曲的关系。

　　④ 《南方文物》2005 年第 2 期。

　　⑤ 《长沙大学学报》2006 年第 6 期。

　　⑥ 《南方文物》1998 年第 3 期，第 96—101 页。

　　⑦ 《湖南考古集刊》第 7 集，岳麓书社 1999 年版。

年 11 月《出土文献研究》第八辑发表陈忠凯、张婷合撰的《西安碑林新藏唐—宋墓志盖上的挽歌》一文①，披露唐人墓志盖面题刻俗体挽诗的现象。由于这些题诗艺术性不强，语句多有重复，目前唐诗研究界并未对这些资料加以利用。

唐代文人写作的俗体诗，基本收录在《全唐诗·谐谑卷》中，这些作品的最初文献来源概为唐代的通俗笔记小说。对这类作品前人也曾予以关照，但未作深入研究。胡适《白话文学史》中就谈到唐代文人的诙谐诗。郑振铎在《中国俗文学史》中又指出"唐末，通俗诗忽盛行于世"的史实。他们所说的"诙谐诗""通俗诗"不完全等同于我们的俗体诗，胡适、郑振铎等人的研究只是在观念上与本书有相通之处，研究对象并不完全重叠。此后出现的一批民间文学、俗文学学科的通史性著作，对唐人的俗体诗创作有所涉及，但多为平面介绍。如吴同瑞、王文宝、段宝林所编《中国俗文学概论》，介绍了"俗文学诗歌"中的"打油诗"。近见张涤云著《中国诗歌通论》第二章"中国诗歌的体制"下设"俗体诗"一节，分"俗体诗"为"民歌体""白话体""说唱体"，范围更广，持雅、俗之两分法以规范中国诗歌的体制，意义不大。中国台湾学者江宝钗在《走过的痕迹——嘉义地区文学的采集、调查、整理与研究概述》一文中说："在民间文学与俗文学之间，有一种中间文类，即俗诗（folk poetry），亦即德国人说的 volkpoesie，这类诗较不重视意象的华美，声律的妥帖，内容表达一般民众对生活的看法，袭用的却是汉诗歌常见的形式，七言或长短不规律的长短句。"② 所举例为流传于台湾嘉义县下梅由竹崎山村一带的三首民歌，对于"俗诗"的定义还是以民歌为主。

先贤们的努力为我们提供了宝贵经验。而王国维采用"通俗诗"，胡适取"白话诗"，又有先前的"民间诗"，后出的"俗文学诗歌"，等等。这些不同的概念，所指称的作品往往具有一定重合性，同时又有不能兼容的部分。广义的诗体范畴与狭义的诗体范畴，在前人的研讨中也时有交错。如果从文体的角度考虑，敦煌俗体诗、长沙窑瓷器题诗以及唐人笔下接近民间俗体的诗歌作品，应该属于同一个体系，在一定程度上疏离

---

① 陈忠凯、张婷：《西安碑林新藏唐—宋墓志盖上的挽歌》，李均明主编《出土文献研究》第八辑，上海古籍出版社 2007 年版。

② 载台湾汉学研究中心发行之《汉学研究通讯》第 19 卷第 2 期，2000 年，第 188—195 页。

"文人诗"写作空间是其共同特征。将这些流传于不同地域，具有不同存世样态，但同属唐代民间诗歌文学一分子的诗歌作品综合起来研究，揭示其共性、发掘其特性显然很有必要。长期以来，由于受传统的诗学观念影响，俗体诗虽然难以登上大雅之堂，也很难被文人士大夫正大光明地进行倡导，但是，它们不仅客观地存在着，并且不时地与文人的诗学系统发生交集。鉴于此，关于唐代俗体诗的存在样态、意义功能、传播渠道及其在整个唐诗体系中的位置等，就成为唐诗研究界必须面对和解决的问题。

本书的写作，拟将史料考证与现象揭示、理论阐述相结合，借鉴敦煌学、文物考古学以及民间文学、俗文学等相关学科的研究成果与研究方法，力求在更为开阔的视野下审视唐代的俗体诗歌。本书主体内容由以下六部分构成：

第一章，唐代俗体诗的文献研究。通过尽可能全面、深入的文献考察，对几种重要的唐代民间俗体诗文献资料进行分析，弄清存世唐代民间俗体诗的数量、分布情况、留存样态。对唐代民间俗体诗情况的调研，主要围绕长沙窑瓷器题诗、敦煌学郎诗、唐人墓志盖题诗这三种文献资料展开。对于唐代文人俗体诗的调研则以《全唐诗·谐谑卷》为中心。

第二章，唐代民间社会与俗体诗的产生。在揭示唐代存在俗体诗歌的创作和流传这一客观事实的基础上，深入考察这些作品赖以存在的社会文化环境。将俗体诗这一特殊诗歌艺术，放在整个唐代社会及诗歌创作的大背景中进行观察，阐释其在唐代产生的社会原因和诗歌史原因。

第三章，俗体诗的诗学特征及艺术特色研究。这部分主要考察俗体诗的诗学特征及创作艺术特色，兼述及其社会功能、传播方式。民间诗人写作俗体诗，也是一种艺术创造，是缘于世俗的审美心态，对于文人诗歌技艺、形式的模仿。俗体诗本身也有其艺术研究的价值，这一点很少有人关注。揭示唐代民间社会中诗歌的生成机制，也有益于我们深刻体认诗歌之于唐代普通民众的意义。这对于我们准确把握诗歌在唐代的发展脉络，切实体会那个时代的艺术气息大有裨益。

第四章，文人写作俗体诗的情况分析。考察个体文人写作俗体诗、参与传播俗体诗的心态、动机，揭示这种行为所产生的社会影响和文学史影响。关注唐代文人的俗体诗写作，能够推进我们对于正统、主流文人诗坛的研究，为唐诗史上的某些文学现象提供新的解释。关注文人在倡雅排俗的主导诗学思想下染指俗体诗的特殊心理，也能推进对诗人创作心态、文化心理的探讨。

第五章，俗体诗与中唐通俗诗学思潮。处于中唐复古革新文学思潮中的新乐府诗人，提倡风教政治，重视风俗教化，创作中表现出明显的"尚俗"倾向。文人的通俗乐府诗，与民间盛行的俗体诗有无关系？新乐府诗人的通俗化下诗学主张及其创作实绩，是否影响到民间诗坛？具体表现在哪里？敦煌遗书中有几篇题为"白侍郎"作的俗体诗文，学界一般认为是民间诗人托名白居易的创作。从这一托名现象入手，我们发现新乐府诗人追求通俗教化的创作意识，及其创作实绩，得到了民间社会的认可。

第六章，俗体诗与晚唐五代文人诗的俗化。晚唐诗学有趋俗的倾向，无论从作品本身，还是理论层面，都特别凸显"俗"的一面，此乃文人诗史之大变。文人诗学中的这一变革，是否与俗体诗有所关联呢？从俗体诗学的角度，重新审视晚唐五代文人诗的俗化，可能深化人们对于这一诗史演变现象的认识。此外，俗体诗的大量涌现也是唐代诗歌繁荣的重要反映，是文人诗学对于民间诗学的极好回馈。

在中国传统的文学观念中，雅与俗的性质定位，不仅代表着作品在风格、功能等方面的不同，往往也意味着其身份地位具高低贵贱之别。然而，当我们从文体发生的角度，将"雅类作品"的产生与"俗类作品"的产生，视为两种有着内部关联，但又各具特色、自成体系的文学现象时，自然不必也不应该再作如此的价值评判。研究俗体诗，必将加深我们对于雅、俗两种诗歌文化形态的相伴相生、相辅相成、相互促进等辩证关系的理解。从而，对整个中国诗歌史的研究有一个理论上的推进。

第一章

唐代俗体诗的文献研究

关于唐人的俗体诗，前人虽然在一些具体的材料范围内有所研究，但尚未做过全面的清理调研。现存唐代俗体诗的数量究竟有多少？主要分布在哪些文献当中？在现存近六万首唐诗中，俗体诗占有多大的比例呢？这些都是我们首先要弄清楚的问题。本章主要围绕长沙窑瓷器题诗、敦煌遗书诗、唐人墓志盖题诗这三类出土唐诗文献以及《全唐诗》"谐谑卷"展开，勘察唐代俗体诗的存世数量、留存样态，揭示这些不同文献资料之间的关系以及对于本书研究的意义。

第一节　长沙窑瓷器题诗

长沙窑瓷器题诗，顾名思义，即题写在长沙窑所烧造瓷器表面的诗歌。唐五代长沙窑窑址区，位于今湖南省长沙市望城县书堂乡的石渚湖至铜官镇一带。该遗址于 1956 年 9 月经湖南省考古工作者调查发现，后来又有不同程度的发掘。[①] 长沙窑是一个有着独特风格内涵的民间窑址区，在器物表面题写诗句进行装饰是长沙窑的显著特点（如图 1 - 1 所示）。

1998 年至 2001 年间，对印尼"黑石号"沉船遗物的打捞和调查[②]，

---

① 参见湖南省博物馆《长沙瓦渣坪唐代窑址调查记》、冯先铭《从两次调查长沙铜官窑所得到的几点收获》，《文物》1960 年第 3 期。周世荣《石渚长沙窑出土的瓷器及其有关问题的研究》，《中国古代窑址调查发掘报告集》，文物出版社 1984 年版。

② 1998 年，在印尼勿里洞岛海域发现大量成堆陶瓷等遗物，后确认为沉船遗留。此沉船被推测可能因撞及不远处一块黑色大礁岩而失事沉没，故命其名为"黑石号（Batu Hitam）"。"黑石号"沉船的探勘打捞作业始于 1998 年 9 月，后曾因季风一度中断，翌年 4 月重新开始，同年 6 月基本竣工。在所出水 6.7 万余件陶瓷器物中，长沙窑瓷器就有 5 万件之多，占全部沉船瓷器的 90%以上，器型包括碗、壶、碟、盏等。参见谢明良《记"黑石号"（Batu Hitam）沉船中的中国陶瓷器》，"国立"台湾大学《美术史研究集刊》第 13 期，"国立"台湾大学艺术史研究所印行，2002 年 9 月。目前，"黑石号"沉船出水文物资料未全部对外公布。

图1-1 "小水通大河"诗文壶 "日日思前路"诗文壶 "住在绿池边"诗文碗

以及1999年考古工作者对蓝岸嘴窑区进行的采掘，都发现了新的题诗瓷器。其间，一些个人收藏品陆续公布于世。2004年12月，湖南美术出版社出版了由长沙窑课题组编写的仍定名《长沙窑》（综述卷一册、作品卷两册）的大型图书，辑录瓷器题诗近百首，其他题记、题字也有百条之多。2004年版《长沙窑》还公布了少量"黑石号"沉船出水瓷器题诗的图版。其《综述卷》所附"器物诗文、题记总录"简单汇录历年公布的题诗，录文未经认真核校，瓷器图版下的说明也多有不确处。因此，有必要对迄今所公布的长沙窑瓷器表面的题诗文本重新加以校录。笔者取2004年版长沙窑课题组编《长沙窑》所刊题诗瓷器之图版为底本（结合1996年版《长沙窑》中的图版），采用删重、合并、存异的方法，对两书公布的长沙窑瓷器上的题诗、题记重新校录。整理之后，共得题诗102首（含4联），参见本书附录一《唐五代长沙窑瓷器题诗校录》。本书行文中，引用的瓷器题诗均据这一校录本。

一 与别种文献互见关系考

在这些瓷器题诗中，绝大多数是传世文献未曾载录的作品，少量题诗与《全唐诗》或敦煌遗书中的作品存在互见关系。对于长沙窑瓷器题诗性质的认定必须以尽可能清晰的文献调查作为依据。在目前披露的长沙窑瓷器题诗中，见于唐前文献的只有1例，即第56首："有僧常寄书，无信长相忆。莫作瓶落井，一去无消息。"其余题诗与《全唐诗》、敦煌遗书诗及其他文献的互见关系如表1-1所示。具体考证过程请参看本书附录一中系于各诗的"杂考"文字。

表 1-1   **长沙窑瓷器题诗与别种文献互见关系**

长沙窑瓷器题诗	《全唐诗》	敦煌遗书诗	其他文献
1. 春水春池满 （首句拟题，下同）		P. 3597 卷抄诗、中国书店《佛说无量寿宗要经》卷背张宗宗抄诗三首其三	
6. 一别行千里			陈尚君《全唐诗续拾·新见逸诗附存》著录蔡辅《大德归京敢奉送别诗四首》，此其三
9. 一日三场战		P. 2622 卷背李文义抄诗	
16. 君生我未生		S. 2073、S. 2165 引身智诗	
21. 念念催年促		S. 236《黄昏无常偈》其一、P. 2722《礼佛文》偈	
24. 白玉非为宝		P. 3441、P. 2622 卷背杂诗	
37. 竹林青付付（郁郁）		P. 2622 背李文义抄诗	
38. 街（阶）下后梅树	卷 852 张谓《官舍早梅》首四句		
47. 远送还通达		S. 5513《开蒙要训摘抄》卷背抄"辶"部字	
49. 去岁无田种	卷 852 张氲《醉吟三首》其一		
50. 忽起自长呼		P. 3578 背卖物契后抄诗	
51. 万里人南去	卷 46 韦承庆《南中咏雁诗》		
52. 一双青鸟子	卷 875《涟水古冢瓶文》		
53. 自入长信宫		P. 3812 高适诗后《闺情》	
54. 主人不相识	卷 112 贺知章《题袁氏别业》诗		
55. 自入新峰（丰）市	卷 311 朱彬《丹阳作》		
57. 二月春丰（风）酒	卷 440 白居易《问刘十九》诗		
58. 岁岁长为客			后两句，《唐摭言》卷 13 元和僧引

长沙窑瓷器题诗	《全唐诗》	敦煌遗书诗	其他文献
59. 海鸟浮还没	卷791 高丽使与贾岛《过海联句》	P. 2622《吉凶书仪》末李文义抄诗，存八字	
69. 从来不相识			后两句，《宗镜录》卷26作昔人诗
74. 借问东园柳	卷802 刘采春《啰唝曲》六首其二		
83. 鸟飞平无（芜）近远	卷150 刘长卿《苕溪酬梁耿别后见寄》、卷890 刘长卿《谪仙怨》		
87. 公子求贤未识真	卷281 高拯《及第后赠试官》		
89. 今岁今宵尽	卷145 王谌《除夜》。（卷115 史青名下重出，《应诏赋得除夜》）		
互见数例	12 例	10 例	3 例

根据表1—1，目前长沙窑瓷器题诗与《全唐诗》作品互见的有12例。在这12例诗中，有10首可以确知为文人诗流传于民间者。其中7首可以确定作者：第38首为张谓诗、第51首为韦承庆诗、第54首为贺知章诗、第55首为朱彬诗、第57首为白居易诗、第83首为刘长卿诗、第87首为高拯诗。另外3首（第49首、第74首、第89首）虽然不能考订作者，基本可认为出自文士之手。第49首："去岁无田种，今春乏酒财。恐他花鸟笑，佯醉卧池台。"《全唐诗》卷八五二载张氲《醉吟三首》其一即此诗。张氲为唐初道士，事见宋张淏《云谷杂记》补编卷二。陈尚君《长沙窑唐诗书后》曰："元赵道一《历世真仙体道通鉴》卷四〇载为唐玄宗天宝四载尸解的道士张氲的三首遗诗之一。张氲事迹可上溯到宋陈葆光《三洞群仙录》卷七引《高僧传》。其仙事不见于唐人记载，诗未必为其作。"① 唐人笔记小说中有许多依托仙道故事的诗歌，多由小说家依据故事情节创作或移植无主名作品而来。第74首："借问东园柳，枯来得几年？自无枝叶分，莫怨太阳偏。"《全唐诗》卷八〇二著录为刘采春《啰唝曲》。据《云溪友议》卷下"艳阳词"条，采春"所唱一百二十

---

① 陈尚君：《长沙窑唐诗书后》，载《中国诗学》第五辑，南京大学出版社1997年版，第76页。

首，皆当代才子所作"。元稹也说刘采春"选词能唱《望夫歌》"（《赠刘采春》）。《望夫歌》即《啰唝曲》也。看来，刘采春并不拥有歌辞的创作权，此诗真正作者应是那些"当代才子"们。第89首："今岁今宵尽，明年明日开。寒随今夜走，春至主人来。"《全唐诗》于卷一一五史青名下、卷一四五王谞名下两存，虽不能确定孰真孰伪，但至少可以肯定此诗乃文人所作。总之，这10首作品都是当时著名文士的创作，流入民间后为民众所喜爱，于是窑匠们才把它们题写在瓷器上作为装饰素材。除去这10首作品外，在其他尚不能考订出作者的90余首瓷器题诗中，自然不排除还有才子文士的创作。如第43首："三伏不曾摇扇，时看涧下树阴。脱帽露顶折腹，时来清风醒心。"一幅无拘无束、怡然自得的雅士风范。第40首："二八谁家女，临河洗旧妆。水流红粉尽，风送绮罗香。"以及第82首："熟练轻容软似绵，短衫披帛不纵缠。萧郎急卧衣裳乱，往往天明在花前。"题旨香艳，语词绮靡，可入宫体诗一派。诸如此类题诗，带有明显的传统文人诗的艺术风格。这部分作品，合前述文人诗，在全部瓷器题诗中占到30%左右。

瓷器题诗中还有2篇作品（第52首、第59首），虽然被《全唐诗》著录，但更似民间诗歌。第52首："一双青鸟子，飞来五两头。借问舡轻重，附信到扬州。"《全唐诗》卷八七五"谶记"类题作《涟水古冢瓶文》。据《太平广记》卷三九〇引徐铉《稽神录》："周显德乙卯岁，伪连水军使秦进崇，修城，发一古冢。棺椁皆腐，得古钱破铜镜数枚。复得一瓶，中更有一瓶，黄质黑文，成隶字云：'一双青鸟子，飞来五两头。借问船轻重，寄信到扬州。'其明年，周师伐吴，进崇死之。"[①] "黄质黑文"的描述与今天所见长沙窑瓷器样貌接近，所谓的"涟水古冢瓶"极可能出自长沙窑。题诗第59首："海鸟浮还没，山云断便（更）连。掉（棹）川（穿）波里（上）月，舡压水中天。"此诗《全唐诗》卷七九一系于贾岛名下，题作《过海联句》，前两句高丽使咏，后两句贾岛咏。《全唐诗》所据为明胡震亨《唐音统签·丁签》，胡震亨校曰："《今是堂手录》载高丽使过海吟诗，岛诈作梢人与联句，事近诬，姑附此。"[②] 胡震亨已经认为联句故事出于杜撰的可能性较大。敦煌遗书伯2622《吉凶

---

① 《太平广记》卷三九〇，第3122页。
② （明）胡震亨：《唐音统签·丁签》，故宫珍本丛刊，海南出版社2000年版。

书仪》末李文义抄诗也有"海鸟无还没，山云收"等残字。这首瓷器题诗，既见于敦煌学郎诗中，又被小说家撰为文坛故事，足以说明它在晚唐民间社会的流行程度非常之高。陈尚君《长沙窑唐诗书后》说："贾岛时高丽尚未复国，何来使者。得长沙窑诗，知此事即据民间流行诗附会而来。"以上两诗，虽也能从《全唐诗》中找到信息线索，但结果似乎令其创作背景更加扑朔迷离。从现有的材料信息看，这些诗歌在民间社会有相当广泛的传播范围与接受群体，已经具备民间诗歌的性质。

需要注意的是，民间社会流传的文人诗歌，虽然不是俗体诗，但在民间传播过程中，文本已经发生不同程度的俗化，其功能已经接近于俗体诗。文人诗在民间的传播，也是一个很有探讨价值的问题。当然，这是另外一个可以专门研究的题目，不是本文所能涵盖的。若从民间的接受视角着眼，以下两个方面可进一步思考。

其一，文人诗流传于民间，并非是一种单向的诗歌文化普及，而是处于世俗民众的兴趣选择、审美标准指导下的"再创造"性质的接受。如上述与《全唐诗》互见的瓷器题诗中竟有 4 首与饮酒相关。并且，这 4 首诗（张氳《醉吟》、贺知章《题袁氏别业》、朱彬《丹阳作》、白居易《问刘十九》）都表现了作者乐观洒脱的情绪，依恋于酒，于酒中求人生趣味。众所周知，唐诗人与酒关系至深，酒甚至对于唐诗风貌的构成有不可替代的作用。而我们从唐代民间对于文人表现酒趣的诗的喜爱，意外发现唐代诗人的这一思想对于普通民众的浸润。但我想，民众对这些诗歌的体认，与原作者绝对不会一样。举第 49 首为例：

瓷器题诗作：去岁无田种，今春乏酒财。恐他花鸟笑，伴醉卧池台。

《全唐诗》作：去岁无田种，今春乏酒材。从他花鸟笑，伴醉卧楼台。

相较两诗，只有三字不同，"财"与"材"，"恐"与"从"，"池"与"楼"。仅这三字之不同，便能见出境界高低，显然《全唐诗》的版本更为高妙。"乏酒材"承前句"无田种"而来，指缺少酿酒用的谷米原料。"从他花鸟笑，伴醉卧楼台"，一个"从"字，显出诗人的豁达不拘，"伴醉"的行为更富谐趣。瓷器题诗作"乏酒财"，则成了无钱买酒，末句作"恐他花鸟笑"也不免带着寒酸拘谨气。从 1996 年版《长沙窑》图版 190 看来，此题诗笔迹稳健，丝毫不乱。并且，现出土的三件题此诗的长沙窑瓷器，俱作如是题法，可见瓷器题诗与《全唐诗》的三字出入，绝非书手偶然笔误，而是该诗在民间流传（至少在这一地域）的一个固定版本。这一版本，虽不及原诗高妙，但也拥有自己的接受群体。另外几首文人诗，如思亲的《一别行千里》诗、感慨世事的《借问东园柳》诗、言仕进的《公子求贤未识真》诗、咏节令的《今岁今宵尽》诗，都是易与民众发生情感共鸣的题材内容。贺知章《主人不相识》诗，后来被选入童蒙读物《千家诗》。刘采春所唱"当代才子所作"之"借问东园柳"诗的后两句，也见录于《增广贤文》，唯改"自无枝叶分"作"自恨枝无叶"。显然，经过民众在接受过程的"再创造"，那些本出文士之手的作品，其实更多地是以俗体诗的性质与面目流播在世间，发挥着类似俗体诗的意义功能。

其二，经民间书手或世俗民众接受之后，与文人原诗相比，民间的版本一般发生两方面变异。

首先，是字词的浅易通俗化，个别地方用方言口语。如瓷器题诗第 89 首"今岁今宵尽，明年明日开。寒随今夜走，春至主人来"，本《全唐诗》卷一四五王谌《除夜》诗的前四句。王谌诗曰："今岁今宵尽，明年明日催。寒随一夜去，春逐五更来。气色空中改，容颜暗里回。风光人不觉，已着后园梅。"瓷器题诗取其首四句，个别字词发生变易，更加通俗化。题诗次句末字以"开"换置"催"，第三句末字以"走"换置"去"，声韵更响亮，显示出宜于口头流传的迹象。

其次，民间对于文人诗发生兴趣，除情感、内容外，还有形式上的因素，表现为对原诗某些语句、片段的节选。对于瓷器题诗第 83 首《鸟飞平无（芜）近远》一诗，已考证为节选刘长卿《苕溪酬梁耿别后见寄》诗之中间四句。徐俊因《炙毂子诗格》引此诗末四句"白云千里万里，明月前溪后溪。君向长沙谪宦，江潭春草萋萋"作为六言体例诗，推断长卿此诗的确曾析为绝句体流行，从而解释瓷器题诗因何选其四句。但我认为，这并不能解释瓷器题诗为什么选中间两联，而非前一叠或后一叠。要想解释这一现象，还得从中间两联本身来看。其诗中间两联，有着明显的文字游戏色彩。"近"与"远"，"东"与"西"，"千里"与"万里"，"前溪"与"后溪"，形成四对义相反或相近的词组，造成游戏为文的审

23

美实效。这些字词本身也很平易通俗。而游戏谐谑，是民间诗最重要的发生原理，也是民间文学的显著特色之一。从这一角度，解释长卿诗之中间两联被民间知识分子所选择的原因，显然更具说服力。同样的道理，也可以说明第89首《今岁今宵尽》诗，第三句原诗作"寒随一夜去"，瓷器题诗作"寒随今夜走"。"今夜"虽与首句之"今宵"重复，但与前两句"今岁今宵""明年明日"连起来读，一气呵下，更宜于口头传诵（也可以说是口头传诵所致）。

二 长沙窑瓷器题诗中的俗体诗

当然，在全部题诗中占有更大比例的是采用通俗俚语的俗体诗。如表1-1所示，瓷器题诗与敦煌遗诗互见的有10例。每一例诗作，分别在长沙窑瓷器与敦煌遗书中都有几种不同的书写版本，说明它们曾在唐五代的民间社会广泛流行。根据题材内容，可将这些俗体诗分作两类。

一是游戏杂体类，如第1首、第47首。瓷器题诗第1首："春水春池满，春时春草生。春人饮春酒，春鸟弄春声。"此类叠字体诗在民间非常盛行，尤其是歌咏春景的题材。除敦煌P.3597卷抄诗、中国书店《佛说无量寿宗要经》卷背张宗宗抄诗外，日本北三井103（025—14—20）号《成唯识论》卷背也有杂写："春日春风动，春山春水流。春人饮春酒，春棒打春牛。"① 印尼"黑石号"沉船出水一只长沙窑青釉褐彩瓷碗，残片存两句题诗："春雨春地□，春时春草□。"（2004年版《长沙窑》图版550左下）。能够看出这些题诗、抄诗都是基于同一母本。瓷器题诗第47首是民间用来教导孩童习字的口诀："远送还通达，逍遥近道边。遇逢遐迩过，进退随遛连。"敦煌遗书斯5513《开蒙要训摘抄》卷背也抄"辶"部首的字五行，末两行作："邂逢遐迩过，进退□游莲。送远还通达，逍遥近道边。"② 将同部首的字编为口诀，资助记忆。属于这类游戏杂体的作品还有6首：第19首为拆字体，第27首、66首、79首三篇为谜诗，第75首为离合体诗，第97首则是一篇字谜。

二是抒写情志类，包括第9首、第16首、第21首、第24首、第37

---

① 参见施萍亭《日本公私收藏敦煌遗书叙录（一）——三井文库所藏敦煌遗书》，载《敦煌研究》1993年第2期，第88页。

② 《英藏敦煌文献》第7册，四川人民出版社1994年版，第212页。

首、第 50 首和第 53 首。第 9 首："一日三场战，离家数十年。将军马上坐，将士雪中眠。"写行役之苦，直斥军中苦乐不均。第 24 首《白玉非为宝》、第 37 首《竹林青付付（郁郁）》展现小学生的精神面貌。第 50 首："忽起自长呼，何名大丈夫。心中万事有，[不愁手中无]。"这位自称大丈夫的男子，胸怀大志却不能有所作为，不禁对天长呼。第 16 首《君生我未生》诗与第 53 首《自入长信宫》两篇与爱情婚姻有关。第 16 首虽由改造佛教偈语而来，但在长期流传过程中已成为民间情诗。敦煌遗书斯 2073 卷《庐山远公话》述佛偈："身生智未生，智生身已老。身恨智生迟，智恨身生早。身智不相逢，曾经几度老。身智若相逢，便是成佛道。"① 瓷器题诗将佛偈中"身""智"两字分别换作"君""我"，写相爱的人却不能共度今生的痛苦。第 21 首"念念催年促，由（犹）如少水鱼。劝诸行过众，修学至无余。"此诗完全截取佛偈而来。敦煌遗书斯 236 号写卷《礼忏文一本》中白众听《黄昏无常偈》曰："西方日已没，尘劳犹未除。老病死时至，相看不久居。念念催年促，犹如少水鱼。劝诸行道众，修学至无余。"瓷器所题正为《黄昏无常偈》之后四句。《礼忏文一本》中还有一篇《后夜无常偈》："时光千流转，忽至五更初。无常念念至，恒与死王居。劝诸行道众，修学至无余。"修学、精进是这些偈语的主导思想，劝人珍惜时日，修道习业。当然，民间接受时不必囿于原意，可用为一般励学和劝化。也正是这个原因，这些取自佛偈的短诗才在民间流行开来。

　　以上，我们将互见于《全唐诗》中作品的瓷器题诗，与互见于敦煌遗书中的瓷器题诗分别加以考察。为使眉目更加清晰，可将长沙窑瓷器题诗的构成情况表示如下：

长沙窑瓷器题诗
唐前诗（1 例）：第 56 首《有僧长寄书》
唐代文人诗（约 30%）：以见于《全唐诗》中作品为代表
唐代民间俗体诗（约 70%）：以见于敦煌遗书中作品为代表

　　其中的民间俗体诗也可列一细目，见表 1 - 2。

---

　　① 见徐俊《〈庐山远公话〉的篇尾结诗》，《文学遗产》1995 年第 6 期。

表 1 - 2 　　　　　　　　　　长沙窑瓷器题诗中的民间俗体诗

游戏杂体类	抒写情志类
1. 春水春池满，春时春草生。 春人饮春酒，春鸟弄春声。	2. 圣水出温泉，新阳万里传。 常居安乐国，多报未来缘。
	3. 去去关山远，行行湖（胡）地深。 早知今日苦，多与画师金。
	4. 日日思前路，朝朝别主人。 行行山水上，处处鸟啼新。
	5. 只愁啼鸟别，恨送古人多。 去后看明月，风光处处过。
	6. 一别行千里，来时未有期。 月中三十日，无夜不相思。
	7. 人归千里外，心尽一杯中。 莫虑前途远，开帆逐便风。
	8. 小水通大河，山深鸟宿多。 主人看客好，曲路亦相过。
	9. 一日三场战，离家数十年。 将军马上坐，将士雪中眠。
	10. 那日君大醉，昨日始自星（醒）。 今日与君饮，明日用斗量。
	11. 道别即须分，何劳说苦新（辛）。 牵牛石上过，不见有啼恨（蹄痕）。
	12. 我有方寸心，无人堪共说。 遣风吹却云，托向天边月。
	13. 男儿大丈夫，何用本乡居。 明月家家有，黄金何处无？
	14. 客来莫直入，直入主人嗔。 打门三五下，自有出来人。
	15. 龙门多贵客，出户是贤宾。 今日归家去，无言谢主人。
	16. 君生我未生，我生君以（已）老。 君恨我生迟，我恨君生早。
	17. 天地平如水，王道自然开。 家中无学士，官从何处来？
	18. 上有东流水，下有好山林。 主人居此宅，日日斗量金。
19. 天明日月□，立月己三龙。 言身一寸谢，千里重金钟。	
	20. 买人心惆怅，卖人心不安。 题诗安瓶上，将与买人看。
	21. 念念催年促，由（犹）如少水鱼。 劝诸行过众，修学至无余。

续表

游戏杂体类	抒写情志类
	22. 自从君去后，常守旧时心。 洛阳来路远，凡用几黄金？
	23. 自从君去后，日夜苦相思。 不见来经岁，肠断泪沾衣。
	24. 白玉非为宝，千金我不须。 意念千张纸，心存万卷书。
	25. 男儿爱花心，徒劳费心力。 有钱则见面，无钱不相识。
	26. 凡人莫偷盗，行坐饱酒食。 不用说东西，汝亦自绦（条）直。
27. 闻流不见水，有石复无山。 金瓶成（盛）碎玉，挂在树枝间。	
	31. 剑缺那（哪）堪用，霞（瑕）珠不直（值）钱。[芙蓉一点污，□人那堪怜]？
	32. 衣裳不如法，人前满面修（羞）。 行时无风彩（采），坐在下行头。
	34. 自从为客来，是事皆隐忍。 若有平山路，崎岖何人尽。
	35. 俗（避）酒还逢酒，逃杯反被杯。今朝酒即醉，满满酌将来。
	36. 新妇家家有，新郎何处无。 论情好果报，嫁取可怜夫。
	37. 竹林青付付（郁郁），鸿雁北向飞。 今日是假日，早放学郎归。
	39. 终日如醉泥，看东不辨西。 为（惟）存酒家令，心里不曾迷。
	41. 作客来多日，烦扰主人深。 未有黄金赠，空留一片心。
	42. 作客来多日，常怀一肚愁。 路逢千丈木，堪作坐竹（望乡）楼。
	44. 来时为作客，去后不身陈。 无物将为信，流（留）语赠主人。
	45. 频频来作客，扰乱主人多。 未有黄金赠，空留一量靴。
	46. 寒食元无火，青松自有烟。 鸟啼新柳上，人拜古坟前。
47. 远送还通达，逍遥近道边。 遇逢遏迍过，进退随遛连。	
	48. 东家种桃李，一半向西邻。 幸有余光在，因何不与人。

续表

游戏杂体类	抒写情志类
	50. 忽起自长呼，何名大丈夫。 心中万事有，[不愁手中无]。
	52. 一双青鸟子，飞来五两头。 借问舡轻重，附信到扬州。
	58. 岁岁长为客，年年不在家。 见他桃李树，思忆后园花。
	60. 地接吾城近，闻君遇夕杨（阳）。 白云留不住，万里独归乡
	62. 欲到求仙所，王母少时开。 卜人舡上坐，合眼见如来。
	63. 春来花自笑，春去叶生愁。 千今（金）乍可得，年年枉为流。
	64. 后岁迎新岁，新天接旧天。 元和十六载，长庆一千年。
	65. 终日池边走，无有水云深。 看花摘不得，屈作采莲人。
66. 入池先弄水，岸上拂轻沙。 林里惊飞鸟，蘭（园）中扫落花。	
	67. 澧河青石水，安居湖里边。 有心相（想）故家，将书待客来。
	68. 造得家书经两月，无人为我送将归。 欹凭鸿雁寄将去，雪重天寒雁不飞。
	69. 从来不相识，相识便成亲。 相识满天下，知心能几人。
	70. 君去远秦川，无心恋管弦。 空房对明月，心在白云边。
	71. 夜夜携长剑，朝朝望楚楼。 可怜孤夜月，偏照客心愁。
	72. 鲍楫行来多，守常□奇（寄？）衣。 今寒至莫送，来急自言归。
	73. 小小竹林子，还生小小枝。 将来作笔管，书得五言诗
75. 夕夕多长夜，一一二更初。 田心思远客，门口问征夫。	
	76. 青骢饮渌（绿）水，双吸复双呼。 影里蹄相踏，波中嘴对乌。
	77. 柳色何曾具（见），人心尽不同。 但看桃李树，花发自然红。
	78. 无事来江外，求福不得福。 眼看黄叶落，谁为送寒衣。

续表

游戏杂体类	抒写情志类
79. 不短复不长，宜素复宜妆。 酒添红粉色，杯染口脂香。	
	80. 破镜不重照，落花难上支（枝）。 行到水穷处，坐看云起时。
	81. 日红衫子合罗裙，尽日看花不厌春。 更向妆台重注口，无那萧郎悭煞人。
	84. 住在绿池边，朝朝学采莲。 水深偏责（侧）就，莲尽更移舡。
	85. 东阁多添酒，西关下玉阑。 不须愁日夜，明月送君还。
	86. 岭上平看月，山头坐听风。 心中一片气，不与女人同。
	88. 孤雁南天远，寒风切切惊。 妾思江外客，早晚到边停（亭）。
	90. 君弄从君弄，拟弄恐君嗔。 空房闲日久，政（正）要解愁人。
	91. 须饮三杯万士（事）休，眼前花发四枝 （肢）柔（柔）。不知酒是龙泉剑，吃入伤 （肠）中别何愁。
92. 单乔亦是乔，着木亦成乔（桥）。 除却乔（桥）边木，着女便成娇。	
	93. 离国离家整日愁，一朝白尽少年头。 为转（寻）亲故知何处，南海南边第一州。
	94. 昨夜垂花宿，今朝荡路归。 面上无光色，满怀将与谁。
	95. 上有千年鸟，下有百年人。 丈夫具纸笔，一世不求人。
小计 8 首	小计 66 首
总计 74 首	

　　这些作品都有较复杂的流传背景，不仅考订作者背景困难，有些作品在不同材料范围内具有不同的功能属性，但即便如此，我们仍然能够感觉出，这两类作品（与《全唐诗》互见瓷器题诗、与敦煌遗诗互见瓷器题诗）分别代表着构成唐五代民间诗歌文化的两个来源：一，本为文人所作，其后流入民间；二，普通民众或民间的知识分子"感于哀乐，缘事而发"，作品主要在民间阶层传播，是为民间俗体诗的主要来源。虽有少许作品性质模糊，介于二者之间，如来自传说故事的《一双青鸟子》诗、

截取佛教偈语的《念念催年促》诗，不过这类作品数量有限，并且从某种意义上也承担着民间诗歌的社会功能和抒情功能。总之，即使我们不能为长沙窑瓷器题诗一一确定作者和背景信息，仍然不影响我们对这批作品构成情况的判断，不影响我们依据其中的俗诗作品对民间的审美风尚与民众思想情感的进一步了解。长沙窑瓷器题诗对于我们进行俗体诗研究的意义正在于此。总之，题写于长沙窑瓷器表面的诗歌、语句，与带有浓厚商业气息、与民众生活关系密切的瓷器生产相结合，广泛流传于中晚唐及五代时期的市民阶层中，多数作品可视为研究唐五代俗体诗的珍贵标本。

对这部分材料的整理提醒我们进一步思考，在唐代民间社会中，人们除了在瓷器上题写诗句外，是否也在别的实用器物上用诗语进行装饰呢？这自然是值得我们继续留意和关心的方面。不过，我们定性长沙窑瓷器上的题诗基本为流行民间的俗体诗，除以作品的语言、内容和书写形态为依据外，还结合了整个长沙窑的生产状况以及瓷器的流传范围。考古专家已经从多方面论定长沙窑是一个带有民间商业营销性质的窑址区，为我们了解瓷器的造作者和题诗者的文化水平，把握瓷器的消费者和题诗欣赏者的审美能力，以及判定这些诗歌的功能属性等方面，都给予了有力支持。其他与诗歌文化有关的唐代民间实用性器皿文物，就笔者目前所见，尚有镜铭一类。这部分文献不似长沙窑瓷器如此集中，目前学界披露的唐镜题诗有十首左右。金程宇《唐镜所载诗歌辑校》录 11 首，其中 4 首可证为南朝江总、庾信等人的诗，其余诗歌与南朝文人的咏镜、咏美人晨妆题材的作品风格也很接近。金程宇认为："其他无名氏之作，似不宜定为唐诗，当作先唐诗处理。"[①] 此言虽为推测，但也表明目前所见唐人铜镜上面的题诗并不能成为唐代民间俗体诗的典型代表。

第二节　敦煌学郎诗

在敦煌遗书的唐诗文献中，最能代表俗体诗形态的就是由学生郎或书手们抄写在经头卷尾的题记诗和其他散杂诗抄。

一，与《长沙窑》瓷器题诗具有互见关系的基本属于这类作品，可见这些诗歌在民间社会具有一定传承性，是唐五代民间诗歌文化的典型

---

① 金程宇：《稀见唐宋文献丛考》，中华书局 2009 年版，第 207 页。

代表。

二，这类作品的书写者属于民间社会中身份地位相对固定的群体，他们与遗书题记诗的关系，基本等同于长沙窑的匠工书手与瓷器题诗之间的关系。

三，与通俗小说或故事赋中的诗体韵文相比，这些作品具有明显的独立性；与通俗类书或具有传统教育课本类型书籍中的诗体材料相比，这些作品的产生更能体现"诗歌"用来抒情言志的根本性能。

四，学郎所书诗歌，既包括他们个人创作的诗篇，也包括民间流传的旧诗及文人诗作。由于诗学修养尚有限，以及写作态度的关系，其个人创作的诗篇多数停留在"童谣儿歌式的语体诗"阶段，"属学郎集体创作"①。民间流传的旧诗，如《书后有残纸》《高门出贵子》《今日好风光》等五言诗，在多个写卷出现，此时任何个人都不能成为真正的作者，只能视为民间集体创作的成果。

从题诗笔迹与题记信息基本可以判断，诗作者（或抄者）与正文的抄写者常常就是同一人。如斯692《秦妇吟》卷末（见图1-2）有题记和落款："贞明五年己卯岁四月十一日敦煌郡金光明寺学仕郎安友盛写记。"另起一行，抄诗："今日写书了，合有五升米。高代不可得，坏是自身灾。"题记及诗歌的书写笔迹与《秦妇吟》写卷正文完全一致。显然这首诗的抄写者为安友盛，敦煌郡人，时为金光明寺的学仕郎（即学生郎）。

再如伯2746卷正文抄《孝经》，卷末"《孝经》一卷"文字下落款："翟曒呧郎君。翟曒呧诗卷。"旁边有一则题记："岁至庚辰（860），月造季秋，日逮第三，写诗竟记。后有余纸，辄造五言拙诗一首。"另起一行书"读诵须勤苦，成就始似虎。不词（辞）扷（杖）棰体，原（愿）赐荣躯路"诗一首，笔迹与正文、落款及题记完全一致，显然这首诗是翟曒呧完成抄写《孝经》功课后写下的。再如，伯2622正面抄《吉凶书仪》上、下两卷，卷末题记："大中十三年四月四日午时写了。"笔迹同正文，没有直接留下书写者姓名。但在《吉凶书仪》"吊人父母经时节疏"题下有"李文义"落款。"答疏"下又有"此是李文义书记"的题识，笔迹与正文同，知李文义为本卷抄写者，并写下题记。显然，题记旁所抄《今照（朝）书字笔头干》《山头一队录（绿）陵（凌）云》《竹

① 参见徐俊《敦煌学郎诗作者问题考略》，《文献》1994年第4期，第22页。

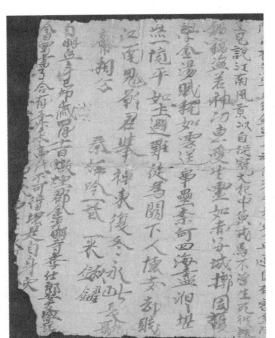

图 1-2　斯 692《秦妇吟》卷末

林清（青）郁郁》《海鸟无（浮）还没》《遮莫千今（金）与万金》《寸步难相见》六诗皆出李文义之手。在伯 2622 的背面也有四首诗：《尚书读〈尚书〉》《昔日家中富》《昌昌（日日）三长（场）战》《白玉非为宝》，字迹同正面，应该也是李文义所抄。有些散杂诗抄虽无题记，也没有留下书写者身份姓名，但根据书写内容或与其他文献的互见关系，也可以确认出自学郎书手的写作。如斯 3287《千字文》一卷，末尾"千字文一卷"五字下有诗："今日书他智（纸），他来定是嗔。我今归舍去，将作是何人。"题诗者显然是个学生郎。由于事先没有征得别人同意，擅自使用人家的纸本，心想主人来了一定会嗔怪自己，不如趁早一走了之，此事便成无头之债了。再如斯 3287 卷背《子年擘三部落百姓回履情等户手实》（题拟）之后的诗抄："氿泪研墨磨，媚（眉）毛作笔使。衫衿为智（纸）□，早起一偏（篇）言。"这些学生每天刻苦攻读，勤奋努力，心理上承受很大的压力。诸如此类的诗篇，笔者共辑得 59 首（见表 1-3），具体考察情况参看本书附录二《敦煌学郎题记俗体诗校录》。

表 1-3　　　　　　　　敦煌学郎诗中的俗体诗

序号	遗书编号	题记人	诗歌内容
1	伯 2498	李幸思	幸思比是老生儿，投师习业弃无知。父母偏阾（怜）昔（惜）爱子，日讽万幸（行）不滞迟。
2	伯 2516	薛石二	野棘（棘）知人意，因何不早回？既能牵绕（挽）淂（得），待后洩（拽）将来。

序号	遗书编号	题记人	诗歌内容
3	伯2621	员义	写书不饮酒，恒日笔头干。且作随疑（宜）过，即与后人看。
4	伯2622	李文义	今照（朝）书字笔头干，谁知明柝（晨）实个奸（？）。向前早许则其信，交他人者不许（喜）欢。
5			山头一队录（绿）陵（凌）云，白马红英（缨）出众群。知如（尔）意气不如次（此），多应则（这）个待河（何）人。
6			竹林清（青）郁郁，伯（百）鸟取天飞。今照（朝）是我日，且放学生郎归。
7			海鸟无（浮）还没，山云收［复连。棹穿波底月，船压水中天。］
8			遮莫千今（金）与万金，不如人意与人心。黄金将来随手散，不如人意进（尽）长存。
9			寸步难相见，同街似隔山。长天作何罪，交（教）见不交（教）连（怜）。
10	伯2622卷背	李文义	尚书读《尚书》，读（独）坐在楼头。壹双清（青）龙在，□尽［□□□］。
11			昔日家中富，门前车马多。可中负赋去，朝不□□过。
12			昌昌（日日）三长（场）战，李（离）家数十年。将军马上前，百性（姓）霜中邻（怜）。
13			白玉非为宝，黄金我未须。□竟千张数，心存万卷书。
14	伯2746	翟颺颺	读诵须勤苦，成就始似虎。不词（辞）扙（杖）棰体，原（愿）赐荣躯路。
15	伯2947		书后有残纸，不可列（别）将归。虽然无手笔，且作五言诗。
	斯6208	张学儒	□□□□□，□□□□□。□然无手笔，作五言□（诗）。
16	伯2995		沙弥天生道理多，人名不得那（奈）人何。从头至尾没闲姓，忽若学字不得者，杆（打）你沙弥头恼（脑）破。
17	伯3054	张富郎	宋家大门面西开，椀落当心金阿埵。麦粟□圌主山崖，慢眉慢系主把推。
18	伯3189	张彦宗	闻道侧书难，侧书实是难。侧书须侧立，还须侧立看。
19	伯3305	李文改	今朝闷会会，更将愁来对。好酒沽五升，送愁千理（里）外。
20			唾落烟陈（尘）气，山头玉月明。家鸡怕夜语（雨），桃（逃）出奉黄（凤凰）城。
21			写书不饮酒，恒日笔头干。且德（得）随宜过，有错后人看。
22			男儿屈滞不须论，今岁□驰□□春。□□强逢不学问，满行□色□□人。□身□□□身苦，□朝得□留后人。
23	伯3386、伯3582	张富盈	计写两卷文书，心里些些不疑。自要心身悬切，更要师父阇梨。

序号	遗书编号	题记人	诗歌内容
24	伯3441	高英建	白玉虽未（为）宝，黄金我未虽（须）。心在千章至（张纸），意在万卷书。
25	伯3573		忽起气肠嘘，何名大丈夫。心里百事有，不那（奈）手中无。
26	伯3597	灵图寺弥比丘□□	春日春风动，春来春草生。春人饮春酒，春鸟弄春声。
27			孔子高［山］座（坐），弱水不能流。诸君在学问，何敢该君同。
28			高僧（山）高高高入云，真僧真真真是人。清水清清清见底，长安长长长有君。
29			日日楼昌（娼楼）望，出（山山）出没云。田（填）心思远客，问（门）口问贞（征）人。
30	伯3906	吕均	人生不学漫是非，愚情小子实堪悲。三文两字暂将用，疑欲更作心里迷。
31			先贤制作好文书，人身明过戴头皮。早晚会知心明晓，努力恳克寻古诗。
32	伯4588	张盈信	学字经今三再（载），言语一切（些）不解。官次家中大郎，且交（城）外受罪。
33			今朝到此间，酒前（钱）交须（谁）还。吃着一盏料（料），面孔赤粗粗。
34	斯692	安友盛	今日写书了，合有五升米。高代（贷）不可得，坏（还）是自身灾。
35	斯3287		今日书他智（纸），他来定是嗔。我今归舍去，将作是何人。
36	斯3287		汋泪研墨磨，媚（眉）毛作笔使。衫衿为智（纸）□，早起一偏（篇）言。
37	斯3393		莫道今朝大其（奇）哉，日落西夏（下）眼不开。不是等闲游行许，前世天生配业来。
38	斯3663		可可随宜纸，故故遣人书。充功而已矣，何假觅众诸。
39	斯3713		今日好风光，骑马上天堂。阿须（谁）家有好女，家（嫁）如（予）学是（士）郎。
40	斯4129		□□□□□□□，看字极快有分判。□□□□□聪明，恳苦学问觅财（才）艺。
41			不知学郎有才志，直是无嫌没意□。甚好儿郎学括顶，言语忠（中）间不忠（中）听。
42			［□□］学郎身姓阴，财（才）艺精令不求人。直是□□□□□，适奉尊卑好儿郎。
43	BD04291	索惠惠	那日此（兜）头见，当初便有心。数度门前过，何曾见一人？
44			高门出贵子，存（好）木出良在（材）。丈夫不学闻（问），观（官）从何处来？
45			由由（悠悠）天尚（上）云，父母生我身。少来学里坐，金（今）日得成人。
46			孔子高山坐，若（弱）水不欲流。诸君在学闻（问），观（官）从何处来。

续表

序号	遗书编号	题记人	诗歌内容
47	BD03925 号背 3		清清（青青）何（河）边草，游（犹）如水鳬鳬（袅袅？）。男如（儿）不学问，如若一头驴。
48	BD 01199 号 2		写书今日了，因何不送钱。谁家无赖汉，回面不相看。
49	BD 08668 号 2	王海润	学郎身姓［□］，长大要人求。堆亏急学得，成人作都头。
50	BD 14636 号 3	翟奉达	三端俱全大丈夫，六艺堂堂世上无。男儿不学读诗赋，恰似肥菜根尽枯。
51			躯体堂堂六尺余，走笔横波纸上飞。执笔题篇须意用，后任将身选文知。
52			哽咽卑末手，抑塞多不谬。嵯峨难遥望，恐怕年终朽。
53	中国书店藏本 ZSD 060 号背 2	张宗宗	可连（怜）学生郎，每日画一张。看书痒（佯）度［日］，泪落数千行。
54	附：新疆阿斯塔那三六三号唐墓	卜天寿	写书今日了，先生莫醿（嫌）池（迟）。明朝是贾（假）日，早放学生归。
55			伯（百）鸟头（投）林宿，各各觅高支（枝）去，□（五）更分散去，苦落（乐）不想（相）知。
56			日落西山夏（下），潢（黄）河东海流。人□（生）不满百，恒作万年忧。
57			高门出己（贵）子，好木出良才（材）。交□学敏（问）去，三公河（何）处来？
58			他道侧书易，我道侧书［难］。侧书还侧读，还须侧眼［看］。
59			学问非今日，维须跡（积）年多。□看阡陌（陌）水，万合始城（成）河。
总计			59 首

与长沙窑瓷器题诗一样，敦煌遗书中的这些俗体诗既具有地域文化特色，又是唐代民间诗歌的原生态书面呈现。进一步对比这两批材料，又见出其各自特点。

第一，瓷器题诗皆具正式发表或公之于众的性质，敦煌文献中的俗诗作品大多为个人随意书写。在瓷器题诗中，文人才士，以及民间共传的诗歌，自然是已经流传开了的，具有一定群众基础，才会被书手或窑匠取为瓷器的装饰之用。另有一些看似抒写个人情怀的作品，如第 10 首"那日君大醉，昨日始自星（醒）。今日与君饮，明日用斗量"，第 86 首"岭上平看月，山头坐听风。心中一片气，不与女人同"等诗，一经题写，也将随着瓷器一同流入社会。在此过程中，诗歌既承担了瓷器的装饰功能，又为自己赢得了一个特殊的发表平台。而在敦煌遗书中，大量抄写俗体诗的文本，都是多种文钞的混合体。这些诗歌有的书在卷背，有的题在卷首，有的写在正文的篇末或落款之空白处，有的近似凌乱涂抹。如遗书伯2947号写卷正文抄《蕲法师垂引文》，卷末有一则题诗："书后有残纸，不可列（别）将归。虽然无手笔，且作五言诗。"似乎是为了不浪费纸张才题上这么一首诗。那些夹在字里行间或经头卷尾的俗诗，有的是书手掇拾他人诗句作练笔之用，有时引用民间广传的俗语抒发个人感慨，当然也不排除学郎、书手们的个人创作，但基本上是即兴运笔、随意写作，并不追求公之于众的效果。因此，从整体上说，长沙窑瓷器题诗的题材内容更丰富一些，更为大众化。而敦煌遗书中的这些俗体诗，在反映民间知识分子的心理情感方面则更为深刻。

第二，敦煌遗书中的俗诗作品背景信息较之瓷器题诗更为具体。关于长沙窑的烧制年代，据专家考证，"大致兴起于八世纪后期的安史之乱时期，九世纪发展至鼎盛时期，十世纪中期趋向衰落"。[①] 这个时间段相当于中晚唐及五代时期。瓷器上的题诗，自然也是这一历史时期为当地民众所熟知，并在民间广为流传的诗歌。但是，长沙窑瓷器题诗一律不显示诗题和作者名，因此瓷器题诗的时间上限仍然不能确定。而在敦煌遗书中，虽然题记者不一定就是诗歌的创作者，但至少可据题记内容判断诗歌的流传时间。如长沙窑瓷壶上的这首诗："竹林青付付（郁郁），鸿雁北向飞。今日是假日，早放学郎归。"在敦煌遗书和吐鲁番出土文书中都有内容相似的诗歌文本。敦煌伯2622写卷《吉凶书仪》末李文义抄诗七首，其三："竹林清郁郁，伯（百）鸟取天飞。今照（朝）是我日，早放学生郎归。"题记曰："大中十三年（859）四月四日午时写了。"又新疆阿斯塔那三六三号唐墓出土卜天寿写本郑氏注《论语》，卷末五言诗："写书今日了，先生莫醎（嫌）池（迟）。明朝是贾（假）日，早放学生归。"题记曰："景龙四年（710）三月一日私学生卜天寿□（抄）。"又曰："西州高昌县宁昌乡厚风里义学生卜天寿年十二状具（下残）。"根据这些出土文书中的材料得知，这类题材的俗体诗歌在学生郎这一知识分子阶层中非常盛行，覆盖中原和西域两地，并且持续流行的时间甚至贯穿整个唐

---

① 周世荣：《唐五代长沙窑瓷器题诗概说》，《中国诗学》第五辑，第72页。

代。甚至在敦煌文书中，有些题记者本身确为诗歌创作者，如伯 2498 抄《李陵与苏武书》《穷囚苏子卿谨献书于右交力王》，卷末题记曰："天成三年（928）戊子岁正月七日学郎李幸思书记。"后另起一行书诗一首："幸思比是老生儿，投师习业弃无知。父母偏阣（怜）昔（惜）爱子，日讽万幸（行）不滞迟。"显然学郎李幸思不仅是本卷正文的抄写者，也是卷末题记诗的作者。其诗抒发李幸思对父母培育之恩的感激，并暗下决心一定要学有所成。

第三，虽然它们都显示出唐五代民间俗体诗的书写样态，提供了俗体诗的真实标本，不过其所昭示的意义各有侧重。首先，它们生成于两个不同的地域文化圈，文学传统和生活背景不尽相同。长沙窑瓷器题诗是荆湘地域民间文学的组成部分，是文学传统深厚、经济较发达的湘江流域民众创造的诗歌文化。敦煌遗书中俗体诗作者成分较复杂，僧俗文学杂糅是其最突出的文化特征。敦煌遗书中的学郎题记诗，大多出于接受寺院学校教育的学生，也有被寺院雇佣抄经的职业书手。一些民间礼俗诗出现在藏经洞中，也与寺院实际上承担了僧俗两界的文化教育职责有关。其次，就创作与传播方面看，长沙窑瓷器题诗是依托工艺生产的文化传播形态，诗作的原创性较弱，体现的是传播中的俗体诗样态。而敦煌遗书中的俗诗，尤其是学生郎的题记诗，相当一部分处于原创阶段，在作者与作品之间，还没有其他媒介加入。

以上所述主要是敦煌遗书中有明确信息提示其书写者为学生郎的俗体诗歌，共得 59 首。除此之外，遗书中还有一些从体貌看亦为俗体诗，只是没有明显的作者身份提示，如题写在俗体字书《字宝》卷首的四首《赞碎金诗》，依附于民间嫁女仪式文的《崔氏夫人训女文》后的二篇白侍郎诗，皆为民间诗人托名文士所作。还有缘于佛本生故事的《神龟诗》，用于广告宣传的"厶乙铺上新铺货"诗，反映做客礼俗的"好客须留住"诗，等等。虽然书写者身份不明，但从诗体风貌及书写情境看，也都是民间俗传的诗歌。这类俗体诗歌我们共辑得 18 首，参见书后附录二《敦煌学郎题记俗体诗校录》中的第 31 诗至第 41 诗。

第三节　唐人墓志盖题诗

2007 年 9 月，西安碑林博物馆的研究人员在整理新入藏碑石时发现，有数方墓志盖面四周刻有诗句。诗句按顺时针方向排列，体式为五言或七言。2007 年 11 月，《出土文献研究》第八辑发表陈忠凯、张婷合撰《西安碑林新藏唐——宋墓志盖上的挽歌》一文，公布碑林博物馆入藏的八方墓志盖题诗（其中两方墓铭为宋代纪年，六方为唐五代年号），以及张希舜《隋唐五代墓志汇编·山西卷》所拓三幅墓志盖上的挽诗。从内容及书写形态判断，这类题诗属于民间丧葬礼俗中使用的俗体挽诗。《浙江大学学报》2009 年第 3 期发表胡可先《墓志新辑唐代挽歌考论》，作者查阅近年新公布的墓志文献，对唐人墓志盖上题刻的诗歌重新校录后得 17首，并对这些题诗的来源情况作了初步分析。

图 1－3　唐故万府君夫人墓志盖（拓片）　　图 1－4　墓志盖实物图

　　唐五代时期，在墓志盖面上题刻挽诗应是较为普遍的现象，笔者对这方面文物资料一直关注，也有一些新发现。笔者在翻阅《隋唐五代墓志汇编》时，于《北京卷（附辽宁卷）》中又找到一幅未被披露过的题诗墓志盖拓片（唐末五代《汉故秦国太夫人墓志》）。笔者走访民间文物收藏界，有幸目睹一些个人收藏的唐人墓志盖。2008 年 12 月，笔者在河北省正定县一家古玩收藏店发现十几方刻有诗句的唐人墓志盖面。店主人还向笔者展示了由她亲自拓下的十多套唐人墓志盖拓片（如图 1－3 所示）。这些墓志盖面题诗，有些可以用来校证陕西碑林博物馆所藏唐人墓志盖上的题诗，然大多是未经披露过的诗作。这批依附于考古文物的新诗歌资料的发现，不仅具有拾遗补阙的文献价值，对于我们深入了解唐五代民间丧葬礼俗中的诗歌文化形态有着更为重要的研究价值。经笔者重新整理后，共得唐人墓志盖题诗24首，如表1-4所示。校录情形参见本书附录三《唐人墓志盖题刻俗体挽诗校录》。

表1-4　　　　　　　　　　唐人墓志盖题诗简表

序号	墓志情况	下葬时间	志盖题诗
1	李神及妻郭氏墓志	开元二十三年（735）十二月二十九日	剑镜匣晴春，哀歌踏路尘。名镌秋石上，夜月照孤坟。
2	张国清及妻杜氏墓志	咸通十二年（871）七月十一日	阴风吹残阳，苍苍度秋水。车马却归城，孤坟月明里。
3	郑宝贵墓志	龙纪元年（889）八月十三日	人生渝若风，暂有的归空。生死罕相逢，苦月夜朦胧。
4	唐故府君夫人墓志铭	不详	阴风吹黄蒿，挽歌渡西（溪）水。车马却归城，孤坟月明里。
5	唐故李公夫人墓志铭	不详	两剑匣青春，哀歌踏路尘。风悲陇头树，月吊下泉人。
6	李公素妻王氏墓志	咸通十五年（874）八月十日	篆石记文清，悲风落泪溢（盈）。哀哀传孝道，故显万年名。
7	大唐故任府君（素）夫人李氏之墓志铭	咸通三年（862）十月十四日	篆石继文清，悲风落泪盈。礼泉彰孝道，幽壤万年名。
8	张怀清妻石氏墓志	大中九年（855）二月二十三日	阴风吹黄蒿，苍苍渡春水。贯哭恸哀声，孤坟月明里。
9	张兔及妻唐氏合祔墓志	中和三年（883）二月二十九日	哀歌：片玉琢琼文，用旌亡者神。云埋千陌塚，松镵九泉人。
10	李行恭及妻陈氏合祔墓志	后晋开运三年（946）十二月二十三日	坟树草欺（萋）斜日落，断洪（鸿）飞处西风愁。云连乐惨哀声发，苦痛人和泜泪流。
11	王君妻田氏墓志	后汉乾祐二年（949）	三代幽儿（？）葬此园，神灵潜隐车光烟（？）。□□□流黄泉下，万古千秋□□坟。
12	唐故天兴观主太原郭府君（远）墓志	贞元十五年（799）十一月二十日	明神无所鉴，贞良命不延。送终从此隔，号恸别坟前。
13	唐故刘府君（让）墓志铭	咸通三年（862）八月二日	阴风吹白阳（杨），苍苍度秋水。冠哭送泉声，孤坟月明里。
14	唐故孙府君（昊）及夫人墓志铭	咸通十一年（870）九月二十一日	儿女□（恸）声哀，玄堂更不开。秋风悲垅树，明月照坟台。
15	青陟霞及妻万氏墓志	咸通十五年（874）二月七日	洒泪别离居，孤坟恨有余。铭松春石上，残叶半凋疏。
16	唐故宋府君墓志铭	天祐三年（906）十月二十九日	冥寞夫人路，哀哥是宋钟（送终）。目玄（眩）寒树影，声散叫长空。
17	大周故裴府君（简）墓志铭	后周显德二年（955）十一月八日	残月照幽坟，愁凝翠岱云。泪流何是痛，肠断复销魂。
18	唐故元君白氏墓志之铭	不详	父子恩情重，念汝少年倾。一送交（郊）荒外，何时再睹形。

续表

序号	墓志情况	下葬时间	志盖题诗
19	大唐故夫人墓志之铭	不详	逝水东流急,星飞电忽光。奄丧悲年早,永别与天长。
20	唐故焦府君墓志之铭	不详	松柏韵增哀,烟云愁自结。灵车逝不回,泣慕徒鸣咽。
21	唐故王府君夫人墓志	不详	白玉奄（掩）泉台,千秋无复开。魂名何处去,空遭后人哀。
22	大唐故袁府君墓志铭	不详	生前名行契,殁后与谁论。一剑归长夜,人间去主（住）分。
23	唐故府君王夫人志铭	不详	杳杳归长夜,冥冥□垅丘。德风雕万载,松柏对千秋。
24	大周故裴府君墓志铭	不详	岭上卷舒云势撼,桥边呜咽水声愁。人生到此浑如梦,一掩泉台万事休。
总计		24 首	

其中第 2、4、8、13 四诗乃据中唐诗人于鹄《古挽歌》改编而来。《全唐诗》卷三一〇于鹄名下,诗作:"阴风吹黄蒿,挽歌渡秋水。车马却归城,孤坟月明里。"于鹄为大历、贞元间人,有《古挽歌》四首。《乐府诗集》卷二十七著录于鹄《挽歌》两首,其一即此诗。可见这些墓志盖上所刻的诗歌,同样有文人诗流行民间者。除此一例,其余题诗作者目前尚不可考。

一般情况下,墓志盖的功能是简洁地表明死者生前的职位及生活朝代,常题作"故某朝（或某官）某君墓志铭",周边或刻生肖、花纹、八卦符号,起装饰点缀作用。就目前学界所见,在墓志盖面上题刻诗句,是唐代始有的现象。上述墓志盖题诗作为哀祭挽诗特征十分明显。句中所用词汇、意象常见于唐代墓志铭文,如用"镜剑""两剑"喻夫妇,以"阴风""黄蒿""孤坟""明月""松柏""烟云"等摹状坟场。而在《张免及妻唐氏合祔墓志》的墓志盖上,那首题名为《哀歌》的五言诗刻在盖面中间,"张君之志"四字篆书却分居盖面四角。这提醒我们,唐人在墓志盖四周题刻"哀歌"的心理寄托,绝非等同于一般的刻绘花草纹饰、八卦符号等行为。也就是说,墓志盖面四周刻绘的诗句,除用为装饰外,还有着更深刻的文化内涵。

祭悼亡人、寄托哀思是这些墓志盖题诗的主要文体功能。如《阴风吹黄蒿》诗,情景浑然,高古通俗。蒿草漫漫,阴风凄凄,此情此景令亡魂畏惧，生者难安。而亲人之牵念，正如笼罩孤坟的缕缕清光，无尽绵长。再如"冠哭送泉声，孤坟月明里。""名镌秋石上，夜月照孤坟。""风悲陇头树，月吊下泉人。""秋风悲垅树，明月照坟台。"抒情视角接近，诗篇营造的情境氛围如出一辙。或有因爱生怨、责问上苍的，曰："明神无所鉴，贞良命不延。送终从此隔，号恸别坟前。"或有直抒胸臆、慷慨陈怀的，曰："白玉奄（掩）泉台，千秋无复开。魂名何处去，空遣后人哀。"又有感悟生死茫茫、不能释怀的，曰："人生渝若风，暂有的归空。生死罕相逢，苦月夜朦胧。"字字离情，句句哀声，蕴涵着生人对亡者深深的依恋。抒写生死离别之痛，正是此类哀挽诗承担的诗学任务。随着墓志盖埋入土中，刻于墓志盖面的这些挽诗也将生者对死者的哀悼、怀恋封藏于墓门内，守望、陪伴着九泉下的亡魂。

上述墓志盖题诗，多数为生者哀挽亡者所作，但也有例外。如："洒泪别离居，孤坟恨有余。铭松春石上，残叶半凋疏。"此诗以亡者口吻道出，实是一篇自挽诗。首句述其与生前居所告别后，只能独宿孤坟。无独有偶，笔者在《唐代墓志汇编·续集》看到一篇墓志铭文。铭文前十二句为四言，末四句换用五言，曰："悲伤辞旧室，哀痛宿新坟。野云朝作□（伴？），孤月夜为邻。"① 这段五言四句的铭文，艺术手法与墓志盖上的《洒泪别离居》诗非常接近。此类自挽诗，溯其远源，当自晋陶渊明的《挽歌》。不过，唐五代的墓志铭文，绝大多数用肃穆端庄的四言体或四六骈体，或用长于抒情的骚体形式，五言诗不多，七言诗更少。胡可先《墓志新辑唐代挽歌考论》文中提到的唯一一例唐人墓志自挽诗："三乐道常，九思不惑。六极幸免，百行惭德。四大无有大患息，一丘乐化永无极。"② 其实是四、七言结合的韵语铭词。而上述墓志盖题诗，全为五言、七言的绝句体，众所周知，此乃唐代民间最流行的诗歌样式。显然，墓志盖面上的题诗，与魏晋以来逐渐发达的墓志铭文的创作没有必然联系。不过，对照赵力光《西安碑林博物馆新藏墓志汇编》所载碑志铭文，我们发现：虽然墓志盖题诗与碑志铭文的生成并非同一文体系统，但唐代有些碑铭文还是吸纳了少量与墓志盖面所刻诗句相类的挽歌诗。前述《悲伤辞旧室》诗即为一证。再如，《唐故吕府君夫人张氏墓志铭》铭文中有这

---

① 周绍良主编：《唐代墓志汇编·续集》，上海古籍出版社 2001 年版，第 1017 页。

② 赵君平、赵文成：《河洛墓刻拾零》，北京图书馆出版社 2007 年版，第 611 页。

样的句子："富贵荣华府君墓，孝感夫人田宅住。日月圆明照此间，万古千秋安隐处。"①《唐故天兴观主太原郭府君墓志铭》铭文又曰："父兮母兮生我身，不惮劬荣受苦辛。秋风明月坟边照，一闭松门经几春。"② 令人惊奇的是，此诗又赫然题写在同书所载《郑朝尚及妻栗氏墓志》的赞词中③，只字未改。这些七言四句的铭词，语词通俗，立意、风格与墓志盖面所刻诗句十分接近，俱为民间广为流传的俗语诗句。由此看来，唐人于墓志盖面上刻绘诗句现象的发生，其实是唐代诗歌文化的整体发达及在民间形成普及之势的一种状态折射。

挽歌作为丧葬礼仪的组成部分，起源甚早，送葬时由亲人扶灵车吟诵歌唱。至唐代，挽歌已用作诗体。从上述墓志盖题诗来看，盖面上需要题刻什么内容的诗句，视悼亡者与墓主人的关系而定。有些挽诗的使用场合较宽，如《阴风吹黄蒿》诗；有些挽诗有特定的应用场合，如《剑镜匣晴（青）春》诗（《李神及妻郭氏墓志》）、《两剑匣青春》诗（《唐故李公夫人墓志铭》），必须用于夫妻合葬的情况。如果夫妇一人先亡，则铭文多云"镜鸾孤掩，匣剑单沉""双鸳泛水，一剑先沉""孤鸾舞镜，独鹤栖林"等。故而，在《大唐故袁府君墓志铭》志盖题诗中出现了"一剑归长夜"的句子。"儿女恸声哀，玄堂更不开"显然是子女悼念先辈的。而那首"父子恩情重，念汝少年倾。一送交（郊）荒外，何时再睹形"诗，显然是一位父亲在哀挽不幸夭折的幼年子女。在施荣珍所藏唐人墓志中有一方《唐故张儿墓志》（志盖题"唐故会稽康张儿志铭"），序文首曰："亡者龆龀之年，未名，而小字曰张儿。"铭文为其父所撰，末附三首铭词，其三曰："自从尔归太夜，痛缠心不可抑，触绪有感，杳冥无迹。□荒原兮泪沾臆，念尔□环兮无终极。"这首墓铭词，与《父子恩情重》诗，正可视为同一情感的雅、俗两体表达。奇怪的是，题《父子恩情重》诗的志盖中心却刻着"唐故元君白氏墓志之铭"，由于目前尚未找到与之相匹配的墓志，墓主人身份尚难确定，但"元君白氏"似乎不当是少年亡人。依照墓志盖题名的书写常规，似是"元君"与其妻"白氏"之合葬茔。果真如此的话，在"元君白氏"墓志盖上刻写"父子

---

① 赵力光：《西安碑林博物馆新藏墓志汇编》，线装书局 2007 年版，第 734 页。

② 同上书，第 595 页。

③ 同上书，第 620 页。

恩情重"这样的挽诗显然非常不适宜。这一错位现象表明：这些墓志盖题诗确为民间社会广为流传的哀祭诗，制作墓志碑体的石匠刻工并非诗作的原始作者；墓志盖题诗独立于墓志铭文，甚至碑文中的韵语铭词，是整体发达的唐诗题材系统在民间社会的一个分支形态。

上述诗篇虽然体制短小，但异体字、简体俗字、同音讹误现象并不鲜见。与之对应的墓志铭并其序文，刻写却少有错误，文辞也较典雅。对这一现象合理的解释只能是，这些墓主人生前虽为平民，但其家人还是尽量请文化水平较高的人士撰写墓志铭。刻工依照墓铭文稿进行雕刻，误书概率自然小很多。而墓志盖面所刻诗句，并非墓铭文稿原有，刻工凭借个人记忆或民间抄本进行雕刻，讹误概率自然就高。如表 1 - 4 第 2、4、8、13 首乃中唐诗人于鹄《古挽歌》的不同流传版本。其余题诗作者均不可考。我们相信，除去这四篇题诗外，应该还有本为文人创作，流入民间后失去作者姓名的。何况题刻在墓志盖面的诗歌，所承担的意义功能几乎无关其著作权问题，流传过程中遭受不同程度篡改的情况更易发生。如第 6 诗与第 7 诗，两诗后半不同，两种文本在当时却都很流行。孰为原本，孰为衍生本，这个问题已不重要。

仔细阅读上述题诗，我们还发现，有些挽诗中有表示季候、节令的字词，可根据出丧时的实际时令进行改换。如西安碑林博物馆入藏之《张国清及妻杜氏墓志》，铭文落款为"唐咸通十二年七月十一日"，时已入秋，故其志盖题诗："阴风吹残阳，苍苍度（渡）秋水。"而《张怀清妻石氏墓志》，铭文落款为"唐大中九年二月二十三日"，志盖刻诗则为"阴风吹黄蒿，苍苍渡春水。"此外，笔者在正定县墨香阁店铺曾见两幅唐人带挽诗墓志盖拓片，两首挽诗仅有一字之差，一作"仲冬节"，一为"孟冬节"，其余文字全同。显然是根据送葬的时令，将同一挽诗的个别字词作了调整。可见这些俗体挽歌诗，还具有一定的应用文体性质。

在墓志盖面上题刻诗句的现象至宋代仍然保留。西安碑林博物馆藏《韩延超及妻王氏墓志》盖面刻诗："肠断恨难穷，交驰远送终。人回何所托，空卷夕旸（阳）风。"[①]《大宋故申府君墓志铭》盖面刻诗："寂寂

---

① 图版见《挽歌》图三、《碑林》图版373。墓主葬宋淳化三年（992）十一月十三日，盖题"大宋故韩府君墓志铭"。

起新坟，冥冥对墓（暮）云。四时鸣噎（咽）雁，明月夜为怜（邻）。"①
《大宋故牛府君墓志铭》盖面刻诗："四面悲风起，吹云南北飞。孤坟荒
草里，月照独巍巍。"② 施荣珍女士藏两方墓志盖，一方中心题"大宋故
菀府君墓志铭"，周匝刻诗："四面悲风起，也（野）云南北飞。孤坟荒
草里，月照独为□（?）"（施拓图十一）。另一方墓志盖题"大宋故兰府
君墓志铭"，周匝刻诗："切切悲风动，哀哀欲断肠。交亲无所托，月照
寂寞乡。"（施拓图十二）经进一步考证，这些墓志盖多出自唐宋时期的
潞州上党郡一带，也就是今天山西晋东南地区，这可能是当地特有的丧葬
风俗。完整出土的话，每一墓志盖应有与之相配套的墓志铭，上述题诗墓
志盖有的可以找到墓志铭文，西安碑林博物馆的研究人员经考察后指出：
"据志文记载，墓主人所在地（籍贯或迁徙地）大多为唐之潞州，或称上
党郡，即今山西晋东南地区。"③ 施荣珍女士的藏品，同样具有碑林博物
馆研究员所提及的"墓志盖中部又常见雕塑或阴刻铺首这些特点"。在施
女士的碑志藏品中，与上述墓志盖同一时间入藏的墓志铭的铭文所记载的
墓主人生前所在地同样多为潞州或上党地区④，这与碑林博物馆研究人员
的结论恰好吻合。如下所示：

　　《唐故处士崔府君墓志铭并序》："清河武城人，其祖从官上党，
子孙遂家焉。今为潞州。"

　　《唐故秦州县令景公墓志铭》："两河懿族，上党高门。"

　　《大周故散官晋府君墓志铭并序》："君讳明，字师替，潞州上
党人。"

　　《大周秦君墓志铭》："潞州壶关县人也。"⑤

　　《唐李龛墓志铭》："君讳龛，字弘度，潞州上党人也。"

　　《大唐故部戎尉张公墓志铭并序》："公讳元方，南阳西鄂人也，

---

① 录文据《挽歌》图七。墓主下葬具体时间不详。

② 《碑林》图版 374《牛进墓志》，盖题《大宋故牛府君墓志铭》。葬宋至道元年（995）
十一月二十四日。

③ 陈忠凯、张婷：《西安碑林新藏唐—宋墓志盖上的挽歌》，《出土文献研究》第八辑，第
298 页。

④ 施荣珍现收藏唐代墓志铭与墓志盖各约八十种，其购置之初，墓志盖与墓志铭应该是配
套的，可惜现在已散乱。只能据现有之墓志铭拓片对墓主人的生前所在地加以考察。

⑤ 壶关，即今山西省长治市壶关县。

高祖上党中正，因家焉。"

《唐故处士逯府君墓志铭并序》："河内人也，远祖因官上党，今为长子人矣。"①

《唐故昭武校尉秦府君墓志铭并序》："天水郡人也，继颛顼之雄宗，承襄王之茂族。因官上党，锡土分宗，封树成坟，乃家潞邑，遂居潞川乡求善村焉。"②

《唐故关府君张夫人墓志铭》："其先昌邑人也……上党家矣。"

《唐李君墓志铭》："陇西城纪人也，……十代祖嵩，汉旧威将军西羌校尉散骑常侍，食采上党之屯留，因家此焉。"③

上述墓志铭文中记载的墓主人卒年，自初唐至晚唐以及唐末五代时期的都有。墓主人的身份，带官职的占小部分，大部分是平民或不入仕途者。显然，施荣珍收藏的这些唐人墓志及其墓志盖，与西安碑林博物馆员报道的带题诗墓志盖来源地基本相同。上述 24 首唐人墓志盖题诗，准确地说，乃是唐五代时期在潞州地区（或称上党郡）流传的与当地民间的丧葬礼俗相结合的哀祭挽诗，是唐五代民间诗歌文化的珍贵标本。

在中国古代文学史上，通俗文体不受重视，民间诗学资料更复难求。上述带题诗墓志盖的发现，对于我们研究唐五代民间诗歌的传播形态、艺术功能、文化意蕴等，都有着极为重要的意义。由此，我们揭晓了唐代民间诗歌的另一种功能形态。如果说长沙窑瓷器题诗主要体现了湘江流域与商业营销结合的民间诗歌形态，敦煌民间通俗诗主要体现了西域敦煌地区与寺院文化教育结合的诗歌形态，而出土于潞州，或上党地区的唐人墓志盖哀挽诗歌则体现了与该地区丧葬礼俗结合的诗歌文化形态。通过联结敦煌遗书中的俗体诗、长沙窑瓷器题诗以及晋东南之墓志盖题诗这三个俗体诗的民间据点，基本能够重新构建出唐代民间俗体诗歌文化的一个平面。这些不同形态的实物也启示我们，唐代民间诗歌的生存样态，不仅是多样化的，同时具有鲜明的地域文化特色。

---

① 长子，即今山西省长治市长子县。

② 今长治市壶关县有小逢善村，或即唐之求善村。

③ 屯留，即今山西省长治市屯留县。

第四节 《全唐诗》"谐谑卷"与唐人俗体诗

在《全唐诗》的全部分类目录中，只有"谐谑"是以审美效果作为立目标准。"谐谑"自成一类，著录作品四卷之多，尽管有的作品已存诗人本集，更不惜重录，可见编者已将"谐谑"作为一个独立的诗歌类别。《全唐诗》"谐谑卷"，是目前唐代文人戏讽类俗体诗的最集中著录。这些作品如何被编纂在一起？体现了编者怎样的诗学思想？编者是否已有认知俗体诗的自觉意识？

一 《全唐诗》对《唐音统签》"谐谑"类之继承

清编御定《全唐诗》是在明末胡震亨《唐音统签》（以下简称《统签》）①，以及清初钱谦益、季振宜递辑《全唐诗》的基础上编修而成。就各家诗集的著录情况看，御定《全唐诗》的初盛唐部分多采季振宜递辑的《全唐诗》，中晚唐部分多依《统签》。②并且《全唐诗》末部所辑录的谐谑、书判、歌、谣、谚、语、谶记、占辞、蒙求等非纯文学作品，几乎完全自《统签》而来，"惟排比先后，稍加改更，又全将出处删去，但存小注"。③但一些具体问题还有待进一步考察。如《全唐诗》编者的"排比先后"具体体现在哪些方面？是否存在补辑或删汰的情况？我们希望通过对《统签》原文的考察（包括胡震亨编选作品的评语），探析胡震亨编著"谐谑"卷的动因，尤其在俗体诗的认识方面。

由于《全唐诗》作品的题注及异文皆不标出处，有必要先将《全唐诗》中的这部分内容与编者修书时所利用的工作底本，即明末胡震亨

---

① 《唐音统签》一千零三十三卷，明末海盐人胡震亨编纂，辑录唐及五代人诗，以十干为纪，故宫博物院图书馆所藏范希仁抄补本，为海内唯一完帙。2000 年海南出版社《故宫珍本丛刊》系列有影印本（全十四册）。2003 年，上海古籍出版社再次影印出版（十六开本全九册）。笔者所阅为海南出版社《故宫珍本丛刊》影印本。

② 可参考周勋初《叙〈全唐诗〉成书经过》，该文始发表于《文史》第八辑（中华书局 1980 年版）。后收入周勋初著《文史探微》（上海古籍出版社 1987 年版），作者对原文作了修订，有附记。段筱春：《季振宜〈全唐诗〉是怎样进入内府的》，《绵阳师范高等专科学校学报》2002 年第 6 期。

③ 俞大纲：《纪〈唐音统签〉》，"国立"中央研究院《历史语言研究所集刊》第七本第三分册，1937 年版，第 360 页。

《唐音统签·辛签八》所著"谐谑卷"先行比勘，再据以确认其最终来源。鉴于本书撰写体例，笔者将《全唐诗》"谐谑卷"与《统签》"谐谑卷"的文献比勘移至附录部分，请参看本书附录五《〈全唐诗·谐谑卷〉与〈唐音统签·谐谑卷〉比勘》。所得结论如下：

第一，《全唐诗》"谐谑"类目不仅继承了《统签》辑录谐谑诗句的全部成果，对《统签》的著录体例也有很大程度的借鉴。

第二，《全唐诗》编者又依据一定的标准，对《统签》"谐谑"卷的内容有所增补、删汰。具体表现在：蒋贻恭名下《咏王给事》诗后，补录《咏金刚》《咏伛背子》《咏安仁宰捣蒜》《五门街望有题》《谢郎中惠茶》《咏虾蟆》《住名山日陈情上府主高太保》7 首。卷八七一增补杨鸾《即事》一篇。删汰者唯沈佺期《回波词》一篇。

《全唐诗》编者对蒋贻恭诗的增补，乃依据《鉴诫录》卷四"蜀讽门"一目。卷八七一增补杨鸾《即事》，见《类说》卷五十七引《西清诗话》云郑文宝《江表志》所载，后人辗转征引之。但我怀疑御定《全唐诗》著录杨鸾《即事》为谐谑诗，与此诗在季振宜《全唐诗》中所处位置有关。季振宜《全唐诗》卷六五四著录该诗，题作《即事》（御定《全唐诗》与之相同），同卷又载李贞白（原书李正白，"正"字避讳改）之《婴粟子》《蜗》《格子屏风》《月》等诗。李贞白这几首诗，在《统签》、御定《全唐诗》中都被著入"谐谑"卷，杨鸾《即事》风格颇与之近。杨鸾其人身世无考，《全唐诗》编者将其著入"谐谑诗"，这一推想是合乎情理逻辑的。

第三，从著录体例看，御定《全唐诗》相对于《统签》也做了适当调整，这也就是前人所说的"排比先后"之事。在作品分类上，《全唐诗》作了两处较大改动：一是将谐句单独摘出，于有名氏诗后另行著录；二是将《统签》"谐谑四"中具有互谑联章性质的作品，按时序分别融入到前两卷中。这样，《统签》"谐谑四"的作品，不复单独成卷，原本《统签》"谐谑三"的无名氏卷就顺延成了《全唐诗》的"谐谑四"。这体现了编者"先诗而后句"的撰著意识。经《全唐诗》编者重新"排比"后，眉目更为清楚。至于将"互谑联章"性质的谐谑诗与其他谐谑诗一并著录，则体现了更为严格统一的以时间先后为序的著录标准。

第四，《全唐诗》编者删去《统签》原书的题注出处，对胡氏按语率意去取，或许与《统签》本身存在误引、误注，且所注出处多与原书难核的实际情况有关。

二 胡震亨对待俗体诗的态度

文人写作俗体诗，很多时候缘于调笑取乐或炫耀才智的心理动机。这类作品，见诸典籍记载，多称之为俳谐诗、谐谑诗或嘲戏诗。有关其人、其事、其诗，自南北朝以来就有专门书录，如《笑林》《启颜录》等。唐人笔记《朝野金载》录时人嘲诗甚多，《大唐新语》卷十三有"谐谑"条，《本事诗》专辟"嘲戏"一目，《唐摭言》卷十二附"轻佻戏谑嘲咏"类，《云溪友议》卷下专列"杂嘲戏"。唐以后文献，《太平广记》卷二四五至卷二五二，著录"诙谐"八卷；卷二五三至卷二五七，著录"嘲诮"五卷。阮阅《诗话总龟》立有"讥诮门""谐谑门"……这在诗学史上，本就形成一个传统。胡震亨将历代零散著录之带有谐谑属性的唐代诗歌资料集为一帙，著录"谐谑诗"四卷，具有对这一诗歌文类进行集成、总结的意识。前面通过对《统签》"谐谑"卷资料来源的考察，也印证了这一点。此外，还可从胡氏著书态度及关于个别俗体诗的点评中见出他的思想。

虽是著录谐谑杂诗，胡氏之编纂态度仍称谨严，略举例说明：

第一，取成书年代较早的文献所载诗歌为正体，晚出文献为异体，或仅用来拾遗补阙。如《统签》"谐谑一"对裴略两首诗的记载。《太平广记》卷二五四"裴略"条注引《启颜录》，载嘲竹及传语屏墙事，纪事详于《统签》，但无"又嘲屏墙"事。《嘲竹》词同《统签》正文所录，传语屏墙事云："此人走至屏墙，大声语曰：'方今圣上聪明，辟四门以待士，君是何物，久在此妨贤路，即推倒。'"《类说》卷十四引《启颜录》"嘲庭中竹"条（事主作"斐略"，"斐"当为"裴"字误），纪事同《太平广记》，文字经删节不全，也无载"嘲屏墙"事。《统签》载《为温仆射嘲竹》之异文出《大唐新语》，后一首《又嘲屏墙》题注引《大唐新语》，显然由于《启颜录》未载其事。显然，《启颜录》仅著录了裴略的《嘲竹》诗，而《大唐新语》既有《嘲竹》诗，也有《嘲屏墙》诗，并且胡氏对这两种文献均曾寓目。但胡震亨在辑录《为温仆射嘲竹》诗时，列《大唐新语》为异体，正体仍取《启颜录》。

第二，信《唐诗纪事》，不信笔记小说。可举两例：例一，《统签》

《全唐诗》录权龙褒《岭南归后献诗》正体为"龙褒有何罪"诗。今按《朝野佥载》卷四及《太平广记》卷二五八皆著为权龙襄事，诗作"无事向容山"，正为《统签》所录之异体。《唐诗纪事》卷八十"权龙褒"条载"龙褒有何罪"诗，正为《统签》所本。又如《统签》"谐谑"卷录贺知章、顾况诗，亦注出《唐诗纪事》。但《云溪友议》卷下"杂嘲戏"也是同样著录了贺知章与顾况的这两首诗，却不为胡震亨所采。同样，《郑仁表题沧浪峡》诗，《唐摭言》卷十三"敏捷"条载，《统签》也注出《唐诗纪事》。看来，《唐诗纪事》不仅是钱谦益编《全唐诗》的底本，在胡震亨看来也是很重要的书。

胡震亨对于"谐谑卷"的著录，对于诗歌史上"谐谑"传统的总结，与胡震亨从俗体诗的角度认可这类作品的思想有关。我们可从胡震亨对"谐谑"卷中个别作品的评议、对某些俗体诗人的态度来说明这一点。

即使是俗体诗，胡震亨也有从诗艺的角度加以审视的意识。如《统签》"谐谑一"录"将肉遣狼守，置骨向狗头。自非阿罗汉，焉能免得偷"诗。正文后胡氏按语："《辨疑论》首二句'放羊狼颔下，置骨狗前头'，似胜。"比较"将肉遣狼守，置骨向狗头"与"放羊狼颔下，置骨狗前头"，显然后句比前句用语更谐顺，也更自然。

下面再以权龙褒的诗为例，对比季振宜与胡震亨的著录态度。唐以后的诗歌史上，权龙褒几乎被当成诗家的反面教材。季振宜《全唐诗》以明汲古阁本《唐诗纪事》为底本。《唐诗纪事》卷八十将权龙褒与外国诗人、不知名诗人列在同一条目，不把他作为正式诗人。我们从季振宜的手稿本看到①，季振宜在《唐诗纪事》中于权龙褒名字前作了删除符号②，将《唐诗纪事》所载录的有关权龙褒的全部诗及事迹一概删去。而在传世的季振宜《全唐诗》定本中，果然已不见权龙褒的任何材料。显然季振宜是有意识地将权龙褒的诗删去，并不以其入诗家雅体。而且季振宜的这种雅正诗学思想，在其他地方也有所表现，如对张元一诗的著录。张元

---

①　季振宜《全唐诗》今传世有三个写本，即季氏初稿本（此即《明清未刊稿汇编》第二辑之钱谦益、季振宜递辑之《全唐诗稿本》，总71册，台湾联经出版社1979年版）、国家图书馆藏清编御定《全唐诗》所用季书之底本、故宫博物院藏御定《全唐诗》编后之季书另钞本（此即海南出版社"故宫珍本丛刊"系列之《〈全唐诗〉季振宜写本》，2000年版）。

②　《明清未刊稿汇编》第二辑之钱谦益、季振宜递辑之《全唐诗稿本》第71册，第314页。

一是武后时善于说笑的词臣，其诗御定《全唐诗》"谐谑一"存四首，分别为：《叙可笑事》《嘲武懿宗》《又嘲》《咏静乐县主》，皆据《统签》而来。季振宜《全唐诗》卷二十七，只录《嘲武懿宗》一首。其余诗歌及其本事引《朝野佥载》的内容，仅以题注形式出现。《唐诗纪事》卷十三著录张元一诗，止记其嘲武懿宗事，为季振宜所本。尽管季氏据《朝野佥载》征引了相关资料，但并不把其他几首作为诗篇著录。在我个人看来，如果说《叙可笑事》《又嘲》这两篇作品诗意不浓，不入诗体情有可原，但《咏静乐县主》完全不应排除在诗体之外。《咏静乐县主》诗曰："马带桃花锦，裙衔绿草罗。定知帏帽底，仪容似大哥。"除末句平仄不合外，其他几句完全符合平仄格律要求，而且首两句还是工对。季振宜对待权龙褒、张元一等俗体诗人的轻视态度，显然与季氏的雅正诗学思想有关。

与季振宜形成鲜明对比的是，胡震亨不仅将权龙褒、张元一等人的作品著入"谐谑卷"，还时时表现出对于唐人诗中用俚俗语情形的关注。胡震亨不仅著录了权龙褒的所有诗篇和逸句，还著录了晚唐郑愚的《拟权龙褒体》。《统签》"谐谑一"总题《权龙褒诗》，各篇不单独拟题，篇末附小字说明。作者名下引《朝野佥载》详记权龙褒生平。首篇末小字："一云无事向嵩山，今日向东都。陛下敕追来，今作右金吾。"未注出处。其后有胡氏按语："又大晓韵在。"可见胡震亨完全从诗体的角度审视权龙褒的诗，并未轻易否定其人。就诗而论诗，胡震亨认为权氏的诗并非毫不可取，也有"大晓韵"之作。此外，胡震亨在题注中引述前人评论，也注重诗人的艺术风格，如"谐谑二"卢延让诗，胡氏按语："延让诗好为俚俗之语，《北梦琐言》诮此为打脊诗。"《李贞白咏刺猬》题注引《杨文公谈苑》："贞白，南唐处士，善嘲咏，曲尽其妙。"崔立言《醉中谑浙江廉使》题注引《南部新书》云"立言高退隐茅山，善谑浪。"等。唐代某些诗人在"谐谑"题材方面形成特有的创作风格，胡震亨正是意识到了这一点，才在著录作品的同时，知人论世，融入自己的诗学思想加以评点。

胡震亨在其诗学理论专著《唐音癸签》卷二十九论述"杂体诗"时兼及以下内容：

> 唐人杂体诗见各集及诸稗说中者，有五杂俎、两头纤纤……以上

并体同俳谐，然犹未至俚鄙之甚也。其最俚鄙者，有贺知章之轻薄，祖咏之浑语，贺兰广、郑涉之咏字，萧昕之寓言，李纾之隐语，张著之机警，李舟、张彧之歇后，姚岘之论语影带，李直方、独孤申叔、曹著之题目，黎瓘之翻韵，见《国史补》及《云溪友议》诸书，皆古来滑稽余派，欲废之不得者。[①]

胡震亨看到"古来滑稽余派"之言辞更为俚鄙的特点，但又意识到其"欲废之不得"的客观现实。他所列举的"贺知章之轻薄，祖咏之浑语，……黎瓘之翻韵"等"滑稽"韵语，大部分在《唐音统签》的"谐谑"卷有所著录。将这些作品列为一系，不避其文辞"俚鄙"缺陷，不能不说是胡震亨对于文人们以谐谑为念，因俗致"谐"之诗歌写作现象的一种洞察。

三　几点补充说明

第一，"谐谑诗"与"俗体诗"并非同一层面的概念。"谐谑"是由主体的行为意识，以及作品本身所外现出来的主观或客观的审美效果。"谐谑"分主观谐谑和客观谐谑。前者如文人间相互嘲戏的诗，戏咏诗（咏事、咏物）、戏题诗，以及杂体游戏诗等，创作过程中作者具有明显的谐谑意识。后者如权龙褒的诗、史思明的诗，以及民间生硬仿习文人诗的作品，作者主观上没有谐谑的动机，但由于距离文人诗歌的水准较远，从而导致文人审美眼界中的滑稽可笑。可以说，传世文献中俗体特征明显的作品类别和数量，基本是文人的审美眼界筛选后的结果。因此，《全唐诗》"谐谑卷"的内容是很丰富的，作品的性质也非单一。但无论如何，"谐谑"是促使文人们采用俗体写作的重要动机之一。刘勰释"谐"为"词浅会俗，皆悦笑也"，已看出"会俗"是取得"谐谑"效果的重要手法。《全唐诗》"谐谑"四卷，在有名氏的作品中，50% 的作品可入选俗体诗。要之，并非任何"俗"都令人感觉可笑，并非任何"谐"都要用到"俗"。唐代的诗人们是在哪些层面上、运用什么样的技巧将"谐"与"俗"联系起来、融为一体的呢？本书将在第四章第一节有关文人"戏俗诗"创作中探讨这一问题。

[①]　（明）胡震亨：《唐音癸签》卷二十九，上海古籍出版社 1981 年版，第 304 页。

第二，"谐谑卷"的一些作品、诗人，启发我们思考唐诗研究中的一系列新问题。如在上层社会，一些不擅诗艺，甚至不会写诗的人对诗歌写作也抱有无限热情（如权龙褒、麴崇裕之流），虽然他们的行为往往成为文士的笑料，但在他们身上更反映了唐人于诗的感情。又如传世文人诗中的俗体伪作。故事虽假，但诗作不假，作伪现象背后有着怎样的文学风尚？《北梦琐言》云诗人包贺"多为粗鄙之句，或好事者托以成之"，其动机何在？再如，中晚唐的才子们常作狎妓的俗诗，甚至有以《婢仆诗》登第者，是否与中晚唐的悦俗媚众风气有关？而那些恃才傲物、心高命薄的晚唐五代才子，又是如何自甘堕入"通俗"之创作道路的呢？诸如此类的大小问题，正是文人诗坛与民间诗坛处于交织融和状态下发生的文学现象。也正是这些问题促使笔者建构了"文人写作俗体诗的情况分析"（第四章）、"俗体诗与晚唐五代文人诗的俗化"（第六章）这两个章节。

第三，虽然"谐谑卷"是传世唐人诗中俗体特征较明显的作品的最集中著录，但仍需关注"谐谑卷"之外的俗诗。通过检阅《全唐诗》及其各补遗本，辑出俗体特征明显的作品共103首（参见书后附录四《〈全唐诗〉中的俗体诗》），如加上《游仙窟》中俗体诗61首，该数目当为164首。当然，这个数目并非绝对的，各诗所具有的俗体成分也不均衡。我们做这样一个编目，只是想使本书的研究对象更为集中，便于探讨某些问题。即使仅从体貌、风格等直观感受来铨选，唐人的这类作品能够集为一编，也足以生发一个值得研讨的话题。

本章首先依附于出土文物的唐诗资料进行考察，所得唐五代长沙窑瓷器题诗中俗体诗74首，敦煌遗书中的学郎题记俗体诗59首，敦煌遗书中作者身份不明之俗体诗18首，唐人墓志盖题刻俗体挽诗20首。这些作品是在多种机缘条件下才留存到今天的，被世人所见。而更多的民间诗文材料已经湮没于历史长河中，我们无缘谋面了。这些有限的实物材料，足够我们去遐想当时民间社会中俗体诗歌的创作及传播、流传盛况。围绕《全唐诗》及各补遗本（以"谐谑卷"为主），辑得具俗体特征的诗作164首。今天看来，相较于洋洋数万首的传世唐代文人诗，俗体诗所占分量不是很大。单这一编目中，就作者身份地位看，既有达官显贵，也有下等优伶；就作者的知识修养看，既有文士精英，也有粗犷武将；就其创作动机看，既有谐谑取乐的，也有激愤讽世的；就言语修辞看，既有雅俗共赏的，也有鄙俚不成诗章者……种种迹象表明，在形成辉煌唐诗的社会文化大环境中，俗体诗所扮演的角色是很丰富的。凭借考索出的这些作品研究唐代俗体诗这一文学现象，正如从冰山的一角窥测它下面的深阔海洋。

第二章

唐代民间社会与俗体诗的产生

俗体诗的盛行是唐代始有的文学现象，唐代特殊的政治、经济、文化环境为这种诗歌艺术的形成、发展提供了适宜的温度与土壤。从中国古代诗歌文体的生成系统看，俗体诗既非传统文人诗体的分化，也非纯粹民间文化土壤自然孕育的艺术形式，其体类和创作现象都具有相对的独立性。这种"独立性"既需要在整个唐代诗歌体类与诗歌创作现象中去把握，又涉及唐前与唐后诗歌类似的体类与创作现象。

第一节　俗体诗产生的社会文化背景

一　城市经济发展与市民文化意识凸显

诗歌文化，作为特定经济条件下的社会意识、社会心理的反映，总是在创作主体的特定生活方式下产生。统治近三百年的李唐王朝，在政治、经济、文化等方面的建树堪称中国封建王朝的楷模，其间，社会民众的生活方式、行为观念也随之悄然而变。唐代的城市经济得到极大发展，城市平民数量激增。长安城的手工业、商业贸易主要集中在东、西两市。据史料记载，东市"东西南北各六百步，四面各开一门，定四面街各广百步。……东面及南面三街向内开，壮广于旧街，市内货财二百二十行，四面立邸，四方珍奇，皆所积集"①，可知唐代长安城内的东市较隋代规模有所扩大。而"商贾所凑，多归西市"，西市之内"店肆如东市之制"②。从中可见西京商业的繁茂景象。扬州、成都先后富甲天下，"时人称扬

---

① （宋）宋敏求：《长安志》卷八，《丛书集成初编》本，中华书局1991年版，第108页。
② （清）徐松撰，李健超增订：《增订唐两京城坊考》卷四"西市"条下校补，三秦出版社1996年版，第117—118页。

一、益二"。① 卢求《成都记序》曰："管弦歌舞之多，伎巧百工之富……扬不足以侔其半。"除大都市外，中级州县的商业活动也不可小觑。大中五年（851），唐宣宗下令："中县户满三千以上，置市令一人，史二人。其不满三千户以上者，并不得置市官。若要路须置，旧来交易繁者，听依三千户法置，仍申省。诸县在州郭下，并置市官。"② "市令"，是负责市场交易的官员。由于州县的商业贸易日趋频繁，朝廷不得不放宽设置"市令"的条限。在城市经济迅猛发展过程中，不断吸纳更多的社会民众参与到文化氛围相对浓厚的城市生活中来。世家贵族、高官豪门的奢华生活、庞大消费需求带动了都市中大批手工业作坊和各色服务业。城市生活中更为明确的社会分工、行业分工又不断滋生出新的行业。城市经济在发展，市民阶层的队伍日益壮大。

城市中的商业经营，尤其是带有文化性质的商业经营，在一定程度上推动了世俗文化的发展。在此过程中，普通市民的文化需求和独立意识开始凸显。如雕版印刷虽然在唐初就已出现，不过基本限于刻印佛教典籍③，一般认为直到晚唐五代才普遍应用于书籍刻印。但唐代城市的商业文化经营者在刊印面向世俗的俗礼书、日历、医书、占卜术等图籍时，早已熟练掌握雕版印刷技术，并于民间普遍应用之。以行商为目的的图籍刻印，在两京、扬越、蜀川最为著名。敦煌遗书中落款"上都李家印"的《崔氏夫人训女文》写卷，显然出自长安的图籍刻印铺。这些图籍铺还发行有医书、历日等。唐文宗大和九年（835），东川节度使冯宿奏称："剑南、西川及淮南道皆以板印历日鬻于市，每岁司天台未奏颁下新历，其印历已满天下，有乖敬授之道。"④ 迫于此，唐文宗下令"诸道府不得私置历日板"。朝廷的新历还没有下来，民间私印的历书已满天下，私印历书售卖速度之快，竟置朝廷于如此尴尬境地。晚唐柳玭《家训序》曰："中和三年……阅书于重城之东南。其书多阴阳杂说、占梦相宅、九宫五纬之

① （宋）司马光编著，（元）胡三省音注：《资治通鉴》卷二五九，中华书局 1956 年标点本，第 8430 页。

② （宋）王溥：《唐会要》卷八十六，中华书局 1955 年版，第 1583 页。

③ 1944 年成都出土一件印刷品《陀罗尼经咒》为"成都县龙池坊卞家"刻印，有专家考证为唐初之物。

④ 冯宿：《禁版印时宪书奏》，（清）董诰等编《全唐文》卷六二一，中华书局 1983 年版，第 7 册，第 6301 页。

流。又有字书、小学，率雕版印纸，浸染不可尽晓。"① 可知晚唐蜀地的雕版印刷已相当成熟。城市商业经营对印刷技术的运用和推广，主要为了适应不断增长的世俗民众对于文化图籍的需求，这从一个侧面反映了唐代世俗文化空间的充足富盈。

唐代城市的商业经营者，已开始主动利用和发掘消费者的文化心理和接受意识。长沙窑瓷器上题的这首诗："买人心惆怅，卖人心不安。题诗安瓶上，将与买人看。"内容显然是关于做买卖的。买人对于到底要不要花钱购买这只瓷瓶正犹豫不决，卖的人心里也略怀不安。为了坚定买主的信心，于是把这首诗题在瓶上。这不仅给瓷制品增添了雅趣，也令买主得到心理安慰。若非有着真实体验的人，怕是想不到拿这事来入诗的。敦煌遗书伯 3644 号写卷也抄有一首诗：

> 厶乙铺上新铺货，要者相问不须过。交关市易任平章，卖（买）物之人但且坐。

"厶"读作 mǒu，古同"某"。"厶乙"犹"某某"，属于不定人称代词。这首诗的后面还列了一大堆某家杂货铺所售卖的物品。"平章"是商量的意思，"任平章"是说价钱好商量。店主人语气非常客气，劝买者不要匆匆走过，有意买东西的话不妨进店坐坐，价钱都好商量。此诗充分反映了作为商业市民的独特心理。店主运用诗歌韵语的形式进行广告宣传，表明在普通民众的接受意识中，诗歌文化已是不可忽视的一种。市民阶层的文化要求和文化意识逐渐孕育成型。

身处于城市生活中的平民，较之乡野井陌的百姓有更多机会接触到由士族文人引领的时尚文化生活。唐代的诗歌，通过多种渠道和方式，以流动的、多面目的艺术形态进行传播。名诗人之诗，在唐代确有"飞入寻常百姓家"的条件。唐诗传唱，尤其是近体诗的传唱，大大普及了文人诗歌的体式、功能在民众间的影响。每逢节日庆典，由朝廷发起的"与民同乐"性质的歌舞文化活动，也会在各大城市产生连锁效应。如唐玄宗以其降诞日为千秋节，"是日皇帝御楼张乐，倾城纵观，天下士庶皆为

---

① 无名氏：《爱日斋丛钞》卷一引，《丛书集成初编》本，商务印书馆 1936 年版，第 5 页。

赏乐。"① 城市平民有更多机会体验物质生活之外的精神文化生活。脱离创作环节而直接进入诗歌欣赏接受阶段的普通城市居民，虽然对于文人们所领会的诗歌的艺术审美、抒情言志功能的认识较有限，但仅仅是欣赏乃至不自觉的接触也罢，当诗歌成为普通民众与文化贵族能够共享的一种文化资源时，大多数城市平民的原有生活方式、行为观念必然或多或少地发生变化。如《太平广记》卷二五一引述《笑言》中的一则故事，"有睹邻人夫妇相谐和者，夫自外归，见妇吹火，乃赠诗曰：'吹火朱唇动，添薪玉腕斜。遥看烟里面，大似雾中花。'其妻亦候夫归，告之曰：'每见邻人夫妇，极甚多情，适来夫见妇吹火，作诗咏之。君岂不能学也？'夫曰：'彼诗道何语？'乃诵之。夫曰：'君当吹火，为别制之。'妻亦效吹，乃为诗曰：'吹火青唇动，添薪黑腕斜。遥看烟里面，恰似鸠盘茶。'"②从诗作本身看，邻家丈夫的诗艺水平未必有多高，却能在日常生活中即兴吟咏，并于邻里间起到示范作用，这些事件都需要特定的社会环境和文化氛围。这则笑话也折射出唐代社会的普通民众在精神生活方面逐渐具有了新的文化需求。

一般来说，以俗曲唱词和话本小说为突出代表的"市民文学"体系的完整建构是在宋代，但唐五代时期不断发展着的城市经济所孕育、培养的市民文化需求和独立追求意识，正是宋代"市民文学"勃兴的前期准备。中晚唐时期，面向市井的俗曲唱词、讲经说话已多见诸记载。长沙窑瓷器上的题诗、敦煌遗书上的俗体诗，基本是中晚唐以及五代时期的产物，可见这种市民文化意识已率先在诗体中得以彰显。

二 教育、科举与民间的重文学风尚

文化教育是提升国民素质的基本手段，教育的普及程度直接影响着国民的整体文化水平。普通民众参与社会文化活动时表现出的能动性之多寡，与他们现有的知识水平、所受的思想熏陶密切相关。

唐初承隋制，兴建官学，开展学校教育，将学校教育与科举考试联系起来，拓宽了庶族子弟的进身之途，大大提升了普通士人的学习热情。唐朝建政之初，即下令整治官学。武德元年，"诏皇族子孙及功臣子弟，于

---

① （唐）封演撰、赵贞信校注：《封氏闻见记校注》卷四，中华书局2005年版，第28页。
② 《太平广记》卷二五一《邻夫》，第1952页。

秘书外省别立小学。"① 武德七年，又下诏"其吏民子弟，有识性开敏，志希学艺，亦具名状，申送入京，量其差品，并即配学。明设考课，各使励精，琢玉成器，庶其非远，州县及乡，各令置学。"② 由于官方所命，各级州、县也设立学校，大大拓宽了受教育人群的范围。唐太宗大力提倡官方学校中的儒学教育，贞观二年，"大征天下儒士，以为学官。数幸国学，令祭酒、博士讲论。毕，赐以束帛。学生能通一大经已上，咸得署吏。……是时四方儒士，多抱负典籍，云会京师。俄而高丽及百济、新罗、高昌、吐蕃等诸国酋长，亦遣子弟请入于国学之内。鼓箧而升讲筵者，八千余人。济济洋洋焉，儒学之盛，古昔未之有也"。③ 学生只要能通一经者，就有机会获得官职，这无疑提高了学校教育的名望，同时极大提升在校生的学习热情。贞观文风虽然尚质，但学风颇盛。统治者提倡学校教育，并将其与进身仕途直接挂钩，促使吏民庶族中也形成普遍的励学风气。

贞观时期的学校教育以经学为主，与高宗、武后统治之后的进士科重文学渐不相平衡，私学遂兴起。高宗调露二年，在刘思立的奏请下，进士科加试帖经及杂文（包括诗赋）。《唐会要》卷七十六《贡举中·进士》条载："调露二年四月，刘思立除考功员外郎。先时，进士但试策而已，思立以其庸浅，奏请帖经，及试杂文。"④ 同书《贡举上·帖经条例》又载："永隆二年八月敕：如闻明经射策，不读正经，抄撮义条，才有数卷。进士不寻史籍，惟诵文策，铨综艺能，遂无优劣。自今已后，明经每经帖十得六已上者，进士试杂文两首。识文律者，然后令试策。"⑤ 这种情势，与贞观二十二年王师旦知贡举时，不取名震京邑的张昌龄，理由是"此辈诚有文章，然其体性轻薄，文章浮艳"一事形成对比，反映出时人对待文学艺事的观念转变。武则天执政，为打击关陇贵族在朝中的势力，经常破格提拔一些来自山东或江南的有才人士，不少寒门庶族子弟凭自身才学、吏能入仕，不一定必经国学的经义之教。沈既济《词科论》追叙说："太后颇涉文史，好雕虫之艺。永隆中，始以文章选士。及永淳之

---

① 《旧唐书》卷一八九上，第 4940 页。
② 李渊：《令诸州举送明经诏》，《全唐文》卷三，第 1 册，第 35 页。
③ 《旧唐书》卷一八九上，第 4941 页。
④ 《唐会要》卷七十六，第 1379 页。
⑤ 《唐会要》卷七十五，第 1375 页。

后，太后君天下二十余年，当时公卿百辟，无不以文章，因循迟久，浸以成风。"① 此后，尚学之风由官方学校教育开始转向私学，内容也由经学转向文学。②

开元末，对州县举送的供朝廷铨选的学子的要求再次降低。《唐会要》卷三十五《学校》条记：

> 开元二十一年五月敕：诸州县学生，年二十五已下，八品九品子。若庶人生年二十一已下，通一经已上。及未通经，精神通悟，有文词史学者，每年铨量举选，所司简试，听入四门学，充俊士。③

即使未通经学，只要有文词史学的基础，也可以入选四门。唐玄宗本人热衷文学艺事，助长了士人"以文学进身"的价值观，这一点常为后人道及。梁肃《李史鱼墓志铭》云："开元中，以多才应诏，解褐授秘书省正字。时海内和平，士有不由文学而进，谈者所耻。"④ 独孤及《顿邱李公墓志》："开元中，蛮夷来格，天下无事，晋绅闻达之路，惟文章先。"⑤ 权德舆《王公神道碑铭》曰："自开元、天宝间，万方砥平，仕进者以文讲业，无他蹊隧，荐绅之伦，望二台如登青天。"⑥ 均反映了在初唐形成的重学、重教育风气的基础上，盛唐的文学文化已向偏重于文学诗赋的方向发展。形成"太平君子，唯门调户选，征文射策，以取禄位，此行已立身之美者也。父教其子，兄教其弟，无所易业"，"五尺童子，耻不言文墨"⑦ 的文化教育状况。

"以文学进身"的价值观向普通市民蔓延，对民间的私学教育产生影响。开元末，允许百姓自立私学。⑧ 乡村私塾，是庶民子弟接受启蒙教育

---

① 《全唐文》卷四七六，第 5 册，第 4868 页。
② 有关唐代私学的兴起可参考吴宗国《唐代科举制度研究》之第六章。吴宗国《唐代科举制度研究》，辽宁大学出版社 1992 年版。
③ 《唐会要》卷三十五，第 634 页。
④ 《全唐文》卷五二〇，第 6 册，第 5289 页。
⑤ 《全唐文》卷三九一，第 4 册，第 3980 页。
⑥ 《全唐文》卷五〇〇，第 5 册，第 5096 页。
⑦ 沈既济：《词科论》，《全唐文》卷四七六，第 5 册，第 4868 页。
⑧ 《唐会要》卷三十五《学校》："开元二十一年五月敕……许百姓任立私学，欲其寄州县受业者亦听。"第 635 页。

的重要场所。如窦易直幼时，"家贫，受业村学。教授叟有道术，而人不知"。① 私学的教师基本为居于本地的文化人。如王栖曜，"初游乡学"②，即在乡学任教。唐薛用弱《集异记》云："雩人蒋琛，精熟二经，常教授于乡里。"③ 当学问教育与仕途挂钩后，即使是平民百姓也很看重子女的教育问题。敦煌人李幸思少年求学时写的诗：

> 幸思比是老生儿，投师习业弃无知。父母偏伶（怜）昔（惜）爱子，日讽万幸（行）不滞迟。（伯 2498）

李幸思的父母送他到学校读书，幸思也以报效父母激励自己，奋发努力，勤课诗书。在敦煌遗书与长沙窑瓷器题诗中均出现的"白玉非为宝，黄金我未须。意念千张纸，心存万卷书"的诗，也是学子的自勉诗。翟奉达幼年就学时也很刻苦，有诗为证："三端俱全大丈夫，六艺堂堂世上无。男儿不学读诗赋，恰似肥菜根尽枯。"（BD14636 号 3）学郎翟飐飐在《孝经》抄本后题诗："读诵须勤苦，成就始似虎。不词（辞）扙（杖）棰体，原（愿）赐荣躯路。"（伯 2746）为了有朝一日能被赐予荣身之路，即使被老师施以杖棰也无怨恨。这类励志诗在民间十分流行，如"高门出贵子，好木出良材。丈夫不学问，官从何处来？""悠悠天上云，父母生我身。少来学里坐，今日得成人。"后一诗的作者看来是已踏上荣身之路，回首往昔，感慨万千。王定保《唐摭言》卷九曰：

> 殊不知三百年来，科第之设，草泽望之起家，簪绂望之继世；孤寒失之，其族馁矣；世禄失之，其族绝矣；愧彼为裘之义，腼乎析薪之喻，方之汤、火、深、薄，空拳、冒刃，危在彼矣。④

无论官学还是私学，整个唐代社会对于文学知识的追求成为一种普遍的意识形态。以科举进身为纽带，通过学校教育或私学教育，以诗赋文艺

---

① （唐）赵璘：《因话录》卷六，上海古籍出版社 1979 年新 1 版，第 112 页。

② 《旧唐书》卷一五二《王栖曜传》，第 4068 页。

③ 《太平广记》卷三〇九《蒋琛》，第 2444 页。注出《集异记》

④ （五代）王定保：《唐摭言》卷九，《唐五代笔记小说大观》下册，上海古籍出版社 2000 年版，第 97 页。

为中心的文学追求向社会各阶层弥漫开来。

在私学教育中，学生除识字、诵文外，也学习诗赋写作。州学、县学教育中对"精神通悟，有文词史学者"加以重视，深刻影响了私学教育。元稹"于平水市中，见村校诸童竞习诗，召而问之，皆对曰：'先生教我乐天、微之诗。'"① 而皮日休在孩童时，也在乡校中发现了杜牧的集子，云"简上抄杜舍人牧之集"②。这些现象都表明，唐代的乡村学校具有教授诗歌的任务。

综上所述，唐代在开元、天宝之时，已形成了普遍重视文学的时代风气，"以文学进身"成为读书人普遍持有的仕进观。重学的风气，使文化进一步普及到下层民众中，唐代的文化普及达到了前所未有的高度。这对于民间的俗体文学创作，以及俗文学审美需求的增长，都是重要的背景因素。

第二节　俗体诗产生的诗学背景

俗体诗的出现，从根本上来说是在唐代特定的历史时期与社会条件下，长期以来在文人阶层中处于循环状态的诗歌创作与欣赏行为，向着更为广阔的社会群体开放，从而使诗歌的创作、传播也呈现出类似于民间文艺的集体生产与消费现象。不过与其他民间文艺不同的是，俗体诗并不依赖于音乐歌舞，而是基于诗歌文学自身的艺术魅力及功能特性。毫无疑问，这一诗歌艺术"自上而下""由雅至俗"的身份性能与文化空间的转移，乃基于这一历史时期民间诗学与文人诗学之间的交叉渗透与相互影响。

一　民间诗的独立性与包容性

众所周知，民间诗歌的起点远远早于文人诗歌。在漫长的远古先秦时期，诗歌的传播与存在状态往往不是单纯的语言文字形式，而是融合了礼

---

① 元稹：《白氏长庆集序》，冀勤点校《元稹集》卷五十一，中华书局1982年版，第555页。

② 《唐诗纪事》卷六十六《严恽》条引皮日休《伤严子重序》："余为童在乡校时，简上抄杜舍人牧之集，见有与进士严恽诗。"（宋）计有功撰、王仲镛校笺：《唐诗纪事校笺》卷六十六，中华书局2007年版，第2226页。

仪、音乐、舞蹈，表现为具有特定价值或目的（以政治和伦理教化为主）的综合文艺活动。其时，以谣谚歌诗为代表的民间诗歌艺术占据诗歌史的主体地位。《诗经》中作品（尤其是风诗部分）的语言形态具备歌谣的性质，就与其中有相当部分的作品来自民间有关。即便是文学家个体的创作，也与民间诗歌形态相去不远，如屈原、宋玉的楚骚体诗，《诗经》中的部分雅诗、颂诗等。若从后世的诗体观念来看，先秦诗基本上还处于自然诗艺形态。谣谚歌诗作为人类产生最早、最基本、最永恒的诗歌艺术，也一直是民间诗学中颇为重要的体类。

从汉代开始，文人诗学发展步伐加快，文人诗歌的艺术独创性渐成为推动诗歌史前进的标志，确立起其与民间谣谚歌诗的风格差异。汉魏六朝文人诗史演进的一个突出特点就是文人群体对于民间诗歌的有效关注，初步奠定了文人诗的诗体样式与风格类型。首先从汉语语言的发展进程看，后世所谓"文言"语系的定型即在秦汉。文言语系定型后，成为文人写作时专门使用的语言，即书面语，而口头语仍然在日常生活中使用，是社会民众最易于接受的语言形态。语言艺术的分化，促使文学艺术欣赏者的审美水平、审美趣味出现分层，这一层次的高低之别在创作中自觉显露出来。其次在诗歌体式方面，文人有着自觉的崇雅抑俗观念。纵观汉魏六朝诗史，四言居正宗雅体，地位尊贵。三言、七言、杂言等，则习惯上被视作"俗小"之体，多出现在歌谣谚语、杂歌舞曲中。而新兴的五言诗则为文人所热衷趋赏，成为一种专门的艺事。① 尽管说，文人五言诗体的形成曾经受到民间杂歌谣辞中五言体的深刻影响，并且与先秦歌谣的质朴简短、晦涩难明相比，两汉歌谣的叙事、抒情功能已经有所提升。如《汉书·五行志》所载《成帝时歌谣》："邪径败良田，谗口乱善人。桂树华不实，黄爵巢其颠。故为人所羡，今为人所怜。"桓谭《新论》引《关东鄙语》曰："人间长安乐，出门西向笑。人知肉味美，对屠门大嚼。"皆用整齐的五言句结构全篇，表达时人对社会现象的看法。但是，终两汉魏晋之世，五言并没有成为民间歌谣谚语的主要文体形态。这也充分表明，民间诗歌的发展遵循自己的艺术规律，其语言艺术及诗体形态相对于文人诗更具独立性

---

① 汉魏六朝文人以能为五言诗相推尚，如曹丕《与吴质书》："公干有逸气，但未遒耳，至其五言诗，妙绝当时。"《南齐书·谢朓传》："朓善草隶，长五言诗，沈约常云'二百年来无此诗也。'"《南齐书·陆厥传》："厥少有风概，好属文，五言诗体甚新奇。"延至隋唐，其风尚在。

和稳固性。徒诗界域的民间诗歌，在汉魏六朝时期没能与文人诗一样，形成以五言或七言为中心的文体发展方向。东晋南朝兴起的吴声、西曲多为五言四句体，则与它们附着于音乐歌舞等文艺表演有很大的关系。

另一方面，我们也看到，在六朝文人建构文人诗学，对各类民间诗歌体式进行拣选、提升使之文人化的过程中，民间诗在保持其文体独立性的同时，也表现出一定程度的开放性与包容性。换言之，文人诗歌艺术的成熟，及其在社会文化潮流中引领的审美风尚，对于民间的文学文化也产生一定影响作用。文人诗对于民间社会的回馈日渐显露出来，社会上广泛流传的笑话故事、通俗谜语，经常会借助或直接采用文人诗的形式。如敦煌写本《启颜录》载述的"痴人卖羊"故事。说的是梁代有一个痴钝书生到集市卖羊，其间遭人戏弄，他的羊被人用猕猴偷偷掉了包。书生回到家，看着猴子与先前的羊长相不大一样，百思不解，遂咏诗一首：

> 吾有一奇兽，能肥亦能瘦。向者宁馨膻，今来尔许臭。数回牵入市，三朝卖不售。头上失却皂荚子，面孔即作橘皮皱。①

用皂荚子代称弯弯的羊角，把猴子皱巴巴的脸孔比作晒干了的橘皮，这些比喻既形象又充满谐趣。浅易通俗的语言与整篇故事的俳谐体刚好一致。但其诗并非不讲修辞，自"向者宁馨膻"句以下，都是上下两句对偶的句子。运用整齐的五言、七言句式，显然是受到文人诗歌体制的影响。

文人诗对于民间诗坛的回馈还表现在，通过自身的艺术魅力或文化象征意义，吸引更多人加入到诗歌写作队伍中来。《魏书·成霄传（成淹传附）》记载：

> （成霄）亦学涉，好为文咏，但词彩不伦，率多鄙俗。与河东姜质等朋游相好，诗赋间起。知音之士，共所嗤笑；间巷浅识，颂讽成群，乃至大行于世。②

---

① 曹林娣、李泉辑注：《启颜录》，上海古籍出版社1990年版，第19页。
② 《魏书》卷七十九，第1755页。

　　成霄的父亲成淹擅长水运、主舟楫之事，成霄之学涉，可谓子承父业。成霄又"好为文咏"，惜乎"词彩不伦，率多鄙俗"，经常被知音之士所嗤笑。但这些诗在闾巷俗间却备受欢迎，"颂讽成群，乃至大行于世。"姜质其人，史书无考。《魏书》《北史》皆言成霄与"河东姜质等朋游相好"，显然其时写作"鄙俗"诗章的，除成霄、姜质外还有其他人等。再如北齐的高昂将军，少不喜读书，掷豪言曰："男儿当横行天下，自取富贵，谁能端坐读书作老博士也。"① 孰料，高昂后来却"酷好为诗"。《太平广记》引《启颜录》著录其《杂诗》三首，其一："冢子地握槊，星宿天围棋。开坛瓮张口，卷席床剥皮。"②"冢子"即坟茔，高耸的坟头似乎是大地握着的长矛。夜空中错落分布的星宿如同棋盘上的棋子。拔去盖子的瓮坛，就像人张开了嘴巴。卷起铺着的席子，就像揭取了一层床皮。一句状一物，连篇设譬，物象贴近生活，语言俚俗诙谐。《杂诗》其三笔法相同，曰："桃生毛弹子，瓠长棒槌儿。墙欹壁亚肚，河冻水生皮。"后两句以人的动作类比物的形状，颇具想象力。"欹"为"倾斜"义，墙体倾斜就像人俯身的样子。河面结冰，似为水之肌肤。宋曾慥《类说》卷十四也著录这两首诗，其中"开坛瓮张口"句，《类说》作"开门屋张口"。"墙欹""河冻"两句，《类说》作"墙欹壁凹肚，河冻水生肌"。与前述两首状物诗不同，《杂诗》其二为抒情诗，曰："相送重相送，相送至桥头。培堆两眼泪，难按满胸愁。"抒写离别送人的情景。"培堆"是"层层叠起"的意思。主人公强忍不断上涌的泪水，致使其充盈整个眼眶。同时胸中愁郁越积越多，几乎按捺不下。作者用近乎直白的语言，抒发离别悲伤之情。高昂现存的其他诗也颇浅俗，③ 如《征行诗》中说："垄种千口牛，泉连百壶酒。朝朝围山猎，夜夜迎新妇。"《行路难》云："卷甲长驱不可息，六日六夜三度食。初时言作虎牢停，更被处置河桥北。"《赠弟季式诗》云："怜君忆君停欲死，天上人间无可比"，等等。从这些作品看，无论是题目、体式，还是应用场合及作者的创作动机，都具有明显的模仿文人的迹象。只是限于作者的诗学修养，在语言及表现手法上表现出俗体文学的样态。

---

　　① 《北齐书》卷二十一《高昂传》。
　　② 《太平广记》卷二五八，第2009页。
　　③ 逯钦立：《先秦汉魏晋南北朝诗·北齐卷》著录高昂《征行诗》《从军与相州刺史孙腾作行路难》《赠弟季式诗》三首诗。

总的来看，成霄、姜质、高昂等人虽然"好为诗"，却未必是合格的诗人。这些人皆因受到文人诗坛赋咏风尚影响，效文人艺事而为之。这充分说明，随着文人诗艺的快速发展，越来越多的人，开始从心理上对于诗歌创作产生倾慕之情。而民间诗歌艺术，对于创作的主体几乎不设防线，可以包容社会上的各色人等。这些史料也证明，汉魏以后的社会民众对于诗歌"有效审美形式"的把握与诉求不再满足于随口吟唱与辗转传递的谣谚俗语，而是在一定范围内表现出对于文人诗艺的接纳与欣赏。总之，民间诗歌艺术在其发展历程中既表现出一定程度的独立性，也具有极大的开放性与包容性。

二 文人诗艺向民间的回馈

雅、俗分赏的文学接受事实，促成了雅体、俗体两类作品在各自的接受群体中被需要、被传播。不同阶层的人审美接受能力有差、审美趣味有别是一种客观存在。宋玉所谓郢中之歌者，所歌《阳春》《白雪》固然高雅，但国人和者仅数十，《下里》《巴人》固然陋下，国人和者竟至数千。《庄子·天地篇》也说："大声不入于里耳，折杨皇荂，则嗑然而笑。是故高言不止于众人之心，至言不出，俗言胜也。"[①] 世俗民众进行艺术欣赏时也有自己的审美聚焦点，人们多半欣赏与其接受能力相契合的艺术作品。"其曲弥高，其和弥寡"，提醒世人正视这一审美意识差异的客观存在。当"雅"与"俗"进入文学的话语体系时，自然成为分别体现着上层士大夫的审美意识与下层世俗民众的审美意识的一对诗学概念。促成这两种审美意识形成的因素是多方面的。杨扬《文学雅与俗的比较和转化》一文说："雅与俗的差异与人们所处的社会地位如阶级、等级、经济地位有关，也与所受的教育程度、文化素养等有关。这些因素在文学欣赏与创造中又是结合着已形成的审美观念的综合折射，并不一定是某一种因素对形成雅俗审美情趣的定向单独在起作用。"[②]

时至唐代，诗歌审美主体范围的扩大促使审美标准愈加多样化。在唐代，诗歌已然融入社会各阶层，除了具有较高文化素养的文人士大夫外，樵夫、商贾、村妇、妓女也往往开口能咏。《北里志》记载的楚儿、颜令

---

① 《庄子集释》卷五上，第 450 页。

② 中国俗文学学会编：《俗文学论》，黑龙江人民出版社 1987 年版，第 92 页。

宾、杨妙儿、福娘、王苏苏等歌妓，俱才思敏捷，能诗善章程，且看楚儿赠郑光业的一首诗："应是前生有宿冤，不期今世恶因缘。蛾眉欲碎巨灵掌，鸡肋难胜子路拳。只拟吓人传铁券，未应教我踏金莲。曲江昨日君相遇，当下遭他数十鞭。"① 这诗显然称不得清丽典雅，带一点粗俗气，却让我们深切感知到那种身份地位的女子追求爱情的不易。诗歌形式的普及，吸引更多民众以及市井中的知识分子有意或无意地运用诗歌的形式来抒情达意、传授知识、总结人生经验等，大大助长了"俗体"的诗歌在社会总体审美理念中与文人雅诗相抗衡的力量。题写在湖南长沙窑瓷器表面的诗歌，多出自窑匠之手。如见题于长沙窑瓷器表面，又见于敦煌写卷的《春水春池满》诗、《白玉非为宝》诗、《一日三场战》诗，等等，无疑是当时流传范围极广的民间诗歌的代表。这些诗篇活跃在世俗民众的口头、笔端，由民众创造、传播，也承担着民众审美的或现实方面的需求。于是，形成另一个与精英文士的诗歌文化有着明显差异、属于世俗民众自有的文化空间，这便是"俗体诗"的文化领域。本书以"俗体诗"这一概念涵盖处于文士阶层之外的、有着独特审美需求的世俗民众所拥有的诗歌文化，完全符合诗歌文化的演进实迹。"雅体"与"俗体"是并存于文艺评论体系中的一对表现为矛盾关系的范畴。但"俗体"概念之于文艺研究领域的应用，并非简单地以与"雅体"相对抗为出发点，而是基于这类性质的作品所联系的审美主体，表现出与雅文学的接受者、创造者具有不同的，甚至差别至大的审美意识、审美趣味以及审美心态。

随着诗歌审美主体范围的不断扩大，文人诗艺在唐代民间更为普及。文化教育本身就包括诗歌知识和技艺的推广。初唐出现的诗文作法类的书典和范式创作，如《笔札华梁》《文笔式》《李峤百咏》等，主要是应朝野士大夫和广大新进士人的干谒、观光、交游、文会等社交活动之需。② 随着诗歌社会功能的强化，诗歌的形式和技艺（主要指文人诗）也通过不同渠道向社会普及开来。例如，唐代发达的歌舞艺术，就为诗歌快速广泛的传播提供极好的条件。范摅《云溪友议》卷下《艳阳词》条记载，歌妓刘采春善唱《望夫歌》（即《啰唝曲》），其"所唱一百二十首，皆

---

① （唐）孙棨：《北里志》，《唐五代笔记小说大观》，上海古籍出版社 2000 年版，第 1406 页。

② 参考葛晓音《创作范式的提倡和初盛唐诗的普及——从〈李峤百咏〉谈起》，《诗国高潮与盛唐文化》，北京大学出版社 1985 年版。

当代才子所作。……采春一唱是曲，闺妇行人莫不涟泣。"① 那些才子文人的作品，通过刘采春的演唱，在俗间引起强烈反响，被世俗民众所深知。采春曾歌唱的"借问东园柳，枯来得几年？自无枝叶分，莫怨太阳偏"一诗，如今正见题于长沙窑的瓷壶上。入乐歌唱是唐诗传播的重要方式，也是更广大的人群，尤其是文化水平不高的下层民众，接触和欣赏文人诗歌的重要媒介。此外，为了迎合俗众的文化心理，将诗歌与传奇故事相结合，形成唐代文人诗向民间传播的又一途径。唐人写诗，除了抒情言志之外，也是很生活化的一种行为。诗歌与诗人的生活联系紧密，唐人笔记中有不少这方面记载。孟棨《本事诗》收集了不少轶事遗闻、民间传说，其中有数则颇具传奇色彩。如"韩翃"条记叙韩翃与柳氏的悲欢离合，情节曲折动人；"崔护"条写男女相恋，精诚所至，人死复生，有情人终成眷属；上阳宫女红叶题诗以及刘禹锡玄都观看桃花题诗等，都是民间广泛流传的佳话。唐人小说的诗文合一结构特色，很早就引起人们关注，但谈论较多的是诗歌对于小说情节、审美的作用，其实小说也是诗歌文本传播的非常有益的载体。一些非名士的诗，因依托了小说这一载体，终令家喻户晓。初盛唐的笔记所录诗歌，大多实有其事，中晚唐盛行的传奇小说中的诗文，多为作者依托故事中人的口吻进行的创作。如《玄怪录》《博异志》《纂异记》《甘泽谣》《宣室志》等记载神仙精怪的诗歌，基本出自传奇作者之手。不过，限于故事中人物的身份，以及所处的时地，传奇作者在行文中插置的诗文，许多表现出平易通俗的风格。如《博异志》"李序"条载民间道神李六郎作《笑巫诗》："魍魉何曾见，头旋即下神。图他衫子段，诈道大王嗔。"以及《宣室志》载金缶魅歌唱："色分蓝叶青，声比磬中鸣。七月初七日，吾当示汝形。"所谓的"歌"，其实已经脱离乐章系统，实为徒诗。普通市民对于趣味浓厚的小说故事总是喜为接受的，中唐以后，文人的传奇小说进入旺盛期，与作者有意迎合世人这一普遍心理不无关系。与之同时，文人诗歌向世俗民间传播的程度、范围也愈加深广。

再者，随着商品经济的发展，人们不断发掘各种有利于商业营销的方式，诗歌与书法艺术结合后产生的高度审美效应引起经营者注意。商业的流通带动诗歌的流通，最突出的代表当然是长沙窑瓷器上的题诗。长沙窑

---

① 《云溪友议》卷下，第64页。

瓷器品中，题写诗句的器物有酒壶、碗盘、茶盏、头枕等。一般在窑址区发掘的瓷品，制作比较粗糙，书法不佳。而其他地方出土的以及"黑石号"沉船出水物中的瓷品，不仅造型佳，书法也佳，字体及章法布局也多样化。① 瓷器表面的题诗，均无题目，不标注作者。世俗民众更多表现出对作品本身的兴趣，而不关注作者和诗的真正题目。在这种情况下，题有文人诗以及民间俗诗的瓷品，站在了同一个被人挑选、购买和欣赏的平台。此外，在长安、洛阳、浙江、湖南出土的铜镜背面也往往铸有诗铭。与唐前镜铭相比，唐代铜镜铸五言诗铭的情形增多，自然是与五言诗体在民间的普及程度有关。相对于与音乐结合、与传奇故事结合这两种形式，依托工艺品生产、生活用具制作等商业行为而传播，其范围和效能比较有限。但是，诗歌文化能与民间的商业经营这一看似差别至远的行当一起携手走进人们的日常生活，似乎更能说明唐诗的社会化、全民化特点。

全民文化水平的提高为文人诗歌在民间更好地传播提供机会，诗艺的普及则使诗歌创作从"士族文化"的权限中跳脱出来，成为社会民众皆可参与的事情。民间诗人技艺水平的提升，及其创作在一定程度上仿习文人诗，正是文人诗向民间社会的回馈效应。《唐语林》卷二载衡山五峰下"人多文词，至于樵夫，往往能言诗。尝有广州幕府夜闻舟中吟曰：'野鹊滩西一棹孤，月光遥接洞庭湖。堪憎回雁峰前过，望断家山一字无。'问之，乃其所作也。"② 此诗虽出船夫之口，却堪与名家媲美。小说家言虽不必尽信，但据之可以推测该地区人们的整体文学修养。相传唐代有两位写作俗体诗的大名鼎鼎的人物，一名张打油，一名胡钉铰。③ 明代杨慎《升庵诗话》、李开先《词谑》记张打油生平史事，说法不一。《升庵诗话》云张打油为唐人。胡钉铰的生平资料较之张打油略详。唐代范摅

---

① 原因是窑址区的出土物大多属残品或次品，是被遗弃或淘汰掉的。能够销售到外地的，当然至少是合格的产品。

② 《唐语林校证》卷二，第 170 页。

③ 《辞海·文学分册》（上海辞书出版社 1981 年版）"打油诗"条："据宋钱易《南部新书》载：'有胡钉铰、张打油二人皆能为诗。'"今查中华书局 2002 年版《南部新书》并无这条材料，卷九有"胡钉铰"条，未提及"张打油"。然（清）翟灏《通俗编》卷十二载："《南部新书》有胡钉铰、张打油，二人皆能为诗。《升庵外集》载张打油《雪诗》，即俚俗所传'黄狗身上白，白狗身上肿'也，故今又谓之打狗诗。"（《通俗编》卷十二，《丛书集成初编》本，商务印书馆 1937 年版，第 140 页）清人钱泳的《履园丛话·笑柄》"打油诗"条也说："按打油诗始见于《南部新书》，其无关于人之名节者，原未尝不可以为游戏。"（中华书局 1979 年版，第 561 页）两书或为《辞海》所据。

《云溪友议》卷下《祝坟应》条载："里有胡生者，性落拓，家贫。少为洗镜镀钉之业。倏遇甘果、名茶、美酝，辄祭于列御寇之祠垄，以求聪慧，而思学道。……既成卷轴，尚不弃于猥贱之事，真隐者之风，远近号为'胡钉铰'，太守名流，皆仰瞩之，而门多长者。"① 又据宋计有功《唐诗纪事》，知胡钉铰本名胡令能，"钉铰"乃其职业名。据此，可能"张打油"是一位以"打油"为业的张姓人。平民小业主出身的张打油、胡钉铰，拥有向学之心，喜好吟诗，有自己的独特风格，但并未倾心于以读书学问来改变自己的人生。胡钉铰有了诗名之后，"尚不弃猥贱之艺"，依然从事自己的钉铰职业。宋以后，关于张、胡二人的逸事记载可信度虽不高，但至少表明这两人在民众中的诗人形象已被定位。卖油郎、钉铰匠都能树立起自己的诗人形象，唐诗的创作主体、审美主体范围的扩大不言而喻。

　　唐代文人诗在民间的流传，体现了唐代文人诗的社会化特点。唐代是中国古典诗歌最为辉煌的时代，诗歌创作也是有唐一代的文学盛事，后人提及唐诗，往往毫不吝情地赠以名家辈出、艺术精湛、典范之功等美誉，推崇之情溢于言表。诗歌为唐朝赢得了殊荣。同时，人们也不应忘记，也是唐朝玉成了诗歌，那些名家名作正是脱颖于这个世人对诗歌满怀热情的时代。在唐代，随着全民文化水平的普遍提升，吟诗作文不再是文化贵族或精英们的专利特权，不少普通人也粗通文墨、开口能咏。《全唐诗》中作者的身份，几乎涵盖了当时社会的各个阶层、各种行业。明代诗学家胡应麟曾感慨而言："甚矣，诗之盛于唐也！……其人，则帝王、将相、朝士、布衣、童子、妇人、缁流、羽客，靡弗预矣！"② 唐诗的普及程度是此前任何一个朝代所不能比拟的，这种"普及"既体现在文人诗歌在民间的广泛传播，也体现在参与诗歌创作的人员身份地位的平民化与普通化。文人诗在民间的影响，不仅满足了民众的精神需求，也慢慢积聚民众在世俗生活中容纳诗歌文化的情怀。唐代诗歌的社会化、全民化背景，既推动文人诗向着通俗化的方向倾斜，也促成民间俗体诗创作的兴发。唐代的俗体诗就是在上述社会文化背景及诗学背景下产生并发展起来，并确立自身特殊的诗体属性及功能地位。

---

① 《云溪友议》卷下，第59页。
② （明）胡应麟：《诗薮》外编卷三，上海古籍出版社1979年版，第163页。

第三章

俗体诗的诗学特征及艺术特色研究

俗体诗作为唐代民间诗歌的新生体类，虽非传统文人诗体的分化，但它的出现却又离不开近体诗歌在唐代的成熟与普及。对于这种特殊的诗歌文体，理应从诗学研究的角度予以观照。以往学界囿于传统诗学崇雅斥俗的观念，对于俗体诗的特殊性能鲜有发掘。本章内容先围绕俗体诗的群体性及功能性二大诗学特征进行论述，再择取唐人俗体诗中的代表作品，分析其创作艺术特色。

第一节　俗体诗的群体性诗学特征

从事中国古典诗歌艺术研究，惯常运用的方法是"知人论世"，即通过认知作家个人的行为气质，结合作家所处的时代背景、文学风尚，对该作家的创作风格、艺术造诣的形成机制加以阐释。然而，当我们面对唐人的俗体诗歌时，以往的研究方法显然难见成效，因为，绝大多数民间俗体诗已无法确认其作者，有的甚至连基本创作年代都无法考证。那么，如何对这类诗歌的诗学特性及创作艺术展开分析呢？钱志熙在《从群体诗学到个体诗学——前期诗史发展的一种基本规律》文中提出"诗歌史上存在着个体创作与群体创作这样两种基本形式"的命题，又云："不仅在早期诗歌发展中存在诸如群体诗学向个体诗学的转变这样重要的事实，而且在后来的诗史中，这一重关系同样存在，同样发生作用。"① 这一观点对笔者很有启发。从生成及传播的机制来看，唐人的俗体诗其实也是群体诗学艺术之一种。

---

① 钱志熙：《从群体诗学到个体诗学——前期诗史发展的一种基本规律》，《文学遗产》2005 年第 2 期，第 16 页。

一 著作权意识淡薄

著作权是创作主体对由其创作的艺术品所享有的专利权，这当然是个现代名词，这里借用来指称某一作品的初创者，对创作该作品之事实的维护意识。从文学作品的发表情况看，有的作品在发表之初，具有十分强烈的个人著作权意识；有的作品，作者的著作权意识较为淡薄甚至缺乏这种意识。一般来讲，文人的诗，因为在诗艺上下了功夫，体现诗人的创作水平，著作权意识比较强烈。作品发表后，其所标识的著作权也会得到社会认可。这样的作品，我们习惯上看作是个人的成果。在作者生前及去世后，这些作品还往往被加以收集、整理，使作者的著作权在更长时段内固定下来，从而具有专利效果。

俗体诗的作者主要是民间的知识分子，身份地位较普通。由于没有来自作者的地位、声名等方面的保护，作品流向社会后，其最初的著作权很快变得模糊不清。再后来，可能作者的名字也会失掉，也即原作者的著作权在一段时间后被迫性地失效。作者若一开始便不强调著作权，该作品将会更迅速地变成无名氏作品。长沙窑瓷器题诗全部不标作者名，除了我们依靠传世文献考得十首左右出自文人之手的作品外，绝大多数仍无法确定其原创者。即使少数瓷器题诗能在敦煌遗书中找到相同或相近的抄本，我们仍然不能确定其作者。如这首长沙窑瓷器题诗："白玉非为宝，千金我不须。意念千张纸，心存万卷书。" 敦煌遗书伯 2622 卷背李文义也抄诗："白玉非为宝，黄金我未须。（□）竟千张数，心存万卷书。"据题记可知其为大中十三年抄本。而伯 3441《论语集解》卷六写卷背面的"社司转贴"旁也抄有一首诗，云："白玉虽未（为）宝，黄金我未虽（须）。心在千章至（张纸），意在万卷书。"这份写卷上有"大中七年十一月廿六日学生判官高英建写记"的题记。显然，李文义、高英建都只是该诗的传抄者，而非最初的作者。还有一些作品虽有题名，但作者身份当时就很模糊。民间俗体诗作者著作权意识淡薄的极端表现，是有些作品在民间的托名流传，如托名白侍郎的《赞碎金诗》《训女文赞及诗》等。作者不仅不维护自己的著作权，还主动将其让于他人，这在文人诗创作中绝少发生，却是民间俗体诗的一种独特流传方式。

引发作者对著作权不甚在意情形的，除了作者的身份地位原因外，也与作品的性质功能有关。有些俗体诗歌，本是某一社会群体的公共文化，并非个人独有。抄写者、整理者实际承担了作品流通领域的职责，主要不体现个人的艺术创造。当然，在每个作品的最初创作阶段，其作者是明确的、唯一的，但在进入流通领域之后，有些俗诗发挥意义功能时需要它们以集体面目出现。当它们作为一个整体参与社会活动时，创作了个别篇章的某一位作者并不能代表这个整体，因此，其著作权也就被淡化了。长沙窑瓷器题诗直接出自窑匠笔端，墓志盖上的俗体挽诗历经刻工之手，某些诗句也可能是窑匠或刻工依据原有记忆模板写作。但这些作品所承担的意义功能，及所面向的接受群体，都不需求作者有明确的身份交代。与民间商业营销结合的俗体诗歌，书法造型成为诗歌所要展示的主体内涵，作者问题也无关紧要。这些因素都会影响到诗歌的应用者、传播者以及创作者对待作品著作权的态度。

著作权意识淡薄，对俗体诗的流通环节产生影响。在实际操作层面，也表现出群体诗学的特征：

一是，作品历经众人之手，陆续有所加工、改造，出现多个流传版本。同一诗歌，有几种大同小异的文本在社会上流传，这种现象我们在校录俗诗作品时已经指出过。这不仅与俗体诗的传播方式有关，也与群众的接受能力有关。除此之外，还有一个重要原因：这些作品大都是公共性的，没有明确的著作权。失去个人著作权的作品在社会上继续流传，与之相接触的群体或个人，在某一时候生起利用、改造或加工的念头，甚至顺手加上一个自拟的作者名字，这是不足为奇的。如日本圆城寺现存《唐人送别诗并尺牍》（拟题）写本，收录唐大中十二年（858）唐人蔡辅送日僧圆珍归国的诗，其中《大德归京敢奉送别诗四首》之三："一别萧萧行千里，来时悠悠未有期。一年三百六十日，无日无夜不相思。" 与长沙窑瓷器题诗中的 "一别行千里，来时未有期。月中三十日，无夜不相思" 诗相比，每句多出两字。《送别诗四首》中的另外三首，与所要送别的圆珍身份也不切合，其第一、第二首似乎也是民间诗的改作。其一曰："鸿胪去京三千里，一驿萧条骏苦飞。执手叮咛深惜别，龙门早达更须归。" 其二曰："一别去后泪凄凄，心中常忆醉迷迷。看选应是多仙子，直向心头割寸枝。"① "其一" 的送别对象显然是外出求功名者，"其二" 似为恋

① 陈尚君：《全唐诗续拾·新见逸诗附存》著录蔡辅《大德归京敢奉送别诗四首》。见《全唐诗》，中华书局 1999 年版，第 15 册，第 11962 页。

情诗，皆与圆珍身份不符。没有著作权保护的作品，几乎等同于全社会的公共文化财产，改作的情况更易发生。

二是，一些无名氏的作品，由于语言、风格或功能接近，逐渐被结集起来，成为代表某种风格的作品系列。据项楚的研究，现存王梵志诗集中，既有王梵志本人的创作，又有其他人的作品，集中的三百多首诗歌也非一时一地写就。民间流传的题名"白侍郎"的劝化诗，也是这样产生的。至此，所谓的"王梵志"以及"白侍郎"只是一个具象征意义的符号而已，一些风格相近的作品便附会于这一符号以求广传。

二　体现公众意识与大众情感

俗体诗对于文人近体诗的模仿是有限度的，也是有所选择的，那就是不脱离大众的审美视界。如果超出这一群体的接受能力，或未能契合该群体的审美情趣，必然不会获得民众认可，也就没有了在俗间流传的生命力。从民间诗学的角度看，这样的作品是不成功的。而那些当日在民间社会流传的俗体诗，如长沙窑瓷器上的题诗、敦煌遗书中的学郎诗、墓志盖上的俗体挽歌诗，等等，都是历经民众的欣赏标准筛选后，存在于大众审美视界之内的作品。因此，从题材内容的角度看，俗体诗对大众审美视界表现出一定的依附意识，这一意识使得作品在技术层面或思想内容上都不凸显个性，这是俗体诗作为群体诗学艺术的又一个重要表现。

唐人的俗体诗体现了以世俗民众为主体的占社会多数人的意识形态与价值观念。公众的意识形态，从某种意义上说，体现的是较重视现实生活和实际利益的多数人的思维倾向，并不直接关涉"真理"以及距离"真理"有多远。因此，有些俗体诗内容方面欠雅趣，如"终日如醉泥，看东不辨西。为（惟）存酒家令，心里不曾迷"，写一个沉迷于饮酒的醉汉。又如："凡人莫偷盗，行坐饱酒食。不用说东西，汝亦自绦（条）直。"宣扬事不关己、高高挂起的明哲保身理念。《游仙窟》中也有不少庸俗的调情诗。敦煌遗书中也常见接近于谩骂的调侃诗歌。可以说，俗体诗中有相当一部分作品是无法用境界或审美来衡量的。这些情景能成为诗歌素材，只是因为它们属于大众审美视界的话题，是民众喜谈的，能为枯燥而平庸的生活增加一点调味剂而已。就这一点来说，俗体诗创作是无法脱离大众视界的，体现的仍然是属于民众群体的情感意识，而不是个性的表达。

取单篇作品看，多数俗体诗既不凸显作者的思想个性，创作个性也不明显，但在整体上仍表现出民族性，重视抒写人类普遍的情感。如长沙窑瓷器题诗中的做客诗，体现着中华民族讲礼让、知感恩的传统美德。那些思乡怀人诗，无论是游子思念家乡，还是家人对游子的牵挂，都相当深致感人。"造得家书经两月，无人为我送将归。欹凭鸿雁寄将去，雪重天寒雁不飞。""离国离家整日愁，一朝白尽少年头。为转（寻）亲故知何处，南海南边第一州。"为寻找亲人，不惜走遍天涯海角，沉重的忧愁早令黑发转白，即便如此，也不能阻止主人公与亲人团聚的内心渴望。长沙窑瓷器题诗中还有一首残诗："□□□家日，□途柳色新。□前辞父母，洒泪别尊亲。"此诗虽非完篇，但可断定是一首思亲诗。忆昔别家之时，柳枝始染新绿，堂前拜别父母的情境犹在目前。此诗可与后来磁州窑一件瓷枕枕面上的题诗相参看，瓷枕题诗作："常忆离家日，双亲拂背言。遇桥须下马，有路莫行船。未晚先寻宿，鸡鸣再看天。古来冤枉者，尽在路途边。"① 亲情、爱情是人类最为基础的思想情感，也是诗歌创作（无论文人诗还是民间诗）的永恒主题。不过，在文人诗系列中，亲情题材的大量出现远远晚于"言志"的及友朋赠答的诗，直到杜甫才大开此门。敦煌学郎诗中表现出的孩童对父母养育之恩的感激、长沙窑瓷器题诗中的"寻亲"主题等，都是文人诗不多顾及的情感题材。

从唐五代墓志盖题刻俗体挽诗来看，人们往往通过颂扬亡者彰显忆念之情。不过，对于芸芸众生而言，既没有可歌可泣的义举，也缺乏卓著不朽的战功，那些惊天动地的伟业与他们更有距离，那么，如何铭记一位自己身边的普通人呢？从墓志盖题诗来看，孝道、德义是人们考虑较多的角度。如附录三《唐人墓志盖题刻俗体挽诗校录》之第6诗、第7诗，一云"哀哀传孝道，故显万年名"，一云"礼泉彰孝道，幽壤万年名"。第9诗《哀歌》："片玉琢琼文，用旌亡者神。云埋千陌塚，松镳九泉人。"玉石铭刻其霄云之志，青松标举其巍然之德，身形虽灭，声名永存，此足以告慰亡灵。当然，这里面不排除有夸大之嫌，但道德方面的东西最难以量化，只要我们有歌颂的意愿，对象就是最广泛的。"生前名行契，殁后

---

① 此枕现藏河北省邯郸市博物馆。枕作长方形，白地黑花，枕面开光内墨书此五言诗。录文据马小青《宋元磁州窑文字枕概述及断代（下篇）》，《收藏界》2006年第5期。

与谁论。""德风雕万载，松柏对千秋。"此类诗句，都是就这个方面立意。其所彰显的思想意义，不仅是对亡者最好的安慰，也是对生者莫大的激励。

社会价值、思想价值、艺术价值（或审美价值），是文艺创作及文艺研究中惯常谈论的话题。既然俗体诗也是一种诗歌文学，也应该有这些方面的定位。不过，由于俗体诗的创作者及接受者，是与文人群体相区别的另一个大致稳固的群体范围，对于俗体诗的价值评定，理当以世俗民众的利益为参照体建立我们的价值立场。俗体诗的社会价值体现在它的意义功能方面。而俗体诗的思想价值，在于它对世俗民众的情感生活具有直接的洞察力，这种洞察，所反映出来的是处于公共意识领域内的群体思想。文人的诗，往往追求个人的思想价值。这是因为文人群体距离政治中心较近，更多接近政治社会中的人，较普通人更多思考如何在政治社会、政治生活中实现自身的价值。对于文士来说，诗歌创作是进身之阶，也是言志之具，其创作更多体现了个人的思想意志和人生要求。在文人诗歌传统中，高超的艺术品可以将个人价值转化为更多的"个人价值"，在纵向的历史长河中，最终获得群体认可。不过，俗体诗所体现的群体思想，是横向的、面对当下的。俗体诗对于世俗民众思想意识的洞察，可作为文人诗思想价值的补充。

总之，无论是作品的创作、流通阶段，还是作品本身所体现的情感意识和人生观，俗体诗都表现出群体诗学的特征。同时，群体创作的现象表明，在唐诗的流传过程中，有些是不依靠作者的名字、身份、地位而流传的。这些作品在民间被认可，往往不是因为艺术水平如何高超，思想多么高远，更不是由于作者的地位声名，而是由于它们与这个阶层的文化水平相适应，能够满足某些人的实际生活或精神文化方面的需求，甚至用为消遣谈资。这又一次说明，尽管在高层次的文化空间中俗体诗存在的意义不大，但其意义和价值仅针对与它们相对应的特定文化阶层的人们。俗体诗所反映的普通民众的思想意愿，所体现的世俗伦理观、价值观，及其触及礼俗民风时所闪现出的某些人类心理共性，等等，都显现出与文人诗的差别。当然，俗体诗并非文人诗创作水准的降低，而是自然诗艺向文人艺术诗的部分借鉴与靠拢，其所达到的艺术水平也是多层次的。俗体诗创作整体上以大众的知识水准和接受兴趣为标杆，但优秀的俗体诗人，应该怀有审美的考虑。

三 传播及消费过程中的群体参与

当在湖南长沙窑出土的瓷器表面看到有与西域敦煌文献中字句相同或相近的诗句时，当在敦煌遗书伯2633卷《崔氏夫人训女文》抄本后看到"上都李家印"的款识时①，我们不禁为之震惊。惊叹于唐代俗体诗歌在民间社会接受空间之广阔与群众基础之深厚。在这些诗歌的传播与消费过程中，同样体现出群体艺术的特征。

虽然不如歌谣、俗曲那样依赖民众间的口耳相传，但俗体诗是基于民众的情感、生活而产生，是为民众所拥有的诗歌文化，其语词诗句往往闪现于人们日常的街谈巷语中。此一点毋庸赘述。某些民间寓言故事诗随讲说故事在民众间流传，也成为俗体诗的传播途径之一，如敦煌遗书伯2129卷所抄《神龟诗》一首：

> 海中有神龟，雨（两）鸟共想（相）随。游依世间故，老众人不知。道鸟衔牛粪，口称我且归（龟）。不能谨口舌，鼋（扑）煞老死尸。

此诗原接抄于《老人相问嗟叹诗》后，有小注："敢上神龟一首。"诗末另有坐禅诗数行。周一良先生最早指出这首《神龟诗》与佛教本生故事的关系，认为可能"是僧人俗讲时讲了这个故事之后，再总括全篇大意，用韵文唱出来的唱词"②。但从《跋敦煌写本〈海中有神龟〉》一文所提供的关于"鸟衔龟"主题的佛经故事看，《神龟诗》中"道鸟衔牛粪，口称我且归（龟）"这一情节是在佛经故事基础上的发挥。如旧杂《譬喻经》说由于"鹄"张口答话才导致了鳖的坠地身亡。什竺道生译"弥沙塞部和醯伍分律第二五第五分初破僧法"中，诸小儿见雁衔龟云："雁衔龟去！雁衔龟去！"龟即嗔言："何豫汝事？"遂堕地而死。义净译"根本说一切有部毗奈耶第二八违恼言教学处第一三"中，世人云："仁等观彼二鹅，共偷一鳖"，鳖张口辩解："我自欲去，非是偷来"，遂堕

---

① 上都，指长安，此款识标明此《崔氏夫人训女文》抄本所据本为来自长安的书铺印本。
② 见周一良《跋敦煌写本〈海中有神龟〉》，该文原载《现代佛学》第一卷第五期，今收入《周一良集》卷三，辽宁教育出版社1998年版，第286页。

地。这三个佛经故事都没有涉及"道乌衔牛粪"的内容，这一戏谑情节极可能出于民间的想象，是民众对于佛经故事的再度生发。另据敦良鋆、黄宝生译《佛本生故事选·乌龟本生》①，该书译自早期佛教巴利语经藏中的《本生经》，故事原载两首偈颂："这只乌龟，咬住棍子，饶舌多言，害死自己。""国王鉴戒，谨言慎行，记取乌龟，饶舌丧生。"将敦煌《神龟诗》与这两首偈语对比，显然《神龟诗》要比佛偈丰富得多，承载劝诫、化众功能的同时更有取悦大众的意味。而在敦煌遗书中，《神龟诗》居于篇幅不大、内容不一的杂抄丛中，其虽基于本生故事，显然已从佛教故事中脱离出来，已是民间广为传诵的故事诗。周一良先生说荣成张氏曾藏唐镜一枚，画有"两支鸟衔一根棍子的两端，一个乌龟咬住棍子中间"的图案，此镜待查实，若果有其物，不失为另一有力证据。

俗体诗的产生与消费过程具有群体艺术的特征，同时，俗体诗的传播，也往往表现为群发信息的特点。很多时候，俗诗的传播并非"一对一"，而是"一对多"，因其存在于民众群体的生活空间内，要维系其流传生命，就必须得到这些人群的支持。唐人墓志盖上所刻俗体挽歌诗的一篇多用现象，正是这类作品在消费与接受过程中群体参与的证明。传播及消费过程中的群体参与，有益于俗体诗的价值实现及生命延续，但有时也存在传达效果不精准，容易出现理解上的讹误。民众在接触诗歌时，对于文字及内容方面的接受并不精准，况且，其传播状态大多随意化，并非完全意义上的传习教授。传播过程中发生讹误有两种常见情形：一是音同或音近致讹。兹举长沙窑瓷器题诗为例：第 16 首"君生我未生，我生君以（已）老。君恨我生迟，我恨君生早。"（据 04《长沙窑》图版 25）题诗次句"以"字当校作"已"，两字音同。但 04《长沙窑》图版 26 又显示一件瓷器题该诗次句作"我生君与老"，"君与老"句意显然不通，大概由于"已"字与"与"字读音相近，在传诵过程中发生讹误。又如第 28首"一暑寒梅南北枝"，"暑"本当作"树"；第 31 首次句"霞珠不直钱"，"霞"本当作"瑕"；第 32 首次句"人前满面修"，"修"本当作"羞"，等等。这都是由于传诵者不完全理解诗意，出于臆测导致原文发生讹误。二是诗句错位。这种情况一般发生在传诵者大体明白诗意，但记忆不精准，遂取他句凑成诗篇。仍以长沙窑瓷器题诗为例，第 5 首"只

---

① 《印度故事文学名著集成》，人民文学出版社 2001 年版，第 131 页。

愁啼鸟别，恨送古人多。去后看明月，风光处处过。"据1996年《长沙窑》校记出土题此诗瓷器共22件。另有一件瓷器题诗："古人皆有别，此别泪痕多。送客城南酒，悬令听楚歌。"两诗都以离别为题，尤其前一联语意相近，在流传过程中竟有将两诗首联置换的现象。目前公布的长沙窑瓷器中就有三件题诗为："古人皆有别，此别泪恨多。去后看明月，风光处处过。"重新组合，俨然又是一首新诗。由于这些民间俗诗，没有固定的著作权，此类现象经常发生。再如瓷器题诗第80首："破镜不重照，落花难上支（枝）。行到水穷处，坐看云起时。"由于后两句是王维的名句，我们一眼便可识破，有的则不那么容易辨别，以讹传讹在所难免。说到底，真正造成民间俗体诗流传过程中文本错讹的原因，还是传播者、接受者的文化水平有限。

第二节　俗体诗的功能性诗学特征

俗诗体是与广大民众的情感、生活最为接近的文学品种之一。认识俗体诗写作与流传现象，需紧密联系该类诗歌与民间社会的关系。作为一种活跃于民众阶层中的诗歌创作活动，绝大部分俗体诗作者的身份地位不高，也不着力于作品的艺术造诣。在许多时候，俗体诗在民众现实生活及情感生活中所发挥的实用功能性，较之艺术审美性更加突出。

一　教育功能

从意义层面看，俗体诗承载着民众群体的人生体验，树立和传递了大众视野中的是非标准，从而延续了民间自然形成的思想道德教育、文化教育传统。

《礼记·大学篇》提出"修身、齐家、治国、平天下"的理想，成为世代儒家知识分子的人生追求。而对于普通老百姓来说，他们的人生与"治国、平天下"距离稍远，"修身、齐家"才是人生要务。明道理、晓礼节，是一个有修养人的最基本尺度。我们在长沙窑瓷器题诗和敦煌遗书中都发现了数篇有关"做客"的诗歌。先从"进门"说起。瓷器题诗有云："客来莫直入，直入主人嗔。打门三五下，自有出来人。"敦煌写本王梵志诗中也说："主人相屈至，客莫先入门。若是尊人处，临时自打门。"进门之前要先打门，跟随主人进门，否则便是对主人失敬。临走时，要对主人的款待表示感谢。有三件长沙窑瓷品上题有"龙门多贵客，出户是贤宾。今日归家去，无言谢主人"的五言小诗。俗话说，客好主人贤，家中多"贵客"、常有"贤宾"来访，主人的品德不言而喻。瓷器题诗中又有："作客来多日，烦扰主人深。未有黄金赠，空留一片心。""来时为作客，去后不身陈。无物将为信，流（留）语赠主人。""频频来作客，扰乱主人多。未有黄金赠，空留一量靴。"等等。留言、留靴或留下"一片心"，都是辞谢主人的话。张鷟《游仙窟》末尾写到张文成与十娘、五嫂临别相互赠语、赠物的情节。客人辞别，主人须有挽留的姿态。敦煌遗书斯329《书仪镜》卷背抄有一首诗："好客须留住，三秋莫放归。出门□道好，莫作主人□。"客人彬彬有礼，主人热情好客。这些流布在民间的做客诗，于潜移默化中影响着人们的行为处世方式。

　　洁身自好、积善行德、勤奋努力等修身之教，在俗体诗中也多有表现。长沙窑瓷器题诗有曰："凡人莫偷盗，行坐饱酒食。不用说东西，汝亦自绦（条）直。"教人安分守己、不要无事生非。又曰："东家种桃李，一半向西邻。幸有余光在，因何不与人。"宣扬与人为善的人道主义精神。余光照人可能是一种无心之施，和谐、美好的人生境界正由此而显现。敦煌诗钞中有云："积财虽是宝，用尽会应贫。不如怀道德，金玉自随身。"① 劝人轻财而重品德。新疆阿斯塔那三六三号唐墓出土卜天寿抄《论语》卷末题诗曰："学问非今日，维须跡（积）年多。□看阡（千）兩（涧）水，万合始城（成）河。"大学问不是一朝一夕成就的，积累学问要坚持不懈，犹如万条小溪汇流成河。与《荀子·劝学篇》中所云"不积跬步，无以至千里；不积小流，无以成江海"是一个道理。长沙窑瓷器上的诸多格言俗语，如"富从升合起，贫从不计来""人生愯（勿）斗，悔不三思""小人之浅志，君子之深识"等，与宣扬修身立德的俗体诗一同构成了民间教育体系的支脉，体现了民间文学的德育精神。

　　俗体诗也关乎家庭伦理之教，最突出的主题便是"和"与"孝"。上和、下孝，是中华民族传统的持家法宝。敦煌遗书中的《新集严父教》九首、《夫子劝世词》、杨满川《咏孝经十八章》等，都是民间广为传诵的具有教化功用的俗文学作品。《崔氏夫人训女文》是用于嫁女仪式的礼

---

　　① 　见敦煌伯2976写卷，无名氏阙题诗。又斯4658《如来身藏论一卷》引诗偈："积贮（财）不是宝，用尽会应贫。不如觉道德，金玉自随身。"与该诗同体。

俗文，文后所附白侍郎赞曰："养育之法，方拟事人，若乏礼仪，过在父母。"又有白侍郎诗二首，一曰："亭亭独步［一］枝花，红脸青娥不是夸。作将喜貌为愁白（貌），未惯离家往婿家"；二曰："拜别高堂日欲斜，红巾拭泪贵新花。从来生处却为客，今日随夫始是家。"以新娘口吻道出离别心情。俗体诗在民间家庭教育中的功用不可低估。"家有梵志诗，生死免入狱。不论有益事，且得耳根熟。白纸书屏风，客来即与读。空饭手捻盐，亦胜设酒肉。"① 即是对王梵志诗具有高度教化功能的认可，寒山诗与之相类。《太平广记》卷五十五《寒山子》条引杜光庭《仙传拾遗》中说，寒山诗"凡三百余首，多述山林幽隐之兴，或讥讽时态，能警流俗"②，传世寒山诗中也云："家有寒山诗，胜汝看经卷。书放屏风上，时时看一遍。"③ 又三卷本《王梵志诗集·序》中有一篇韵文，也可以视为诗歌：

> 逆子定省翻成孝，懒妇晨夕事姑嫜。查郎䞍子生惭愧，诸州游客忆家乡，慵夫夜起［□□□］，懒妇彻明对缉筐。悉皆咸臻知罪福，勤耕貌苦足糇粮。一志五情不改易，东州西郡并称扬。但令读此篇章熟，顽愚暗蠢悉贤良。④

王梵志的诗始在民间流行，后来结集成册。从序中这段韵语可知，梵志诗在唐代民间被接受，很大程度上是作为教化的文本。教育对象有：逆子、懒妇、查郎䞍子、诸州游客、慵夫等。这也是王梵志诗在当时被发现、被提倡的最大价值，也是其最终被集结成卷的主要原因。

俗体诗中所寄寓的人生感受和生活经验，能引起多数人的思想共鸣，有些句子后来成为民谚、俗语，有些就是以格言俗语为基础。如讽刺唯利是图的拜金主义，长沙窑瓷器题诗曰："男儿爱花心，徒劳费心力。有钱则见面，无钱不相识。"瓷器题记中又有"有钱冰亦热，无钱火亦寒"句。《朝野佥载》载时人嘲讽贪残枉法的王熊都督时说："见钱满面喜，无镪从头喝。尝逢饿夜叉，百姓不可活。"王梵志诗中也多有嘲讽此种利

① 项楚：《王梵志诗校注》卷六，上海古籍出版社2010年版，第646页。
② 《太平广记》卷五十五，第338页。
③ 项楚：《寒山诗注》，中华书局2000年版，第794页。
④ 徐俊：《敦煌诗集残卷辑考》，第856页。

禄主义者。人们经常感叹人心不测、知音难觅。长沙窑瓷器题诗云："从来不相识，相识便成亲。相识满天下，知心能几人？"五代延寿编集的《宗镜录》中载："昔人诗云：'海枯终见底，人死不知心。'又云'相识满天下，知心能几人'。"① 虽然是以诗喻禅，但显然这些诗句在当时广泛流传。敦煌遗书伯 2622《吉凶书仪》上、下两卷末李文义抄诗，"遮莫千今（金）与万金，不如人意与人心。黄金将来随手散，不如人意进（尽）长存。"又伯 2555 卷《奉答》诗前二句作"纵使千金与万金，不如人意与人心"。遗书伯 2622 卷背李文义抄诗："昔日家中富，门前车马多。可中负赋去，朝不□□（来相？）过。"此诗与李适之罢相后所赋的一首诗情境无差。郑处海《明皇杂录》记载："适之在相位日，曾赋诗曰：'朱门长不闭，亲友恣相过，今日过五十，不饮复如何？'及罢相，作诗曰：'避贤初罢相，乐圣且衔杯，借问门前客，今朝几个来？'"② 这些诗歌均以简洁易晓的话语道出世事的曲直黑白，融铸人生感怀为哲理经验，延续着民间自筑的思想道德、文化教育传统。

宗教宣传对于唐代民众的思想影响值得关注。一些本自宗教教义的白话诗偈流入民间，成为民众接受思想教育的口头文本。长沙窑瓷器题诗有："念念催年促，由（犹）如少水鱼。劝诸行过众，修学至无余。"光阴短促，时不待人。该诗也见于敦煌遗书，最早来自民间宗教仪规的《礼忏文》③。另一首瓷器题诗："圣水出温泉，新阳万里传。常居安乐国，多报未来缘。"圣水涌现，祥云遍布，引领人们遥想天界的安乐王国。另如敦煌遗书中的《神龟诗》，基于佛教的本生故事，其实也是一首典型的寓言故事诗，借乌龟的遭遇讽刺不能安分守己、又饶舌多嘴的人。如徐俊所言："宗教赞颂与诗为近的口传韵文特征和在民间社会的实际功用，甚至比一般通俗诗更具渗透力，差不多可以算作普通民众仅有的一点文学经验的来源。"④ 其实宗教文学对于普通民众的影响，除了文学经验外，更重要的还是思想方面的影响。

---

① （五代）延寿：《宗镜录》卷二十六，台南和裕出版社 1996 年版，第 897 页。

② （唐）郑处海撰、田延柱点校：《明皇杂录》卷上，中华书局 1994 年版，第 16 页。

③ 此诗见于敦煌斯 236 写卷《礼忏文一本》之"白众等听说《黄昏无常偈》"二首其二："念念催年促，犹如少水鱼。劝诸行过众，勤学至无余。"又见敦煌伯 2722 沙门思远述《礼佛文》中，文字作："念念摧（催）年促，犹如少水鱼。劝诸礼佛众，修斋至无余。"

④ 徐俊：《敦煌诗集残卷辑考·前言》，第 33 页。

二 实用功能

从传播方式看，以商业营销为目的的俗体诗的刻印与发行，与民众的生活及情感需求直接挂钩，意义功能主要表现为直接参与并有益于现实生活。而随实物生产、流转而传播的俗体诗，同样依附于具体物品的性能发挥其文化功能。

参与民间俗体诗创作与传播的，有一个相当重要的群体，即生活在民间社会中受过一定文化教育、具有一定阅读写作能力的知识分子。所谓民间知识分子，其实是个集体概念，包含了一个职业、地位、身份、能力等多样不均的群体。这批人，可能原本出身书香门第，但由于某种原因，无缘进入精英阶层，沉沦于民间；也可能是有心步入仕途，但尚未脱离原有生存环境的平民。在这种情况下，他们往往以专职或兼职的方式，利用自己所受教育中的某项专长来维系生活。随着民间社会文化教育的普及，以及民众对于诗歌欣赏、学习热情的提升，各种形式的诗文抄本受到民众欢迎。将言语艺术变身为文字艺术，无疑提高了诗歌传播的精准率，一定程度上满足了普通民众欣赏、学习以及推广教化的要求。有需求，便会有市场，民间社会对于诗歌文化的高昂兴趣，促生了书籍营销这一新兴行业在中晚唐民间市场出现。民间的知识分子在这一行业中发挥了关键作用。为了扩大书籍营销，在"缮写模勒"的基础上，又出现了由书铺注资的刻印书本。所刻多半是应民众之需，在其生活中有现实指导意义的书籍，如敦煌遗书中的《崔氏夫人训女文》。不少民间诗依附于此类图籍保留下来。而书坊中的主人和雇员，也自己动手编录、整理、撰写那些通俗文本。书籍营销商针对市场的不同需求，既营销著名诗人的诗抄，还刻印民间通行的诗歌、医书、历日等，成为俗体诗在民间社会中书面传播形态的直接来源。

从敦煌遗书中的学郎题记内容来看，他们的日常功课除了抄写正经、佛经外，还抄写世俗的文书，如《开蒙要训》《太公家教》《咏孝经》诗《新集严父教》等。如伯4588抄《太公家教》一卷，落款为："壬申年十月十四学士郎张盈信纪书文二"，末有题诗："学字经今三再（载），言语一切（些）不解。官次家中大郎，且交成（城）外受罪。"伯3906号《字宝》写卷题记："天福七年（942）壬寅岁四月二十日，伎术院学郎、知慈慧乡书手吕均书。"知该卷《字宝》的抄写者吕均当时为伎术院的学郎，知慈慧乡人。这则题记的两侧均有诗，一曰："人生不学漫是非，愚情小子实堪悲。三文两字暂将用，疑欲更作心里迷。"二曰："先贤制作好文书，人身明过戴头皮。早晚会知心明晓，努力恳克寻古诗。"书手吕均一面感慨老大无成，一面勉励自己更加勤奋。而伯3386、3582拼合卷的《咏孝经十八章》，为"大晋天福七年壬寅岁（942）七月廿二日三界寺学士郎张富盈"所抄，题记诗作："计写两卷文书，心里些些不疑。自要心身恳切，更要师父阇梨。"可以看出，这些都是以学书识字为动机的抄写。

《唐会要》卷三十五《开元二十一年五月敕》："诸州县学生，专习正业之外，仍令兼习吉凶礼。公私礼有事处，令示仪式，余皆不得辄使。"① 知唐代的州县教育中，把正统经书之外的吉凶礼仪作为辅助科目，以备公私有事时用。"吉凶礼仪"一般是依据正统经书和朝廷的正礼简化后形成的，实用性较强，尤其针对私庶之事。吴丽娱在《唐礼摭遗——中古书仪研究》书中说："从敦煌遗书中可以发现，有关三《礼》的文献仅P.2500、S.621等数件《礼记》残卷，而唐朝正式制定的礼书（如贞观礼、开元礼等）竟一件也未见到。可见唐朝在一般民众中传播礼仪的方式，主要地不是依靠礼经和朝廷正礼的传习。……吉凶书仪和其他俗礼书确实在一定程度上弥补了唐人礼仪教育方面的不足。"② 按照这一说法。我们可尝试做这样的思考：这些兼受吉凶礼和俗礼书教育的学生郎，或许日后正是主持民间礼仪活动的主要人选。对于他们来说，掌握各种仪节中的诗歌必为学习内容之一，如用于亲迎礼的《下女夫词》以及其他新婚诗。从这一教育目的出发，学郎在接受俗礼教育过程中，对于书面形态的通俗诗歌文本的依赖性就很大。

在民间社会，许多诗歌在民众日常生活中发挥的是类似应用文体的功能。受文人书仪影响，民间书仪也常有诗歌成分，如俄藏敦煌文献Дx.1291、1298号写卷为《某甲奉牒补充节度押衙兼龙勒乡务上大王谢恩启》，前抄两诗，一曰："昨来唯命归黄沙，鸿恩却存流草命。□谘都头与妇儿，且仿作□劝相随。"二曰："善谘阿郎与妇儿，判割处分实慈悲。衣裳破碎长受饥，鸿恩安委却交活。用辅明圣取分判，老□苦累眼□□。"这两首诗当是随《谢恩启》一并呈上的，而诗中用语略显粗涩，再据其所受职务为"补充节度押衙兼龙勒乡务"，知是地方小吏。

---

① 《唐会要》卷三十五，第634页。

② 吴丽娱：《唐礼摭遗——中古书仪研究》，商务印书馆2002年版，第202页。

又如敦煌文献中有拟题为《康大娘遗书》的作品："日落西山昏，孤男留一群。剪刀并柳尺，贱妾且随身。盒里残妆粉，留些与后人。有情怜男女，无情亦任君。黄泉无用时，徒劳作微尘。"原诗错讹甚多，有数个不同抄本。诗后有文："康大娘遗书一道：吾闻时光运转，春秋有生煞之期；人命无常，夭老鬼死亡之路。人之本道，贤愚（下缺）。"孟棨《本事诗》中载开元中幽州衙将张某之妻孔氏殁后，其五子不胜后母鞭槌哭诉于母亲坟前，孔氏自冢而出，留诗曰："不忿成故人，掩涕每盈巾。死生今有隔，相见永无因。匣里残妆粉，留将与后人。黄泉无用处，恨作冢中尘。有意怀男女，无情亦任君。欲知肠断处，明月照孤坟。"①《全唐诗》录此诗，题孔氏作。显然，敦煌遗书前的"日落西山昏"诗，是化用《本事诗》中孔氏的诗。相较两诗，一俗一雅，立可分辨。不过，敦煌遗书"日落西山昏"诗虽用浅俗语，叙情足以动人，显出一定的创作水准。该诗本源上虽然借鉴了《本事诗》中的故事，但原诗在民间流传过程中，很可能经由民间知识分子之手再加工，这种加工，其中不乏创作因素。这首《康大娘遗书》为敦煌民间妇女写遗书的仪范，一如斯6537《放妻文》、斯4374《放良文》。而《康大娘遗书》前的诗歌，已然成为当日民间妇女作遗书时必引的诗句。民间书仪看似简单，却非人人能够操笔写作，具有一定知识水平和常识的人才能担当此任。由上述两则敦煌文书中的材料可知，在唐代，诗歌已实实在在地走入了普通民众的生活，诗歌对于普通民众不单单是一种精神享受。在一个诗的国度里，诗歌到底扮演着怎样重要的角色，这以我们今天的情况，是不太能确切地想象得出来的。从这一角度看，书仪自然成为俗体诗书面传播的又一形式。

上述几种人群，书籍营销商、学郎、书手或民间的文字先生，成为民间知识分子的代表。这些人都具有一定文化水平，有机会与民众直接接触，或他们本身就生活在民众中间，从事着与书面文字相关的职业。他们的工作，在俗体诗进行集合、整理、传播这一线上起了重要作用，无意中承担了保存与延传民间俗体诗的职责。

从现存唐人俗体诗的文献资料看，还有不少俗体诗是依附于实体器物、随器物的流转而传播的。

实物传播并非唐代俗体诗所特有，早在先秦时期的器皿上就有记人记

---

① 《本事诗·征异第五》，第20页。

事性质的铭文。汉代铜镜上刻有不少通俗性韵文诗句，多为四言。唐代铜镜上也铸有诗句，一般为四言或五言。不过，与两汉镜铭韵文采用篆体，常有简化字、异体字的书写现象不同，目前所见唐代铜镜铭文基本为楷书体，字体秀丽工整，较少错讹。如唐代团花镜铸五言诗铭："玉匣初看镜，轻灰暂去尘。光如一片水，影照两边人。"① 取镜本身为题，与汉代镜铭文多用祥瑞祝颂语不同。又如浙江出土的一枚唐代铜镜上所铸诗："照日菱花出，临池满月生。官看巾帽整，妾映美妆成。"② "正巾帽"、"映美妆"，自然咏镜之功能。《金石索·金索六》又载唐芙蓉镜诗铭曰："鸾镜晓匀妆，慢把花钿饰。真如渌水中，一朵芙蓉出。"③ 咏美人晨妆，如花发可爱，用语清纯自然。湖南出土唐铜镜铭曰："偏识秦楼意，能照玉庄成。花发无冬夏，临台晓夜明。"④ "玉庄"当是"玉妆"，与前诗"美妆"意同。镜子主要用于梳妆整容，尤为女子所钟情。铜镜上铸造的诗篇多歌咏美人妆照，也是对消费群体心理意识的迎合。陕西长安出土的一枚铜镜，铭文为："赏得秦王镜，判不惜千金。非关欲照胆，特是自明心。"透露出一股男性的气概雄风。"秦王镜"之得名，或与李世民有关，唐代民间早有《秦王破阵乐》歌谣。铸此诗铭的唐铜镜现有二枚，"判"一作"渐"。铜镜，本是一种世俗化的物件，隋唐时期铸镜工艺大幅提高，或许是此期铜镜铭文书写水准上升的主要原因。但即使如此，在传世颇有限的铸有诗铭的唐镜中，仍有误书现象，如书"玉妆"为"玉庄"。唐代镜铭用五言诗的现象，与此期诗歌繁荣及五言诗形式的普及有着密切关联。这些诗铭，皆着题于镜本身之功能特性，表现范围不宽，仍然从属于铜镜铸造工艺。长沙窑瓷器上的题诗，内容较丰富，是最具有代表性的俗体诗的实物传播形式。在本书第一章中，我们已经对长沙窑瓷器题诗的性质作了分析，认为它们主要是以诗歌文化的审美装饰身份加入民间的瓷器商业营销。需要注意的是，以诗歌题记作为装饰手段，只是长沙窑瓷器

---

① 王士伦《浙江出土铜镜选集》图版第 50，录文据"分图说明"第 7 页，人民美术出版社 1958 年版。序中又引隋唐铜镜铭文一首："玉匣聊开镜，轻灰暂拭尘。光如一片水，影照两边人。"与团花镜铭文当为同一诗。

② 王士伦：《浙江出土铜镜选集·序》，人民美术出版社 1958 年版，第 8 页。《全唐诗续拾》卷五十六，《全唐诗》第 15 册，第 11810 页。

③ 冯云鹏：《金石索·金索六》，《续修四库全书》第 849 册，道光滋阳县署刻后印本，上海古籍出版社 2002 年版。《全唐诗续拾》卷五十六，《全唐诗》第 15 册，第 11811 页。

④ 周世荣编：《铜镜图案·湖南出土历代铜镜》，湖南美术出版社 1987 年版。

诸多装饰手法的一种。与铸造在铜镜上的诗铭一样，这些诗歌也是处于依附地位的传播状态。只是由于所依附的材质不同，诗歌的内容、书写样态及接受群体的范围有所变化。

实物传播既属于随商业经营相结合的文化传播，也属文化消费。卖者将诗歌给予买者，买者在得到实物的同时，也获得欣赏诗歌的乐趣。不过与口头传播、书面传播皆以诗歌本体为传播内容不同，实物传播过程中，诗歌文本从属于器物的实用功能，是一种依附性流传。当诗歌以如此面目出现在人们眼前，更显示了诗歌对于世人生活的渗透。

综上所述，大量俗体诗的产生和传播并不完全是自觉自发的文学行为，其功能性诗学的特征是比较明显的。尽管如此，俗体诗在民间社会的流通，仍然仰赖大批民间知识分子。民间知识分子不仅是俗体诗的创作者、保存者、整理加工者，也是能够使这些诗歌活跃在民间、使民众有缘接受的中间媒介。俗体诗又是与文人诗的创作、消费相对立的属于民间的诗歌文化生产，有自己的功能特点和传播形式。俗体诗的产生、消费和传播构成民间文化消费的自足空间，处在一个相对完整的诗歌生产系统内。这一点，对于认知俗体诗非常重要。

第三节　俗体诗的艺术特色研究

"俗"作为一种文体的客观存在，有其独特体貌，这一体貌是语言、修辞、技法等形式因素的综合体现。《魏书·胡叟传》记载："（胡叟）好属文，既善为典雅之词，又工为鄙俗之句。"① 胡叟除了善写典雅文章外，也能将鄙俗性质的文章写得不错。显然，写作"鄙俗"文章也须掌握一定的技巧。与文人诗一样，在不同的历史时期，民间诗歌的主要文体形态和艺术成就的表现也不一样，民间诗学的发展也具有阶段性特点。如歌谣为先秦两汉民间诗歌艺术的代表，乐歌俗曲则是魏晋六朝民间诗的流行样式。到了唐代，文体形态处于民间自然诗与文人艺术诗中间的俗体诗，成为此期民间诗歌文化的主要承担者。尽管俗体诗的艺术成就远不能与文人诗相提并论，但在一定程度上折射了文人诗的繁荣与进步。下面就对俗体诗的创作艺术特色加以分析。德国艺术史家格罗塞说："既然不能从艺术

---

① 《魏书》卷五十二，中华书局 1974 年标点本，第 1149 页。

家个人性格去说明艺术品个体的性格，我们只能将同时代或同地域的艺术品的大集体和整个的民族或整个的时代联合一起来看。"① 这一方法正适用于对于俗体诗的艺术分析。

一 情志率真平俗

追溯诗歌艺术的起源，总是与情感联系在一起，无论是中国古人的"言志"说、"缘情"说，还是西方理论家提出的"游戏"说、"模仿"说，"总而言之，诗或是'表现'内在的情感，或是'再现'外来的印象，或是纯以艺术形象产生快感，它的起源都是以人类天性为基础。"② 因此，就表达情感这点来说，处于自然艺术体系的各类诗歌并不存在形式上的高级与低级之分，只有表现情感的有效与无效之别。只有基于这一思想，才能更好地理解和阐释俗体诗的抒情艺术。

入唐以后，整个社会在政治、经济、文化等方面发生变革，社会意识形态的变迁，在民间诗歌的题材内容上有所反映。尽管俗体诗相较于文人诗具有明显的现实功能性诗学特征，但作为一种诗歌文体，抒情写意仍是其本质特征。如按题材内容将目前收集到的俗体诗进行归类，直接表达情感的作品仍然是大宗。而俗体诗所抒写的情志，既有时代特点，又有民间特色。

唐代文人诗中有一个十分突出的主题——建功立业、拜相封侯，这几乎是所有儒家知识分子的人生信念。而从民间的俗体诗中，我们领略到的却是普通读书人最切实的想法——除了读书入仕求高官外，视知识学问为生存必备之技艺。有两件长沙窑瓷器的表面皆题有"白玉非为宝，千金我不须。意念千张纸，心存万卷书"的五言诗句。另在敦煌遗书伯3441何晏《论语集解》卷六的背面，以及伯2622《吉凶书仪》卷背，也都抄有这首诗（文字略异）。胸中存有"万卷书"，固然是以学问进身的前提，退一步讲，即使不能平步青云、入仕得官，也不失为掌握了一门生存技艺。正如王梵志诗中所说："黄金未是宝，学问胜珠珍。丈夫无伎艺，虚沽一世人。"这一想法在唐代民间颇为流行，近乎"万般皆下品，惟有读书高"之论。勤苦读书，盼望仕途腾达，光宗耀祖，这是所有读书人的

---

① ［德］格罗塞：《艺术的起源》，蔡慕晖译，商务印书馆1984年版，第10页。

② 朱光潜：《诗论》，生活·读书·新知三联书店1998年版，第8页。

理想。而对于普通家庭的学生郎来说，接受文化教育最现实的目标恐怕是提高自身才艺，强化生存能力。敦煌遗书（北敦 BD03925 号背 3）抄诗："清清（青青）何（河）边草，游（犹）如水鳬鳬（凫凫）。男如（儿）不学问，如若一头驴"，此诗又见斯 8448（C）[1] 和伯 3108《千字文》卷背[2]。北敦 BD14636 号 3 抄诗云："三端俱全大丈夫，六艺堂堂世上无。男儿不学读诗赋，恰似肥菜根尽枯。"知识学问，是一种才艺，拥有它即使无缘中高官，于现实生活也大有裨益。来自一件长沙窑收集品的瓷器表面题诗曰："上有千年鸟，下有百年人。丈夫具纸笔，一世不求人。"敦煌遗书伯 2638《太公家教》卷背杂写中阙题诗："［等］闲当时苦，九（久）后自荣身。千金无所用，欲使不求人。"说的都是这个意思。另敦煌遗书斯 4129《崔氏夫人训女文》背所存残片中也留有题句："恳苦学问觅财（才）艺"、"财（才）艺精令不求人"，等等。总之，对于大多数读书人来说，能够跻身于社会管理阶层自然好，若无机缘，一旦流落市井，知识学问便成为衣食保障。民间俗诗中所展示普通知识分子的求学心理，在唐代文人诗中是不多见的。

唐代俗体诗还反映了女性在当时社会环境下，其爱情婚姻所面临的新挑战。当她们所牵挂的对象是外出求功名的夫君时，于殷切的相思之外，又多出一丝隐忧。想望夫贵妻荣的同时，又担心丈夫弃旧爱、觅新欢，这种矛盾的心绪在唐代妇女身上特别突出。[3]《全唐诗》卷八七二无名氏《题房鲁题名后》诗曰："姚家新婿是房郎，未解芳颜意欲狂。见说正调穿羽箭，莫教射破寺家墙。"便是讽刺士人及第后被权贵之家招为女婿，表现出喜形于色的丑态。看来，科举考试在为寒庶士人打开一扇进身之门的同时，"书中自有黄金屋，书中自有颜如玉"的读书心态，也催生了不少进士及第后的负心汉、薄情郎。同时，唐代女性地位大大提高，思想自由，择偶观也有开放的一面。长沙窑瓷器上有这样一首题诗："新妇家家有，新郎何处无？论情好果报，嫁取可怜夫。"果报，是佛家语，指有原

---

① 斯 8448（C）也存五言诗二行："清清河边草，游如水上鸫。南如不学文，［口］归一头虞。"

② 伯 3108《千字文》卷背，抄诗："青清河边草，犹如水上鱼。男如不学问，如若一头鸟。"

③ 《全唐诗》卷七九九载杜羔妻赵氏《闻夫杜羔登第》诗："长安此去无多地，郁郁葱葱佳气浮。良人得意正年少，今夜醉眠何处楼。"又载彭伉妻张氏《寄夫》诗二首，其一："久无音信到罗帏，路远迢迢遣问谁。闻君折得东堂桂，折罢那能不暂归。"皆表明这种担心并非多余。

因必有结果的报应。此诗是说只要洁身自爱，积善行德，就不怕自己嫁不到好丈夫。这首小诗彰显出唐代女性的新型婚姻观，较之前朝乐府民歌中的爱情诗是个不小的超越。

富贵惹人羡，贫贱遭人欺，这一冷酷现实在唐人俗体诗中也有强烈表现。如长沙窑瓷器题诗曰："衣裳不如法（注）①，人前满面修（羞）。行时无风彩（采），坐在下行头。"这位主人公由于没有鲜亮衣服，自觉在人前抬不起头。参加集会的时候，自卑地坐在最下方的位置。这让我们想起唐代宰相元载妻王韫秀的事迹。王韫秀在丈夫未中举时，备受娘家人冷眼，发出"路扫饥寒迹，天哀志气人。休零离别泪，携手入西秦"的呼声，遂下决心陪伴夫君入京赶考，终得富贵。看来无论世家大族，还是平民百姓中，世态炎凉名利场同样存在。我们在一只标明售卖价格为"五文"的长沙窑瓷壶表面，看到赫然题有"有钱冰亦热，无钱火亦寒"的句子。时隔千年之久，仍觉有些刺眼。

俗体诗还展示出唐代社会各色人等的生活状态、精神面貌。这里有唯利是图的假情义，如"男儿爱花心，徒劳费心力。有钱则见面，无钱不相识。"也有失身后的悔恨不堪，"剑缺那（哪）堪用，霞（瑕）珠不直（值）钱。［芙蓉一点污，□人那堪怜］。"有大丈夫的豪情壮志，"男儿大丈夫，何用本乡居。明月家家有，黄金何处无"，也有强自宽慰的小男人情怀，"岭上平看月，山头坐听风。心中一片气，不与女人同"。有一醉解千愁的豁达，"今朝心里闷会会（晦晦），不意更将愁来对。共君好酒觅五升，一起送愁千里外"。又有无可奈何的叹息，"忽起自长呼，何名大丈夫。心中万事有，不那手中无"。有积极进取的精神意志，"幸思比是老生儿，投师习业弃无知。父母偏阾（怜）昔（惜）爱子，日讽万幸（行）不滞迟"。也难免一时失落消沉，"可连（怜）学生郎，每日画一张。看书痒（佯）度［日］，泪落数千行"。总之，俗体诗所反映的唐代普通人的生活情感和人生境界，算不上多么崇高、壮美，但很真实，平实入俗，五味俱全。喜怒哀乐，尽现眼前。惟其朴素，弥觉其珍。惟其入俗，更显真实。无疑，这里是普通人的精神家园和人生舞台。唐人俗体诗正以其现实朴素的风格特征表现了唐代普通民众丰富多样、平凡真实的生活情感、人生境界。

---

① 注：本是涂抹口红，南朝《子夜四时歌》有"画眉忘注口"句，又引申为似口红的鲜艳颜色。

二　语言直质自然

俗体诗多用无文饰、少修辞的白话语，具有自然直质的语体风格。文学创作本质上是一种驱遣语言文辞创造美感的主体行为，无论雅体、俗体，语言文字都是形成作品的基本素材。文章家们杜绝于诗中用"凡言""俗语"，原因乃"俗之言"无文饰、不讲究修辞，少蕴藉雅丽之致。俗体诗由于不是传统文人诗体的分化，自然不必受此限制，并且恰以质直俗白的语体风格与文人雅诗相区别。初唐诗学论著《文笔式》"论体"曰："叙事为文……言须典正，涉于流俗，则觉其浅。"① 皎然《诗议》提及诗有二俗：一为鄙俚俗，二为古今相传俗。对于前者，作者态度决然，曰："调笑叉语，似谑似谶，滑稽皆为诗赘，偏入嘲咏，时或有之，岂足为文章乎?"② 所谓"鄙俚俗"，就是以鄙语、俚语而为之的作品，人们相互间嘲讽调笑、插科打诨时经常使用这种语言。被称作"鄙俗"的诗体所运用的语言，基本参照当时口语写成，与秦汉以来读书人惯用的文言语不同。这个特征也将其与主要使用文言书面语的文人"戏题诗""徘谐诗"等区分开来。

俗体诗生存于世俗民众的文化空间，言语使用上与民间歌谣有相通之处。但其直质文风，又不同于歌谣、谚语之粗鄙俚俗。作为一种民间原生态文学，歌谣（包括谚语）是俚俗文辞的最极端体现。历代史籍引述民间的歌谣、谚语时，多称之为鄙语、鄙谚。如《文心雕龙·书记篇》曰："谚者，直语也。……廛路浅言，有实无华。"又曰："文辞鄙俚，莫过于谚。"③ "廛"者，民居、民宅也。"廛路浅言"即里巷之言，最为俚俗。但从诗歌文体的发展历程看，俗体诗的文体生成受到文人诗影响。俗体诗虽作为民间诗歌文学之一体，却又具有文人诗的某些体性特征，是介于文人诗与民间自然韵语体之间的诗歌类别。

如敦煌 BD04291 号背索惠惠抄诗："由由（悠悠）天尚（上）云，父母生我身。少来学里坐，金（今）日得成人。"此诗似为寓目成兴，随口而咏，细细品味，却抒发了主人公回首往事时，胸中涌起的一股感念之情。白云悠悠，情亦悠悠，游子之思，油然而生，这种文笔运思文人诗中

---

① 张伯伟：《全唐五代诗格汇考》，第 79 页。
② 王利器：《文镜秘府论校注》，中国社会科学出版社 1983 年版，第 319 页。
③ （梁）刘勰著，范文澜注：《文心雕龙注》卷五，第 460 页。

早有先例。不少俗体诗还吸纳了民间的歌谣、谚语、熟语，将其化为诗语。如敦煌遗书伯 2555 号写卷抄诗："檀知（枝）打邓（灯）不须愁，酒债将来儿自酬。莫看手下无钱用，一代（旦）无名万世休。"首句"檀知（枝）打邓（灯）不须愁"显然是民间俗语，用以起兴。

长沙窑瓷器题诗主要采用五言四句体，从诗体结构看，非常类似于吴声西曲的抒情短章样式。实际上，两者间的确存在艺术传承。长沙窑瓷器题诗中的五言四句抒情短诗，继承了南朝乐府民歌即兴感发、直抒胸臆的言情方式。略举几首为例：

> 人归千里外，心尽一杯中。莫虑前途远，开帆逐便风。
> 自从君去后，日夜苦相思。不见来经岁，肠断泪沾衣。
> 无事来江外，求福不得福。眼看黄叶落，谁为送寒衣。
> 作客来多日，常怀一肚愁。路逢千丈木，堪作坐竹（望乡）楼。

这种清新流利的格调，通俗浅显的言情方式，显然承袭南朝吴声体而来。"作客来多日"诗中，以"一肚"作为"愁"的量词，贴切实在，与文人诗常言"满腹愁""满腔愁"效果截然不同。出现在俗诗中的俗语量词还有"一量""一个"等。[①] 以上诗歌均采用第一抒情人的口吻，直接倾吐内心情感愿望。这种抒情方式的最大好处，就是令读者在接触作品那一刻，迅速将作者的情思转化为读者的情感，瞬间达到心理共鸣。我们常说民间诗歌具天然之美，赞其语浅情深。其实，语浅，往往是客观因素所致（未受系统的文言词汇训练）；而情深，倒不如说是情真，这是受众与作品能够产生直接的情感对话、情感交流的一种审美体验。许多俗体诗，都体现了这一言情方式的优势。

不过，这些五言四句体的抒情短诗，在艺术表达上，与吴声西曲又有些不同。吴声西曲的言情，融合了取譬、设喻、谐音、双关等多样技巧，四句体的诗句，其上下两联的作用各有分工，一般来说，一半取譬或取境，另一半言情。如吴声《子夜歌》："自从别郎来，何日不咨嗟。黄檗郁成林，

---

① 长沙窑瓷器题诗："频频来作客，扰乱主人多。未有黄金赠，空留一量靴。""一量"，即"一双"，唐代俗语量词。《全唐诗续拾》卷二录《启颜录》所记王威德戏贾元逊语："千具殁歷皮，唯裁一量鞣。"鞣，通"袜"，一量鞣，即一双袜。同书贾元逊戏王威德语："千丈黄杨木，空为一个梳。"

91

当奈苦心多。"① 前半言情，后半取譬。西曲《乌夜啼》："长樯铁鹿子，布帆阿那起。讬侬安间间，一去数千里。"② 前半铺叙，不涉情事，全靠末句点睛。而瓷器题诗中类似主题的作品，如："自从君去后，日夜苦相思。不见来经岁，肠断泪沾衣。"又："一别行千里，来时未有期。月中三十日，无夜不相思。"全篇直说心语，用"赋"法写情，将思念之情写到极致。再如吴歌《子夜四时歌·秋歌》："秋夜入窗里，罗帐起飘飏。仰头看明月，寄情千里光。"③ 开端并不直接打开心扉，仿佛主人公因无法承受这深沉的思念才寄情明月。而瓷器题诗则曰："我有一片心，无人堪共说。遣风吹却去，语向天边月。"迫不及待地将心中情事宣告出来，托清风代为传语，仰明月寄托相思。唐人俗体诗一般采用正面言情法，这种方式比民歌更直接、更迅捷。又因为不用苦心设喻，语言更平易流畅，添了几分文人诗的温雅。而乐府民歌中因出现类似"忆子腹糜烂，肝肠尺寸断""宁断娇儿乳，不断郎殷勤"等譬喻方式，写情难免过滥，语也至为俚俗。

俗体诗中的言志诗，用语简洁明了，言尽意尽，不生余意。如"男儿大丈夫，何用本乡居。明月家家有，黄金何处无？""天地平如水，王道自然开。家中无学士，官从何处来。"人生目标十分明确，语言干脆利落，意气一贯而下。长沙窑瓷器上有一首专门咏竹的小诗："小小竹林子，还生小小枝。将来作笔管，书得五言诗。"题此诗瓷品目前有两件。诗的作者既对"毛笔"深怀感情，又喜爱写诗，身份可能是学校的先生或学生郎。再看这首诗："竹林青付付（郁郁），鸿雁北向飞。今日是假日，早放学郎归。"这是一首学生郎的诗。休假的日子到了，学生们迫切地希望早早回家。抬眼望见青青的竹林，鸿雁在天空自由地飞翔，更令他心驰神往。景物、情思非常细腻真实，所以这首诗能在湖南、敦煌两地盛传。④ 诸如此类的诗作，皆语浅情深，质而不俚，堪称雅俗共赏。再看长沙窑瓷器题诗中这首王昭君

① （宋）郭茂倩：《乐府诗集》卷四十四，上海古籍出版社1998年版，第502页。
② （宋）郭茂倩：《乐府诗集》卷四十七，第535页。
③ （宋）郭茂倩：《乐府诗集》卷四十四，第505页。
④ 敦煌伯2622写卷《吉凶书仪》末李文义抄诗七首，其三为："竹林清郁郁，伯（百）鸟取天飞。今照（朝）是我日，早放学生郎归。"题记："大中十三年（859）四月四日午时写了。"尽管有个别字句不同，但仍能看出是同一首诗的不同流传版本。由于敦煌并不产竹，此诗显系舶来品。而在《吉凶书仪》上下两卷的正背面所发现的九首李文义抄诗中，竟然有四首与长沙窑瓷器题诗互见，分别为："竹林清（青）郁郁"诗，"海鸟无（浮）还没"诗，"昌昌（日日）三长（场）战"以及"白玉非为宝"诗。这样看来，"竹林青郁郁"诗能传至敦煌，极可能与长沙窑的瓷器营销有关。

题材的诗:"去去关山远,行行湖(胡)地深。早知今日苦,多与画师金。"可将其与《玉台新咏》卷十、《乐府诗集》卷二十九所载范静妇沈氏《昭君叹》作一比较,沈氏诗曰:"早信丹青巧,重货洛阳师。千金买蝉鬓,百万写蛾眉。"瓷器题诗以"去去""行行"二叠词起笔,语感流利。而"早知今日苦,多与画师金",与"早信丹青巧,重货洛阳师"语意虽同,但前者诉情直白,后者之委曲含讽还是一眼可观。

俗体诗的篇幅一般较短小,不宜描写大场面和叙述复杂情节,对于某些社会现象的评论作者往往以一两语相概括,或将事物的正反两面排列出来简单对比。如见于长沙窑瓷器表面和敦煌遗书中的这首诗:"一日三场战,离家数十年。将军马上坐,将士雪中眠。""将士"指战士、士卒。将军们有马可乘,士卒不仅无马,连睡觉都暴露在风雪之中。一个简单的对句,便深刻揭露了军伍中的苦乐不均。叙议手法实非俗体诗所擅长,这是由于流传于民间社会的俗体诗,其作者多非专业诗人,写诗可能缘于心中忽然生起的一点感慨,抑或是一时的牢骚不平,只需通过韵语的形式把这点感慨或牢骚发泄一下,从而获得心理平衡,即兴感发、直抒胸臆的情感表达方式正基于这一创作心理。

俗体诗虽以抒情为主,但也言理,所言之"理"既非玄理,也非关乎生命归于何处的深刻哲理,而是从现实生活、自然变幻中得出的人生经验。"小水通大河,山深鸟宿多。"似乎是人之常识,无关生命与人生,反映了民众观察世界的能力。长沙窑瓷器上还题有一首特别的诗:

> 破镜不重照,落花难上支(枝)。行到水穷处,坐看云起时。

后两句是王维《终南别业》中的名句,作者希望摆脱尘世浮杂,求得隐逸自适的人生境界。在这首瓷器题诗中,这一哲理意味当然没能充分表现出来。"破镜不重照,落花难上支(枝)",事情到了无可挽回的地步,正如"行到水穷处",无路可走之时,只得顺其自然。王维的这两句诗作为俗体诗在民间流传,或许是民间诗人有意"断章取义",但更可能是民众对王维原诗自我作解。作为王维名篇中的名句,这两句诗在唐代流传应该很广泛,渐渐成为民间俗语。大众便为其赋予了另外的意思,并且也得到社会认可。再如敦煌遗书斯713卷所抄杂诗:

　　春至人仙（先）觉，秋来雁早知。草何北岸□，花［□］挂南支（枝）。

　　感性认知物候变迁，思索自然界的奥妙。如此略带哲理意味的抒情诗，还有"一暑（树）寒梅南北枝"诗、"街（阶）下后梅树"诗、"剑缺那（哪）堪用"诗、"柳色何曾具（见）"诗等。这样的诗，可能在文人读来，韵味过于简淡，意义也不深刻，但恰为民众所赏。采用简单的比拟手法，以生活中的常识情理为诗歌素材，无须复杂的想象、联想，一语即能道出事情本末，这都反映出民众创作艺术、欣赏艺术过程中的直观思维。

　　言语行为产生于人的心志感发，诗是更为有效地传达这一情感的语言文字形式。古人云"在心为志，发言为诗。情动于中，而形于言"①，即为此意。从根本上说，思维的形式和内容深深影响着外在语言的形式和内容。在人类社会较为低级的阶段，人的思维是简直的，同样简直的语言形式足够他们用来表达情感。随着人类文明进步，思想逐渐丰富，语言也在发展（句式、词汇等日益增多）。但由于社会分工、社会阶层的存在，文化资源在各阶层、各行业的人群中间出现不均衡分配现象。况且除先天因素外，思想、语言又与后天锻炼相关。即使同一社会阶层的人们，思维方式与语言表达也会有所区别，这种区别，在文化贵族与世俗民众两个社会群体当中表现得尤其鲜明。拥有较高文化修养的人们，能够运用丰富的语言词汇、各种语序组合表现复杂的情感世界。而一般民众或民间知识分子，一来可能的确"技不如人"，二来尚须照顾大众的接受能力，总之，其作品总体呈现出浅易直白的风格。不过，浅易直白乃就其语言修辞而言。实际上，众多流传于民间的俗体诗，皆以自然直质的语言直接抒写内心，形成情思真率、自然感发的艺术特色。

　　总之，俗体诗创作既融合了文人诗艺的某些长处，也在一定程度上保持了自然艺术状态中人类抒情的本能修辞方式。从那些不以华丽辞彩取胜、不以深刻修辞见工的俗诗作品身上，我们能够见出民众简直淳朴的情感思维，以及由自然直质的语言运用所流露出的真情与感动，这也是大多

---

　　①　（汉）毛亨传、（汉）郑玄笺、（唐）孔颖达疏：《毛诗正义》卷一，中华书局1980年版，第270页。

数俗体诗具有雅俗共赏性能的重要原因。

三　诗律自由灵活

唐人俗体诗大多体式短小，诗律简单，句法灵活，较之文人诗律具有少约束、求自由的特点。

唐人俗体诗多用五言、七言句式，多为齐言体。五律、七律，在唐人手中不仅体式定型，艺术创造也堪称全盛，这都会对民间诗坛产生强烈辐射作用。就整个文人诗史看，文人诗的最高艺术成就主要体现在五言、七言格律诗的创作当中。甚至到了清末、民国时期，五七言格律诗体，仍然是文人诗的主要文体形式。文人的格律诗创作及其艺术成就，几乎使格律诗的文体形式成为"诗歌"这一概念的意义体现。自唐代以来，民间诗人模仿文人诗的形式承载自己的感情，自然以仿效五言、七言的齐言近体诗为主。唐代以前民间的歌谣、俗曲中早就有五言四句体，其突出代表是南朝的吴声西曲。这种乐歌形式，在唐代民间仍深受欢迎。如下面这首长沙窑瓷器题诗："道别即须分，何劳说苦新（辛）。牵牛石上过，不见有啼恨（蹄痕）。"以"蹄痕"谐音"啼恨"在吴歌中早已出现。《乐府诗集·清商曲辞》"吴声歌"《读曲歌》有云："奈何不可言，朝看莫（暮）牛迹，知是宿蹄痕。"①谐音，正是吴声体的一种突出修辞技巧。创作于南齐的"有僧长寄书，无信长相忆。莫作瓶落井，一去无消息"诗，仍被唐代湘江流域的人民所喜爱，更能证明这种诗体在民间社会影响至深。从中国古代诗歌的文体功能看，五言四句体的抒情优势，在唐前民间诗歌文化中主要体现为歌谣俗曲的盛行，而在唐代，还表现在不依赖歌唱的俗体诗创作当中。

俗体诗中短制多于长篇的现象，与文人诗普及于民间的方式有关，也与世俗民众的接受能力、民间诗歌的传播形态有关。隋唐时期音乐的新变，也使五言、七言近体短诗大量流向世俗民间。虽然在专业诗人那里，绝句体并不比律诗、歌行更容易写作，但五言、七言的四句短诗体，在民间诗人只是一个装载文字的框架，这个框架当然是越小巧作品越易成型，也最便于传诵。另一方面，俗体诗人的创作，绝不会如专业诗人那样追求"格律精"或"诗律细"，其所要抒写的情思也基本是短暂的、意义轻浅

---

① （宋）郭茂倩：《乐府诗集》卷四十六，第522页。

的，这也使得民间诗歌的体制以五言、七言句式的齐言短诗为主。林庚先生曾说："绝句在盛唐是最通俗普遍的形式。"① 从我们收集到的俗体诗作品看，确实以短制为主。这一体制特点说明，俗体诗正是在文人近体格律诗高度成熟、并且在社会上形成普及之势后所产生的一类诗歌。

俗体诗也守有基本的诗律法则，但不严格，多数情况下只是通过押韵达到顺口、助记效果。韵，对于任何体式的诗歌都是重要的，俗体诗的押韵，当然并非完全受近体格律诗影响。"韵"是中国诗法最原始、最基本的一条法规，《诗经》中的诗基本是押韵的，只有极少数不押韵。文人的格律诗，在用韵方面的讲究是大大超出了民间诗的。② 俗体诗的用韵主要表现为押尾韵，有些俗体诗在文人们看来只是顺口溜，根本算不得诗。如初唐时期的权龙襄将军，最喜写俗诗，当他把"严霜白浩浩，明月赤团团"的诗歌呈现给皇太子的时候，皇太子所给的评语是："龙襄才子，秦州人士。明月昼耀，严霜夏起。如此诗章，趁韵而已。"③ 权龙襄即权龙褒。《朝野佥载》把这件事当作笑料记载下来，《太平广记》卷二五八编入"嗤鄙"类。清人季振宜依《唐诗纪事》编著《全唐诗》时，毫不留情地将权龙褒的诗删去，并不视之为诗。

俗体诗的创作，基本不存在稳定的创作集团或联系紧密的作者群体，也几乎没有针对俗体诗艺的评论机制。因此，俗体诗作者对于韵律的遵循，完全出于自发意识。宋林之奇《寸斋记》载录的那首《俗诗》，尽管押了尾韵，但第二句"东家量了西家量"与第四句"何不回家独自量"的句末都用"量"字，这种情况是文人写诗时绝对避免的。由于缺乏必要的强制力量，现今所见的民间俗诗，有时甚至连押尾韵这一基本法则也不能严格执行。如敦煌遗书斯692号《秦妇吟》抄卷末题记诗："今日写书了，合有五升米。高代（贷）不可得，坏（还）是自身灾。""米"字与"灾"字显然不押韵。又伯3597卷《佛说七阶礼佛名经》背，沙弥索惠惠所书诗："孔子高［山］座（坐），弱水不能流。诸君在学问，何敢该君同。""流"字与"同"字也不押。国家图书馆藏BD04291号写卷背面也抄有此诗，末句作"观（官）从何处来"，然"来"与"流"也非同韵。即使这般不押韵

① 林庚：《中国文学简史》，北京大学出版社1995年版，第213页。
② 格律诗的用韵分句内韵、句尾韵，又有复韵、换韵、转韵等具体技法，用以调配节奏。关于中国诗与"韵"的关系，可参看朱光潜《诗论》中的相关说明。
③ （唐）张鷟：《朝野佥载》卷四，中华书局1979年版，第95页。

的诗，也能发挥其抒怀功能，毫不影响人们的接受兴致，更能说明世俗民众对于诗歌韵律方面的要求是十分宽容的。

严格、精准的对仗（或对偶）是文人格律诗的艺术标志，各种偶对之法也是学诗者首先要掌握的技能。传为初唐上官仪所作《笔札华梁》"论对属"时说："在于文章，皆须对属。其不对者，止得一处二处有之。若以不对为常，则非复文章。"其下小字注："若常不对，则与俗之言无异。"① 俗体诗则多为直述式语言，并不特别讲究词意、词性方面的对仗。如敦煌遗书《崔氏夫人训女文》所附白侍郎赞诗二首：

> 亭亭独步［一］枝花，红脸青娥不是夸。作将喜貌为愁白（貌），未惯离家往婿家。

> 拜别高堂日欲斜，红巾拭泪贵新花。从来生处却为客，今日随夫始是家。

两诗后两句均作流水对，即形式上为对句，但意义连贯，如作直述语。很多时候，俗体诗还借用歌谣、游戏杂诗的体式，句式非常自由。

近体诗格律化对于文人诗的推进是迅速而鲜明的，对于民间俗体文艺的影响层面及影响程度，需与世俗民众之审美视界和接受能力相结合。近体诗格律化的直接影响是产生了文人诗中的五律、七律，以及合律的绝句体。但俗体诗没有选择律诗，而是选择古绝，以及不太严格的格律诗法运用作为自己的诗体特征。五言四行短诗本来就有广阔的民间接受基础，在唐代文人诗学影响之下，这种诗体遂成为民间社会中最具流行潜质的诗体形式。所谓古绝，与律绝相对，是近体格律诗的规则形成之后，人们对不遵格律束缚的四行诗体的命名。古绝，其实是古体诗的一种。一般来讲，用仄韵，或诗句不合律诗之平仄、粘对规则的都是古绝。不少俗体诗用仄韵，如："读诵须勤苦，成就始似虎。不词（辞）扙（杖）棰体，原（愿）赐荣躯路。"每句之末都是仄韵。此诗原钞于敦煌遗书伯2746《孝经》卷末，诗前有题记："岁至庚辰（860），月造季秋，日逮第三，写诗竟记。后有余纸，辄造五言拙诗一首。"知其诗为翟膴邤特意书写，各句用仄韵也是有意为之。敦煌遗书伯3305《论语卷第五》李文改抄诗"今

---

① 张伯伟：《全唐五代诗格汇考》，第67页。

朝闷会会，更将愁来对。好酒沽五升，送愁千理（里）外。"其诗也用仄韵。出韵的现象在民间诗人创作中也很常见，表现出俗体诗创作中诗法宽松的特点。斯 3287《子年礜三部落百姓回履倩等户手实》（题拟）卷背题记诗："汋泪研墨磨，媚（眉）毛作笔使。衫衿为智（纸）□，早起一偏（篇）言。"此诗连尾韵也不必押，似乎随意书写，只要意思说出来，凑足字数便了。由此可见，俗体诗创作在很大程度上仍带有自然诗艺的色彩，达意为先，形式居后，也即抒情言志是第一位的，诗法在其次。

四 构思机巧谐趣

民间诗人因与广阔的社会生活直接接触，贴近生活取材，具有寓目成兴、触物起情的诗思特点。作者不为塑造经典与典范，更追求接近生活真实、情感真实的言语表达。何况俗体诗在诗法方面受限极少，于是许多文人所不屑或不敢涉足的素材却有机会在俗体诗中得到表现。阅读唐人的俗体诗，我们常常为其新鲜的构思感到惊喜。如下面这首瓷器题诗：

青骢饮渌（绿）水，双吸复双呼。影里蹄相踏，波中嘴对乌。

四句二十字，生动传达了青骢马饮于绿水的片刻情趣，取材随意自然、刻画简洁直观。湖面清澈如镜，马的倒影历历可鉴。"双吸复双呼"、"波中嘴对乌"这样的句子，显非冥思得来，完全是作者瞬间捕捉到的灵感。此诗尽显民间诗人寓目成兴的运思特色，这也是以往我们探讨某些文人学习民间诗创作艺术时比较关注的一个方面。民间诗中的新鲜意象，正是文人们努力学习的地方。民间诗人的写作对象十分丰富，似乎可将生活中遭遇的任何情境捻来入诗。长沙窑瓷器上的这首五言诗："岭上平看月，山头坐听风。心中一片气，不与女人同。"该诗题写于一只青釉瓷碗的碗心。这位男子与妻子（或恋人）之间发生了不愉快的事，独自跑到山头生闷气，经历一番思想斗争，最后以不和对方一般见识宽慰自己。这样一个满腹委屈的小男人形象，唐代以前的诗歌是没有的，而且唐代文人诗中也不曾见到。

同时，从人类创造诗歌、欣赏诗歌的心理动机看，游戏的、娱乐的情愫本占有相当分量。对此，西方文艺理论中关于艺术起源的"游戏说"有过深入阐发，刘勰《文心雕龙·谐隐篇》也曾论及。朱光潜《诗论》

第二章"诗与谐隐"对民间诗的三类形式"谐、隐、纯粹的文字游戏"也有较细致讨论。《文心雕龙·谐隐篇》曰:"谐之言皆也,辞浅会俗,皆悦笑也。"① 两人以上方可称"皆",显然,"谐"具有令大家悦笑之效果。朱光潜也说:"'谐'最富于社会性",可"雅俗共赏"。一般说来,俗人感觉可笑的事物,雅士也必会心。因此,谐诗要"辞浅会俗",取"俗"为标准,会俗人之意,最早的谐诗便用俗语诵之。俗体诗作为民间俗体文艺之特殊种类,不少作品也带有谐趣风味,来自现实生活的新鲜意象加上作者巧妙的构思,充分体现了民众在诗歌创作行为当中的娱情智慧。

世俗民众的人生追求大多是现实的,他们只需对自己的生活负责,忧国、忧民、忧天下的事自有文人士大夫们去扛。因此,游戏的、娱乐的文艺在民间最受欢迎。用诗歌的形式把生活中的有趣现象传达出来,动机不乏自我炫耀,而炫耀正是自我娱情的意识外现。斯3287"千字文一卷"下面抄有一首诗:

> 今日书他智(纸),他来定是嗔。我今归舍去,将作是何人。

诗的作者是个学生郎,可能到了假日要回家。临走前用了别人的纸,料想那人发现后必然生气,转念又一想,反正我也溜之大吉了,管他怎样呢。孩童的窃喜与狡猾跃然纸上。发现自己的聪明,并把这种聪明加以演示,总是令人感觉快慰的。再看下面几例:

> 伯3305"《论语》卷第五":写书不饮酒,恒日笔头干。且德(得)随宜过,有错后人看。
> 伯2622《吉凶书仪》卷末李文义抄诗:今照(朝)书字笔头干,谁知明桭(晨)实个奸。向前早许则其信,交他人者不许(喜)欢。
> 伯4588卷背张盈信诗:今朝到此间,酒前(钱)交须(谁)还。吃着一盏籵(料),面孔赤籼籼(灿灿)。

_____

① (梁)刘勰著,范文澜注:《文心雕龙注》卷三,第270页。

作诗竟如说话般轻松，没有艰深的词语，主人公的态度也是娱悦的、乐观的，对一切都无所谓的。普通民众在生活中不奢望追步圣贤，即使诉说豪情壮志也不作庄重口吻，如：

> 长沙窑瓷器题诗：须饮三杯万士（事）休，眼前花拨（发）四枝（肢）荣（柔）。不知酒是龙泉剑，吃入伤（肠）中别何愁？
> 斯3663《五言》一首：可可随宜纸，故故遣人书。充功而已矣，何假觅众诸。

易于满足的心理，是幽默性和谐趣情感的来源。文士们鄙视俗民，认为他们心无大志，然"无大志"似也可解为"无欲求"，无欲则少愁，所以民众更欢迎与自己的幽默情感相契合的作品，他们自身也在不断制造这类文艺品。"谐"关乎艺术之起源，也是推动艺术史前进的潜在因素之一。在不同的历史时期、文学史发展的不同阶段，"谐"与各文体的结合程度不同，审美效能也不一。《诗经》、汉乐府以及后世民间歌谣中，都有谐谑篇章，体现了自然艺术状态中的"谐艺"。唐代民间谐趣俗体诗，进一步体现了"谐"与近体诗的结合，最终确立了多用近体诗形式的打油诗。

"隐"也是取得谐谑效果的有效方法，实际创作中往往"谐""隐"联用。谜语，是在民间社会深受欢迎的一种语言艺术娱乐形式，猜谜也是益智游戏。谜面的制作主要运用"隐"的技法。采用诗歌的体式、语言和"隐"的手法来叙述一个对象，就形成了谜诗。如长沙窑瓷器题诗中的二篇：

> 入池先弄水，岸上拂轻沙。林里惊飞鸟，菌（园）中扫落花。
> 闻流不见水，有石复无山。金瓶成（盛）碎玉，挂在树枝间。

第一首谜诗喻"风"。选取"弄""拂""惊""扫"一系列动词，配合"池水""沙岸""飞鸟""落花"等，构成几组美丽的意象群，令人在思索谜底的同时，也感受到诗歌的语言美、图画美。《梁书·孙廉传》载高爽以《屐谜》喻孙廉"刺鼻不知嚏，蹋面不知瞋。啮齿作步数，持此得胜人。"讥其厚颜不知耻辱。在唐代张鷟的《朝野佥载》中这首《屐谜》却被载为某选人嘲高士廉木履的诗，此例正用以表明俗体咏物诗与谜诗在性质功能上接近。第二首谜诗喻"石榴"。"流"谐音"榴"，首两句以“闻流”。“有石”覆射“石榴”，极巧妙。后两句摹状该物，“碎玉”喻石榴籽，金瓶、碎玉挂于绿色枝叶间，既生动形象又有视觉美感。从这些流传实例可以看出，“隐”的技法与诗歌创作（尤其是咏物诗）结合之后，对于诗歌作品的社会功能和性质功能有着相当大的影响，皆缘于民众在接受文学作品过程中对其内心游戏意识的强调。

通俗浅易、小有情趣的文字游戏诗，在唐代民间也颇流行。所谓文字游戏，是利用汉语文字的音、义特点，巧妙运用字词之间的联系，玩弄文字技艺的一种游戏方式。一般来说，此类作品虽具备诗的形式，但诗味并不浓厚。如下面的几篇：

天明日月奣，立月己三龙。言身一寸谢，千里重金钟。

单乔亦是乔，着木亦成乔（桥）。除却乔（桥）边木，着女便成娇。

高僧（山）高高高入云，真僧真真真是人。清水清清清见底，长安长长长有君。

远送还通达，逍遥近道边。遇逢遐迩过，进退随遛连。

前两首是离合诗，第三首是叠字诗，第四首其实是同部首字的组合。第四首既见于长沙窑瓷器上，又见于敦煌诗钞中。敦煌遗书斯5513《开蒙要训摘抄》卷背抄“辶”部首的字五行42字，前两行四字句，后三行五字句，末两行抄：“遛逢遐迩过，进退□遊莲。送远还通达，逍遥近道边。”[①] 后空两行，接抄“木”部字、“禾”部字。“辶”部字前空一行又抄有六个“毛”部字。显然，这组诗其实是学郎习字的口诀。这些“辶”部的字，经过巧妙编排，已略具诗意。二十个“辶”部字排在一起，寓整齐于变化，也会造成视角冲击，故为瓷器装饰之用。离合是一种拆字游戏，上述“单乔亦是乔”诗已属离合诗中的上乘之作，妙为组句，更妙成“诨语”。唐代民间还广为流传着一首言情离合诗：

夕夕多长夜，一一二更初。田心思远客，门口问征夫。

① 《英藏敦煌文献》，四川人民出版社1994年版，第7册，第212页。

　　此诗各句前两字合为第三字，属于半离合的诗篇，虽有拆字工艺，尚不至破坏诗意。"夕夕"作长夜的量词，"一一"作"更"的量词，也不算涩语，且句首叠词本是俗体诗的常用修辞格。敦煌遗书中有该诗的另一个版本，作："日日昌楼望，山山出没云。田心思远客，门口问贞人。"敦煌遗书斯 3835 卷背有诗图四件，第一件即此诗。这首离合诗，已具有较强的抒情性，并非纯粹的文字游戏。

　　于诗中玩味文字，形成不同的审美效果，也是俗诗作者游戏意识的体现。通过字词限量复叠形成语音或语义的回环之美，是运用甚广的一种修辞手法。复叠是把同一的字接二连三地用在一起的辞格，如：

　　　　那日君大醉，昨日始自星（醒）。今日与君饮，明日用斗量。
　　　　君生我未生，我生君以（已）老。君恨我生迟，我恨君生早。

用对举手法如：

　　　　偨（避）酒还逢酒，逃杯反被杯。今朝酒即醉，满满酌将来。
　　　　后岁迎新岁，新天接旧天。元和十六载，长庆一千年。
　　　　今岁今宵尽，明年明日开。寒随今夜走，春至主人来。

用顶真格如：

　　　　客来莫直入，直入主人嗔。打门三五下，自有出来人。
　　　　从来不相识，相识便成亲。相识满天下，知心能几人。

　　复叠与对举并用，形成音义相附、婉转流谐的效果。这种"着意显现同中之异"、"游戏文字"的言语效果，自然中散发出幽默气息。陈望道在《修辞学发凡》中介绍"反复"这一辞格时说："人们对于事物有热烈深切的感触时，往往不免一而再、再而三地反复申说……也往往能够给与观者以一种简纯的快感，修辞上的反复就是基于人类这种心理作用而成。"① 民间诗的语言多半是天然的，叠词、对词的出现很大程度上是日

---

　　① 陈望道：《修辞学发凡》，上海教育出版社 2001 年版，第 203 页。

常语言习惯的反映，并非刻意修辞的结果，俗体诗大量采用这些辞格，表现出与世俗语的趋同。①

随着诗歌形式在民间普及，有关四时节气、风土人情以及日常生活小事民众都会将其形之于诗。四季中最能打动人心的莫若春季，春天也最能引起诗人注意。这首描写春景的小诗："春日春风动，春来春草生。春人饮春酒，春鸟弄春声。"此诗见于敦煌遗书伯3597卷诗抄和中国书店藏敦煌写本《佛说无量寿宗要经》卷背张宗宗抄诗（末句脱"声"字）中。同时，在湖南长沙窑出土的瓷品表面又有两见，一件题在瓷壶腹部，一件题在瓷注子腹部。印尼"黑石号"沉船出水一青釉褐彩瓷碗残片中也发现两句题诗："春雨春地□，春时春草□［生］。"日本北三井103（025—14—20）号《成唯识论》卷第七纸背有杂写："春日春风动，春山春水流。春人饮春酒，春棒打春牛。"②末句"春棒打春牛"极富民间生活气息。这首春字诗以及由它变换的其他诗，与文人笔下惜时伤春的格调迥然有别，在玩味"春"字游戏中透露出春到人间的欣喜。以上通过对俗体诗游戏艺术的分析可见，诗歌文体的发展，在某种意义上也可以说是语言文字游戏新规则的不断建立。唐代俗体诗艺的兴盛，更加体现了谐、隐、文字游戏等创作技法对于诗歌游戏性能的提升。

整体来看，唐代文人诗的繁荣及所达到的艺术造诣，在挑战世俗民众的审美标准时，也提升了其审美能力。唐代民间所流传的俗体诗歌，终是唐人的口吻，能见出唐人之"面目"。如长沙窑瓷器上的题诗，"我有方寸心，无人堪共说。遣风吹却云，讬向天边月。"这是唐人的言情诗，情思细腻，情韵悠长。采用托物兴寄之法，营造出情致深婉的风调。再如这首写志诗："天地平如水，王道自然开。家中无学士，官从何处来？"指

---

① 按：《游仙窟》中的俗诗，有些已能找到与民间诗的联系。如十娘报诗曰："他道愁胜死，儿言死胜愁。愁来百处痛，死去一时休"又咏曰："他道愁胜死，儿言死胜愁。日夜悬心意，知隔几年秋！"而敦煌诗卷伯3418，《敦煌掇琐》卷三一"五言白话诗"，《王梵志诗校注》卷五"你道生胜死"："你道生胜死，我道死胜生。生即苦战死，死即无人征。"（第533页）王梵志的诗有很广的民间基础。另录徐俊《敦煌诗集残卷辑考》所录"开蒙要训后题诗"："闻道侧书难，侧书实是难。侧书须侧立，还须侧立看。"吐鲁番阿斯塔那三六三号唐墓出土《论语》末，景龙四年三月一日卜天寿抄诗中有一首云："他道侧书易，我道侧书（难）。侧书还侧读，还须侧眼（看）。"很可能，《游仙窟》中的戏俗诗是以民间流传的"俗诗调"为基础创作的。

② 参见施萍亭《日本公私收藏敦煌遗书叙录〈一〉——三井文库所藏敦煌遗书》，《敦煌研究》1993年第2期，第88页。

天地，言王道，一副开阔的胸襟抱负，格调昂扬豪迈。又如写送别："古人皆有别，此别泪痕多。送客城南酒，悬令听楚歌。"将离别的伤感心绪与感慨激扬的楚声融为一体，诗境顿开。民间士子自发身世感慨，如："孤竹生南岭，安根本自危。每蒙东日照，常恐北风吹。"取孤竹为象征意象，将咏物与感怀融在一起，全篇比兴，是六朝以来文人咏怀诗的特色。相较于六朝的民歌，唐人的俗体诗在内容以及格调上，都表现出新的气象。这些进步，与唐代文人诗的繁荣及其向民间的普及是分不开的。总之，俗体诗既有民间自然诗艺之风调，又受文人诗艺之熏染，拥有属于自己的独特风格和艺术法则。俗诗自有体，尤其是处于唐代这一特殊历史文化时期的俗体诗，其艺术特色值得重视。

第四章

文人写作俗体诗的情况分析

俗体诗不唯在民间流行，于唐代士林间也时时觅见其身影。不过，文人们自觉运用民间俗体诗的语言风格与抒情言志方式进行创作，一般都基于某些特定动机。文人们在何种情境下写作俗体诗？其心态、动机是什么？文人的俗体诗是否也具有社会意义？这是本章所要致力于探讨和解决的问题。经考察发现，唐代文人写作俗体诗主要有三类情形：一是戏俗诗的写作，意在谈笑取乐；二是谣俗诗的写作，寓意托讽，关切时事；三是通俗训化诗的写作，旨在教化民众。下面分而述之。

第一节　足为谈笑之资——戏俗诗

"戏俗"概念的含义取自皎然的《诗式》，与学界常用的"谐谑诗""幽默诗"等概念的所指范围虽有重合，但不完全相同。前人在对唐代文人的诙谐诗、幽默诗进行论述时，已经触及这一论题。如20世纪20年代胡适提倡"白话文学"时，注意到杜甫、顾况等人的诙谐诗。① 随后，郑振铎提出："顾况才是真实的诙谐诗人……人家都是苦吟的雅语，他却是嘻嘻哈哈的在笑，对于一切都要调谑。"② 1994年出版的《中国幽默文学史话》专辟"唐代幽默诗"一节，作者厘正人们对"幽默诗"的偏见，

---

① 参看胡适《白话文学史》第十四章论杜甫，如云："他的诗往往有'打油诗'的趣味：这话不是诽谤他，正是指出他的特别风格。""他做惯了这种嘲戏诗，他又是个最有谐趣的人，故他的重要诗便常常带有嘲戏的风味，体裁上自然走上白话诗的大路。"第十五章"大历长庆间的诗人"中论顾况，说《宜城放琴客歌》的"末两句便是很诙谐的打油诗了。他又有《杜秀才画立走水牛歌》，更是纯粹的白话谐诗"。

② 郑振铎：《插图本中国文学史》，人民文学出版社1957年版，第342页。其《中国俗文学史》中也有相关论述。

指出"幽默诗"的社会功用①，并对唐人的幽默诙谐诗歌作了粗略的全景式观览（所举"幽默诗"有些即戏俗诗）。现在一些民间文学、俗文学的发展史或理论专著中，为了追求论题的完备，也对玩笑戏谑的俗体诗加以列述。② 本文所谓"戏俗诗"指文人们有意模仿民间俗文体诗歌进行的一种文学写作，非停留于抒写谐谑意趣的层面。对于文人的戏俗诗，在创作动机、表现手法及时代背景方面都有单独探讨的必要。

一 "戏俗"的含义

皎然《诗式》有"三格四品"之论，即"跌宕格二品：越俗，骇俗；淈没格一品：淡俗；调笑格一品：戏俗"。这是皎然针对当时诗歌创作中语言运用的雅、俗问题结合作品的审美功能进行的理论概括。关于"戏俗"，皎然的注释是：

> 《汉书》云："匡鼎来，解人颐。"盖说《诗》也。此一品非雅作，足为谈笑之资矣。李白《上云乐》："女娲弄黄土，抟作愚下人。散在六合间，蒙蒙若沙尘。"③

李壮鹰《诗式校注》释"解颐"为："使人笑不可止也。"据《汉书·匡衡传》记载，"（匡衡）父世农夫，至衡好学，家贫，庸作以供资用，尤精力过绝人。诸儒为之语曰：'无说《诗》，匡鼎来；匡语《诗》，解人颐。'……衡对《诗》诸大义，其对深美。"④ 匡衡的父祖辈都是农夫，他自己也靠着给人打工过生活。这样的出身以及生活环境，影响到他对于《诗》的理解，说《诗》方式形成自己的独特风格。匡衡的"说《诗》"，能产生"解人颐"的效果，显然由于他对儒家经典进行了"俗

---

① 如云："幽默诗既具有诗歌的本色，能给人以诗味的鉴赏享受，更能给人以轻松的开心……大多数幽默诗具有讽刺嘲弄丑恶事物、社会弊病、个人缺点的特色，能达到扶正祛邪、惩恶扬善、劝诫晓喻的目的。"卢斯飞、杨东甫《中国幽默文学史话》之第七节"中国诗歌巅峰上的一束玫瑰——唐代幽默诗探微"，广西教育出版社1994年版，第51页。

② 吴同瑞、王文宝、段宝林《中国俗文学概论》第二章"俗文学诗歌"之第三节论"打油诗"，将"打油诗"定义为"是带有诙谐趣味的俚俗短诗"。书中又论到"戏谑和嘲弄的打油诗"，这与本文"戏俗诗"范畴有一定重叠。《中国俗文学概论》，北京大学出版社1997年版。

③ 李壮鹰：《诗式校注》，人民文学出版社2003年版，第56页。

④ 《汉书》卷八十一，中华书局1962年标点本，第3331页。

化"。联系现实生活，使经典中的微言至理得以明白浅俗地表达出来，这样说《诗》不仅令人容易接受，同时心情也会变得愉快。

皎然又举李白《上云乐》作为戏俗诗的例证。按：《上云乐》是南朝乐府旧曲，在梁代，除了梁武帝依西曲造的《上云乐》七曲外，又有以周舍"老胡文康辞"为代表的《上云乐》歌舞伎。《隋书·音乐志》记载梁三朝乐第四十四"设寺子导安息孔雀、凤皇、文鹿胡舞登连《上云乐》歌舞伎"[①]。所谓"《上云乐》歌舞伎"，表演具有很强的戏谑娱乐成分，与梁武帝的《凤台曲》等七曲组歌《上云乐》风貌不同。周舍的《上云乐》乐府诗"采用第一人称的口气，俳谐的语调，其形式像表演的台词，这种写法与作者吸取伎乐的表演形式有关"[②]。李白的《上云乐》即模仿周舍的"老胡文康辞"。细品诗中用语及情节构置，可明显感觉到诗人的潜在描述对象实是基于古《上云乐》杂戏的歌舞表演。女娲团黄土造人的故事在民间早就流传[③]，这一远古神话的加入使全篇情节更显奇异迷离，趣味愈加浓厚。王琦《李太白集注》录此诗，题注引胡震亨语："周舍为之词，太白拟作，视舍本词加肆……亦各从其时，备一代俳乐尔。"[④] 明确指出李白《上云乐》乐府诗的戏俳特征。

皎然征引匡衡说《诗》"解人颐"的故实，又以具有戏俳特征的李白《上云乐》为例证，意在说明"调笑格戏俗诗"作品的怡情悦性功用。"非雅作，足为谈笑之资"，是他对"调笑格"诗歌基本品性及功能的认识，"戏俗"则是从雅、俗区分的视角对此格诗体的命名。"戏"的目的是令人心情愉悦，让接受者感觉可笑。"俗"，从构成主体方面讲，指与精英阶层相对的世俗大众；从文学传统方面讲，指与士族文化空间相对的民众文化空间。这样，"戏俗"一词既包括了以戏谑谈论的方式娱乐世俗的意思，又指与传统雅文学相对的可以用为谈笑之资的文学作品，而这两

---

① 《隋书》卷十三，中华书局 1973 年标点本，第 303 页。

② 葛晓音、户仓英美在《日本吴乐"狮子"与南朝乐府》一文中，将日本的吴乐"狮子"与南朝的《上云乐》进行对比，认为两者有同源关系。文载《唐研究》卷十，北京大学出版社 2004 年版，第 132 页。

③ 《太平御览》引（汉）应劭《风俗通》曰："俗说天地开辟，未有人民，女娲团黄土作人。剧务力不暇供，乃引绳于絙泥中，举以为人。故富贵者，黄土人也。贫贱凡庸者，絙人也。"《太平御览》卷七十八，中华书局 1960 年版，第 365 页。传世本《风俗通义》缺此文，今人校辑本皆据《太平御览》补录。

④ 《李太白全集》卷三，中华书局 1977 年版，第 204 页。

个方面很多时候发生在同一情景行为当中。在文人们谈笑谐谑的行为方式下，其身上所具有的作为"人"的最基本精神娱乐需求得到最真实释放。此时的文士主体，暂时远离其作为社会政治人物的角色，展示出与世俗普通人相接近的性格面貌。从这个意义上说，"戏俗诗"主要体现的还是世俗的文化品格，流露出文人身上的世俗情怀。而追求取悦他人或娱乐自身之实效目的，又使得这类作品在语言运用方面不典雅、不严肃，接近于俗众的喜好和文化水平。因此，戏俗诗是"俗体诗"范畴内带有谐谑风味、幽默色彩的一类作品，是经过一定的"戏化"表达方式处理之后的俗体诗。

二　戏俗诗的题材类型

第一，嗤戏形貌、嘲诮弄人。就对方的形貌缺陷或性格弱点进行嘲弄，是戏谑手法中出现最早的一种。刘勰《文心雕龙·谐隐篇》提及时代最早的谐诗是《左传》中的两篇：一是宋国筑城人讽刺作战失败、被俘后逃归的主将华元的，曰："睅其目，皤其腹，弃甲而复。于思于思，弃甲复来。"睅，突出；皤，高挺。另一篇是鲁国人民针对入侵邾国而败于狐骀的鲁主将臧纥而作，曰："臧之狐裘①，败我于狐骀。我君小子，朱儒是使。朱儒朱儒，使我败于邾。"以侏儒之称，讥笑臧纥身材短小。这两篇谐歌都是由于人们心中有怨恨、不满，于是从对方的形貌缺陷引发嘲弄，刘勰谓之"嗤戏形貌，内怨为俳"。在唐人的俗体谐诗中，"嗤戏形貌"的现象比比皆是。下面是随意选录的几则：

> 太宗尝宴近臣，令嘲谑以为乐。长孙无忌先嘲欧阳询曰："耸膊成山字，埋肩不出头。谁家麟阁上，画此一猕猴。"询应声答曰："索头连背暖，漫裆畏肚寒。只由心涴涴，所以面团团。"（《大唐新语》卷十三）

> 玄宗初即位，邵景、萧嵩、韦铿，并以殿中升殿行事。既而景、嵩俱加朝散，铿独不沾。景、嵩二人多须，对立于庭。铿嘲之曰："一双胡子着绯袍，一个须多一个高。相对厅前搽早立，自言身品世间毛。"举朝以为欢笑。（《大唐新语》卷十三）

---

① 臧纥入侵邾国在冬十月，身上穿着狐裘。

周静乐县主河内王懿宗妹短丑，武氏最长，时号"大歌"。县主与则天并马行，命元一咏，曰："马带桃花锦，裙拖绿草罗。定知纱帽底，形容似大歌。"则天大笑，县主极惭。（《朝野佥载》卷四）

（李白）尝言："兴寄深微，五言不如四言，七言又其靡也，况使束于声调俳优哉。"故戏杜曰："饭颗山头逢杜甫，头戴笠子日卓午。借问别来太瘦生，总为从前作诗苦。"盖讥其拘束也。（《本事诗·高逸第三》）

上述长孙无忌与欧阳询的互嘲诗、张元一嘲武懿宗妹诗仍为"嗤戏形貌"之作，但显然不是"内怨为俳"，而是毫无寄寓思想的戏谑俗诗，随意调笑，以博人主一乐。至于邵景嘲韦铿诗、李白戏赠杜甫诗，属文人之间的嘲诮调侃，也算不得"内怨"。这些作品连同其本事一并载入时人笔记，作为轶闻趣事流传下来。

第二，赋咏谐谑场景、营造喜剧氛围。这类作品较之上面"嗤戏形貌"的俗诗在情境、诗艺方面有一定可赏性。中宗时，朝官身上佩戴御赐的鱼符是很荣耀的事，也是一种身份象征。崔日用当了御史中丞却没有鱼符，就在宴会上献了这首《乞金鱼诗》：

台中鼠子直须谙，信足跳梁上壁龛。倚翻灯脂污张五，还来啮带报韩三。莫浪语，直王相，大家必欲赐金鱼①，卖却猫儿相赏。②

作者通过颠倒日常生活中强与弱、大与小等矛盾事物的原本秩序，通过一系列反常的现象，产生令人惊愕、新鲜的心理反应。崔日用供职御史台，故以"台中"代指其家。"莫浪语"是唐人口语。"大家"，指皇帝。"张五"、"韩三"是一些世俗通用的人名称谓，如张三、李四一样。从"信足跳梁"到"报韩三"写老鼠的猖獗行为。相对于人，老鼠本是弱势群体。作为弱势群体的老鼠，在人的面前，尤其在一个朝廷官员面前，竟然肆意而为，无法无天。作者通过自我之悲悯化、渺小化，显示出在颠倒

---

① "鱼"字本作"龟"。据《旧唐书·舆服志》载："天授元年九月，改内外所佩鱼并作龟。……神龙元年二月，内外官五品已上依旧佩鱼袋。"则知此处当为"鱼"字。《旧唐书》卷四十五《舆服志》，第1954页。

② 《本事诗·嘲戏第七》，第25页。

常规的特定情境中，处于弱势地位的强者的尴尬与可笑，有效地赋咏出这一戏剧性场景。这首诗引得中宗高兴，果真赏了崔日用一只"绯鱼"。有时，作者又故意以世俗的眼光打量生活中带有喜剧色彩的情景、场面。石抱忠，则天时"以文章显"①，曾任殿中侍御史、考功郎中、检校天官郎中等职。今存《谐诗》一首：

> 平明发始平，薄暮至阿城。库塔朝云上，晃池夜月明。略彴桥头逢长史，棂星门外揖司兵。一群县尉驴骤骤，数个参军鹅鸭行。②

　　始平、阿城都是地名，在长安附近。库塔、晃池分属始平、阿城，前者为晨出所见，后者为暮中所遇。首四句叙说一天旅途劳顿，是一般的行役诗写法。后四句则写阿城大小官吏的一连串反应。作者以玩谑的态度审视下级官员拜迎上级官员这一紧张、严肃的事情。"略彴桥"是独木桥、小桥。石抱忠由水路而来，故长史皆在桥头迎候。进入棂星门，众司兵揖礼相迎。众县尉、参军们也正急匆匆赶来，一群人如驴骤、鹅鸭一般相拥而至。在调侃的叙述中，流露出作者内心的洋洋自得，如小市民的虚荣心忽然得到满足时的沾沾自喜。石抱忠本人是有较高文学修养的，此诗对仗也算工整，只是那份小市民情愫，以及因之而来的通俗可笑的形象比拟——"一群县尉驴骤骤，数个参军鹅鸭行"，令其诗在审美效果上达到了"谐诗"的要求。
　　宫中或地方州府所蓄养的俳优戏子，为了取悦人主，常将可笑的事编为诗章。如刘崇远《金华子杂编》载李绅出镇广陵时，宁俦为之设宴（俦年长于绅），席间出家乐侑酒，恰逢舞女年老。优人赵万金随即献诗一章："相公经文复经武，常侍好今兼好古。昔日曾闻阿舞婆，如今亲见阿婆舞。"③此诗设意巧妙，颠倒词序造出新意，既讽刺舞女年老色衰，又打趣宁俦虽为"宿老"而官位久不调升。

---

　　① 杨炯《庭菊赋》："崔融、徐彦伯、刘知几、石抱忠以文章显。"《杨炯集》卷一，中华书局1980年版，第12页。
　　② 《太平广记》卷二五五，第1982页，注出《御史台记》。阿城，本作"何城"。《增定注释全唐诗》按"长安西"有阿城，据改。
　　③ （五代）刘崇远：《金华子杂编》卷上，《唐五代笔记小说大观》本，上海古籍出版社2000年版，第1757页。

　　第三，取材于奇闻轶事、市井艳谈。迎合市井俗众的猎奇心理，是文人写作面向市井的戏俗诗的主要方向。俗情艳谈入诗，在初唐文学大家张鷟手中已见实绩。史书记载，张鷟"下笔敏速，著述尤多，言颇诙谐。是时天下知名，无贤不肖，皆记诵其文"。① 所著《游仙窟》是骈散结合、雅俗交融的诗文小说，以男女相遇、相恋、离别为故事框架，中间穿插数十首俗体诗，这些作品多具玩谑意味。有学者将《游仙窟》的叙述结构，与敦煌遗书《下女夫词》所代表的民间婚礼仪式对比后，认为《游仙窟》有明显取法民间礼俗的倾向。我们也发现《游仙窟》所插诗歌的确有几首套用了民间俗诗，如十娘报文成的两首"他道愁胜死"诗，说明张鷟在创作时具有主动效法民间俗体诗的意向。虽然其根本动机可能还是为了展示文学才艺，而非主观地取悦俗众，但在客观上仍出现了"无贤不肖，皆记诵其文"的传播效果。

　　被称作"咸通十哲"之一的晚唐诗人李昌符，当年虽有诗名却久未登第。"因出一奇，乃作《婢仆诗》五十首，于公卿间行之。"诸篇皆中婢仆之讳。"浃旬，京城盛传其诗篇，为你妪辈怪骂腾沸，尽要揌其面，是年登第。"② 他的五十首《婢仆诗》，仅有两首流传下来：

　　　　春娘爱上酒家楼，不怕归迟总不忧。推道那家娘子卧，且留教住待梳头。

　　　　不论秋菊与春花，个个能噇空肚茶。无事莫教频入库，一名闲物要些些。

　　李昌符将这些富贵人家的婢仆作为嘲咏对象，取其性格行为中的弱点大加调侃，不无"炒作"之嫌。尽管他的动机不怎么"温厚"，其"炒作"的目的终是达到了。这些诗歌首先"于公卿间行之"，而后"京城盛传"，成为整个京城市民茶余饭后的好谈资。《婢仆诗》被盛传的客观事实，表明了不仅王公大臣，也包括市民阶层在内的世俗大众身上所存在的文化娱乐心理。俗情艳谈、奇闻轶事，向来是能够满足俗众猎奇、好事心理的题材。中晚唐时期的诗人崔涯、李宣古、杜牧等人都有不少嘲妓之

---

　　① 《旧唐书》卷一四九，第4023页。
　　② 《北梦琐言》卷十，第228页。

作，且能"立时传诵，（妓女）声价因之增减"。题于"倡肆"之内的诗歌，能够"立时传诵"，并对吟咏对象产生直接影响，与青楼文化背后所具有的庞大市民舆论背景分不开。从另一个角度看，舆论压力的存在恰反映出市井俗民对于青楼话题的兴趣所在。李昌符正是利用了这一世风，选择富贵大家的婢仆为调弄对象，同时抛开"嗤戏形貌"的旧笔法，发掘人物言谈举止中带有"谐趣"的地方，如愿达到"炒作"目的。同时，民众也从其诗中得到更多新鲜谈资。这是文人主动利用俗艳题材，结合调侃戏谑的手法，为自己博取声名、营造声势的一个显例。《唐才子传》曰："（李昌符）后为御史劾奏，以为轻薄为文，多妨政务，亏严重之德，唱俳戏之风。"① 看来其诗"轻薄""俳戏"的特征及其影响之大，已经引起当政者的关注。

三 文人戏俗心态之流变

唐代文人的戏俗诗创作有两个较为突出的时期，一是初唐武后、中宗时期，一是中唐时期。不同的时代背景，造就了不同的文风、士风，两个时段的戏俗诗写作行为映射出唐代文人由"悦俗"到"适俗"的心态转换。

（一）初唐文人之"悦俗"

初唐时期文人诗歌创作的中心在宫廷，以帝王喜好为引线，形成谐谑娱乐氛围浓厚的写作空间。太宗、高宗时，比较重视风俗教化，文人之嘲谑尚显拘谨。如上述欧阳询虽是奉命嘲长孙无忌，但其过于尖刻的用语还是招来太宗的呵斥。关于这点还可举一例。《大唐新语》卷十三记载：

> 京城流俗，僧、道常争二教优劣，递相非斥。总章中，兴善寺为火灾所焚，尊像荡尽。东明观道士李荣因咏之曰："道善何曾善，云兴遂不兴，如来烧亦尽，唯有一群僧。"时人虽赏荣诗，然声称从此而减。②

僧、道两家相互驳难、论辩嘲讽屡见不鲜。李荣因这篇嘲戏俗诗声称

---

① （元）辛文房撰、傅璇琮主编：《唐才子传校笺》卷八，中华书局1987年版，第462页。
② 《大唐新语》卷十三，中华书局1984年版，第190页。

顿减，原因是其幸灾乐祸的态度对于众多佛教信徒造成心理伤害。可见取乐也须无伤大德，好的嘲戏俗诗既能令人悦笑，品格又不可过低，否则"戏俗"成了"恶俗"，这在初唐前期是不被人们接受的。

武后统治时期，政局之变引起世风之变，嘲戏类俗诗的创作出现一个小高潮。武后革命，放宽了一些礼仪条限，礼仪束缚的薄弱使得士人行为趋于轻薄、浮躁。武则天本人好听笑话，在她周围聚集了一批善于说笑的词臣如张元一等，经常即兴说些戏谑不经、诙谐风趣的韵语媚上。《朝野佥载》卷四载：

> 契丹贼孙万荣之寇幽，河内王武懿宗为元帅，引兵至赵州，闻贼骆务整从北数千骑来，王乃弃兵甲，南走邢州，军资器械遗于道路。闻贼已退，方更向前。军回至都，置酒高会，元一于御前嘲懿宗："长弓短度箭，蜀马临阶骗。去贼七百里，隈墙独自战。甲仗纵抛却，骑猪正南蹿。"上曰："懿宗有马，何因骑猪？"对曰："骑猪，夹豕走也。"上大笑。[1]

武懿宗形貌短丑，故张元一嘲之为"长弓短度箭"。蜀马，是一种良马，此嘲笑武懿宗身材短小，须登临台阶才能跃上马背。后四句，嘲其懦弱无能、贪生怕死。中宗即位，宫中的戏乐风尚有增无减。

初唐士风趋于浮薄，为诗不甚庄重，也与文人群体中大批庶族知识分子的加入有关。为了打击世家豪族，武则天提拔了一批庶族文人，宫廷中的御用文人基本由这些人担当，如石抱忠、崔日用等。这些新进士虽然一时列位于上层社会，但骨子里仍摆脱不了庶民的习性。武则天的族人亲戚，身居要位却名节有污的大有人在。武后、中宗时，科考泛滥、官员贪污形成一股恶风。前述写《谐诗》的石抱忠"素非静慎"，检校天官郎中期间，常受人财钱，故选人为之语曰"有钱石上好"。崔日用之起家，全凭其"广求珍味……遍馈从官"之伎俩。进入社会管理阶层的庶族文人，一般具备某种吏治才能或文艺才能，改善生存环境、谋求现实利益是他们主要的仕途追求，这一点与世俗民众没什么两样。部分戏咏俗诗透露出当时文士阶层中普遍存在的名利心。《全唐诗》"谐谑一"载梁载言《咏傅

---

[1] 《朝野佥载》卷四，第87页。

岩监祠》曰：

> 闻道监中溜，初言是大祠。佷傍索传马，偬动出安徽。卫司无帟
> 幕，供膳乏鲜肥。形容消瘦尽，空往复空归。①

中溜，即中室，唐代祭祀采"天子七祀"法，祭中溜在季夏。据题注，"傅岩尝在左台，监察中溜。而中溜是小祠，无牺牲之礼。比回，怅望曰：'初以为大祠，乃全疏薄。'"傅岩原本想象是盛大的祭仪，精神抖擞地前去执行监察任务，结果看到祭仪场面既无帟幕，也乏鲜肥，令他大失所望。从其自叹"乃全疏薄"及被嘲"空往复空归"看，傅岩本望从这桩美差中有所获益，不料空手而归。此诗就傅岩不甚单纯的心理动机加以调侃戏谑。又《大唐新语》卷十三载："王上客自负其才，意在前行员外。俄除膳部员外，既乖本志，颇怀怅惋。吏部郎中张敬忠戏咏之曰：'有意嫌兵使，专心取考功。谁知脚蹭蹬，几落省墙东。'膳部在省东北隅，故有此咏。"② 石惠泰《与李全交诗》："御史非常任，参军不久居。待君迁转后，此职还到余。"李全交是先天前后著名的酷吏，任监察御史。石惠泰生平未详，时任岐王府参军。这些带有戏谑色彩的赠答诗对于这批文人利禄情怀的揭露，反映出那些调侃他人以及被调侃的士人，在根本上都没有摆脱俗民的心境。在庶族文人心中，诗歌创作的神圣性、严肃性被大打折扣。于是，作为自娱、娱人的诗歌写作行为时常发生。延续南朝而来的士族文人的文化霸权地位进一步受到挑战。

初唐文人写作戏俗诗基本表现为"取悦他人"的心理动机。张鷟、崔日用、石抱忠等人，诗作均以浅俗轻薄为特征，以单纯的戏乐他人为目的，尽管主观上不乏展示才艺的愿望。上述所举戏俗诗的创作实例，作者均处于较积极的情绪状态，主动进行才情和智慧表达。但在客观上，表现机智、释放才情等仍希望得到他人认可，为作品取悦他人服务。可以说，初唐文人对于"戏俗"文体的运用尚未表现为鲜明的、具体的艺术追求。换言之，在初唐文人写作"戏俗诗"的行为当中，潜意识里并未视其为一种诗风。"悦众"之功能追求，远远大于艺术创作行为本身的追求。

---

① 《全唐诗》卷八六九，第 9911 页。
② 《大唐新语》卷十三，第 191 页。

（二）中唐文人之"适俗"

盛唐诗人胸襟开阔，志向高远，努力重建大雅诗系，俗体不入正流。李白之"饭颗山头"诗，其别集并未著录。① 盛唐文人的主体思想绝非谐谑戏乐或游戏人生。至中唐，文人们一面以复古革新为己任，务在求实，一面又于个人生活中涵养情性、适俗自乐。

戏谑谈论成为不少中唐文人所推崇的行为风尚，"戏俗"意识在士阶层中蔓延。进入中唐，文人诗题中"戏题""戏作""戏赠"等字眼逐渐增多。如杜甫、顾况、元稹、白居易等人的戏题、戏作诗，虽非完全意义上的俗体诗，但从逐渐增多的"戏题"类诗歌身上，可以看出文人创作思维中"戏俗"意识正趋于自觉化。顾况是位行为独特的诗人。《旧唐书·顾况传》说他"能为歌诗，性诙谐，虽王公之贵与之交者，必戏侮之，然以嘲诮能文，人多狎之。……及泌卒，不哭，而有调笑之言……其《赠柳宜城》辞句，率多戏剧，文体皆此类也。"② 这些对顾况"嘲诮能文"、善"调笑"、语"多戏剧"的评议，与皎然《诗式》中"调笑""戏俗"等词义十分接近。大历二年至六年，顾况与柳浑交往时，作了许多诙谐放达诗。如这首《柳宜城鹊巢歌》：

> 相公宅前杨柳树，野鹊飞来复飞去。东家斫树枝，西家斫树枝，东家西家斫树枝，发遣野鹊巢何枝？相君处分留野鹊，一月生得三个儿。相君长命复富贵，口舌贫穷徒尔为。③

柳宜城，即柳浑，也是一个性情放诞的人，顾况与之为友，两人有不少酬答之作。此诗前面有序："俗传鹊巢在南，令人贫穷多口舌。东西家者已斫树枝，公独任其乳育。于鸟如此，于人可知。况承命歌曰。"故事本身即有"俗传"成分，柳浑本人又自诩脱俗之辈，作为诗友的顾况于是欣然领命，戏笔承答。"东家斫树枝，西家斫树枝。东家西家斫树枝，发遣野鹊巢何枝。"用通俗流畅、浅近的口语交代事情的原委，又以"相

---

① 此诗最早见于唐人孟棨《本事诗·高逸第三》，又见载于《唐摭言》《唐诗纪事》。宋蜀本李白集未收，清人王琦辑入《李太白文集》。此诗曾被视为伪作，郭沫若、郁贤皓诸家已辨其非伪。《本事诗》，第 17 页。

② 《旧唐书》卷一三〇，第 3625 页。

③ 《顾况诗注》卷四，上海古籍出版社 1994 年版，第 269 页。

君处分留野鹊,一月生得三个儿"与东西家"斫树枝"的庸俗相对比,这种轻松谐谑的语调恰好表现柳浑行事与世俗相悖的狂放个性。顾况《和知章诗》也是一首不折不扣的戏咏俗诗,诗曰:

> 钑镂银盘盛炒鰕,镜湖莼菜乱如麻。汉儿女嫁吴儿妇,吴儿尽是汉儿爷。

话说得有些粗鲁,是十足的嘲诮文。《酬柳相公》《庐山瀑布歌送李顾》《杜秀才画立走水牛歌》等,皆调侃戏谑,辞旨不雅,被胡适目之为"很诙谐的打油诗"[1]。清人贺裳说:"顾况诗极有气骨,但七言长篇,粗硬中时杂鄙句,惜有高调而非雅音。"[2] 正是这些"非雅音"的"打油诗",倒将诗人清狂脱俗的性格特征活跃地表现出来,成为诗人放纵不羁内心世界的外现。当"戏俗"成为某个专业诗人所自觉追求的一种风格时,其价值便不再拘泥于社交生活中的调侃戏谑,而是具有了体现某种精神气质的文体意义。

对于顾况的诗,我们自然不能完全从俗体的角度定性,但其突出的"戏俗"意识及俗语运用使其成为彰显诗人独特性情的文风标志,对此后诗坛产生影响。从顾况的诗歌创作,可以看出文人将民间俗体诗"谐"的技巧用于歌行体的尝试。

唐前的士族文人,虽与世俗民众共存于同一历史文化空间,但文士们是有意回避世俗的文化观念进入诗歌创作的,这一现象在唐代多元文化共存和繁荣的背景下得到改变。甚至到了中唐,部分文人如白居易、元稹等的诗歌创作,还有意识地将世俗的观念、心态引入诗歌创作。白居易、元稹、刘禹锡等均好尚通脱,他们继承顾况的放诞旷达,形成任性情、尚通脱的审美意识,独享俗中之乐,在诗酒风流中营造并体味着文人的雅谑之乐。中唐诗歌创作中"适俗自乐"的思想慢慢形成。受中唐市民文学发展影响,以俗众易闻之情事结构篇章,创作具有小说趣味的戏俗组诗,成为中唐后期文人戏俗诗的一个特点,此以白居易《池鹤八绝句》、卢仝

---

① 胡适:《白话文学史》,上海古籍出版社 1999 年版,第 222 页。
② (清)贺裳:《载酒园诗话又编》,郭绍虞编选,富寿荪校点《清诗话续编》,上海古籍出版社 1983 年版,上册,第 340 页。

《萧宅二三子赠答诗二十首》为代表。组诗一般配有序言，介绍写作源起，其实是交代故事背景。白居易《池鹤八绝句》序曰："池上有鹤，介然不群，乌、鸢、鸡、鹅次第嘲噪，诸禽似有所诮。鹤亦时复一鸣。予非冶长，不通其意，因戏与赠答，以意斟酌之，聊亦自取笑耳。"本次创作之戏乐基调已经昭然。世人多看重鹤而轻视乌、鸢、鸡、鹅，这令乌、鸢等内心极不平衡，于是分别对鹤加以质问，鹤遂一一作答，这是《池鹤八绝句》的整体框架。兹取四首为例：

> 《鸢赠鹤》：君夸名鹤我名鸢，君叫闻天我戾天。更有与君相似处，饥来一种啄腥膻。
>
> 《鹤答鸢》：无妨自是莫相非，清浊高低各有归。鸢鹤群中彩云里，几时曾见喘鸢飞。
>
> 《鹅赠鹤》：君因风送入青云，我被人驱向鸭群。雪颈霜毛红网掌，请看何处不如君。
>
> 《鹤答鹅》：右军殁后欲何依，只合随鸡逐鸭飞。未必牺牲及吾辈，大都我瘦胜君肥。[1]

一问一答中，鹤与鸢、鹅的品格高低自见。这组禽言戏俗诗令人发笑之处是乌、鸢、鸡、鹅等辈毫无自审之明，只看到自身与鹤相同的一面，就大言不惭地与鹤媲美，结果被鹤轻轻一击，正中要害。戏谑效果归功于问诗与答诗的巧妙结合以及拟人手法的成功运用。该组诗虽说是"自取笑"的，实含讽意，乌、鸢、鸡、鹅均指代浑愚庸俗之人。再看卢仝《萧宅二三子赠答诗二十首》，序曰："萧才子修文行名，闻将迁家于洛，卖扬州宅，未售。玉川子客扬州，羁旅识萧，遂馆萧未售之宅。既而萧有事于歙州，玉川子欲归洛，忆萧，遂与砌下二三子酬酢，说相愧意。俄而二三子有忧宅售心，与其他人手，孰与洛？客以萧故亦有勉强，不能逆其情。"[2] 所谓"二三子"并非人，而是萧宅砌下的石、竹、井、马兰等。因"二三子"与"玉川子"有了感情，担心日后被萧氏卖与他人，有意随其归洛。但"玉川子"本为萧氏之客，一时颇为踌躇。蛱蝶、虾蟆也

---

① 《白居易集》卷三十六，中华书局1979年版，第839页。
② 《全唐诗》卷三八七，第6册，第4389页。

来凑热闹，只招来一顿辱骂。同样取其四首为例：

> 《马兰请客》：兰兰是小草，不怕郎君骂。愿得随君行，暂到嵩山下。
> 《客请马兰》：嵩山未必怜兰兰，兰兰已受郎君恩。不须刷帚跳踪走，只拟兰浪出其门。
> 《蛱蝶请客》：粉末为四体，春风为生涯。愿得纷飞去，与君为眼花。
> 《客答蛱蝶》：君是轻薄子，莫窥君子肠。且须看雀儿，雀儿衔尔将。

此组诗用语活泼俏皮，加上具有人情味的酬答赠谢，谐趣十足，令人读之不由莞尔。在市民文学繁荣的大背景下，谐趣故事已经成为诗人构建组诗篇章的常用手法之一。戏谑意味浓厚的组诗的出现，反映了中唐后期市民文学中尚俗、尚趣的审美风尚对于文人诗坛所产生的影响。《游仙窟》《下女夫词》也都以故事的框架结集了大批俗体诗，显然这种结篇叙事的结构并非自中唐才开始。晚唐李昌符利用五十首规模的《婢仆诗》取悦俗众，同样是对这一社会风习的主动迎合。

中唐后期的一些诗人，由于仕途不畅达，内心郁愤难平，常常放浪人生。史载薛能"资性傲忽，又多佻轻忤世"。李宣古"性谑浪，多所讥诮"。顾非熊"性滑稽好辩，颇杂笑言"。在这些诗人身上，戏谑行为表现为对正统、雅正的颠覆与破坏，戏谑思想之入诗，成为有意识地抵制庸俗、张扬个性、释放内心不平的艺术心态。与之同时，真正的戏乐思想也在流失，作品之愉悦人心的功效逐渐消退。唐末郑谷、罗隐、陆龟蒙、杜荀鹤、李山甫以及胡曾等人虽都以善嘲谑著称，但这批诗人因对现实不满，看不到前途的光明，故而走向了讥俗、讽俗，诙谐的背后并非娱情悦目，而是自我保护。

综上所述，当文人们偶尔改换了笔调，暂离严肃的写作态度时，或在他们写小说以资谈笑的字里行间，我们不难察觉到精英文士们染指俗体诗的蛛丝马迹。戏俗，正是唐人针对那些能够"资谈笑"、具有调笑意味的文学创作行为及其表现手法所提出的诗学概念。客观地说，戏俗诗因其性"非雅作"，仅可"资谈笑"之用，其性质、功用决定了诗人不会在这类诗歌的写作上下大功夫。但正因为其创作的无功利、不求大用之特点，才使文人们在嬉戏谈笑之际，自然流露出内心真实的一面。文人写作戏俗诗，与其性情有关，也与社会风尚有关。唐代文人普遍具有以调笑嘲谑的言论表现聪明才智，借以彰显超出众类、不同流俗的个性心理。而将"戏俗"视为一种独特的艺术风格加以追求，形成个人的创作风格，则与社会风尚关系更大。中唐后，市民文学影响扩大，"适俗""顺俗""傲俗"成为文士阶层的流行思想。善谈辩、性机敏的才子们更是随意人生、戏谑世俗。语词流谐的戏俗诗，正是恰切表现这一精神风貌的文体。中晚唐时期，文人对于"戏俗"的追求，已从调侃戏谑的自然心理，发展为体现其内在精神世界的艺术风格。

第二节　诗谣以托讽——谣俗诗

文人拟"谣"为诗，是为谣俗诗，这是文人们利用民间俗谣之讽世功能创作的一类诗歌。唐代文人写作谣俗诗，是其写作俗体诗的又一情形。

一　"谣俗"释义

"谣俗"这一词汇很早就有了，主要指民间的歌谣以及由歌谣所反映出来的社会风俗。如《战国策·中山策》司马憙见赵王所陈："今者臣来至境，入都邑，观人民谣俗，容貌颜色，殊无佳丽好美者。"① 《史记·货殖列传》："夫天下物所鲜所多，人民谣俗：'山东食海盐，山西食盐卤。'"② 统治者往往透过歌谣来了解各地风俗、检验政绩。汉代乐府机构就有采民间歌谣的行为，如《汉书·艺文志》著录"《周谣歌诗》七十五篇。《周谣歌诗声曲折》七十五篇"。总之，早在文人诗学发达之前，"谣"这种在民间社会最为流行的艺术形式，就已经在拥有文化特权的上层士人的政治文化生活中扮演了一定角色。《汉书》卷七十六《韩延寿传》："（延寿）乃历召郡中长老为乡里所信向者数十人，设酒具食，亲与

---

① 《战国策》卷三十三，上海古籍出版社 2006 年版，第 1868 页。
② 《史记》卷一二九，中华书局 1959 年标点本，第 3269 页。

相对，接以礼意，人人问以谣俗，民所疾苦，为陈和睦亲爱、销除怨咎之路。"① 唐颜师古注："谣俗谓闾里歌谣，政教善恶也。"采谣俗、问民风，已作为一种标榜民主政治的象征传承下来。

汉魏乐府中有以"谣俗"命名的乐曲。徐坚《初学记》著录"魏武《谣俗词》"②，当是曹操依《谣俗》乐曲作的歌诗。嵇康《琴赋》曰："更唱迭奏，声若自然。流楚窈窕，惩躁雪烦。下逮《谣俗》《蔡氏五曲》。"《文选》李善注引《歌录》曰："《空侯谣俗行》，盖亦古曲，未详本末。俗传《蔡氏五曲》：《游春》《渌水》《坐愁》《秋思》《幽居》也。"③ 可知《谣俗》曲目唐时已不传。此外，"谣俗"又经常作为民间歌谣俗曲的总称，与雅乐相对，如《晋书·律历志》《宋书·律历志》皆载："清角之调乃以为宫，而哨吹令清，故曰清角。惟得为宛诗、谣俗之曲，不合雅乐也。"《南齐书·王僧虔传》载僧虔"以朝廷礼乐多违正典，民间竞造新声杂曲"，上表曰："自顷家竞新哇，人尚谣俗，务在噍杀，不顾音纪。"④ 这里的"谣俗"乃泛指民间歌谣以及俗曲新声。"谣俗"一词中"俗"的含义，于"风俗"之外又多出"俗曲"一项。

不过，"谣俗"一词最初的义项应是偏于"谣"（歌谣）的，"风俗""俗曲"的义项皆为后起。若就文体性质论，汉乐府中的《谣俗行》与民间歌谣最为接近，而非文人乐歌。兹举曹操《谣俗词》为证。成书于唐玄宗开元年间的官修类书《初学记》第十八卷《人部中·贫第六·诗》条，著录魏武《谣俗词》四句："瓮中无斗储，发箧无尺缯。友来从我贷，不知所以应。"⑤ 成书时间相当于我国晚唐时期的日本古类书《秘府略》，在《百谷部》中也引述魏武《谣俗辞》四句，曰："粒米不足春，寸布不足缝。瓮中无斗储，发箧无尺缯。"两书作者之着眼点不同，所截取的诗句也不同。不过，我们由之可以确定曹操的《谣俗词》至少有六

---

① 《汉书》卷七十六《韩延寿传》，第3210页。

② （唐）徐坚：《初学记》卷十八，中华书局2004年版，第447页。

③ （梁）萧统编、（唐）李善注：《文选》卷十八，中华书局1977年版，第258页。《隋书·经籍志》载："《歌录》十卷。"《歌录》是产生于西晋至南朝宋的一部记录乐府音乐的典籍，南宋以后全部散佚。

④ 《南齐书》卷三十三，中华书局1972年标点本，第595页。

⑤ 据有关学者介绍，《秘府略》编于日本淳和天皇时期，始于823年，具体成书时间不详，约在我国晚唐时代。唐雯：《日本汉文古类书〈秘府略〉文献价值研究》，《古籍整理研究学刊》2004年第5期。

句，全篇可能在六句以上，唐时仍有较完整传本。但目前，我们只能得到
以下六句：

> 粒米不足舂，寸布不足缝。瓮中无斗储，发箧无尺缯。友来从我
> 贷，不知所以应。

从这六句诗来看，全篇应当保留了浓厚的歌谣风味。"粒米""寸布"
两句似为民间谚语，下句"瓮中无斗储，发箧无尺缯"始言及贫困窘境。
"瓮中""发箧"两句，也是袭用俗体文艺的语言艺术。沈约《宋书》载汉
乐府大曲《东门行》古词四解之第一解为："出东门，不愿归。来入门，怅
欲悲。盎中无斗储，还视桁上无悬衣。""无储""无衣"两句正与曹操诗
相合。显然，曹操写作《谣俗词》，注意到了乐曲本身以及乐府本词的俗体
性能，从而，不惮于利用民间的谣谚、俗语，构思方式上对于歌谣也有所
借鉴。可见在文人诗的创作传统里，早有模仿歌谣的习惯。

《谣俗》乐曲唐时已亡，目前除李贺有一篇题为《谣俗》诗外，不见
其他诗人的同题创作。而李贺的《谣俗》诗与曹操的《谣俗词》风格非
常不同。诗曰："上林胡蝶小，试伴汉家君。飞向南城去，误落石榴裙。
脉脉花满树，翾翾燕绕云。出门不识路，羞问陌头人。"该诗用五律体，
意境含蓄而清淡，情思优雅、真纯，非古乐府格调。此诗写闺阁风俗，情
节、意象与民间歌谣略有契合。因此，它尽管不是俗体，但作者的创作意
识里还是受到歌谣民俗的某种影响。不过，这也可能是李贺的个人理解，
不一定具有普遍性。或许在乐府诗的系统内，《谣俗》的创作在唐代已经
中断。

"谣俗"不同于"俗谣"。"俗谣"即民间的歌谣，歌谣本身就是俗
的。元稹《杜工部墓系铭》说："秦汉以还，采诗之官既废，天下俗谣民
讴、歌颂讽赋、曲度嬉戏之词，亦随时间作。"① 元稹所说"俗谣"的范
畴是最狭义的，仅指"谣"，不包括民歌。同时，我们所定义的"谣俗
诗"也非文人谣②，唐代文人谣基本已经文人诗化。我们所要探讨的"谣

---

① 《元稹集》卷五十六，第 600 页。
② 吕肖奂《唐代文人谣刍议》："广义的文人谣，应该是文人学习民谣所创作的全部诗歌，
而本文所讨论的是狭义的文人谣：主要是指文人创作的而又自称为'谣'的诗歌。"《四川大学
学报》2004 年第 1 期。

俗诗"，是指由文人创作的具有"俗谣"性质的俗体诗。

《宋书》卷三十一《五行志》载："司马元显时，民谣诗云：'当有十一口，当为兵所伤。木亘当北度，走入浩浩乡。'又云：'金刀既以刻，娓娓金城中。'此诗云襄阳道人竺昙林所作，多所道，行于世。"① 这里"民谣诗"的概念最接近本文所说的"谣俗诗"。古人一向相信歌谣具有预言功能，虽然不免刻意附会，如竺昙林的这首"民谣诗"。但文人谣俗诗的价值并不在预言或附会，而在于对民间歌谣之直面现实、褒善惩恶、敢于评议等精神传统的继承。

二　唐人谣俗诗创作举隅

文人仿歌谣为诗，不仅借鉴歌谣的形式，连同其功能一并援入。民间歌谣，本有讽刺时政、评议人物的功能。谣俗诗创作，体现了文人"心之忧矣，我歌且谣"的人文关怀精神。如初唐张鷟曾仿谣体为诗讽刺当时的滥选之风。《朝野佥载》卷四载：

> 则天革命，举人不试皆与官，起家至御史、评事、拾遗、补阙者，不可胜数。张鷟为谣曰："补阙连车载，拾遗平斗量。杷推侍御史，椀脱校书郎。"时有沈全交者，傲诞自纵，露才扬己，高巾子，长布衫，南院吟之，续四句曰："评事不读律，博士不寻章。面糊存抚使，眯目圣神皇。"遂被杷推御史纪先知捉向左台，对仗弹劾，以为谤朝政，败国风，请于朝堂决杖，然后付法。②

"连车载""平斗量"皆言数多。"杷"为四齿农具，"杷推"也是言其量多，可用杷子来推。"椀"同"碗"字，"椀脱"即用椀模制造，脱模即可成形，言其容易炮制也。科举与铨选制度，与唐代士人的政治生活关系最紧密，也是文人们最敏感的话题。武则天掌政后，欲引拔庶族文士对抗旧贵族势力，许多人并不按资历调用。张鷟这首谣俗诗有很强的现实针对性，对于滥选之风的讽刺可谓入木三分。《隋唐嘉话》卷下亦载："武后初称周，恐下心不安，乃令人自举供奉官，正员外多置里行、拾

---

① 《宋书》卷三十一，中华书局1974年标点本，第919页。
② 《朝野佥载》卷四，第89页。

遗、补阙、御史等，至有'车载斗量'之咏。"①《唐会要》曰：

> 天授二年二月十五日。十道使举人石艾县令王山辉等六十一人，并授拾遗补阙。怀州录事参军霍献可等二十四人，并授侍御史。并州录事参军徐昕等二十四人，授著作郎。魏州内黄县尉崔宣道等二十三人，授卫佐校书。盖天后收人望也。故当时谚曰。②

张鹭的谣俗诗，非常形象地嘲讽了当时批量生产官员的不正常现象。张鹭此诗后来也被称作谣谚、俗语，其俗体性得到后人一致认可。《唐会要》以之为"谚"，《资治通鉴》称为"时人语"，《全唐诗》题作《武后长寿元年民间谣》。沈全交的续诗也堪称妙绝，继续讽刺朝廷选人不精，众官员欺上瞒下、巧为钻营的丑陋形态。滥选的结果必然是官员整体质量下降。据《隋唐嘉话》卷下载：

> 有御史台令史将入台，值里行御史数人聚立门内，令史不下驴，冲过其间。诸御史大怒，将杖之。令史云："今日之过，实在此驴，乞先数之，然后受罚。"御史许之。谓驴曰："汝技艺可知，精神极钝，何物驴畜，敢于御史里行！"于是羞而止。③

"御史台令史"官品虽不高，却是朝廷正员，而"里行御史"名在正员之外。这些"非正员官"，大多因一技而得赏，非世家大族出身，文化修养或有缺欠，故遭到正员官的排责。沈全交续诗"评事不读律，博士不寻章"，正讥其疏学之风。从上述张鹭的谣俗诗以及沈全交的续作可见，文人仿歌谣为诗，其实更注重歌谣讽刺现实、评议时政的功能传统。

相对于文人写作戏俗诗的现象，唐代文人的谣俗诗创作并不太普遍。但文人们常以俗体诗的形式针对社会上的奇闻怪事发表评论，这些作品其实都继承了歌谣的精神，对歌谣的艺术手法也有所借鉴。如宋代曾慥的《类说》卷六引唐李淖《秦中岁时记》曰："大和八年放进士榜，多贫士，

---

① 《隋唐嘉话》卷下，第36页。
② 《唐会要》卷六十七，第1180页。
③ 《隋唐嘉话》卷下，第37页。

无名子作诗曰：'乞儿还有大通年，二十三人碗杖全。薛庶准前骑瘦马，范鄫依旧盖铺毡。'"① 薛庶、范鄫皆贫士，两人同日登第。当时，衣冠子弟中举是常态。但是大和八年这一年的考试制度有新变化，这年正月中书门下奏："进士放榜，旧例礼部侍郎皆将及第人名先呈宰相，然后放榜。伏以委在有司，固宜精慎，宰臣先知取舍，事匪至公。今年已后，请便令放榜，不用先呈人名。"② 此奏获准。这一举措在一定程度上保证了礼部考试和取士的独立性。是年榜中多贫士，当与此有关。并且这一年由李汉知贡举，注重奖拔孤寒，于是榜单中贫士的数量超过了衣冠士人。这一反常现象立即成为社会热点，在俗诗中得到反映。

中唐以后，社会矛盾加剧，文人诗歌创作中"刺"的味道趋浓。一些乐工伶人，也试图仿古时"舆人作诵""矇诵"之举，以谣俗诗的形式向国君进谏。《旧唐书·李实传》载德宗朝优人成辅端"因戏作语，为秦民艰苦之状，诗云'秦地城池二百年，何期如此贱田园。一顷麦苗伍石米，三间堂屋二千钱。'凡如此语有数十篇。"韩愈《顺宗实录》卷一："优人成辅端，为谣嘲之，实闻之，奏辅端诽谤朝政，杖杀之。"③ 《资治通鉴》亦题作"谣"。成辅端虽非专业诗人，但唐代许多伶人乐工都有较高文化修养，何况成辅端一下子诵出"数十篇"诗，其诗歌才艺非一般人能比。成辅端诵诗讽谏一事发生在贞元二十年，稍后元稹、白居易开始创作新乐府。白居易作"其辞质而径"、"其言直而切"、"其事核而实"、"其体顺而肆"的《新乐府》，旨在讽喻时事、谏君化民。我们当然不能把《新乐府》划入俗体诗，但它从内容到形式对于俗文体都有借鉴，尤其继承了古代歌谣关涉风俗时政、敢于评议的精神。"如按汉代标准看，应该称'新歌谣'，或说文人'拟歌谣'。"④ 从成辅端"因戏作语"、白居易写作具有"歌谣"性质的《新乐府》这些事例可以看出，"歌谣"之直刺精神，其实离文人诗歌未远。

晚唐诗人郑綮，性格刚正，直言敢谏，然滑稽好讥时事，又"每以

---

① （宋）曾慥编纂、王汝涛等校注：《类说校注》卷六，福建人民出版社1996年版，第174页。查《登科记考》，是年进士及第者二十五人，"二十三"当作"二十五"。

② （清）徐松撰、孟二冬补正：《登科记考补正》卷二十一，燕山出版社2003年版，第850页。

③ （唐）韩愈：《顺宗实录》卷一，《丛书集成初编》本，中华书局1985年版，第4页。

④ 参见钱志熙《从群体诗学到个体诗学——前期诗史发展的一种基本规律》，《文学遗产》2005年第2期，第22页。

诗谣托讽"。昭宗赏其激昂敢讽，于乾宁元年擢为宰相。《新唐书·郑綮传》载：

> 大顺后，王政微，綮每以诗谣托讽，中人有诵之天子前者。昭宗意其有所蕴未尽，因有司上班簿，遂署其侧曰："可礼部侍郎、同中书门下平章事。"綮本善诗，其语多俳谐，故使落调，世共号"郑五歇后体"。①

"落调"即声调不谐，不合格律正体。郑綮排行五，世称郑五。歇后体，是俳谐诗的一种，指用歇后语的形式为诗，近乎游戏文字。一般于句尾隐去一字不说，暗示其义，或巧用谐音来达意。如《太平广记》卷二五六引《启颜录》载："唐封抱一任栎阳尉，有客过之。既短，又患眼及鼻塞。抱一用《千字文》语作嘲之。诗曰：'面作天地玄，鼻有雁门紫，既无左达承，何劳罔谈彼。'"② 这是一首正宗歇后语诗。《千字文》中有言"天地玄黄""雁门紫塞""左达承明""罔谈彼短"，封抱一诗每句取其三字，略去最后一字，但文义却落在被略去的那个字上，即"黄""塞""明""短"，以之分别说明对象的脸、鼻、眼、身的特点，起到嘲谐效果。歇后诗具有俳玩性质，又用藏词法，使用得当的话，特见构思巧妙，语意含蓄。

郑綮文学修养颇高，"歇后体"为其刻意追求的一种诗风。郑綮本人苦心为诗，《全唐诗》卷五九七录其《老僧》《题卢州郡斋》《别郡后寄席中三兰》三诗，皆为雅作。郑綮曾自诩其《老僧》诗"属对可以衡秤"，言对之工矣，又语人曰："吾诗思在灞陵风雪中驴子上。"言苦吟之貌。郑綮今存诗极少，我们尚不能对他的诗风作出全面评价。但可以肯定的是，"歇后体"只概括了他一部分作品的风格。这些诗多用俳谐语，词旨不雅，被人视作"歇后体"游戏诗一类。另据《旧唐书》卷一七九《郑綮传》说："昭宗还宫，庶政未惬。綮每形于诗什而嘲之，中人或诵其语于上前。昭宗见其激讦，谓有蕴蓄。"又曰："綮善为诗，多侮剧刺

---

① 《新唐书》卷一八三，第5384页。
② 《太平广记》卷二五六，第1994页。

时，故落格调，时号郑五歇后体。"① 则知"郑五歇后体"的得名，除其多俳谐语外，还与诗人好"侮剧刺时"、嘲讽时政有关。显然，郑綮的"歇后体"诗，不同于一般的游戏文字，其内容、功能、风格都与诗人的诗学思想有关。

郑綮"以诗谣托讽"诗学思想的形成与他的政治观念相关。郑綮主张德治，他本人崇尚节义道德，为世人所重。史载黄巢的军队剽掠淮南时，郑綮请不犯其郡界，黄巢笑而从之，一郡独不被寇。"后郡数陷，盗不犯郑使君寄库钱。"僖宗文德元年，郑綮上书谏止杜弘徽为中书舍人。建议不被僖宗采纳，郑綮遂移病休官。由此可见郑綮性格中倔强、耿直的一面。郑綮在昭宗朝一度官至宰相，立意有所作为，无奈李唐王朝大势已去。《北梦琐言》卷七《郑綮相诗》条载：

> 于时皇纲已紊，四方多故，相国既无施展，事必依违。太原兵至渭北，天子震恐，渴于攘却之术，相国奏对，请于文宣王谥号中加一"哲"字，其不究时病，率此类也。同列以其忝窃，每讥侮之。相国乃题诗于中书壁上，其词曰："侧坡蛆蜫蜒，蚁子竞来拖。一朝白雨下，无钝无喽罗。"意者以时运将衰，纵有才智，亦不能康济，当有玉石俱焚之虑也。时亦然之。②

《题中书壁诗》取譬于尸虫、蚂蚁、白雨，寓意时政危机四伏。面对政治分崩离析之状，文人们开始遥想明君贤相、上感下化的一统王朝。统治者一向标榜"广加询访，旁求谣俗"，郑綮对于这一上古制度极其向往。"以诗谣托讽"之举，便是希望为恢复王教政治尽一分力量。虽然这是连他自己也意识到的无可挽回。因为连国君都无法保护自己，对于国君的进谏又能怎样呢？但不管怎么说，在大多文人走向归隐、堕入消沉，开始声色娱乐的时候，郑綮能够大力写作具有感讽性质的谣体俗诗，表达文人对于社会的关怀，这种精神是可贵的。

总之，在唐代文人的俗体诗创作中，谣俗诗虽非大宗，也未形成普遍的创作风气。但从张鷟、成辅端、郑綮等人的创作情况看，诗人仿谣体为

---

① 《旧唐书》卷一七九，第4662—4663页。
② 《北梦琐言》卷七，第149页。

诗，是一种有意识的诗歌创作，反映了特定的诗学思想。文人的谣俗诗，题材内容总与世风时政直接相关，带有明显的讽刺评议色彩，表现出诗人忧虑时事、关注当下的人文精神。谣俗诗创作是文人对于俗文体之意义功能的又一种认同。

第三节　语平易而教化寓焉——通俗训化诗

出自文人手的俗体诗中，还有一类缘于教导训化民众动机的作品，是为通俗训化诗。这种出于教化的动机、为传播某类知识或思想而写作或汇编俗体诗歌的现象，可能不占文人从事文学创作的主体，却表现出文人向世俗民众传播文化、进行思想教育的自觉意识。

教化的思想，是古代知识分子自接受《毛诗序》思想后对自身使命的认定。早在春秋战国时期，知识分子就通过招收门徒、著书立说等行为在社会上传播知识、开展文化教育。除了参与争鸣，树立新学说外，先秦诸子也有意识地在社会普通人当中宣传修身立德、推行礼仪之教的思想。孔子提出"《诗》可以兴、可以观、可以群、可以怨，迩之事父，远之事君。"（《论语·阳货篇》）已认识到诗歌文学的审美作用、知识作用和教育作用。荀子作《劝学篇》，讲解积累知识的道理，也是自觉推行文化教育的行为。虽然在孔子那里，诗教思想已有所阐发，但这些学说还没有成为官方的政治思想。汉代《诗》学大盛，《毛诗》的解诗思想因与政治关系最为密切，得到统治者拥护，成为影响最大的一家。《毛诗序》将"诗"的作用，提升到"正得失，动天地，感鬼神"的高度，指出"诗"有"经夫妇，成孝敬，厚人伦，美教化，移风俗"的功能。诗教思想自此被正式确立，诗歌创作和传播的意义也与王教政治紧密结合在一起，对于中国古代文人的文学思想、政治思想产生了巨大影响。但在诗歌作为一种抒情艺术的发展进程中，自汉代以后，文人的诗歌创作在实践中却疏离了政教。汉末文人诗趋于自觉化，魏晋文人诗的主体精神是思索生命、吟咏性情，随着诗歌成为文人技艺能力的体现，六朝文人诗的主体导向是娱乐化、技巧化。诗教的思想，在六朝文士那里弱到几乎听不到回响。民间所流传的一些蒙学读物，也是简单的韵文体，如南朝刻印的《千字文》，主要是帮助初学者识字。不过，此期佛教事业发展迅速，释门子弟面向世俗百姓宣扬佛教教义的白话诗偈当对民众思想有一定影响。

　　到了唐代，统治者非常重视在民间推行思想文化教育。基于知识分子的文化使命感，唐代文人也积极地将有益于政治教化的各类思想，通过诗文等形式向民间普及，融入民间文化教育当中。与其创作目的相配合，作者有意识地将雅文学在文体与风格上进行通俗化。如见于敦煌遗书的具有传统教育课本性质的《咏孝经十八章》《古贤集》等，皆以通俗浅显的语言分别吟咏经典、古圣贤，旨在宣扬忠孝节义。盛中唐之际诗人李翰所作长篇《蒙求》诗，李华为之序，称其书"列古人言行美恶，参之声律，以授幼童，随而释之。比其终始，则经史百家之要，十得其四五矣。推而引之，源而流之，易于讽诵，形于章句，不出卷知天下"。① 李翰为文从《切韵》东字起，每韵四字，凡五百九十六句。作者"列古人言行美恶"，广搜经史百家，以四字韵语的形式点明史上可圈可点的人物姓名与其性格特征。与民间无名文士的《古贤集》以七言韵语记述人物事迹不同，后者较之前者语言更通俗明白、内容更为丰满。但在教授知识的同时，注重思想教育，是两者的共同特点。

　　通俗教化的作文意识，使诗人在创作时有意识地借鉴了俗间通行文体的成分，叙述角度上有所选择。一些家训诗在唐代民间非常流行，如《新集严父教》以及晚唐无名人士依《太公家教》而作托名王梵志的一卷本《王梵志诗集》等，都是很有群众基础的家训诗。《新集严父教》用五言韵语的形式，说明教子的道理。全本共包括九篇诗歌，涉及家常人伦、立身处世诸方面，兹举其前两篇：

　　　　家中所生男，常依严父教。养子切须教，逢人先作小，礼则大须学，寻思也大好。
　　　　遣子避醉客，但依严父教。路上逢尊人，抽身以下道。过后却来归，寻思也大好。②

　　这种形式的家训书，与五言诗体在唐代民间的普及显然有着直接关系。卢仝的《寄男抱孙》用语非常浅俗，也是属于这一类的训化俗诗。诗中写道："莫学村学生，粗气强叫吼。下学偷功夫，新宅锄菜莠。""两

---

① 李华：《蒙求序》，《唐文拾遗》卷十九，《全唐文》第 11 册，第 10574 页。
② 徐俊：《敦煌诗集残卷辑考》，第 818 页。

手莫破拳，一吻莫饮酒。莫学捕鸠鸽，莫学打鸡狗。小时无大伤，习性防已后。"满载父辈殷切的关怀与教导。王梵志的诗虽有复杂的宗教思想，但民间文人最看重的还是它的教化功能，《王梵志诗集·序》云熟读王梵志诗，"逆子定省翻成孝，懒妇晨夕事姑嫜。查郎翱子生惭愧，诸州游客忆家乡。慵夫夜起［□□□］，懒妇彻明对绩筐。"①与王梵志诗风格相同的，介于诗、偈之间的劝俗诗，在唐代民间相当普及。可再举法照《寄劝俗兄弟二首》，诗曰：

> 同气连枝本自荣，些些言语莫伤情。一回相见一回老，能得几时为弟兄？
>
> 兄弟同居忍便安，莫因毫末起争端。眼前生子又兄弟，留与儿孙作样看。②

劝俗文体在唐代民众生活中的存在，既有民众自身的要求，也有具备较高文化知识水平的士子文人，出于通俗教化的动机进行的自觉写作，或将现行的俗体诗文加以整理汇编。以上诸种劝俗诗文、训蒙诗在唐代民间具有的深厚基础，文人们必不可无视之。在儒家恢复诗教、释道两家积极争取发展的时代背景下，文人们出于训导民众的动机，有意识地将雅文学在文体与风格上俗化，这正是民间无名文人写作通俗训化俗诗的社会文化背景。

用诗歌的形式推行教化，最有效的途径当属由官方推出的谕民诗。有关谕民诗的创作情况，唐代文献中目前未见记载。北宋僧文莹《玉壶清话》卷四载戚纶写作《谕民诗》事，曰：

> 戚密学纶初筮，仕知太和县。里俗险悍，喜构虚讼。公至，以术渐摩。先设巨械，严固狴牢，其棰梃绲索，比他邑数倍，民已悚骇。次作《谕民诗》五十绝，不事风雅，皆流俗易晓之语，俾之讽咏，以申规警。立限曰："讽诵半年，顽心不悛，一以苛法治之。"果因此诗，狱讼大减。其诗有云："文契多欺岁月深，便将疆界渐相侵。

---

① 徐俊：《敦煌诗集残卷辑考》，第 856 页。

② 《全唐诗续拾》卷十九，辑自影清光绪抄本张鹏翼修《洋县志》卷七。

官中验出虚兼实，枷锁鞭笞痛不禁。"大率类此，江南往往有本。①

《宋史·戚纶传》也说："江外民险悍多构讼，为《谕民诗》五十篇，因时俗耳目之事以申规诲，老幼多传诵之。"② 周必大《朝请大夫知潼川府何君耕墓志铭》也载何耕：

> 知果州，改嘉州，课常为诸郡最除潼州府路提点刑狱公事，作《谕民诗》四十二篇，语平易而教化寓焉。郡邑家有其书，强暴犯法，父老必谯曰：汝不读何公诗乎？往往知悔。③

根据上述文献，戚纶的《谕民诗》"不事风雅，皆流俗易晓之语，俾之讽咏，以申规警"，何耕的《谕民诗》"语平易而教化寓焉"，再由保留下来的戚纶那首诗来看，这类诗歌有三个基本特征：一，语言浅显俚俗；二，寓意教化；三，用组诗形式，戚纶所作用绝句体，何耕的诗极有可能与之相同。从效果看，这些《谕民诗》似乎与王梵志诗号称"但令读此篇章熟，顽愚暗蠢悉贤良"作用等同。

地方官员写作劝谕民众性质的诗歌，在唐代应该也是有的，只是目前尚未找到明显的例子。《旧唐书》卷一八九《冯伉传》载，冯伉被任命为醴泉县令，"县中百姓多猾，为著《谕蒙》十四篇，大略指明忠孝仁义，劝学务农，每乡给一卷，俾其传习"。④《新唐书·冯伉传》也记载："县多嚚猾，数犯法，伉为著《谕蒙书》十四篇，大抵劝之务农、进学，而教以忠孝。乡乡授之，使转相教督。"⑤ 冯伉作《谕蒙书》以教化乡中无赖黠猾之徒，使其知忠孝、明道理，守农务本，性质与前述两则宋人《谕民诗》一致。晚唐诗人张保胤有《示妓榜子》诗，性质上最接近谕民诗。张保胤担任岭南掌书记时，乐营女子在宴席上调戏宾客遭到责罚。为了警示其他乐妓，张保胤在榜上题诗一首，权为通告，其诗曰：

---

① （宋）文莹撰、杨立扬点校：《玉壶清话》卷四，中华书局1984年版，第35页。
② 《宋史》卷三〇六，中华书局1977年标点本，第10104页。
③ （宋）周必大：《文忠集》卷三十五，文渊阁《四库全书》本。
④ 《旧唐书》卷一八九，第4978页。
⑤ 《新唐书》卷一六一，第4986页。

绿罗裙下标三棒，红粉腮边泪两行。叉手向前咨大使，这回不敢恼儿郎。[①]

"三棒"即"三木之刑"，又称"夹棍"，是比较严重的刑具。此诗既有谐谑的意味，也起警诫之用，性质上更接近宋人的谕民诗。

文士们出于教化训俗的动机进行写作或参与此类文学活动，对于民众的影响却不限于思想熏陶，也包括知识传递和诗艺普及。体现了部分文人有意识地利用诗歌的形式，借鉴民间俗文学所长，向普通人进行思想教导、传播知识、发挥教育作用的责任感。此种文学创作，彰显了部分文士有意牺牲诗歌的抒情审美功能，以求最大限度地发挥诗歌的训俗教化功能的思想。由此，我们可得到如下启示。

首先，作品的创作者与其拟定接受者，处于雅、俗两种不同的文化环境，具有较高知识水平的文士阶层，通过诸如此类的作品，将契合于统治阶级的政教思想和主流意识形态，灌输、渗透到普通民众之中。

其次，从其对民间的影响来看，可以从这类诗歌中找到民间诗歌文化的思想来源和知识来源。立意训导教化俗众的作品，基本没有深奥的典故知识，没有荒诞和嘲讽，诗人也不极意炫耀才智，这是一种由上而下的知识和思想的输送。

最后，从形式上看，这类诗歌创作，充分体现了诗歌作为形式的意义。尤其是文人所作"谕民诗"，是文人利用诗歌的形式实现其教化和训俗目的的极端表现。

第四节　权龙褒及其"趁韵诗"

史称初唐的权龙褒将军"好赋诗而不知声律"，写诗只是"趁韵而已"。在唐代，这类现象绝非仅有。麴崇裕、史思明、高崇文等武将，与权龙褒一样，文学素养不高，偏好附庸风雅。在近千卷传世唐诗中，也留有他们的一二诗篇。虽然作品的俗体样态一望可知，但作者均以积极的姿态加入诗歌创作行列，这一行为本身所彰显的意义远远超过作品艺术成就的高低。权龙褒等人虽非文人，但他们的诗歌创作行为极力模仿文人，用

---

① 事及诗均见范摅《云溪友议》卷下，第76页。

诗来献酬、与人赠答、抒情写意等。出于这些考虑，权且把权龙襄等人的创作附在本章论述。

权龙襄，一作权龙襄，两《唐书》未载其人其事。综合《朝野金载》卷四、《太平广记》卷四五八"权龙襄"条、《唐诗纪事》卷八十"权龙襄"条以及《全唐诗》中的相关材料，知权龙襄为秦州人士，生平大致如下：万岁通天元年（696）任沧州刺史。神龙元年（705）张易之事发，受牵连，贬为岭南容山府折冲。神龙中追入，封右金吾将军。《唐诗纪事》说他"景龙中为左武将军"，或在景龙年间改任左武卫将军。曾任瀛洲刺史，任期不详。《全唐诗》卷八六九录其诗四首、五言二句。

张鹭《朝野金载》中说权龙襄"性褊急，常自矜能诗"。性格急躁，好对人夸耀自己有诗才。他的诗作水平如何呢？不妨看看他出任沧州刺史时写的两篇大作。《初到沧州呈州官》诗曰：

> 遥看沧州城，杨柳郁青青。中央一群汉，聚坐打杯觥。

从"聚坐打杯觥"句看，此诗当是作于宴会之上。权龙襄初到沧州，走马上任刺史一职，或许这次宴集就是专为他接风洗尘而备。宴席间觥筹交错，众人兴致高昂，权龙襄赋诗一首献给州官。平心而论，诗的前两句起得不错，远眺沧州城，满眼青翠，状其心情喜悦。后两句可就不敢恭维了，不仅用大白话，语词也粗鄙。看着权刺史洋洋自得的神情，州官不好扫其兴，勉强道了句："公有逸才。"权龙襄也以"不敢，趁韵而已"的套话相应酬。"趁韵"就是凑韵，说自己写诗只求念着顺口，凑齐各句的"韵"罢了。秋日的一天，权龙襄闲来无事，诗兴大发又作了一首《述怀诗》：

> 檐前飞七百，雪白后园墙。饱食房里侧，家粪集野螂。

写完后拿出去向人卖弄，竟没人看得懂。权龙襄只好亲自讲解："鹞子檐前飞，直七百文。洗衫挂后园，干白如雪。饱食房中侧卧，家里便转，集得野泽蜣螂也。"[1]听完他这番话，众人大眼瞪小眼，心想："初看还似诗，解说完了连诗都不是了。"无怪乎，令当时"谈者嗤之"。又一

---

[1] 《朝野金载》卷四，第95页。

年夏天，权龙褒参加皇太子的宴会。对写诗素来热心的他，少不了又要吟咏一番。不过这次的作品没能完整保存下来，仅留下其中两句："严霜白浩浩，明月赤团团。"看了权将军的大作，太子乐了，提笔写道："龙襄才子，秦州人士。明月昼耀，严霜夏起。如此诗章，趁韵而已。"正式给了他一个"趁韵"的评语！不难看出，权龙褒的诗虽然达到"合韵"的要求，也不乏对偶，但整体上未能摆脱"趁韵"这一较低层次的语言修辞。以"团团"状"明月"、以"霜"喻"月光"本是诗家常用语。汉代班婕妤《怨诗》有"团团似明月"、初唐张若虚《春江花月夜》诗有"月照花林皆似霰""空里流霜不觉飞"等，后世传为名句。但权龙褒以"赤团团"修饰"明月"，"白浩浩"修饰"严霜"，仅照顾到上下句的对仗，没能兼顾它们与所修饰主体之间的美感生成关系。就一般诗人的创作经验而言，诗中以"霜"拟"光"乃借喻，并不是把"霜"当作主体物象。而"严霜白浩浩"一句，则把"霜"做了实化处理，故被皇太子讥为"严霜夏起"。"赤团团"一词显然更适宜摹状正午的太阳。显然，权龙褒所缺乏的正是审美主体对于自然物象"美"的感知与合理表达。

但权龙褒毕竟热爱诗歌，个别作品也能以真率自然见长。神龙元年，权龙褒从岭南回到长安，历经这场变故，心中感慨万千，就向皇帝献了首诗。《朝野佥载》记作："无事向容山，今日向东都。陛下敕追来，令作右金吾。"叙事言情真率不拘，承转也较自然。《全唐诗》又录一别体，曰："龙褒有何罪，天恩放岭南。敕知无罪过，追来与将军。"用语更为谐顺，流露出作者率然天真的个性。明末胡震亨《唐音统签》"谐谑卷"著录权龙褒此诗，按语曰："又大晓韵在！"胡震亨称赞权龙褒其实很懂诗韵，是针对《唐诗纪事》说权龙褒"好赋诗而不知声律"的论断而发。另外，权龙褒还有一首《喜雨》诗不知写于何时，姑且录在这里："暗去也没雨，明来也没云。日头赫赤出，地上绿氤氲。"描述久旱无雨的情景，严格地说，并不切合"喜雨"的主题，恐非完篇。

至此，我们对权龙褒的写诗水平当有一个大体的认识。计有功《唐诗纪事》介绍权龙褒的第一句话就是"好赋诗而不知声律"[1]。客观而言，权龙褒的文化素养、知识结构都极有限，只能用白话语言组织诗句，再由"趁韵"取得顺口效果，因此文人们读他的诗不是大笑之，就是嗤之。但

---

[1] （宋）计有功撰、王仲镛校笺：《唐诗纪事校笺》卷八十，第1144页。

他之所以敢频频在酒宴之上,甚至在皇帝、皇太子面前呈献那些不成熟的诗篇,自是与当时的文化氛围、诗歌环境有关。其事表明当赋诗、献诗不再是单纯的文学写作行为,而成为一种社会活动时,某些并不真正掌握诗艺的人,也有参与这种活动的需求,并由此对诗歌创作产生心理上的希慕。作为初唐著名的武将,权龙褒的积极写诗态度,体现了此期唐人普遍具有的一种不可忽视的社会心理。这样的事例在唐代还有不少。

高昌人麴崇裕是武则天时颇为得力的战将,曾任左豹韬卫大将军,率兵讨伐越王李贞,后封交河郡王,终镇军大将军。不过,卓著的军功并未带动麴崇裕的诗艺共同进步。① 《朝野佥载》记麴崇裕任冀州参军时,适逢一位司功回京,按照时俗,要送上一篇离别诗。麴崇裕不会写诗,勉强诌了四句交差。诗是这样写的:

> 崇裕有幸会,得遇名流行。司士向京去,旷野哭声哀。

此诗犯多种声病,末一句读来颇类挽歌。拿这样的诗临别赠人,不仅文意不美,简直让人感到晦气。这位司功看完诗,问道:"大才士,先生其谁?"麴崇裕回答说:"吴儿博士教此声韵。"闻听此言,司功无奈地说:"师明弟子哲。"② 真是有其师必有其徒啊!这当然是反话。吴语与北方语差别极大,吴人至京,常因发音问题遭人嘲笑,唐代笔记小说中多有记载。麴崇裕学诗以吴儿博士为师,在这位司功看来,那是"入门不正"啊!此诗同样见于《全唐诗》"谐谑卷"。

杂胡人史思明也好赋诗。姚汝能《安禄山事迹》说史思明"本不识文字,忽然好吟诗,每就一章,必驿宣示,皆可绝倒"。③ 不妨举其两诗为例。有一次,史思明要分赐给他的儿子怀王史朝义与丞相周贽一些樱桃,命令左右取来彩笺,在上面题道:"樱桃一笼子,半赤一半黄。一半与怀王,一半与周贽。""黄""贽"两字不在同一韵部,出韵乃诗家大忌。有个小吏劝史思明说:"请改为'一半与周贽,一半与怀王',则声

---

① 笔者按:《新唐书·艺文志》著录麴崇裕有集二十卷,《旧唐书》不载。(明)陈耀文《天中记》卷四十九"金钗易书"条载:"交河王麴崇裕兄照少好学……后位司膳卿,颇以诗咏流誉。"注出《唐书》。则《新唐书》所记"有集二十卷"者当为麴崇照,非麴崇裕。

② 《朝野佥载》卷二,第49页。

③ 《安禄山事迹》卷下,中华书局2006年版,第111页。

韵相协。"史思明听后却勃然大怒，说："韵是何物？岂可以我儿在周贽之下！"看来史思明未必不知将后两句调换顺序则声韵相协，但在他的心目中，就连诗韵规则也要慑服于他的权威。史思明还有一首《石榴诗》：

> 三月四月红花里，五月六月瓶子里。作刀割破黄胞衣，六七千个赤男女。

此诗倒有几分谐趣。将红色的石榴籽比作"赤男女"，取喻大胆新鲜。以"瓶"喻"石榴"是唐代民间惯用的一种比喻。如长沙窑瓷器题诗中的咏石榴诗："闻流不见水，有石复无山。金瓶成（盛）碎玉，挂在树枝间。"还有像"苦竹笋抽青橛子，石榴树挂小瓶儿"这样的俗诗句，被好事者冠以诗人包贺的名义行于世（《北梦琐言》卷七）。史思明的《石榴诗》也可作为谜语来玩赏。

明代王世贞《艺苑卮言》曰："自昔倚马占檄，横槊赋诗，曹孟德、李少卿、桓灵宝、杨处道之外，能复有几？自非本色，故足贻姗。敖曹《行路难》，犹堪放浪；崇文'醉儿'，有愧祖武。至于权龙褒辈，祇供卢胡而已。"① 意思是说，写诗是文人的职事，武人的作品能够留下来的，只是供人讥笑罢了。敖曹，即北齐大将高昂。此人少不喜读书，专事驰骋，后来"酷好为诗"。他的诗用语豪迈粗壮，多带俳杂之气。高崇文是中唐时期名将，在唐宪宗平蕃之举中立下显赫功勋。《北梦琐言》卷七"高崇文相国咏雪"条载：

> 唐高相国崇文，本蓟州将校也，因讨刘辟有功，授西川节度使。一旦大雪，诸从事吟赏有诗，渤海遽至饮席，笑曰："诸君自为乐，殊不见顾鄙夫。鄙夫虽武人，亦有一诗。"乃口占云："崇文崇武不崇文，提戈出塞号将军。那个髇儿射落雁（注：渤海鄙言多呼人为'髇儿'），白毛空里落纷纷。"其诗著题，皆谓北齐敖曹之比也。②

高崇文是个武将，不擅长写诗，看到饮席上诸从事吟咏不绝，便想凑

---

① 丁福保：《历代诗话续编》，中华书局1983年版，中册，第996页。
② 《北梦琐言》卷七，第162页。

凑热闹，随口占上一绝。其诗四句都是大白话，极为浅俗。鉴于他的身份，人们纷纷恭维道："您比得上北齐的敖曹啊！"在王世贞看来，权龙襃的诗与高崇文的诗，都是武人诗，远离文人诗的"本色"。而他对于权龙襃似乎批评更甚，云"至于权龙襃辈，祇供卢胡而已"，"卢胡"，是掩口而笑的样子。这可能与权龙襃好为拙诗且无自知之明的行为有关。自魏晋以来，文人诗逐渐成为中国诗歌艺术进步和审美定位的承担者、标向杆，诗的"本色"逐渐定型为典雅、清丽、华美……因此，上述武人之诗，无论是招人嗤笑的权龙襃的诗，还是堪比敖曹的高崇文的诗，都只能归入不雅暨俗体的一类，迥然有别于风华流美、格高调逸的文人诗歌。

上述事例告诉我们，在唐代，除了文士们创作诗歌外，一些文化水平不高的人也有写诗的要求，然而，他们的创作往往不为文士所接受，目为"趁韵"之作，只可归入俗体诗范畴之内。以权龙襃为代表的武将们，虽无意为之，实际上已经成为写作俗体诗的群类之一。

在时人眼中，权龙襃的诗只是"趁韵"之作，根本算不得诗。唐以后的学者也都视权龙襃为诗家的反面教材。比如，《太平广记》卷二五八将权龙襃列入"嗤鄙"类。《唐诗纪事》卷八十将权龙襃与外国诗人、不知名诗人列在同一条目，并不把他当作合格的诗人。明人胡震亨也将权龙襃其人、其事、其诗著入《唐音统签》"谐谑"类目中。清人季振宜依据《唐诗纪事》编著《全唐诗》时，又毫不留情地将权龙襃的所有材料统统删去，并不以其入诗家雅体。① 但令人惊奇的是，权龙襃的"趁韵诗"也自成一体，唐代文人也有蓄意模仿的。

晚唐诗人郑愚有一首《拟权龙襃体赠鄠县李令及寄朝右》，云：

> 鄠县李长官，横琴膝上弄。不闻有政声，但见手子动。②

此诗作于郑愚以监察御史的身份巡行鄠县时。这首诗用语简洁，妙处有二：一是谐音手法，"政"字通"正"。弹琴本是极风雅的举止，古代的文人士大夫大多倾心此道。唐代诗文中，往往以琴音喻示雅音、正音。

---

① 在季振宜《全唐诗》手稿本（参见钱谦益、季振宜递辑之《全唐诗稿本》，台湾联经出版社1979年版）中，季振宜在《唐诗纪事》权龙襃名字前加了删除符号。传世《〈全唐诗〉季振宜写本》不见权龙襃的任何材料。

② 《全唐诗》卷八七〇，第9928页。

此时此刻，李长官正专心致志地拂弄膝上的琴弦，但人们却听不到淳雅和厚的琴声（即所谓正声）。二是借代手法，以"手子动"喻指贪污受贿等不良行为。"手子"，就是手，这是唐人的口语词。以"手动"指称贪污受贿在唐代有例可循。《全唐诗》卷八七一记载了商则"嘲廪丘令丞语"，曰："令丞俱动手，县尉止回身。"题注曰：

> 商则任廪丘尉，性廉。县令、丞多贪。因宴会舞，令、丞皆动手，尉则回身而已。令问其故，则曰："长官动手，赞府亦动手，惟有一个，更动手，百姓何容活耶？"人皆大笑。①

宴会上作舞是一种礼仪，有摆手、回身等动作。轮到商则起舞的时候，他只是回转身体，并不摆手。这令参加宴会的县令、县丞很奇怪。商则不紧不慢地回答："做长官（县令）的动了手，做赞府（县丞）的也动了手，只剩下一个县尉了，如果县尉再动手，那百姓还怎么活呀？"可见，以"动手"指称贪污等不良行为是被人们普遍接受的隐语。郑愚诗中说"不闻有政声，但见手子动"，嘲弄李长官治理鄂县没有一丝政绩，贪污受贿倒是出了名。指摘时弊可谓一针见血，对于地方官员的"好动手"给予有力的抨击与强烈讽刺。范摅《云溪友议》卷下也载此事说，当郑愚的诗传到朝廷后，李长官竟然以生病为由向朝廷提出辞呈，回家养病去了。

作为一个谙熟诗歌之道的文人，郑愚懂得如何将雅言、俗语相结合，巧用谐音与借代两种手法，将"弹琴"这样的雅事与"贪污受贿"这等肮脏可鄙的行为联系起来，本身就具有极强讽刺性，再加上语言通俗、风趣，将幽默与嘲讽两种技法很好地融为一体。一位精熟诗艺的诗人特意模拟权龙褒的诗体，至少表明权龙褒的诗歌有着鲜明的特色。抛开诗学批评方面的优、劣之分，权龙褒的诗应该具有某些"自成一家体"的质素，那就是：用日常白话语，直观地表达所见所感，无意于美丑物事的选摘（诗人本身也不具有这方面才能）。而这些，都有别于文人雅士的创作，故在文士们看来，权龙褒的诗只是"趁韵而已"，能不能叫做诗还是个问题。

---

① 《全唐诗》卷八七一，第 9947 页。

　　权龙褒并非文人，其"趁韵诗"也异于文人诗。作为初唐著名的武将，权龙褒的诗歌写作行为实为上层社会中的非文士参与诗歌创作的个案典型。文化水平不高的武将们加入到诗歌创作的行列，权龙褒、史思明之辈竟然以"好赋诗""好吟诗"而得名，这一文学现象的出现是以诗歌创作逐渐由单纯的文学艺事转化为社会活动的组成部分这一历史文化的变迁为背景。当然，此间也伴随着社会稳定、文化生活丰富、诗艺的普及等诸多促动力量的提升。与这些作品相关的本事故事，被载为文坛笑话，成为雅士们茶余饭后的谈资，更为中华文史传统增添别样意趣。非文士加入诗歌创作的行列，显然也是文人的诗歌创作所产生辐射作用的结果。"权龙褒体"的出现，也是唐代文人诗的高度繁荣，以及诗歌创作行为进一步社会化的直接结果。武将赋诗的行为，以及武将所赋之诗，一起构成唐代文人诗生成体系之外的另一诗歌创作空间。与民间诗人不同，这些武将们，居于文人诗坛内部，在上层社会的文化空间内构筑出一道别样的风景线。唐代的武人诗，也是此期"文人"对于"非文人"抑或"文人诗坛"对于"非文人社会"所产生辐射作用的一个缩影。至晚唐，民间的俗体诗已十分盛兴，郑愚之拟"权龙褒体"，恰反映出俗体诗对于文人诗的一种回馈效应。

第五章

俗体诗与中唐通俗诗学思潮

在中晚唐文人诗歌的演变进程中，俗化是较明显的一种倾向。引发文人诗歌创作趋俗的因素是多方面的，既与时代、社会、文化相关，也与诗歌艺术自身发展及诗人的诗学取向有关。① 目前来看，学界于前者研讨较多，于后者论说甚少。安史之乱后，唐王朝的政治、经济、文化都发生深刻的变化。自中唐开始，文士阶层与平民阶层（或市民阶层）的界限趋于模糊，世俗文化的主体迅速壮大。传奇小说及变文俗曲在中晚唐呈现繁荣之势，已为学界公认，不必赘述。民间的诗歌文化也在这一时期获得长足发展。敦煌遗书中保留的俗体诗，有纪年可考的基本上也是中晚唐及五代宋初的作品。种种迹象表明，至唐之中晚季，俗体诗的应用领域和文化空间都得到极大拓展。那么，对于立意寻求新变的中晚唐诗人来说，这一在民间社会迅速发展的俗体诗学，其作品的独特功能属性和艺术风格，是否引起他们关注并在创作实践中加以吸收、借鉴了呢？关于这一点，前人似未仔细研究过。

第一节　白侍郎诗与白居易通俗诗风的民间影响

敦煌遗书中有几篇题为"白侍郎"作的俗体诗文，学界一般认为是民间诗人托名白居易的创作。那么，这种托名行为是在什么背景下产生的？具体动机又是什么？白居易的称谓不止"白侍郎"一个，民间托其名时缘何特别青睐"白侍郎"这个称号呢？换言之，诸作以"白侍郎"

① 综观中晚唐文人诗坛大势，除了俗化这一倾向外，也存在以杜牧、李商隐、温庭筠、韩偓等诗人为代表的非俗化暨雅化的创作倾向，然此期雅、俗之分流更说明部分文人诗的俗化是一种有意识的诗学实践。本章着重探讨文人诗中俗化的一支。

为托名白居易之称号，是否另有隐情？这些问题都有待进一步思考。

一　白侍郎诗之托伪性质

在敦煌遗书中，与"白侍郎"有关的作品共有四处：一是《字宝》所附《赞〈碎金〉》及《寄卢协律》诗；二是《崔氏夫人训女文》所附白侍郎赞及诗；三是《白侍郎作十二时行孝文》；四是《白侍郎蒲桃架诗》。其中，《白侍郎作十二时行孝文》为民间俗曲唱词，《白侍郎蒲桃架诗》已被证明是诗人姚合的作品①。这里主要讨论《字宝》及《崔氏夫人训女文》所附"白侍郎"诗。

在敦煌写卷中，《字宝》一书又名《碎金》，是唐代民间的通俗字书。《字宝》共存五个写卷：斯 619 卷、斯 6204 卷、伯 2058 卷、伯 2717 卷、伯 3906 卷。完整的《字宝》写本由三部分组成，即序文、正文和附诗。斯 6204 卷、伯 3906 卷附诗四首，其中有两首题为"白侍郎"作，如下所示：

白侍郎　赞碎金

狗头谰趄人难识，溅浼婢媔恼家心。写向箧中甚敬重，要来一字一碏（碎）金。

白侍郎　寄卢协律

满卷玲珑实碎金，展开无不称人心。晓眉歌得白居易，飔飐卢郎更敢寻。

值得注意的是，《字宝》写卷所附的四首诗，在编号为斯 6204、伯 3906 的两份写卷中，题名及抄写顺序完全一致。斯 619 卷唯缺白侍郎《赞碎金》一首，其余三首顺序也同。据此可以推测，这些诗歌即使并非《字宝》作者在编撰该书时亲笔题写，也早已在流传过程中与该书融为一体了。这些俗语诗附着于《字宝》流传，俨然已是《字宝》的固定附属物。从内容上看，诗作特意赞美该书对于人们识记"人间要字"的重要性，称赞此书价值胜似珍珠，字字堪比黄金。诗歌被置于卷首，正是为了推介和宣传该书，扩大其影响。这些类似广告语的诗歌，宣传效果如何，

---

①　参见徐俊《敦煌诗集残卷辑考》，第 277 页。

当然与代言人的身份、地位关系密切。《字宝》写卷中，白侍郎出现频率最高，不仅有二首赞诗，竟然还有直接将书名题作"白居易千金字图"或"白家碎金"者。无疑是与当时白居易声名最著有关。

再看《崔氏夫人训女文》所附白侍郎赞及诗。《崔氏夫人训女文》是一篇用于嫁女仪式的七言体训导诗，白侍郎赞及诗仅见于伯2633写卷，录如下：

白侍郎赞

崔氏善女，万古传名。细而察之，宝（实）亦周备。养育之法，方拟事人，若乏礼仪，过在父母。

诗一首

亭亭独步［一］枝花，红脸青娥不是夸。作将喜貌为愁白（貌），未惯离家往婿家。

又诗一首

拜别高堂日欲斜，红巾拭泪贵新花。从来生处却为客，今日随夫始是家。

据陈祚龙考证，此"崔氏夫人"当是依托会昌年间与白居易同享盛名而以"孝行"闻名的崔氏家族中的某位唐姓夫人。[①] 具体而言，此崔家，实为具"崔氏八龙"之称的崔珙家族。《新唐书·崔珙传》曰："崔珙，其先博陵人。父颋，官同州刺史，生八子，皆有才，世以拟汉荀氏'八龙'。……诸崔自咸通后有名，历台阁藩镇者数十人，天下推士族之冠。始，其（指崔珙弟崔玙之孙崔远）曾王母长孙春秋高，无齿，祖母唐事姑孝，每旦乳姑。一日病，召长幼言：'吾无以报妇，愿后子孙皆若尔孝。'世谓崔氏昌大有所本云。"[②]"有所本"即指"唐氏之孝行"。从这段文字可知，"崔氏八龙"的荣盛期主要在开成年间、历会昌至大中前期。而唐氏为"八龙"中某一位的夫人，因"事姑孝"，被树为家族表率。依常理推断，其孝行彰显，得到社会更广泛认同，当稍晚于此。故而，"崔氏夫人训女"

———————

① 参见陈祚龙《唐代西京刻印图籍之一斑》，《敦煌资料考屑》下册，台湾商务印书馆1979年版。

② 《新唐书》卷一八二，第5364页。

故事产生时间的上限定在大中后期或咸通初更合适。

关于"白侍郎"其人，学界一般认为指中唐诗人白居易。上述《寄卢协律》诗云"晓眉歌得白居易"，以及伯2058卷首题"大唐进士白居易千金字图"，皆为内证。同时覆按白居易履历，确于大和二年（828）担任刑部侍郎。诗人自己及其友人也曾以之相称。如白居易《尝黄醅新酎忆微之》诗："世间好物黄醅酒，天下闲人白侍郎。"《晚桃花》诗："春深欲落谁怜惜，白侍郎来折一枝。"刘禹锡《答乐天戏赠》诗亦云："才子声名白侍郎，风流虽老尚难当。"但"白侍郎"指白居易并不能证明这些作品确出白居易之手。因为敦煌遗书中屡见题为白侍郎的作品，而这些作品并不见于白氏文集。针对这一现象，王重民、陈祚龙、朱凤玉、徐俊等学者皆认为：包括《赞〈碎金〉诗》在内的题为"白侍郎"作的诗文，皆为民间诗人假借名士的伪作。朱凤玉更从白居易《岁除夜对酒》《山石榴寄元九》两诗中借别字以注俗字字音的现象加以佐证，《碎金》其书非出白居易手。① 既然，斯619卷书题"白家碎金一卷"，及伯2058卷书题"大唐进士白居易千金字图"皆非其实，所附诗作当也出于托名了。徐俊对于伯3597卷所抄具有文字游戏性质的《白侍郎蒲桃架诗》实为姚合诗的确认进一步表明，一些流于民间而体非雅正的作品，在作者署名不清的情况下，也会托以"白侍郎"的名义流传。

二 托伪背景考察

不过，与伯3597卷《白侍郎蒲桃架诗》的误传性质不同，《字宝》《崔氏夫人训女文》所附白侍郎赞及诗，皆为蓄意托伪。这种情况的出现，既有其现实背景，也有人为因素。

虽然《字宝》的作者无考，但序文清楚地交代了编撰此书的意图。内中提及："今天下士庶同流，庸贤杂处，语论相接，十之七八，皆以协俗，既俗字而不识，则言话之讹诡矣。"其中透露出的有关9世纪前期唐人在日常生活中使用语言文字的信息，对我们来说至为珍贵。为了"切现实之用"，作者于士大夫、转学之家疏忽不顾之时奋笔为之，"援引众书""辑成一卷"，鲜明地体现了其不因雅废俗、重视俗间语汇的可贵思想。而这种观念的出现，又与其时"天下士庶同流"、文化下移的历史背景直接有关。无

---

① 朱凤玉：《敦煌写本〈碎金〉研究》，文津出版社1997年版。

独有偶，敦煌遗书中的《俗务要名林》，成书也在 9 世纪，虽是一本依事物分类的字书，然所收大抵为俚词、俗语，同是应日常生活之需编撰。这提示我们，时至中唐，俗语词的发展和应用，已成为普遍的社会现象，足当引起为文者关注。《字宝》便以"应时之所需"的面目出现了。

那么，《字宝》写卷上用来赞美和宣传其书的那些俗体诗，作者究系何人？同出敦煌遗书的《崔氏夫人训女文》为我们提供了另一重要线索，即托伪现象的产生与其时的书肆经营者或有关联。伯 2633 卷《崔氏夫人训女文》于白侍郎"拜别高堂日欲斜"诗末有一则题记："上都李家印，崔氏夫人一本。""上都"指唐政府的西都长安。"李家印"表明这是李家书籍铺刻印的产品，性质相当于我们现在的某某出版社。虽然遗书所见三个写卷都是抄本，但据"李家印"及"崔氏夫人一本"的题记，可以判断抄者所依据的原本当为刻印本。此外，在敦煌伯 2675 卷背《新集备急灸经一卷》书题下又有一则"京中李家于东市印"的落款。陈祚龙据之判断："就当唐武宗会昌元年（841）与唐宣宗大中十三年（859）之间，西京的刻印图籍'工商'业，实际极为兴旺。"[①] 其时的图籍刻印行业经营情况如何，我们无法详细考得，但这两则同为处于长安的"李家印"，足使我们相信，在 9 世纪中期的前后一段时间，长安的东市确有一家李姓图籍刻印铺，该书铺不仅刊刻带有训导性质的通俗读本《崔氏夫人训女文》，也刻印具有实用功能的医学书，如《新集备急灸经》。此外，敦煌遗书中又有一片历日印纸残片（斯 8101 卷），经鉴定也是 9 世纪的产物，上面有"上都东市大刁家大印"一行字样。看来长安东市的李家刻印铺，至少还有一个"大刁家"为竞争对手。那么，《崔氏夫人训女文》所附白侍郎赞及诗极有可能就是图籍刻印铺的经营者，出于扩大图书销售的目的，采取的"借名闻士"行为。

白居易的作品当时即有托伪现象，元稹写于长庆末年的《白氏长庆集序》曾道其情：

> 乐天《秦中吟》、《贺雨》讽谕闲适等篇，时人罕能知者。然而二十年间，禁省、观寺、邮候墙壁之上无不书；王公、妾妇、牛童、马走之口无不道。至于缮写模勒，炫卖于市井，或持之以交酒茗者，

---

① 陈祚龙：《唐代西京刻印图籍之一斑》，《敦煌资料考屑》下册，第 255 页。

处处皆是。(扬、越间多作书模勒乐天及予杂诗,卖于市肆之中) 其甚者有至于盗窃名姓,苟求自售,杂乱间厕,无可奈何。①

元稹提到白居易的诗被"缮写模勒,炫卖于市井",还特别注明"扬、越间多作书模勒乐天及予杂诗,卖于市肆之中"的情形,可见当时的书籍营销市场十分活跃,元白的诗歌尤其受到民间文化市场的关注。书籍营销商对于元白诗集的模勒抄写,以及形成的热销局面,无疑皆是基于广大的市场需求。在这样的文化背景下,一些投机者便盗用元白之名,自售其书,那些"盗窃名姓,苟求自售"的行为,常常令作者本人也无可奈何。有鉴于此,白居易在会昌五年为其文集再写后记时特别强调:"若集内无,而假名流传者,皆谬为耳。"依照白居易这一声明,上述白侍郎《赞〈碎金〉诗》及《寄卢协律》诗既不见于白氏文集,又不见载《全唐诗》及其他传世典籍,理应列入白氏所谓"假名流传者"之属。

元稹的"被托名"现象也很严重,其于《酬乐天余思不尽加为六韵之作》"元诗驳杂真难辨"句下注云:"后辈好伪作予诗,传流诸处。自到会稽已有人写《宫词》百篇,及《杂诗》两卷,皆云是予所撰,及手勘验,无一篇是者。"② 在敦煌遗书中,托名元稹"元相公"的《廿四节气诗》就是一组流行于敦煌地区的咏节气诗。据此可知,著名文士在民间的俗体诗文创作中"被托名",至少有两种情况:一是民间无名诗人借其声名,在本人作品中附以名士题赞,以广其传。二是书肆经营者为扩大销路,盗取名士之名,制作图书。进入 9 世纪以后,诗歌文化下移,某些大都市的民间文化市场正在成为商业营销的新兴点。从这一角度看,民间诗人的托名创作客观上也推动了民间文化市场的发展。

杜牧撰《李戡墓志铭》引李戡语:

尝痛自元和以来,有元白诗者,纤艳不逞,非庄士雅人,多为其所破坏。流于民间,疏于屏壁,子父女母,交口教授,淫言媟语,冬寒夏热,入人肌骨,不可除去。③

① 《元稹集》卷五一,第 555 页。
② 《元稹集》卷二二,第 248 页。
③ 《全唐文》卷七五五,第 7834 页。

　　李戡的愤怒明言是针对元白等的艳情诗而发，斥之为"纤艳不逞"、"淫言媟语"，但其中"流于民间，疏于屏壁，子父女母，交口教授"数句，却表明民间对于元白诗的实际接受，不仅仅是艳情诗，因为"子父女母，交口教授"的内容不可能是艳情诗。个人以为，用于"子父女母，交口教授"的，最有可能的是元白诗中那些通俗易懂、晓喻日常事理的讽谕诗、杂律诗等。前述元稹《白氏长庆集序》所言"王公、妾妇、牛童、马走之口无不道"的多半也是"乐天《秦中吟》、《贺雨》讽谕、闲适等篇"。元稹《酬乐天余思不尽加为六韵之作》中有一联云："众推贾谊为才子，帝喜相如作侍臣。"句下注曰："乐天先有《秦中吟》及《百节判》，皆为书肆市贾题其卷云：'白才子文章。'"[1] 书肆商贾的这种做法显然迎合了市民的文化趣味。

　　元白诗在民间有两个需要关注的接受群体：一为，村塾学校里的学生郎，二为，文化水平较有限的普通市民。书籍刻印商当然不会忽视这一现象。这样看来，他们在以劝学识字为用的《字宝》书上附署白侍郎的赞诗（或径题《字宝》为白居易所为），在以训示教导为用的《崔氏夫人训女文》后附署白居易的赞、诗，用以提高图书的知名度，是再巧妙不过的手段了。与一般作品相比，这些托伪俗体诗多了一层来自名士前期造就的社会影响力。作为诗坛的风云人物，元白在民众中有相当的影响力，依托他们来推荐或直接发行的通俗文学作品，必将更有效地激活接受群体的记忆兴奋点，从而更有益于作品意义功能的发挥。白居易不仅以通俗诗体闻名于世，更在新乐府、讽谕诗一类作品中，体现了白诗的训俗化下意识，因此，在《字宝》《白侍郎作十二时行孝文》《崔氏夫人训女文》等具有劝导教化性能的作品制作、流传过程中，更易成为被依托的对象。

三 "白侍郎"著称于民间的原因

　　白居易一生担任官职数种，所得称谓不止"白侍郎"一个。如白居易《赠卢绩》诗云："余杭县里卢明府，虚白亭中白舍人。"顾德章《唐诗类选后序》云："若元相国稹、白尚书居易，擅名一时，天下称为元白。"段成式《酉阳杂俎》前集卷八记载："荆州街子葛清，勇不肤挠，自颈已下遍刺白居

---

[1] 《元稹集》卷二二，第247页。

易舍人诗。……凡刻三十余处，首体无完肤，陈至呼为'白舍人行诗图'也。"① 可见，"白舍人""白尚书"也是常用称号。白居易任刑部侍郎的时间为大和二年二月至大和三年春，因何任刑部仕郎仅一年的白居易所获"白侍郎"称号却得到民间社会的广泛认可？这个问题似还无人提出过。或许我们可以从白居易任刑部侍郎的时间及其任期内的行为找到答案。

刑部侍郎是白居易在上都长安最后的为官经历。唐人自称官职，或举他人官职以代名谓，若非作古之人，皆用其人其时所有之官衔。大和元年（827）前，白居易任苏、杭两州刺史，大和元年文宗即位，召白居易回京。大和元年三月，徵拜秘书监。二年（828）二月，转刑部侍郎，封晋阳县男。大和三年（829）春，称病，免归，以太子宾客分司东都。自此离开长安到了洛阳。会昌二年（842），罢太子少傅，以刑部尚书致仕，此间一直寓居洛阳。会昌六年（846），白居易卒，葬于洛阳龙门。可见，刑部侍郎之任是他在上都长安最后的为官经历。

在长安任京官的两年内，白居易的寓所在东城的新昌坊，距离繁华的商业区东市不远。我们已经知道，"李家""大刁家"等图籍刻印铺就设在东市。可以想象，当久负盛名的白居易回到长安后，长安的图籍刻印行业自然不会放过这个"近水楼台"的机会。某些托名"白侍郎"的俗体诗文或许就产生在此时。此后，即使白居易不再任刑部侍郎，离开了长安，然而，时间、空间的转移对于"托伪"这一特殊行为来说，是毫无约束力的。

大和元年十月，身处长安的白居易还接受过一项特殊委命，即唐文宗诏令白居易与安国寺沙门义林、太清宫道士杨弘元于麟德殿论儒、释、道三教教义。白居易有《三教论衡》一文专记其事。白居易作为儒家的代表，宣释儒家教义，解答释、道两家的责难，所论涉及《论语》四科（德行、言语、政事、文学）、《诗》六义、孝行等方面。这件事再度大大提升了白居易在民间的声望和知名度，其本人作为儒家教义的形象代表得到确立。在此情况下，当图籍刻印商拟发行一批针对市场在训化教导类图书（如《崔氏夫人训女文》、《白侍郎作十二时行孝文》等）方面有所需求的书籍时，"白侍郎"白居易无疑是最好的选择。

坊间相传，白居易写诗力求"老妪能解"，我们大不必考究其事之虚实，这则文坛佳话的意义，在于它突出强调了白氏主张通俗的风格导向与

---

① 《唐五代笔记小说大观》，第 614 页。

俗间接受群体在审美需求上的高度契合。对于视文学写作为"不朽盛事"的传统文人来说，托名现象必然引起传世的作品真伪难辨，大多比较苦恼，但也有引以为荣的，如元稹就以之为元白诗在民间广为传诵的例证。托伪现象还反映出民众接受视野下的文人形象及其创作风格。由于对于闻人达士的借名，纯粹出于民间诗人或民众接受群体的单方意愿，必然以民众的接受兴趣和欣赏能力对所要托名之作家及其创作风格加以检选。如此检选的结果，体现的恰是大众批评意识中的作家作品的风貌。一旦检选之后，诗人的这种风格便被强化，进一步得到普及，在民间发展、定型。如白居易的创作风格本是多样性的，然民众最感兴趣和热烈追捧的却是其中风格流易浅切的那一部分。在当时，元白诸人不仅自觉地引领了中唐乐府的通俗化趋向，又处于俗文学在民间社会快速发展的时期，更易被民间诗坛举为头目。晚唐诗人张为《诗人主客图》封白居易为"广大教化主"，应该说是比较准确地概括了白居易在中晚唐时期的民间社会形象，以及通过他自己的文学活动和创作理念，所留下的最深刻的时代印象。

综上所述，从敦煌遗书中"白侍郎"诗的生成背景及流传方式看，世人有意伪造其诗，或出于保存己作的目的，或出于商业营销的意图，从不同角度揭示了唐代中期以后的都市、民间文化市场的热点与需求。同时，从民间无名诗人托名"白侍郎"的现象，还能进一步感知白居易所倡导的通俗文风，及其早年写作新乐府时贯彻的训俗理念，在世俗民间得到的响应。民间文学作品对于"白侍郎""元相公""王建郎中"等的托名，也是这批诗人追求通俗教化的创作意识，及其创作实绩，被民间社会认可的表现。

第二节　中唐乐府诗人尚俗思想再思考

处于中唐复古革新文学思潮中的新乐府诗人，提倡风教政治，重视风俗教化，创作中表现出明显的"尚俗"倾向，这一点基本为学界共识。罗宗强先生《隋唐五代文学思想史》辟专章论述张籍、王建、白居易、元稹的"尚实、尚俗、务尽"的诗学思想，并对元白的"主张通俗"给予积极评价。① 但在这个论题上，仍有进一步探讨的必要，我们不妨从诗

---

① 参见罗宗强《隋唐五代文学思想史》第七章"中唐文学思想"之中篇"尚实、尚俗、务尽的诗歌思想"。

歌文体的角度作如下思考：乐府本出民间之俗体，诗人有意识地写作具有
"化俗"性能的乐府诗，是否也对乐府诗体的原始性能加以维护？文人的
通俗乐府诗，与民间盛行的俗体诗有无关系？张、王、元、白不仅大力写
作新题乐府，其歌谣体诗的创作也引人注目，这两类体裁间有无关联呢？
以下试为论说。

一　张王乐府之"俗化"

一个成熟的诗人，有意追求某种创作风格时，无论这种风格是高雅还
是通俗，总要掌握一套艺术法则，从一些可以操作的技艺层面把握言说对
象。文人诗学中的风格传承，就是通过对前人艺术法则的揣摩、效仿取得
的。俗体诗，也有自己的艺术法则，不过其在民间的传承是自然而然的。
中唐乐府诗能开出通俗一路，大变盛唐乐府之雅正格调，诗人们所运用的
艺术法则值得研究。

唐中期，社会矛盾加剧，部分儒学志士再次倡导文风复古。受此思潮影
响的作家，力求作品在言辞、体式、题材、体裁及功能等方面发挥其超越文
本层面的象征意义或现实意义。例如，元结于《时化篇》中感叹："时之化
也，情性为风俗所化，无不作狙狡诈诳之心；声呼为风俗所化，无不作谄媚
僻淫之辞；颜容为风俗所化，无不作奸邪蹙促之色。"于是诗人写作《二风
诗》《补乐歌》《系乐府》等诗歌，希望对逐渐恶化的社会风俗及伦理道德
进行反拨。韩愈、孟郊的乐府琴歌[①]，虽然抒写个人情志，但也有树立品节，
以警流俗的意味。张籍、王建则进一步加重了乐府诗体应用于民间风教的
导向色彩，写作了大量反映世俗风情的乐府诗。诗人采撷一般生活情事，
展现风俗民情，反映民间信仰，作者面向世俗民间的情感导向十分突出。
下面拟从诗歌艺术的角度对这些作品所外现出的通俗风味加以阐释。

（一）尽量消隐诗人主体，选取平民视角，客观再现世俗民情

杜甫的乐府歌行，"率皆即事名篇，无复依傍"，立新题写时事，其
写实精神与汉乐府取得一致。但是杜之乐府，诗人的个体形象是站在作品
中的，故而时发议论和说理，作品外溢出的仍是浓浓的文人情怀。张王的
乐府诗中，诗人对于笔下的人情事物一般持观看的态度，主动消隐诗人个
体的形象，采用平民的视角来叙述、抒情。如张籍《江村行》：

---

① 韩愈有《琴操》十首，孟郊也有《湘妃怨》《列女操》等琴曲歌辞。

南塘水深芦笋齐，下田种稻不作畦。耕场磷磷在水底，短衣半染芦中泥。田头刈莎结为屋，归来系牛还独宿。水淹手足尽为疮，山虻绕衣飞扑扑。桑村椹黑蚕再眠，小姑采桑不饷田。江南热旱天气毒，雨中移秧颜色鲜。一年耕种长苦辛，田熟家家将赛神。①

诗写江南农村生活，重在揭示百姓心态。从容不迫的叙述节奏下，蕴藏着农人对于穷苦生活现状的无奈接受和默默承担。直至句末"一年耕种长苦辛，田熟家家将赛神"，方为前面的黯淡情调添入一抹亮彩，而这其实是田农最普通、最简单的心理愿望。作者已经跳出自我的世界，变身为世俗民间的一员，以最普通、最平常人的心理和视角反映生活的所遇所感。平民视角的选取和应用，影响到作品的语言风格、文法结构等，使这些作品与本出民间俗体的汉乐府在气质、风貌上达到很高相似度。再如王建的《赛神曲》，写一次以家庭为单位的祭神活动，诗曰：

男抱琵琶女作舞，主人再拜听神语。新妇上酒勿辞勤，使尔舅姑无所苦。椒浆湛湛桂座新，一双长箭系红巾。但愿牛羊满家宅，十月报赛南山神。青天无风水复碧，龙马上鞍牛服轭。纷纷醉舞踏衣裳，把酒路旁劝行客。②

新妇献酒时，巫神作颂，祈祷的内容实与民间的祝颂词无异。"使尔舅姑无所苦""但愿牛羊满家宅"等，也是广大农村家庭最朴实的心理愿望。诗人切实而冷静的叙述态度，与杜甫新题乐府中经常设置自我形象有很大不同。再看王建的《神树词》，诗曰：

我家家西老棠树，须晴即晴雨即雨。四时八节上杯盘，愿神莫离神处所。男不著丁女在舍，官事上下无言语。老身长健树婆娑，万岁千年作神主。③

---

① 《张籍诗集》卷七，中华书局 1959 年版，第 86 页。
② （唐）王建著、尹占华校注：《王建诗集校注》卷一，巴蜀书社 2006 年版，第 19 页。
③ 《王建诗集校注》卷二，第 50 页。

祝颂内容涉及祈雨、家事、官事等。这里的叙述人，俨然是民众群体的代言者，来替他们讲出愿望。《镜听词》《簇蚕辞》诸篇中诗人也基本持观看态度，并不投入太过激烈的感情，至多在篇末作微讽。这种叙述方式或许使某些作品的篇旨不甚集中，但若溯源乐府诗体的原始性能，其作为民间的徒歌或诗谣，与作家着意创作、寄寓个人思想观念的作品本来就有区别。或许我们可以认为，这些风俗乐府诗，正缘于作者对古乐府"观风俗"性能的会意，从而在审美效果上，与民间自然艺术状态下的俗体诗歌的艺术风貌颇为接近。

张王乐府中还有一类介于歌谣与乐府杂歌之间的谣体乐府，讲述普通人的生活经验、人生感受，客观上稍复谣体乐府的俗文学本色。歌谣，是考察一地风俗和人文心理的重要门户，汉乐府中就有许多歌谣体。但后世文人对于乐府体中的杂歌谣辞并未发生大的兴趣，同题拟作现象不太突出，直至中唐这一情况始获改观。受复古思潮影响，中晚唐诗人始有意识地拟作或效法汉乐府中的杂歌谣辞进行创作。[①] 张籍的《白鼍吟》《云童行》《春水曲》《长塘湖》等，皆为反映世俗生活的风谣乐府。如《白鼍吟》：

> 天欲雨，有东风，南溪白鼍鸣窟中。六月人家井无水，夜闻鼍声人尽起。[②]

《全唐诗》题作《白鼍鸣》。鼍，也叫鼍龙或扬子鳄。古人认为鼍鸣是有雨的预兆。李贺《江楼曲》云："鼍吟浦口飞梅雨，竿头酒旗换青苎。"宋代陆佃的《埤雅》也记载："今狁将风则踊，鼍欲雨则鸣，故里俗以狁谶风，以鼍谶雨。"[③] 张籍的《白鼍吟》仍用古谣三七杂言体，却写六月久旱人们听到鼍鸣欣悦而起的反应，巧妙展示了当地的民俗信仰。王建《雉将雏》《独漉曲》等，触及到人情性中最基础的领域。如《雉将雏》：

---

① 在韩愈、李贺、皮日休、陆龟蒙等的乐府歌行创作中都有所体现。
② 《张籍诗集》卷七，第87页。
③ （宋）陆佃著、王敏红校点：《埤雅》卷二，浙江大学出版社2008年版，第11页。

雏咿喔，雏出壳，毛斑斑，嘴啄啄。学飞未得一尺高，还逐母行旋母脚。麦垄浅浅难蔽身，远去恋雏低怕人。时时土中鼓两翅，引雏拾虫不相离。①

这是一首新题乐府，《乐府诗集》收入"新乐府辞"。诗人以细腻的笔触将母对子的怜爱之情写得真切动人，清新明快的语言，极便于传诵。《独漉歌》总结人生经验，写人心曲直。亲情关系、家庭关系、社会关系，是每一个处于社会生活中的人的直接情感来源。此类带歌谣风味的乐府诗，再次体现了诗人已将自身转化为社会民众的一员，感受俗间风尚，倾吐俗众的心声。故而，在这类作品中，诗人的自我形象、自我人生经验并不占主体，自我的消隐，为群体情感的传达留出更多空间。

总之，张王尝试从风俗教化入手，将目光投向广阔的社会生活，取材于世俗百态，多层次、多方位地开拓了乐府诗的风教意义功能。在当时的政治文化背景下，强调乐府诗之传风俗、行教化的功能，不仅是对已充分发展了的文人抒情型乐府的必要补充，也是关乎文风改革、关涉文坛走向的极有意义的尝试。

（二）取用日常语，广纳民间谣谚、俗语，形成古朴通俗的语体风格

与韩孟派诗人取经、史、子、集中语来造就"古格"不同，张王乐府多取用民间诗体的语言形式，形成婉转流利、浅易通俗的语体风格。诗的语言由雅入俗，也是一种创造。李肇《唐国史补》卷下称元和以后歌行"学浅切于白居易"，可见"浅切"也是要学的，并非随意无章法的乱写。盛唐的岑参、盛中唐之交的顾况都在创作中使用了非常通俗的语言。但岑、顾的"引俗入诗"尚属个人行为，与诗人性情有关，俗语诗在其全部创作中并不占主体，似乎没有什么规律可循。语言的俗化，在张、王、元、白的乐府诗创作中，则是有意识的创造。值得留意的是，这种创造的意义已经超出个性范畴，标志着一种趋于集体化、大众化的言说方式在中唐诗坛的成型。并且，这种言说方式，在晚唐五代罗隐、杜荀鹤等人的俚俗说理诗中被广泛运用。

张王使用大量俗语化的叠字，强化了作品的通俗流易风味。使用形容叠字，如王建《秋千词》："长长丝绳紫复碧，袅袅横枝高百尺。"尤具特色

---

① 《王建诗集校注》卷一，第27页。

的是大量拟声叠字的运用，如张籍《塞上曲》："将军阅兵青塞下，鸣鼓冬冬促猎围。"《洛阳行》："六街朝暮鼓冬冬，禁兵持戟守空宫。"《羁旅行》："晨鸡喔喔茅屋傍。"王建《镜听词》："嗟嗟嘐嘐下堂阶。"《捣衣曲》："秋天丁丁复冻冻，玉钗低昂衣带动。"《田家行》："五月虽热麦风清，檐头索索缲车鸣。野蚕作茧人不取，叶间扑扑秋蛾生。"《古宫怨》："乱乌哑哑飞复啼，城头晨夕宫中栖。"《凉州行》："城头山鸡鸣角角。"这些拟声叠字多是作者提炼于实际生活，模声绘色生动鲜活，有些就是民间的口语词，如"鼓冬冬""鸡喔喔""乌哑哑"等。据刘肃《大唐新语》卷十载："旧制，京城内金吾晓暝传呼，以戒行者。马周献封章，始置街鼓，俗号'冬冬'。"知"冬冬"为当时之俗语。重视叠字，正是民间俗体诗的重要修辞技法，前面我们在分析俗体诗的艺术特色时已经指出。

　　张王还将民间俗语化用入诗。如王建《促刺词》"我身不及逐鸡飞"，与杜甫《新婚别》中的"生儿有所归，鸡狗也得将"一样，乃化用"嫁鸡随鸡，嫁狗随狗"的民间俗语。[①] 张籍《促促词》云："愿教牛蹄团团羊角直，君身常在应不得。""牛蹄团团羊角直"[②] 这里指办不到的事，牛为偶蹄类动物，蹄形非团。而弯曲的羊角也是不可能变直的。再者，牛蹄、羊角这些字眼入诗，字面上也不甚雅。此外，张王乐府也使用俗语数量词，如王建《温泉宫行》："宫前内里汤各别，每个白玉芙蓉开。"以俗语量词"个"入诗，杜甫诗中已见先例。王建《关山月》："冻轮当碛光悠悠，照见三堆两堆骨。""三Ｘ两Ｘ"或"两Ｘ三Ｘ"均为俗词之格。如《大唐传载》所记："开元中，进士第唱于尚书省。其策试者并集于都堂，唱其第于尚书省。有落去者，语云：'两两三三戴帽子，日暮但候吟一声，长安竹帛皆枯死。'"[③] 宋人词中写饮酒多用"三杯两盏"。清翁方纲《石洲诗话》中说："张、王乐府，天然清削，不取声音之大，亦不求格调之高，此真善于绍古者。"[④] 道出了张王乐府古质清新的艺术风格。云其"不求格调之高"，正看出张王乐府的通俗气貌是相对于盛唐乐府的

---

　　① 欧阳修《代鸠妇言》："人言嫁鸡逐鸡飞，安知嫁鸠被鸠逐。"（清）施鸿保《读杜诗说》："俗有嫁鸡随鸡，嫁狗随狗语，或当时己云，公诗固有用俗语者，此或亦是。"（清）施鸿保著、张慧剑校：《读杜诗说》卷七，上海古籍出版社1983年版，第62页。

　　② "羊角"，本作"一角"。《全唐诗》本及《乐府诗集》本均作"羊角"。

　　③ 《大唐传载》，《唐五代笔记小说大观》，第889页。

　　④ （清）翁方纲著、陈迩冬校点：《石洲诗话》卷二，人民文学出版社1981年版，第64页。

一种新变。

（三）拟民间俗体诗格，取法民间风谣之构思方式

张王还尝试用民间的俗体格写诗。王建的《宛转词》实为拟民间游戏杂体诗：

> 宛宛转转胜上纱，红红绿绿苑中花。纷纷泊泊夜飞鸦，寂寂寞寞离人家。①

《宛转歌》始有晋刘妙容所歌二首，全篇三言、五言、七言均用。唐代郎大家宋氏、刘方平所作皆循旧体。张籍《宛转行》全篇用五言，已是变体。王建《宛转词》实用民间游戏杂诗之体。民间诗中本有一种句用叠字的格式，如敦煌曲子词中的《菩萨蛮》：

> 霏霏点点回塘雨，双双只只鸳鸯语。灼灼野花香，依依金柳黄。//盈盈江上女，两两溪边舞。皎皎绮罗光，轻轻云粉状。

长沙窑瓷器题诗云：

> 日日思前路，朝朝别主人。行行山水上，处处鸟啼新。

寒山也有一首叠字俗诗：

> 杳杳寒山道，落落冷涧滨。啾啾常有鸟，寂寂更无人。淅淅风吹面，纷纷雪积身。朝朝不见日，岁岁不知春。②

以上都是唐代俗体叠字诗的代表作，王建突变《宛转词》之古格，似乎有意仿效民间的俗体诗。逐句用叠字，也造成游戏为文的效果，如敦煌遗书、长沙窑瓷器题诗中的游戏诗"日日昌楼望，山山出没云""夕夕多长夜，一一二更出"等。

---

① 《王建诗集校注》卷二，第46页。
② 项楚：《寒山诗注》，中华书局2000年版，第86页。

下面再举王建的《独漉曲》为例。《独漉曲》本晋《拂舞歌》之一体，本辞叙写复仇之事，至南朝已演变为刺时局混乱、清浊不辨的乐府诗题。李白所拟《独漉篇》保持了古辞篇幅较长的特征。王建却采用了歌谣的体式，词曰：

> 独漉独漉，鼠食猫肉。乌日中，鹤露宿，黄河水直人心曲。①

此诗主旨是讽刺世道浊、人心曲。以古辞"独漉"开始，下面一口气列出四种颠倒的行为：老鼠吃猫肉，乌鸦在月中，鹤宿于露草，黄河水道变直。② 有取法汉乐府铙歌《上邪》篇的迹象。这种笔法在民间俗文体中也一直保留，如著名的敦煌曲子词《菩萨蛮》："枕前发尽千般愿，要休且待青山烂。水面上秤锤浮，直待黄河彻底枯。//白日参辰现，北斗回南面。休即未能休，且待三更见日头。"一口气列出六种不可能出现的现象，连续反喻，只为强调爱情之"休"不可能。王建《独漉曲》采用同样手法，如末句的反喻，黄河水道变直本是不可能的，诗人又将"水直"与"人心曲"关联起来，似乎即使黄河水道变直，人心仍然是歪曲的。文意推进一层，其讽刺效果也达到新的高度。明高棅《唐诗品汇》曰："大历以还，古声愈下，独张籍、王建二家，体制相似，稍复古意。或旧曲新声，或新题古义，词旨通畅，悲欢穷泰，慨然有古歌谣之遗风，皆名为乐府。虽未必尽被于弦歌，是亦诗人引古以讽之义欤？抑亦唐世流风之变而得其正也欤！"③ 道出张王不拘形体，传扬乐府古声，远溯乐府之风歌俗谣体性功能，以变时流的文学史意义。

张王对民间风谣构思方式也多所效习。如张籍《山头鹿》，篇首以"山头鹿，双角芟芟尾促促"句起兴，其后转述"贫儿多租输不足，夫死未葬儿在

---

① 《王建诗集校注》卷二，第58页。

② （唐）欧阳询《艺文类聚》卷九十引周处《风土记》："鸣鹤戒露，此鸟性警，至八月白露降，流于草上，滴商有声，因即高鸣相警，移徙所宿处，虑有变害也。"（《艺文类聚》卷九十，上海古籍出版社1982年版，第1564页）《艺文类聚》卷九二引《春秋元命苞》："火流为乌，乌，孝鸟。何知孝乌？阳精，阳天之意，乌在日中，从天，以昭孝也。"（《艺文类聚》第1591页）郦道元《水经注》卷一《河水》："《物理论》曰：河色黄者，众川之流，概浊之也。百里一小曲，千里一曲一直矣。"

③ （明）高棅：《唐诗品汇·七言古诗叙目》，《四库文学总集选刊》，上海古籍出版社1993年版，第15—16页。

狱"的现实情况，就是采用民间诗惯用的起兴笔法。《长塘湖》又云："长塘湖，一斛水中半斛鱼。大鱼如柳叶，小鱼如针锋，水浊谁能辨真龙。"[①] 前面云塘、云鱼，似乎与末句"水浊谁能辨真龙"并非同一层面的意思，这是民间歌谣中经常出现的跳跃联想思维方式。某两样东西，在一般的思维状态下似乎是无法直接发生关联的，但是民间风谣经常如此，某些句子的存在并非为了表达什么实意，只是起兴或趁韵。再看张籍的《云童行》："云童童，白龙之尾垂江中。今年天旱不作雨，水足墙上有禾黍。"[②] 童童，浓郁低垂貌。白龙，云彩变化的形状。浓云低沉，似龙尾垂于江中。"云童童"为雨前征兆，对于遭遇久旱的人们自然生起无限期盼。一旦雨水充足，连墙头上都能生长禾黍，以最省净的文辞传达了农人的望雨心理。

历史上对于张王乐府诗的评论，以"古质"与"俚俗"两说分占两端[③]，唐时甚而有以"流荡"视之者。[④] 其实，所谓"古质""俚俗"，甚至"流荡"，皆道出张王乐府某一方面的特点。这些看似不相容甚至相排斥的风貌特征的集中出现，并非偶然凑合，而是与作者的整体创作思路有关。无论是宋人之赏其"古质"，还是明人之恶其"俚俗"，其实都是以盛唐乐府诗为参照标本。明人推崇盛唐乐府歌行之风华雅丽，自然不欣赏张王，而宋人对中晚唐诗人多所效法，如张耒之晚年即"乐府效张籍"。尽管褒贬不一，但都道出张王乐府相对于盛唐乐府，以及延续盛唐乐府风调的"时流"所发生的转变。这一转变，正是乐府诗体向风诗、汉乐府本初意义功能回归的一次尝试，再次紧系了乐府诗与政治教化、风俗教化之间的纽结。

---

① 《张籍诗集》卷七，第88页。

② 同上。

③ （宋）曾季貍《艇斋诗话》云："唐人乐府，惟张籍、王建古质。"（明）陆时雍《诗镜总论》："人情物态不可言者最多，必尽言之，则俚矣。知能言之为佳，而不知不言之为妙，此张籍王建所以病也。"至胡震亨《唐音癸签》又云："张文昌只得就世俗俚浅事作题目，不敢及其他。仲初亦然。"

④ 自初唐始，乐府与歌行两体就有合流之势，至中唐两概念经常并举，所指对象也有重叠。张王的乐府诗既包括两人的古题乐府，也包括那些自命题的短篇歌行乐府，如张籍《洛阳行》《永嘉行》、王建《北邙行》等，郭茂倩《乐府诗集》俱收入"新乐府辞"的乐府杂题当中。赵璘《因话录》曰："张司业籍善歌行，李贺能为新乐府，当时言歌篇者，宗此二人。"（卷三，第82页）盛赞张籍的歌行，视其与李贺的乐府诗同为当时歌篇之最。在这样的语境下，李肇《唐国史补》所云"元和已后……歌行，则学流荡于张籍"，其实揭示出大众接受领域对于张籍乐府诗的一种认知情况。

二 《新乐府》与歌谣俗曲之关系

如前所述，正是基于对乐府诗体特殊功能的认识，方使张王大胆融合古今之俗语，施于风教之用。张王的乐府歌行在当时颇有名气，教化功能也被认可。元辛文房《唐才子传》卷四："（王建）与张籍契厚，唱答尤多。工为乐府歌行，格幽思远。二公之体，同变时流。"① 这一变化发生在中唐具有现实意义的文学复古思潮当中，有着不同寻常的意义。当白居易再次以乐府诗为施行风教政治的配套宣传工具时，自然引张王为同调。白居易《读张籍古乐府》称许张籍"尤工乐府诗，举代少其伦。为诗意如何，六义互铺陈。风雅比兴外，未尝著空文"，且有可讽放佚君、诲贪暴臣、感悍妇、劝薄夫的作用，极赞张籍乐府诗之化俗功能。而元白的新乐府，因为有着更为明确的施政要求，理论说明也较自觉。

在白居易的采诗察政理论宏图中，上以"补时政"与向下"导人情"是双向并取的用以实现新乐府功能的两个方面。细审五十篇《新乐府》，按照诗人的写作意图及作品的言说对象，可分两类：一是"代民请命，劝谏君主"，即所谓"劝上"类；二是"训俗化下，泄导人情"，即所谓"化下"类。可以说，这些作品是乐天为未来采诗官提供的可采之诗的范本。② 《新乐府序》曰：

> 篇无定句，句无定字，系于意，不系于文。首句标其目，卒章显其志，《诗三百》之义也。其辞质而径，欲见之者易谕也。其言直而切，欲闻之者深诫也。其事核而实，使采之者传信也。其体顺而肆，可以播于乐章歌曲也。③

所述四个方面，有三项关乎体裁形式，即"辞""言""体"。显然，白居易对于诗体的选择颇费苦心，希望创作出最宜于讽谏、感化的诗歌体式。所谓"质而径"，是强调语言的质朴无华，直接传达文意，无须考虑诗歌语言的发兴感物效果。"直而切"，则强调直率、激烈的情感表达，

---

① 《唐才子传校笺》卷四，第 159 页。
② 拙文《新乐府之创作理念新说》对此有详细论述，《沈阳师范大学学报》2008 年第 5 期。
③ 《白居易集》卷三，第 52 页。

与传统文人诗"主文而谲谏"的委婉表达方式相区别。我们在前一章已介绍文人的化俗诗,创作中强调"语平易而教化寓焉","平易"与"教化"两点,正与白居易此项理论契合,二者在"化俗"的追求上不谋而合。

下面着重谈谈白居易于"体顺而肆"方面的努力,试述两点。

(一)三七杂言的问题

关于《新乐府》多用三三七或三七杂言之句式特征问题,陈寅恪先生在《元白诗笺证稿》中曾有论述,指出新乐府与民间歌谣俗曲有关联。[①] 这是非常有见地的观点。《新乐府》之于民间歌谣俗曲的确存在借鉴关系,这种借鉴不仅仅是体式上的,也有文体功能的考虑。

三言、七言,以及三七杂言体在唐前皆被视为"俗小"之体,此类乐府、民间歌谣主要用于训诫、评论。[②] 三言的节奏特点虽有助记诵,却不利抒情,故而限制了长篇三言体的出现。经过不断摸索、尝试,三言找到了弥补自身抒情性能不足的途径,即与七言结合构成以三三七为代表的三七杂言体。三七杂言在两汉民间歌谣中不乏其例,汉乐府中也有较整齐的三三七句体。魏晋时期,三三七句体逐渐由俗趋雅,成为一种固定的体式为文人所使用。但雅化的同时,乐府民歌及谣谚中的三三七体依旧按其俗体的轨迹运行着。如晋《拂舞歌》之《济济篇》,其三三七句的用韵规律是第二句三言与七言押韵,每组三三七句又各为一韵。《淮南王篇》更通过巧妙搭配三言与七言间的组织关系,产生蝉联流转、一气而下的效果,具有鲜明的诵读节奏和音乐感,从中可以见出三七杂言体在乐府民歌中的更为灵活的运用情况。但总的说来,六朝时期,五言腾跃,三七杂言体在文人看来仍是属俗非雅的,训诫、评论是其主要功能,文人用此体也多出现于乐府的"相和""杂舞"等非雅乐曲调中。

隋唐时期,三七言体继续被民间歌谣及通俗诗所采用。如《咸亨后童谣》:"莫浪语,阿婆嗔,三叔闻时笑杀人。"《朝野金载》卷四载无名选人讽刺吏部侍郎辛亶,歌曰:"辛亶去,吏部明,开贤路,遇太平。今年定知不可得,后岁依期更入京。"初唐诗人崔日用的戏俗体《乞鱼诗》

---

① 陈寅恪:《元白诗笺证稿》,生活·读书·新知三联书店2001年版,第125页。
② 此处参考葛晓音《论汉魏三言体的发展及其与七言的关系》一文,《上海大学学报》2006年第3期。

中也写道："莫浪语，直王相。大家必若赐金龟，卖却猫儿相报赏。"显然崔日用直接取用了民间的歌谣体。诗人骆宾王为裴炎所作的歌谣为："一片火，两片火，绯衣小儿当殿坐。"可见唐人对这一文体的基本内容功能的认识未有大的变化。初唐《笔札华梁》《文笔式》等诗格类著作对"一言句"至"十一言句"等句例都有点评，其中谈到"其七言、三言等，须看体之将变，势之相宜，随而安之，令其抑扬得所。……细而推之，开发端绪，写送文势，则六言、七言之功也；泛叙事由，平调声律，四言、五言之能也；体物写状，抑扬情理，三言之要也。"① 这基本代表了唐人对各类句体的体用观念，七言之气势流畅，三言之不善"泛叙"，长于"体物""论情理"的特点，文人们是很清楚的。②

除了短制的歌谣、谚语外，唐代民间还有广为流传的三七言长篇。如敦煌遗书中托名刘长卿的俗赋《高兴歌》，写饮酒之极乐境界，文风放旷恣肆。在保持同一韵的情况下，或三三七句体单用，如"暖淳淳，本无骨，咽入喉中声唔唔。"或连用四个三言，后接两七言，如"嵇叔夜，阮仲隔（容）。冰玉琢，成千钟。为与刘灵（伶）千日酒，醉卧南山百尺松。"不过，更多情况下是三三七句后接两个七言句，构成"三三七，七七"这样的句体，如"瘿木闷（杯），犀酒角，长哺底（抵）唇声瀺灂。白日园里访山涛，夜向瓮前寻毕卓。""珊瑚杓，金破（叵）罗，倾酒淙淙如龙涡。酒若悬流注不歇，口如沧海吸黄河。""鹅儿黄，鸭头渌（绿），桑落蒲桃看不足。相命唯忧日势斜，吟欢只怕时光促。"③ 等等。敦煌遗书中另一篇以"打马球"活动为内容的诗曰："时仲春，草木新，初雨后，路无尘。林间往往临花鸟，楼上时时见美人。……人衣湿，马汗流，传声相问且须休。或为马乏人力尽，还须连夜结残筹。"④ 都可证明，

---

① 张伯伟：《全唐五代诗格汇考》，第 84 页。

② 除俗体诗外，唐诗中占绝对数量的还是文人们写作的非俗诗，其中不乏三七杂言体的用例，如岑参《优钵罗花歌》、刘禹锡《潇湘神二曲》、顾况《送行歌》、韩翃《章台柳》、白居易《花非花》等诗作。同时，魏晋时期已经在文人手中固定化了的三三七句体，在唐代，又进一步被文人吸收到词曲的创作中，晚唐五代的文人词中三三七句体应用甚广。

③ 徐俊：《敦煌诗集残卷辑考》，第 731 页。

④ 书同上，第 473 页。此诗任半塘《敦煌歌辞总编》析为"三三七，七七"句式歌辞四首。后经徐俊将各残片黏合缀接，认为任先生的做法欠妥。该诗在由《敦煌歌辞总编》所摘取的整齐的"三三七，七七"句式外，还有一些被无故舍弃的文字，因此该篇原貌并非为"三三七，七七"句式的简单组合。

当时民间确实存在着三言与七言结合、交互使用构成的长篇作品。这些作品，正是以三三七式为代表的三七杂言体在唐代民间通俗文学中的一种样态。此外，释门僧徒的三七言歌赞在民间影响也很大，如初唐释玄觉之《永嘉证道歌》（又称《禅门秘要决》），全篇竟然广至二千多言。《宋高僧传》卷十一载南印的《一钵和尚歌》，多用三七杂言，被指为"文体涉里巷""不典雅"。此类释氏歌偈铭钞在《宋高僧传》及《景德传灯录》中还有不少，可见出释门用三三七体之风习。变文佛曲之取用三三七体，与之同类。此外，在唐人的笔记小说中，也有不少三七言体或包含三七杂言的文人作的通俗送酒歌。

民间俗体诗及释氏歌赞在这方面的成功经验必然为白居易所注意：其一，三三七体有独特的节奏感，便于口头传播，易于记诵，且有广泛的民间接受传统；其二，从内容功能看，三七杂言体本有论说评议的应用传统，才被佛家用以宣扬释门义理、劝化俗众。白居易之《新乐府》既以"行风教"为意，自然也考虑到作品的实际接受情况。

五十篇《新乐府》中，起首句用三言的共有 36 篇，其中"一句三言"式 14 篇，"两句三言"式 22 篇。用于句首的三七杂言体，无论是三七式，还是三三七式，主要起到强调篇题的作用。三言节奏短促，内容表达明确集中，与节奏较舒缓的七言结合后，可以产生"一顿一叹"的韵律效果。乐天既有"首章标其目"的打算，故《新乐府》多以三言起首，为点题之用，其后再接以七言或五言对前面的"点"加以阐述，引出全篇议题。七言较之三言在叙事、抒情功能上有优势，但若求简洁明快，迅速吸引人们的注意力，并在最短时间内给人留下深刻的印象，三言就表现出它的优越性了。有 22 例新乐府作品于篇中或尾部使用了以两个三言为基础的三七杂言句体。通过对《新乐府》中三七杂言体用于篇中及尾部具体情况的分析，我们发现：

1. 三七杂言出现在尾部，多为诗人跳出情节叙述层面后，直接作总结性质的训告语。这可看作是重申篇旨，也符合诗人"卒章显志"的创作要求。如《红线毯》"忧蚕桑之费也"，末云："宣城太守知不知，一丈毯，千两丝。地不知寒人要暖，少夺人衣作地衣。"《卖炭翁》"苦官市也"，在叙写黄衣使者强买事件之后，末云"一车炭，千余斤，官使驱将惜不得。半匹红纱一丈绫，系向牛头充炭直。"

2. 三七杂言体居于作品中部，或为渲染情景、营造氛围之用；或为转折文意，调节前后部分的叙述步调，一般是由前半部的场景描述转向后半的议论评说。如《黑潭龙》叙写祭神活动后，以"狐何幸，豚何辜，年年杀豚将喂狐。狐假龙神食豚尽，九重泉底龙知无"这样的三七言句封笔，更加突出"疾贪吏"的主旨。

3. 三言节奏短促，灵便活泼，故诗人多用三言句来转换文意。同时，诗人为照顾全篇的韵律节奏，凡用三七言时尽量使其与前后文句保持音韵节奏的自然流谐，可以看出诗人向古乐府民歌体的有意识学习。如《紫毫笔》中的一段："宣城之人采为笔，千万毛中拣一毫。毫虽轻，功甚重，管勒工名充岁贡，君兮臣兮勿轻用。勿轻用，将何如？"又如《海漫漫》："何况玄元圣祖五千言，不言药，不言仙，不言白日升青天。"

4. 与三三七体相比，单独三言的运用仍以强调说明对象或呼告对象为主，如《五弦弹》"远方士，尔听五弦信为美，吾闻正始之音不如是。"《缚戎人》"缚戎人，戎人之中我苦辛。自古此冤应未有，汉心汉语吐蕃身。"

由此可见，《新乐府》中三三七及三七杂言体的运用确实较之变文中要灵活丰富得多，诗人刻意经营这一形体结构，不仅取其节奏的流利上口，也考虑到了这种句式的内容表达功能。因此，简单地说《新乐府》的三三七句体就是受变文俗曲影响，不如说是乐天出于特殊的意图，对民间通俗文体常用的三七杂言自身优越性的一种体认。

（二）《新乐府》的俗诗格调

除了句式、韵律、节奏外，《新乐府》的语言功能与俗体诗谣在很大程度上有着相似性。比如，诗人通过简洁鲜明的对比，一语中的，是非、爱恶之情毫不掩饰。如《立部伎》所言："立部贱，坐部贵。"一下子就把作者的观点立场宣告出来。再如《华原磬》诗中言："华原磬，华原磬，古人不听今人听。泗滨石，泗滨石，今人不击古人击。"《天可度》诗言："天可度，地可量，唯有人心不可防。"这正是诗人在《序》中所说的"质而径""直而切"的表达效果。如《采诗官》诗中说："君兮君兮愿听此，欲开壅蔽达人情，先向歌诗求讽刺。"这种表达，在历代文人乐府中不多见，却是民间歌谣一贯彰显的精神。

此外，诗人有意在句首用叠字造就流谐的语感。如《法曲》诗云："法曲法曲歌大定，积德重熙有余庆，永徽之人舞而咏。法曲法曲舞霓裳，政和世理音洋洋，开元之人乐且康。法曲法曲歌堂堂，堂堂之庆垂无疆。"这种句法在民间俗体歌谣中广泛存在。如武则天时民间有《黄獐歌》："黄獐黄獐草里藏，弯弓射尔伤。"《杨柳歌》："杨柳，杨柳，漫头驰。"《蜥蜴求雨歌》："蜥蜴蜥蜴，兴云吐雾。雨若滂沱，放汝归去。"也有叠用三字句的，如《五代史补》载吴越王钱镠时，由于大兴工役，士卒嗟怨，有士卒晚上在府门上留言道："没了期，没了期，修城才了又开池。"钱镠看见了，随即模拟这种格式为诗一首："没了期，没了期，春衣才了又冬衣。"①《全唐诗》卷八题作《没了期歌》。从这些例子中，我们可大致了解民间俗体诗谣中的叠字语的使用情况。白居易于诗中反复使用"法曲"一词，既表现出俗谣的风调，又有俗谣"取物发兴"之诗思特点。

　　《唐音癸签》卷七引陈绎曾"白诗祖乐府，务欲为风俗之用"条下胡震亨按："乐府古与俗正可无论，患在易晓易尽，失风人微婉义耳。白尝规元：'乐府诗意太切理，欲稍删其繁而晦其义。'亦自知诗病概然故云。"② 所谓"乐府古与俗正可无论"意即在乐府这一诗体上，"古"与"俗"其实是没有可比性的，今之"古"其实就是往之"俗"，故今之"俗"必成来日之"古"。时人皆以元白新乐府用俗事、俗语为病，是因为不善于提炼镕裁，致使言尽而意尽，语直而义直，失却了"主文而谲谏"的微婉义旨。然而，这正是白居易致力取得的表达效果。当然，要处理好"俚俗"与"格古"这两方面是一种更高的艺术追求。郭茂倩"新乐府辞序"言："则采歌谣，被声乐，其来盖亦远矣。……傥采歌谣以被声乐，则新乐府其庶几焉。"③ 意即若行"采歌谣以被声乐"之事，则"新乐府"差不多可以了。"新乐府"可以充当"采歌谣被声乐"的角色，首先在于其"讽兴当时之事"的功能近于歌谣，同时不排除语言、体式等方面与歌谣的某种相类。观其上下语意，这里的"新乐府"主要指元白的新题乐府创作，白居易《新乐府》亦在其中。

　　林聪明在《敦煌俗文学研究》书中指出："由敦煌所见通俗诗之数量之多，可见唐代白话诗亦颇为流行。当时文士中，如元稹、白居易的七言歌行，实有意模仿民间通俗之作……白居易的新乐府，不仅要求'其辞质而径，欲见之者易喻'，且须'其体顺而肆，可以播于乐章歌曲'，此

---

① 录文据（宋）曾慥《类说》卷二十六引《五代史补》。
② 《唐音癸签》卷七，第 69 页。
③ 《乐府诗集》卷九十，第 955 页。

种诗体的来源，自当是当时盛行的民歌。"① 此论甚是。如果允许我们绝对一点说的话，或者在白居易作《新乐府》时，潜意识里就是把它们作为一种俗体诗或俗体歌谣进行创造的。这种意识在张王乐府中已经表露出来，在白居易手中，又有了更为明确的理论主张。《新乐府》之"新"，除"新题"外，更重要的是诗体和精神的有意创新。《新乐府》尽量在语言及体式的运用上，以有辅教化为准则，使内容与形式两方面都密切配合着"行风教"的主旨。不过，在具体的创作过程中，乐天对三三七体的运用实际上综合了这一体式的雅、俗两种特征——抒情时较显雅致流利，论事评议时则质直切要，但总体上"俗"的成分多一些。

三 复古—通俗：中唐乐府俗化之诗法

众所周知，乐府本为民间之俗体。现存汉乐府中的大多数，在当时未被采入乐府机构时，原是分散于各地的民歌或诗谣。作品的技艺形式，以及所体现的精神面貌、情感意志等，都是属于大众群体的。② 除少数作品外，汉乐府根本上代表了汉代俗体歌诗的样态。要之，这里的"俗体诗"我们取其广义的范畴。汉代文人写作乐府诗，也以模仿这种民间的俗体为主，个性并不突出。魏晋南北朝时期，对于乐府民歌的模拟和学习，仍是文人接触民间俗体的重要途径。乐府诗创作方面，除了拟前代作品外，文人又创赋题或拟题之法，至此，文人乐府诗的个性始突出。不过，受整体历史文化进程影响，六朝文人诗的艺术成就和综合影响力尚不足以对渊源深厚的民间诗学发生大的影响，民间的乐歌、徒诗基本上仍独立于文人诗学之外，其代表作便是南朝乐府中的吴声和西曲。但此时，文人们仍然有很高的热情去仿作或改作这些民间俗体乐歌，某些表现手法、艺术技巧还在近体诗创作中得到运用，这一诗史现象充分说明了文人诗学对于民间诗学的借鉴和吸纳。

文人诗学因有文化个体参与，能动性较强。到了唐代，近体诗很快成为文士阶层中最为流行的诗体，诗人的高超创造力使得他们几乎可以用近

---

① 参见林聪明《敦煌俗文学研究》第五章《敦煌通俗诗考述》，台北：私立东吴大学中国学术著作奖助委员会1984年版。

② 钱志熙从诗史中存在着个体诗学与群体诗学的角度，指出汉乐府与《诗经》一样"代表着群体诗学发展的最高形态"。可参看其《从群体诗学到个体诗学——前期诗史的一重规律》一文，《文学遗产》2005年第2期。

体诗抒写任何情感。尤其到盛唐，诗人们极度丰富的内心世界和高涨的个性精神，似乎可以打破任何诗体的樊篱。与此同时，历经南北朝时期后，文人诗的传统已经十分的强大和顽固，自我性与排他性异常突出。唐代文人诗是南北朝士族文人诗学传统的直接延续，当唐代文人将本与音乐密切结合着的乐府歌辞当作诗体进行创作时，势必遵循文人诗的艺术规则将乐府的俗体转化为雅体。所以，无论李白如何花大力气地写作古题乐府，主体展示的终究还是文士精神，是面向自我的情感宣泄。我们看到，最能保留俗体意味的乐府诗体，以及由乐府而衍生的歌行体，在李白手中却成为最能体现他的个性精神的诗歌体裁。至此，乐府艺术的群体诗性正在慢慢消隐，乐府的俗体性能也逐步退化了。

但在另一方面，乐府诗体起源时就与"采诗察政"联系在一起，《汉书·艺文志》曰："自孝武立乐府而采歌谣，于是有代赵之讴，秦楚之风，皆感于哀乐，缘事而发，亦可以观风俗，知薄厚云。"[1] 即使在并未真正实施采诗制的唐代，在诗人心目中，乐府诗的这一原始性能仍具权威性。安史之乱以后，唐朝国运进入衰退期，在时代感、责任心的驱使下，文人们开始寻求诗文创作的"道"之所在。乐府诗，因其与民间社会以及朝廷政教之间存在着的关联传统，成为最易被诗人选择用来"载其道"的诗体形式，张、王、元、白的乐府诗创作便体现了他们试图修复、维系这一传统的努力。这批诗人希望在真正意义上恢复乐府诗"观风俗，知薄厚"的功能。而文人诗的正职乃是抒写性情，或说"吟咏性情""观风俗，知薄厚"，以及实施风俗教化等，正是俗体文艺的主要功能属性。那么，从客观效果来看，新乐府诗人在立意恢复乐府诗体"观风知政"之意义功能的同时，已经意味着选择了与格高调逸的盛唐乐府分道扬镳，走上了一条殊途。

在白居易之前，杜甫的主要贡献是在歌行乐府中体现了美刺讽谕、题写时事的思想传统，张王的主要贡献则是使乐府创作向着风教政治所需的诗歌化俗功能的一端发生倾斜，开创出乐府诗写作新思路。也可以这样说，与李白取古乐府之题目抒发个性精神的创作道路不同，张籍、王建的乐府诗创作是本之古乐府的意义功能、文体属性，试图还原乐府诗体的古俗风貌，而在客观效果上，作品也更趋于通俗化和平民化。这其中一个重

---

① 《汉书》卷三十《艺文志》，第 1756 页。

要的原因就是，描写风俗、寄寓风教思想的作品都有特定的写作对象和接受对象，这会影响诗人谋篇布局、遣词造句。也就是说，创作并非完全是作家个人的事情，还须考虑接受群体的知识水平、理想愿望以及属于这一群体的文化传播渠道等等。所以，白居易的《新乐府》，从内容到形式都有一定示范作用。《新乐府序》明确提出"辞质而径""体顺而肆"等文体标准，正与张王乐府"不取声音之大，亦不求格调之高"的思想一致，共同体现了这批诗人在乐府诗创作方面的俗化审美追求。

作为中唐儒学复古运动的文坛表现，与韩柳古文运动并驾齐驱的是以张籍、王建、白居易、元稹为代表的乐府诗创作新思潮。同样要求介入现实，同样反对空疏绮靡，同样寓革新于复古，但因古文与乐府诗所远绍始祖的文体属性不同，乐府诗人选择了以外在之"通俗"（语言、体制等）达致内在之"复古"（主要是意义功能）的创作新思路。张、王有意识地将"诗教"中的"化下"思想引介入乐府诗体，着意复苏乐府诗"观风俗""行教化"的俗体功能，并以引进"今俗"之乐府新歌的形式助其意旨推行。在实际创作中，诗人于作品的题材性能和修辞艺术方面，表现出对于民间俗体诗学的有意借鉴。清管世铭《读雪山房唐诗序例》曰："乐府古词，陈陈相因，易于取厌。张文昌、王仲初创为新制，文今意古，言浅讽深，颇合《三百篇》兴、观、群、怨之旨。"[1] 所谓"文今意古，言浅讽深"，正是"复古—通俗"这一思想理念指导下形成的张王乐府的独特风格。从这个层面看，张王的通俗乐府正是对隋唐以来文人乐府极度个人抒情化趋向的反拨，是对乐府诗俗体精神的复苏，而乐府的俗体性能也由之得到一定程度的恢复。在白居易的诗歌创作中，尤其到了后期的诗歌创作，无论在内容，还是表达方式以及创作态度上，都追求世俗化，诗风走向通俗化。并且他的通俗诗人形象的确立，主要还是因为后期的创作。我这里将乐府诗这一体系单独拿出来论述，也有特别的考虑，因为此期诗人还没有形成自己整体的通俗诗风，那么，他在乐府诗中有意尝试走通俗化的道路，其诗学探讨的意义自然更有价值。并且《新乐府》所确立的这种通俗风格以及讽刺和教化的精神，在后世影响更大。毫无疑问，张王与元白，当时所引领的乐府俗化诗潮，是一种有意识的革新之举。一言以

---

① 郭绍虞编选，富寿荪校点：《清诗话续编》下册，上海古籍出版社 1983 年版，第 1549 页。

蔽之，以革新为目的，取通俗为手段。

　　以上，我们从乐府诗体的雅、俗嬗变历程中，重新审视张、王、元、白在同一时期倡导恢复乐府诗之俗体性能的努力，由此，我们对于他们的"主张通俗"可以有一个更为恰当的诗学定位。若从理论层面讲，这种尚俗诗学思想的出现，正是文人诗学中的个体成员对于民间群体诗学的又一次向往。就其创作实际来看，张籍、王建、白居易、元稹等诗人所取得的成就，以及由之形成的风格导向，也对民间诗坛产生影响。如前所述，民间冠名"白侍郎""元相公""王建郎中"等俗体诗歌的出现，正是这批诗人倡导"通俗化下"的诗学理念及其作品的通俗风格被民间社会认可的具体反映。

第六章

俗体诗与晚唐五代文人诗的俗化

本章联系俗体诗学的相关内容，拟从晚唐五代诗史中选取几个具有代表性的文人诗创作现象，针对其俗化倾向作进一步分析，以期在诗歌艺术的实践层面和艺术规律上有新的揭示。

第一节　俗体诗与晚唐寒士的俚俗诗风

咸通、乾符至唐末，属于唐代诗坛的末期，李山甫、杜荀鹤、罗隐等寒庶文人在创作中一致表现出通俗俚浅的风格。明代许学夷《诗源辩体》曰："开成许浑七言律，再流而为唐末李山甫、罗隐诸子，罗、李才力益小，风气日衰，而造诣愈卑。故于鄙俗村陋之中，间有一二可采。"① 又曰："欲尽去铅华，专尚理致，于是意见日深，议论愈切，故必至于鄙俗村陋耳。此上承元和而下启宋人，乃'大变而大敝矣。'"② "才力"关乎诗人禀赋，"风气"关乎时代气运，皆属诗歌创作中的非技艺因素，随后，许氏指出这种俚俗诗风形成的诗学原理，即作家"尽去铅华，专尚理致"的艺术追求。结合唐末寒士文人的创作实际，许氏的这一论断颇有见地。这里我们进一步思考，尚质、尚理的诗学主张基于怎样的创作心理？"质"与"理"之间又是什么关系？唐末寒士的俚俗诗风，与民间俗体诗究竟有何关联？

一　化个体为群体的情感表达

唐史进入咸通、乾符以后，唐朝政权已经处于风雨飘摇中。国君昏聩

---

① （明）许学夷：《诗源辩体》卷三十二，人民文学出版社 1987 年版，第 305 页。
② 《诗源辩体》卷三十二，第 308 页。

无能、宦官扰政、军阀割据，再加上各地此起彼伏的农民起义，中央集权制已名存实亡。处于这样的社会状态，依靠科举进身仕途的寒庶文士，在现实生活及心理上都承受着巨大压力。《册府元龟》卷六五一《贡举部》载唐宣宗大中十四年，"时举子尤盛，进士过千人，然中第者皆衣冠士子……皆以门阀取之，惟陈河一人孤平负艺，第于榜末"①。寒士之进入榜单者，似乎连作为衣冠士子的点缀都不够数。咸通以后，门阀士族与寒庶文人在科举考试中的优、劣情势，不仅未得改善，且日趋严重。

李山甫、杜荀鹤、罗隐三人皆才思雄厚，仕途却蹇乖，抑郁悲观成为这些寒庶文人共同的心理情绪。李山甫，"咸通中累举进士不第，落魄有不羁才。……后流寓河朔间，依乐彦祯为魏博从事，不得众情，以陵傲之，故无所遇"②。杜荀鹤诗名早著，却因身为寒畯，连败文场，直至昭宗大顺二年方登第，时年已四十六。罗隐，本名横，举进士，十上不第，遂改名为隐。咸通十一年，入湖南幕，后又从事淮、润诸镇，皆不得意。从这三位诗人的遭遇可以推想，当时一定还有许多怀才抱智、仕路无门的下层文人。其入仕之艰难，在他们踏入科场前就有了心理准备。李山甫《赴举别所知》诗云："麻衣尽举一双手，桂树只生三两枝。"举手折桂者多，怎奈中举者少。生当末世，他们没有盛唐文人的豪放通达，也不像中唐人那样执着投入。伤感、悲观的情绪笼罩在唐末寒士文人心头。

对于这份挥之不去的哀愁，寒士文人并非"欲说还休"，而是选择了痛快淋漓、直刺式的表达。李山甫《送李秀才入军》诗云："书生只是平时物，男子争无乱世才。"《寒食二首》其一："年年今日谁相问，独卧长安泣岁华。"萧瑟的心境，令诗人写出了"有时三点两点雨，到处十枝五枝花"的伤春诗句。《下第卧疾卢员外召游曲江》一诗说得更为直接：

> 眼前何事不伤神，忍向江头更弄春。桂树既能欺贱子，杏花争肯采闲人。麻衣未掉浑身雪，皂盖难遮满面尘。珍重列星相借问，嵇康慵病也天真。③

---

① （北宋）王钦若：《册府元龟》六五一《谬滥》，中华书局1960年版，第7802页。
② 《唐才子传校笺》卷八，第485—486页。
③ 《全唐诗》卷六四三，第7417页。

巨大的悲伤令诗人对眼前一切景物失去兴致，桂树、杏花徒引发诗人胸中更多不平。"麻衣"、"皂盖"两句，言不遇之痛已然露骨趋俗，似乎不如此，不足以宣泄巨大的忧愤。罗隐《自遣》诗云："得即高歌失即休，多愁多恨亦悠悠。今朝有酒今朝醉，明日愁来明日愁。"① 悠悠哀愁，一眼望不到边，似乎永远不会终结，俚俗言语中流露出诗人对一切都无所谓的处世心态。很多时候，他们对于何去何从感到茫然。罗隐《投所思》诗云："浮生七十今三十，从此凄惶未可知。"《途中寄怀》云："不知何处是前程，合眼腾腾信马行。"杜荀鹤《自述》诗曰：

> 四海欲行遍，不知终遇谁。用心常合道，出语或伤时。拟作闲人老，惭为识者嗤。如今已无计，只得苦于诗。②

这种情绪，已超越了文人诗抒情传统中的怀才不遇感，是唐末寒士对于整个时代、整个社会的失望，以及无力与之相抗衡的群体性悲观。以李山甫、杜荀鹤、罗隐为代表的寒庶文人争将内心郁积的哀怨形之于诗，其个人经验其实体现了同阶层文士的普遍心声。并且，在诗歌创作中，他们还有意识地将自我的人生体验与整个寒庶文人群体，乃至历史上的不遇文人的悲剧人生沟通，追求自我人生体验的哲理化表达，更突出了将个体的经验转化为群体情思的表达方式。

唐末寒庶文人诗歌创作中所流露出的悲观情绪具有时代性和群体性，还可与盛唐、中唐文人诗的对比中见出。怀才不遇，历代皆有，何况影响科举考试的还有诸多人情因素，盛唐诗人如孟浩然、杜甫都终身未能折桂。但是孟诗与杜诗，格调却不轻俗。尤其是"白首卧松云"的孟浩然，被殷璠高赞为"无论兴象，兼复故实"。盛唐诗人投入更多心力在融合情景、构筑全篇意境上。即使写身世之感，也"半遵雅调"，如孟诗"不才明主弃，多病故人疏"，倾吐幽怨未忘委婉含蓄。因此，在审美效果上，盛唐诗中的哀愁是散淡的，似乎是诗人自己也不怎么介意的。中唐人的文化心理大体分两类，一是以高度的热情投入中兴大业，"余事作诗人"；二是享受世俗人生，诗文创作追随俗间风尚。但无论哪种，中唐文人对现

---

① （唐）罗隐著、李之亮笺注：《罗隐诗集笺注》卷二，岳麓书社 2001 年版，第 73 页。
② 《全唐诗》卷六九一，第 8000 页。

实生活的投入和热爱，与盛唐人不相上下。而唐末的寒士文人，如罗隐、杜荀鹤，既无盛唐诗人之风流蕴藉、大度雍容，复少中唐文人之豪情与洒脱，专注于个人身世际遇，他们许多的作品都与这种心绪相关。

"孤寒"，是这些诗人对于个体的身份定位，也是构成唐末寒士文人群体的共同情感基础。在内心深处，他们将个人的情感体验与"孤寒士人群"联为一体。杜荀鹤经常自称"孤寒"，其《读友人诗》曰："莫以孤寒耻，孤寒达更荣。"又以"孤寒"称呼友人，其《送友人入关》诗曰："况当朝野搜贤日，正是孤寒取士时。"罗隐《丁亥岁作》："早知世事长如此，自是孤寒不合来。"罗隐、杜荀鹤、李山甫虽有一些反映民众疾苦和社会现实的作品，但写得最多的还是抒写个人情怀、个体人生经验的诗。而杜荀鹤"如今已无计，只得苦于诗"，道出了他们于诗中寄托愁思的共同创作心态。笼罩在他们心头的哀愁，是不可选择的时代和社会所带来的身世悲哀，因此，在很多时候，他们于诗中道出的人生体验，是超越个体意义的唐末寒庶文人群体的集体意念。这里所谓的寒庶文人群体，也是包含了民间普通的知识分子在内的。其实在很大程度上，这些寒庶诗人与民间普通知识分子的身份地位、人生遭遇已无二致。

二 尚质、尚理

用质朴的语言写诗，本非鲜怪，乐府、古风之正格便是古朴。尚理，关涉内容与思维，诗中寓理，阐发哲思，魏晋玄言诗早著先例，至盛唐王摩诘再开新境界。所以，尚质、尚理于诗本无大碍，关键是施之得体、用之得当。至初唐定型的近体格律诗，以抒写性情、融合情景见长，本不擅言理，即便言理，也以兴象出之，所谓"观物取象"、"立象见意"。这也是盛唐诸家在实践与理论上都很重视的诗学法则。但是，唐末罗隐等人不仅将"质"与"理"一起带入诗中，并且大量施之于五七言律诗，从而，在审美效果上，他们作品的风格便与同时期其他诗人，乃至前人的一贯风格形成极大反差，其俚俗风味特别显眼。

首先，就其语言艺术看，这批诗人写诗语言质直，不重兴象，以散文化、叙述化的句法取代格律的精工。罗隐等人诗语尚质，不同于盛唐诗的"清水出芙蓉，天然去雕饰"。"天然去雕饰"乃追求清新淡雅之美，不落斧斫痕迹。晚唐寒士文人在诗歌创作中，加重了语言的叙述功能。兹举杜荀鹤《题田翁家》诗为例：

田翁真快活，婚嫁不离村。州县供输罢，追随鼓笛喧。盘飧同老
少，家计共田园。自说身无事，应官有子孙。①

众所周知，对仗是格律诗的重要法则。成功的"对仗"，能在有限的
"对词"中，生发出丰富的艺术想象。格律诗尤注重中间两联的诗法。而
这首诗，中间两联虽然对得工整，却平淡质实，加上首尾的大白话，已近
于俚俗。有时诗人仅靠来回颠倒几个字词，凑成全篇。如杜荀鹤《赠质
上人》诗："逢人不说人间事，便是人间无事人。"《戏题王处士书斋》诗
云："莫道无金空有寿，有金无寿欲如何。"《赠僧》诗云："只恐为僧僧
不了，为僧得了尽输僧。"这些句子，虽然牢骚中有理致，但有种戏说为
诗的味道，距离格律诗原本的端庄雅致也越来越远。

直述式的语言表达，在白居易《新乐府》中已经有所实践，所谓
"质而径""直而切"，但乐天之用，有其特殊目的。唐末寒士诗人，在言
说个人际遇或现实生活时，对于"直而切"的语体功效仍能领会。遂在
格律诗创作中，大胆采用质直的言语表达方式。如此结果，便是语词的内
容功能压过了音韵、结构等形式美感，而这种变化，发生在格律诗中便格
外醒目。后蜀何光远《鉴诫录》载：

杜（荀鹤）在梁朝，献朱太祖《时世行》十首，欲令太祖省徭
役、薄赋敛。是时方当征伐，不洽上意，遂不见遇。旅寄寺中，敬相
公翔谓杜曰："希先辈稍削古风，即可进身，不然者，虚老矣。"杜
遂课《颂德诗》三十章，以悦太祖。②

杜荀鹤《颂德诗》今无传，据上述材料推测，当是与风格古朴、干
教化的《时世行》相对的雅颂一类作品。由之可见，诗中用雅还是用俗，
都在诗人掌控之中，由其诗学思想所决定。由此，我们更不必怀疑，杜荀
鹤、罗隐等人作品中的俚俗诗句，完全是出于一种成熟的诗学思想。《时
世行》今存两首，录如下：

① 《全唐诗》卷六九一，第 7999 页。
② （五代）何光远：《鉴诫录校注》卷九，巴蜀书社 2011 年版，第 219 页。

《山中寡妇》

夫因兵死守蓬茅，麻苎衣衫鬓发焦。桑柘废来犹纳税，田园荒后尚征苗。时挑野菜和根煮，旋斫生柴带叶烧。任是深山更深处，也应无计避征徭。

《乱后逢村叟》

经乱衰翁居破村，村中何事不伤魂。因供寨木无桑柘，为著乡兵绝子孙。还似平宁征赋税，未尝州县略安存。至于鸡犬皆星散，日落前山独倚门。①

题目为"时世行"，"行"即歌行，但以上两诗全为七律体。诗中用语，完全是说白式的。词与词之间用双重关联词，如"桑柘废来犹纳税，田园荒后尚征苗"。上下句之间也以各种连词相承接，如"任是……也应"，"因供……为著……"实际效果上倒与七言歌行的流利婉转有几分相似。"时挑野菜和根煮，旋斫生柴带叶烧"一联，以其过于俚俗直露，颇遭非议。如北宋吴可《藏海诗话》曰："杜荀鹤'时挑野菜和根煮，旋斫青柴带叶烧'，盖不忌当头，直言穷愁之迹，所以鄙陋也。"②"直言穷愁"四字，正道出杜荀鹤为诗的特点。

诗歌作为一种"有效的审美形式"，从某种意义上说，在格律诗体中体现得更为深刻。然而，经历了中唐的俗化思潮，和韩愈"以文为诗"的尝试，至晚唐，格律诗的形式意义功能已经有所淡化。在罗隐、杜荀鹤等人手中，通过散文化、叙述化的句法结构，语词的内容功能完全超越了形式的"审美意义"。《唐才子传》卷九《罗隐传》曰："罗隐以褊急性成，动必嘲讪，率成漫作，顷刻相传。以其事业非不五鼎也，学术非不经史也，夫何齐东野人，猥巷小子，语及讥诮，必以隐为称首。"他们的性格和人生遭遇，使其创作态度中具有反正统的意味，其破除格律正体的勇气或与之有关。

其次，这些诗人有意识地总结人生经验、抽绎生活中的道理，采用大众化的抒情方式，将个体的感遇转化为群体性情思。《鉴诚录》卷九《削

---

① 《全唐诗》卷六九二，两诗分别见第8025、8026页。

② 《历代诗话续编》，第331页。

古风》条曰：

> 梁朝杜舍人荀鹤为诗愁苦，悉于教化。每于吟讽，得其至理。如《赠僧》云："安禅不必须山水，灭得心头火自凉。"又"利门名路两何凭，百岁风前短焰灯。只恐为僧心未了，为僧心了总输僧。"南宗睹之，传为心印。①

"每于吟讽，得其至理"，指荀鹤为诗并不停留于咏吟情性、泛泛叙写情思的阶段，而是比较重视哲理阐发。但他诗中的哲理，完全从世俗常用语中提炼，诗中的禅思超越了释门的修心范围。如"灭得心头火自凉"，所说的心静自然凉的道理，是普通人在日常生活中也能体验到的情感。李山甫《菊》诗云："也销造化无多力，未受阳和一点恩。"罗隐《蜂》诗云：

> 不论平地与山尖，无限风光尽被占。采得百花成蜜后，为谁辛苦为谁甜？②

虽说是日常语，却因契合社会各类人群的心理情感而得到广泛流传。努力追寻物象背后的至理，从哲理的高度揭示现象发生的原委，从而为他人提供一种人生借鉴。在这一点上，寒士诗人是有一种特别的意识的。这也是其诗虽俚浅，但在世间流传甚广，有些还被当作谣谚传播的原因之一。在诗人的创作意识里，这也是追求深警效果的创作手法。清余成教《石园诗话》说：

> 晚唐诗人有佳句而多俗言者，杜彦之荀鹤是也。……"生应无暇日，死是不吟诗"，"举世尽从愁里过，谁人肯向死前休"，虽俗而有意趣。其余如"世间何事好，最好莫过诗""争知百岁不百岁，未合白头今白头"之类，未免诗如说话。其起结之句，尤多率易。③

---

① 《鉴诫录校注》卷九，第 219 页。
② 《罗隐诗集笺注》卷八，第 267 页。
③ 郭绍虞编选、富寿荪校点：《清诗话续编》下册，第 1777—1778 页。

除了直接言理外，诗人们还把个体的人生遭遇，当作万古恒通之理，如"举世尽从愁里过，谁人肯向死前休"。忧愁与欢乐一样，伴随人的一生。诗人在"举世"之后又接"尽从"，把一人之"愁"扩至人人皆遇之"愁"，把一时之"愁"，化为万代流传之"愁"。唐末寒士诗人，处世既不得志，复于诗中寄托情怀。史载，李山甫"为诗托讽，不得志，每狂歌痛饮，拔剑斫地，少摅郁郁之气耳"。杜荀鹤"况是孤寒士，兼行苦涩诗""凡事有兴废，诗名无古今"。诗歌成为诗人第二生命，诗中的情感，通过特殊的表达，也能以"至理"视之。在他们的叙述中，个体语言代表了群类的心声，因此个性特征并不十分鲜明，其所诉说的情感，乃万古恒通之情理。李山甫《寓怀》诗说：

> 万古交驰一片尘，思量名利孰如身。长疑好事皆虚事，却恐闲人是贵人。老逐少来终不放，辱随荣后直须匀。劝君不用夸头角，梦里输赢总未真。[1]

诗人将个人的悲情，与世人沟通，与古人沟通。为诗注重人生体验的总结，表现出对于人生感遇的领悟。魏晋时期，生命意识十分强烈，由对"人生短暂"的体认中，总结出"立建功名"或"及时行乐"两种极端化人生指导。盛唐人，因为对人生出处看得透彻，一旦功名不济，还可以选择归隐，暂时化解理想与现实之间的矛盾。唐末的这些诗人，进不能入仕，退又无法安身，他们对于人生矛盾的化解，就是将个人的遭遇与千千万万寒庶士人、万古不遇之前人，进行情感的沟通，好在群体中、在历史中，找到解释这一现象的依据，找到慰藉心灵的港湾。

诗人们采用大众化的抒情方式，以适用于群体的语言，弱化诗歌语言的个性追求。如前所举诗，诗人通过使用一些特别的词，如"举世""万古恒通"等，取得化个人为群体，化暂时为永恒的表达效果。此外，诗人还大量使用散文化、叙述化的语法结构，进一步脱离诗的多义语境，叙述功能被强化，也宜于产生包含哲理、寓教化、总结人生经验的句子，这些句子，后来往往化为民间的俗语、谣谚。如杜荀鹤《旅中卧病》诗云："我自与人无旧分，非干人与我无情。"《秋宿临江驿》诗云："南来北去

---

① 《全唐诗》卷六四三，第7416页。

二三年，年去年来两鬓斑。举世尽从愁里老，谁人肯向死前闲。"李山甫《自叹拙》：

> 自怜心计拙，欲语更悲辛。世乱僮欺主，年衰鬼弄人。镜中颜欲老，江上业长贫。不是刘公乐，何由变此身。①

这其中，透露出一个重大的诗学思想变化：唐末五代的诗人们，虽然极重"诗名"，把写诗看作可以"垂名"的事情，但实际上，"诗"的文体特殊性反而变弱了。盛唐文人，是把作诗当作文士阶层的一项特权，文人们自觉地在诗中维护着诗的文体尊严。因此，盛唐诗人精求诗艺，关怀现实，追踪佐王化、颂大雅的诗道；中唐诗人则要求复古革新、实现中兴。自中唐以后，一些轻薄文士，为了炫耀诗艺和敏捷的思维，经常率易为诗。那些类似口号的作品，艺术上并不精工，语词趋于滑易，写诗这一行为本身的意义多过了艺术创造。在唐末寒士文人手中，诗歌似乎沦为排遣忧郁、描述个人心绪、讲说道理的事物。当诗的"有效审美形式"的意义被弱化之后，语言的"尚质"、情感表达的"尚理"特点，也愈发凸显。

三 与俗体诗的关系

宋代王楙《野客丛书》说：

> 唐人诗句中用俗语者，惟杜荀鹤、罗隐为多。杜荀鹤诗，如曰："只恐为僧僧不了，为僧得了尽输僧。"（《赠僧》）曰："乍可百年无称意，难叫一日不吟诗。"（《秋日闲居寄先达》）曰："啼得血流无用处，不如缄口过残春。"（《闻子规》）曰："举世尽从愁里老，谁人肯向死前休。"（《秋宿临江驿》）曰："世间多少能言客，谁是无愁行睡人。"（《秋夕》）曰："逢人不说人间事，便是人间无事人。"（《赠质上人》）曰："莫道无金空有寿，有金无寿欲如何。"（《戏题王处士书斋》）罗隐诗，如曰："西施若解亡人国，越国亡来又是谁？"（《西施》）曰："今宵有酒今宵醉，明日愁来明日愁。"（《自

---

① 《全唐诗》卷六四三，第 7424 页。

遗》）曰：“能消造化几多力，不受阳和一点恩。”（《登高咏菊尽》）
曰：“只知事逐眼前去，不觉老从头上来。”（《水边偶题》）曰：“时
来天地皆同力，运去英雄不自由。”（《筹笔驿》）曰：“采得百花成
蜜后，为谁辛苦为谁甜？”（《蜂》）曰：“明年更有新条在，搅乱春
风卒未休。”（《柳》）今人多引此语，往往不知谁作。①

他所列出来的杜荀鹤、罗隐的诗句，都非常俚俗。至于“今人多引
此语，往往不知谁作”。我们还可以举一个例子来说明。五代释延寿《宗
镜录》卷二十六：“昔人诗云：‘海枯终见底，人死不知心。’又云‘相识
满天下，知心能几人’。”② 按，前诗为杜荀鹤《感寓》诗，本作：“大海
波涛浅，小人方寸深。海枯终见底，人死不知心。”后一诗作者无考，但
在长沙窑的瓷器上见有题写，显然也在民间广泛流传。杜荀鹤的诗，在五
代时已经不明作者，自然与其俚俗风格有关。明代诗学家许学夷《诗源
辩体》卷三十二：

> 晚唐之诗，惟是气象萎琐，情致都绝，而徒籍于山水、木石以为
> 藻饰，故其格卑下，要不可尽废山水、木石而为诗也。逮于唐末诸
> 子，乃欲尽去铅华，专尚理致，于是山水、木石之语废，而议论意见
> 之词繁，故必至于鄙俗村陋耳。③

可以说，不见兴象、不寓性情、尚理质、多议论这些特性，使李山
甫、罗隐等人的部分诗篇，在很大程度上与民间的俗体诗取得审美效果
的一致。宋张淏《云谷杂纪》云杜荀鹤诗“往往伤于俚俗，前辈因之
为《太公家教》，正以其语多鄙近也”。④《太公家教》是唐宋时期在民
间广为流传的通俗训蒙读本。这些寒士诗人的作品，虽然出于个人抒
情，但其中所寄寓的思想感情能得到广大群众的共鸣，语言也极其通俗
易晓，以至后来真的担当了民间俗体诗的类似功能。即使作者失传，诗
中的哲理和所传达的符合普通人思想情感的句子，仍能广为流传。从某

---

① （宋）王懋撰、王文锦点校：《野客丛书》卷六，中华书局1987年版，第156页。
② 《宗镜录》卷二十六，第897页。
③ （明）许学夷：《诗源辩体》卷三十二，第309页。
④ 《云谷杂纪》卷二，文渊阁《四库全书》本。

种意义上说，这批诗人通俗为诗的目的是达到了，其作品已在民间取得"垂名"成效。

诗语的浅俗化，在白居易后期诗歌创作中已经开出先路，但白居易终为上层文人，更多描写自己的文人情感、日常经验。世称"元轻白俗"，实际上白居易的诗，语虽浅俗，未为俚也，其诗终带有文人的优越感文化特质。元白在审美格调上，趋于世俗化，但他们是在用文人的情调来观摩俗间风尚。与之不同的是，唐末的寒士诗人们，没有了文士阶层的优越感，即使有，也相当地少。在他们潜意识里，已自视为平民知识分子，于是尝试从平民生活中寻找诗的道理。杜荀鹤《维扬春日再遇孙侍御》诗云："本为荣家不为身，读书谁料转家贫。"《长安道中有作》诗云："回头不忍看赢僮，一路行人我最穷。"如杜甫后期的诗歌创作，世俗生活气息加重，与他整个人生的转折有关。前期作为一意进取的文士，心中的理想是成为参与政权建设的上层管理者，而后期，更多融入到平民的生活当中，接触到了平民社会，远离朝廷政治，也使他能用一颗平常心去感受生活的朴实及苦难。唐末的寒士们，更注重用诗来总结人生道理。这种人生道理，更接近于普通人的人生感受。因此，在不明作者的情况下，许多诗句径直可视之为俗体诗。下述诗评家的言论可举为例证：

> 宋陆游《老学庵笔记》卷四："今世所道俗语，多唐以来人诗。……'长安有贫者，为瑞不宜多'，罗隐诗也；'世乱奴欺主，年衰鬼弄人'，'海枯终见底，人死不知心'，杜荀鹤诗也；'事向无心得'，章碣诗也；'但有路可上，更高人也行'，龚霖诗也；'忍事敌灾星'，司空图诗也；'一朝权入手，看取令行时'，朱湾诗也；'自己情虽切，他人未肯忙'，裴说诗也；'但知行好事，莫要问前程'，冯道诗也；'在家贫亦好'，戎昱诗也。"①
> 明胡震亨《唐音癸签》卷十一又引为："今世所道俗语，多唐以来人诗。当时原说得太俚，后来便作俗谚相举。如'公道世间惟白发''不知辛苦为谁甜'之类，难悉举。"②

---

① （宋）陆游：《老学庵笔记》卷四，中华书局1979年版，第53页。
② 《唐音癸签》卷十一，第113页。

清王士禛《香祖笔记》卷九："恶诗相传，流为里谚，此真风雅之厄也。如'世乱奴欺主，时衰鬼弄人。'唐杜荀鹤诗也。'今朝有酒今朝醉，明日愁来明日愁。'罗隐诗也。'但知行好事，莫要问前程。'五代冯道诗也。"①

恶诗，指不好的诗，其流为"里谚"，表明这些诗句与民间俗语几无二致。寒士们的俚俗诗，流传在世的多是一些俚句，尤其是契合民众生活、民众情思的句子，全篇流传者不多，这也是民间接受之重句、重义、不重篇章的信息反馈。

李山甫、罗隐、杜荀鹤等人的许多诗句，在流入民间后被当作民间俗语，发挥着俗体诗的意义功能，可以说，作品的价值在另一领域受到实现。与张、王、元、白通过宣扬"通俗"的理念，树立通俗诗人形象，引领通俗诗风不同。唐末寒士诗人，是亲自在创作一种接近于民间俗体诗的文人诗歌，这些作品具有直接转化为民间俗体诗的外形和内质。由"文人诗"到"俗体诗"，只是文体功能的转化，何况这两类诗歌的疆界本来也不是不能逾越的。实际上，罗隐等人的俚俗诗句在民间流传的过程中，诗人已经担当了为世俗民众的文化思想加以引导和总结的任务，分担了民间诗人的职责。这些诗人的文化修养、诗学修养都要高于一般民间知识分子，其诗歌创作更能"道得人心中事"，因而，那些通俗寓理诗句，尤被民间所喜爱。

唐末寒士诗人的俚俗诗风，一方面被世俗民众所喜爱，一方面被诗学家所诟病，这一矛盾效果正表现出寒士诗人向民间诗学靠拢的文化思想，以及所引起的各种社会反映。抛开那些艺术上的批评，若从诗学的角度审视，以李山甫、罗隐、杜荀鹤等人为代表的来自唐末五代寒士文人的俚俗诗创作，正是文人诗学与民间诗学合流的产物。

第二节　俗体诗与唐末五代苦吟诗人的诗歌创作

唐人对于诗歌的创新意识一直十分强烈，求新、求变的思想几乎贯穿整个唐代诗史。至晚唐，虽然诗人们整体情绪低落，但探索新诗风的

---

① （清）王士禛:《香祖笔记》卷九，上海古籍出版社1982年版，第178—179页。

意识并未泯灭。甚至到了唐末五代，"苦吟"已成为一种普遍的文化现象。① 卢延让、李洞等诗人，皆以苦吟心态为诗，于诗歌的题材、物象表达上都力辟新境。令人值得深思的是，许多时候，他们"苦吟"的结果，却是诗歌语言更为俗白、意象生新却不冷僻。苦吟诗人的某些诗句，从特定角度审视，也较接近于民间的俗体诗。那么，两者具体在哪些层面上取得一致？这一特殊诗歌现象的发生有着怎样的社会文化背景？本节拟以卢延让的诗歌创作为例，对这两方面问题进行探讨。

一　"容易格"内涵分析

卢延让，是唐末五代时期很有特色的一位诗人。因其作品留存不多，又身处唐之末季，至今未见研究其诗歌创作的专篇学术论文。卢延让，字子善，范阳人，生卒年不详。与唐末绝大多数士子一样，他早年求名久遂、生活困顿。据王定保《唐摭言》记载，卢延让于唐昭宗光化三年（900）登进士第。贯休作《怀卢延让》诗云："冥搜忍饥冻，嗟尔不能休。几叹不得力，到头还白头。"题下注："时延让新及第。"知其头白时才进士及第。孙光宪《北梦琐言》载其"二十五举方一第"。其登第时已年逾不惑。② 据晁公武《郡斋读书志》记载，卢延让及第后，"郎陵雷满辟。满败，归王建。及僭号，授水部员外郎，累迁给事中，卒官终刑部侍郎。"③ 则知卢延让曾应武贞节度使雷满的征辟，后来西归王建，仕终蜀国。

卢延让的作品散失相当严重，《崇文总目》《郡斋读书志》均著录《卢延让诗》一卷，久佚。卢延让今共存诗15首，14联。④ 今存卢诗中，"吟安一个字，捻断数茎须"两句广为人知，后人多将其与贾岛的"二句三年得，一吟双泪流"一起视作苦吟诗人的自白。卢延让、李洞的写诗心态，确实深受贾岛影响。李洞，字才江，数应举不第，晚年失意游蜀而卒。为诗尚新奇，造语生峭。相传李洞"慕贾阆仙为诗，铸铜像其仪，

---

① 参见李定广《唐末五代乱世文学研究》第四章第一节"唐末五代的'普遍苦吟现象'及其文化根源"，中国社会科学出版社2006年版。

② 关于卢延让的生平，可参考孙海《前后蜀作家考略》，《四川师范大学学报》2006年第4期。

③ （宋）晁公武撰，孙猛校证：《郡斋读书志校证》卷十八，上海古籍出版社1990年版，第942页。

④ 见《全唐诗》卷七一五、卷八七〇、卷八八五，《全唐诗补编·续补遗》《全唐诗续拾》卷五十二"卢延让"名下。

事之如神"，《新唐书·艺文志》还著录李洞所集《贾岛句图》一卷。不
过，细品卢延让、李洞之诗，其与贾岛、姚合等前期苦吟诗人的诗风又有
明显不同。前期苦吟诗人，虽也各有面目，如贾诗之冷僻、姚诗之幽静，
但总体来看，其构思方式、兴象传达都还遵循文人诗讲求格调、融铸意境
的诗学传统。唐末卢延让等人，虽继承了前期苦吟诗人注重字词推敲、意
象求深警的创作态度，但在实际操作中，诗歌语言却更平易通俗，风格愈
加朴拙。李定广论唐末五代的苦吟现象时，指出"其实，苦吟与'艰涩
奥晦'二者没有必然联系，尤其到了唐末五代苦吟高潮时期，苦吟者的
诗绝大多数都更加通俗易懂"。又云："时人所谓的'入僻'与现在的含
义有别，不是指语言上的僻涩奥晦，而是指题材、意象之与众不同。"①
下面我们进一步分析"苦吟"心态与"容易"诗风之间的关系，以及
"题材、意象之与众不同"的"不同"究竟在何处？

"容易格"即"容易体"，是唐末五代人对卢延让诗歌风貌的概括，
语出何光远《鉴诫录》。《鉴诫录》卷五立"容易格"小目，其下记载：

> 王蜀卢侍郎延让，吟诗多著寻常容易言语，时辈称之为高格。至
> 如《送周太保赴浙西》云："臂鹰健卒悬毡帽，骑马佳人著画衫。"
> 又《寄友人》云："每过私第邀看鹤，长著公裳送上驴。"此容易之
> 甚矣。然于数篇见境尤妙。②（下举卢延让《松门寺》《苦吟》《赠
> 僧》三诗。）

"格"即是"体"，以某格、某体指称某一类风格稳定的作品所体现
的诗法内涵，这是唐代较流行的一种诗论形式。何光远与卢延让所处时代
接近，他的看法基本上能够代表当时人对卢延让诗风的评定。在特重诗名
的唐末五代，卢延让的诗被举为"高格"，表明他的"多著寻常容易言
语"的写诗方式受到时人肯定。宋人杨亿也说卢延让诗"虽浅近，亦自
成一体"。当然，不以为然的也大有人在。《唐摭言》卷六《公荐》条曰：
"延让师薛许州为诗，词意入僻，时人多笑之。"《郡斋读书志》也说：

---

① 李定广：《唐末五代乱世文学研究》，中国社会科学出版社 2006 年版，第 97 页。
② 《鉴诫录校注》卷五，第 116—117 页。

"延让师薛能，诗不尚奇巧，人多诮其浅俗。"① 可见，从五代至宋，人们对于卢延让的诗风评价就存有争议，但无论扬之者还是抑之者，均指出其"容易""浅近""浅俗"的一面。下面结合其作品，对卢延让"容易格"的内涵加以分析。

（一）词意入僻

卢延让最先拜薛能为师学习诗歌写作。薛能其人，习性轻薄，甚为自负，又好大言。在诗歌创作上，薛能以求新为能事，尝语："能专于诗律，不爱随人，搜难抉新，誓脱常态。"②《北梦琐言》卷六载："薛许州能，以诗道为己任，还刘得仁卷有诗云：'百首如一首，卷初如卷终。'讥刘不能变态。"③ 可见，薛能是个耽于求新的诗人。薛能的求新求变思想，直接影响到卢延让。挑战传统也意味着对于正体、本色的背离。为达到别开生面的效果，诗人采撷与传统意象大异其趣的诗歌素材，使用特殊的言语方式，以彰显超越传统诗美的新风格。在强烈的求新变思想推动下，他们有意识地回避前人诗中多被道及、经常出现的情事、景事，转向此前文人诗很少触及的世俗生活场景寻找诗料。

卢延让为诗之"词意入僻"，是相对于传统文人诗而言。"入僻"是卢诗追求生新表达效果的表现。"僻"自然要弃去陈熟，言前人所未言。如《赠僧》诗曰：

> 浮世浮华一断空，偶抛烦恼到莲宫。高僧解语牙无水，老鹤能飞骨有风。野色吟余生竹外，山阴坐久入池中。禅师莫问求名苦，滋味过于食蓼虫。

"牙无水"，喻高僧长于讲经，口齿清晰，正对"骨有风"，这可能是当时的一种用法，古无此例。"蓼虫"，王逸注《楚辞·七谏·沉江》"蓼虫不知徙乎葵菜"："言蓼虫处辛烈，食苦恶，不能知徙于葵菜，食甘美，终以困苦而癯瘦也。"④ 仅从字面看，"牙无水""骨有风"等词汇，连未学诗的人都能诵出，似出于日常言谈，常人便觉好笑。但若放眼于文人诗

---

① 《郡斋读书志校证》卷十八，第 942 页。
② 薛能：《折杨柳十首序》，《全唐诗》卷五六一，第 6574 页。
③ 《北梦琐言》卷六，第 137 页。
④ （宋）洪兴祖撰、白化文等点校：《楚辞补注》，中华书局 1983 年版，第 244 页。

发展历程，这些句子能于陈熟语境中别出新意，正所谓"词意入僻"，而"见境尤妙"，故被宋代杨亿称为"绝好"之句。但就一般阅读习惯来说，这些词汇出现在诗篇中不免令人感到怪涩，稍觉刺眼。再看卢延让的《八月十六夜月》诗：

> 十六胜三五，中天照大荒。只讹些子缘，应号没多光。桂老犹全在，蟾深未煞忙。难期一年事，到晓泥诗章。

讹：变、变化。《后汉书·恩幸传论》曰："岁月迁讹。"些子：一点点。"只讹些子缘"，即相对于十五的月亮，十六的月亮只是变化了一点点。"些子"是民间的俗语词，如喜作俗体诗的伊用昌《湖南闯斋吟》诗曰："学取大罗些子术，免教松下作孤坟。""应号没多光"句，《唐诗纪事》作"应耗没多光"，指今夜的月光，其实比昨夜未减损多少，这两句明白如说话，却俗中见奇。下句接"桂老犹全在，蟾深未煞忙"。俗传月中有桂，又有蟾蜍。段成式《酉阳杂俎》卷一："旧言月中有桂、有蟾蜍，故异书言月桂高五百丈，下有一人常斫之，树创随合。"[①] 前人为诗，多咏中秋夜之圆月，以"十六夜月"为题本不多见。与卢延让同时代的诗人唐彦谦有一首《八月十六日夜月》诗，用清丽深婉的笔调抒发昨夜欢会已逝、今宵难耐之怅然情怀，其第二联言："丹桂影空蟾有露，绿槐阴在鹊无枝。"取此与卢诗对比，雅、俗立见分明。唐彦谦诗固然艺高一等，延让诗也自树新风。

不过，若非大手笔，一味求新变，入诗之题材、物象难免泛滥。丑俗、怪陋的物象直接入诗，不经适当艺术处理，则往往成为诗中败笔。卢延让有一首《哭亡将诗》曰：

> 自是硇砂发，非干骇石伤。牒高身上职，碗大背边创。

此诗被孙光宪《北梦琐言》诮为"打脊诗"，以其词意非但不雅，还堕入轻薄鄙俗之列。他的另外一些诗句，如"狐冲官道过，狗触店门开""饿猫临鼠穴，馋犬舐鱼砧""栗爆烧毡破，猫跳触鼎翻"等，仅就视觉观

---

① （唐）段成式撰、方南生点校：《酉阳杂俎》卷一，中华书局1981年版，第9页。

感而言，狐、狗、饿猫、馋犬、毡破、鼎翻等语词入诗，就令人感到极不谐和，皆可划入鄙俗一类。民间流传的托名诗人包贺的俗体诗，如"苦竹笋抽青槲子，石榴树挂小瓶儿""雾是山巾子，船为水汲鞋""棹摇船掠鬓，风动竹捶胸"等，恰与卢延让这些粗涩怪僻诗的性质接近。这其实涉及到对于诗歌的物象处理问题。对于文人诗而言，物象固然重要，但物象的表达更为关键。民间的俗体诗语言真率浅俗、构思巧妙、内容丰富有趣，并且大多不拘格律、快意驱遣语词，有种流利诙谐的语感。但是俗体诗的这种风格，并非刻意修辞的结果，它的语言直接源自生活，具有很高的摹形状物能力，物象也是新鲜的。民间俗体诗，大都是民众生活经验的自然积累，创作目的较单纯，艺术上却难免有粗糙之处。但是文人的诗歌创作是个人的生活体验，也是对文学传统的有意继承。因此，文人在汲取俗体诗的艺术手法时，必须懂得取舍，艺术上须经"心证"这一过程。"心证"，指忖度于诗人内心的艺术处理。皎然《诗议》中谈到用俗技巧，说："然取舍之际，有斫轮之妙哉！知音之徒，固当心证。调笑叉语，似谑似谶，滑稽皆为诗赘，偏入嘲咏，时或有之，岂足为文章乎？"① "调笑叉语"，指用于调笑戏谑的和带有讥刺谶纬性质的谣言俗语。他们虽时时用于嘲咏行为，却还不足以成为诗歌文章，原因是这种语言没有经过"心证"这一过程。"心证"当然是就文人创作而言的，民间的俗诗谣谚，本出天然，无须心证。"心证"的具体内容就是在一定程度上将过俗的东西雅化一些，基本体现在语言、文意等方面。"心证"过程造就了文人诗与民间俗体诗风格的不同。如民间的《竹枝词》格调俚俗，刘禹锡的仿作却清新雅致。何取何舍，须细心体会。而卢延让的那些被当作反面教材的诗，就是因为诗人过于追求物象的生新，一味"入僻"，没有照顾到物象的境界提炼，最终，某些作品几乎落入鄙俗一等。

（二）多著寻常容易语

除了"词意入僻"外，卢延让诗的另一重要特点便是"多著寻常容易语"，这也是其诗被称作"容易格"的主要原因。晁公武《郡斋读书志》说卢延让诗"不尚奇巧"。其实，用寻常容易语，也是一种诗语的创造，以俗出新是较之雕绘辞藻、调配音韵更难的一种语言锤炼。卢延让

---

① 陈伯伟：《全唐五代诗格汇考》，第206页。句下小字注："剖宋玉俗辩之能，废东方不雅之说，始可议其文也。"愈见其排斥鄙俗言论的态度。

《苦吟》诗曰："莫话诗中事，诗中难更无。吟安一个字，撚断数茎须。险觅天应闷，狂搜海亦枯。不同文赋易，为著者之乎。"诗人对吟诗之难深有感触。末句，言赋诗难于写文，也反映了当时"重诗轻文"的特殊文化现象。诗歌史上广为流传的名篇佳句，大多并非艰涩奥晦、意旨烦深，而是用晓达流畅的言语方式透析人类情感中能引人共鸣的东西。李山甫、罗隐、杜荀鹤等诗人对此深有体会，其诗歌创作的尚质、尚理风格皆与之有关。对于卢延让、李洞等更注重锤炼佳句、苦吟警联的诗人们，他们同样没有选择模拟韩愈、孟郊所开辟的奇险怪僻的诗风，而是选择了从现实生活的通俗语言中铸造新诗语。

宋吴可《藏海诗话》云：

> 唐末人诗，虽格不高而有衰陋之气，然造语成就。今人诗多造语不成。①

唐末诗人"造语成就"的一个重要表现就是能大胆借鉴民间俗体语汇的言语功能，尽量回避文人之"熟"语和相沿成习的"俗"意。这里说的"避俗"一词中的"俗"，指文人诗中陈陈相因的"俗"，基本等同于"熟"，并非民间之俚言俗语。皎然《诗议》早提出："诗有二俗：一曰鄙俚俗，二曰古今相传俗。诗曰：'小妇无可作，挟琴上高堂。'此俗类也。"对于卢延让来说，要新变，就要尽量回避前人诗中的烂熟语、陈旧语，自铸新词。在此之前，杜甫大量取用民间俗语入诗，就是力避陈俗的先例。韩愈之提倡"务去陈言"，进一步强化了于诗中自铸伟词、制造生新语言风格的思想意识。卢延让等唐末苦吟诗人，在艺术创新的思想取向上对子美、退之皆有所继承。卢延让《松门寺》诗云：

> 山寺取凉当夏夜，共僧蹲坐石阶前。两三条电欲为雨，七八个星犹在天。衣汗稍停床上扇，茶香时泼涧中泉。通宵听论莲华义，不藉松窗一觉眠。

---

① （宋）吴可：《藏海诗话》，丁福保《历代诗话续编》上册，中华书局1983年版，第329页。

此诗全靠中间两联拎出全篇意境，首尾两联诗意平平，无可论说。将闪电以"两三条"来数，而"星"用"七八个"，都是非常通俗化的数量修饰词。闪电不多，只两三条，言其量小而声小，并非惊雷，尚有数点星辰挂在远空。前人于诗中言"电"，多用"飞电""流电""惊电"，取电光之声势急促，于篇中增添气势。卢诗却用"两三条电"，别有新意。如此，也方与"听论莲华义"之禅境相符。这也是被吴融高度赞许为"贵不寻常"的一类诗句（《唐摭言》卷六），《郡斋读书志》也说："独吴融以其不蹈袭，大奇之。"《唐才子传》又将吴融的话引作"此去人远绝，自无蹈袭，非寻常耳。""自无蹈袭"四字，极好地道出卢延让诗歌创作的造语成就。后来辛弃疾的《西江月》词中写道："七八个星天外，两三点雨山前。"或许受到卢延让的影响。

卢延让之用"容易语"，与李山甫、罗隐、杜荀鹤等人以俚浅通俗的诗句抒写身世际遇、归纳人生经验不同，卢诗的"容易格"更多体现在遣词、造句的精益求精，追求"一字"或"一语"见奇的艺术效果，直承贾岛的"推敲"精神。在李山甫、罗隐、杜荀鹤等人的诗中，也有"因俗制胜"的诗法运用，他们都有强烈的"成一家体"的意识。如李山甫《南山》诗云："霁色陡添千尺翠，夕阳闲放一堆愁。"前人诗有云"一堆雪""一堆土"，未见有将"愁"的量词用作"堆"的，这是诗人从俗语中寻找诗歌语言突破的尝试。宋魏庆之《诗人玉屑》引《室中语》："学诗须是有始有卒，自能名家，方不枉下工夫。如罗隐、杜荀鹤辈，至卑弱，至今不能泯没者，以其自成一家耳。"① 在李、罗、杜等人诗中，有一些生新化的语词，但其主导风格仍是平易浅俗。生新僻涩的语言，是不宜于言理的。除卢延让外，李洞、刘驾等喜为僻涩诗的诗人，也多用通俗语词改变常体。如刘驾《上巳日》诗："上巳曲江滨，喧于市朝路。相寻不见者，此地皆相遇。"后两句为浅显的古文句法。李洞《鄠郊山舍题赵处士林亭》诗云"四五百竿竹，二三千卷书"，通过数字连用，形成三二节奏，改变五言句体常见的二三或二二一节奏，都在一定程度上形成生涩的语感。

卢延让等人，以经史语、俚俗语以及凡可入诗或不曾入诗之语，全部融入诗中，可谓将自老杜、韩孟以来的创词造语手法发挥到极致。不过，

---

① （宋）魏庆之：《诗人玉屑》卷五，上海古籍出版社 1978 年版，第 122 页。

提炼俗语以求新，无异于险处求胜，往往得之者少，而失之者多。卢延让现存诗句虽不多，但仍能观见某些诗语的粗陋毛病。如下面这些诗句：

> 名纸毛生五门下，家僮骨立六街中。（《旅舍言怀》）
> 云间闹铎骡驼至，雪里残骸虎拽来。（《蜀路》）
> 树上咨诹批颊鸟，窗间壁驳叩头虫。（《冬夜》）
> 渡水寒驴双耳直，避风羸仆一肩高。（《雪》）

诗中所刻画的情景，并不能使人产生优美的联想和想象，仿佛诗人是把物象硬生生地推到了读者眼前，虽对读者的期待视野造成一定冲击，但情感接受仍觉被动。晚唐人对于佳句、警句的追求，远远超过融铸意境的热情，但过于追求用俗语创新，必然限制作品的全篇境界。如卢延让这些诗句：

> 臂鹰健卒悬毡帽，骑马佳人卷画衫。（《送周太保赴浙西》）
> 每过私第邀看鹤，长著公裳送上驴。（《寄友》）

以上两联，何光远、杨亿皆举为卢延让诗语浅近的代表。句似白描，未加任何渲染。"邀看鹤"固然不俗，"送上驴"却显出穷涩，诗味寡淡。并且为追求奇俗的造语效果，诗人常用带有突兀感的修饰词，有时未免生硬刻峭。

唐末这些诗人在俗语中求僻涩的做法，与韩孟派诗人力避陈熟的诗学实践虽有联系，也有明显不同。韩愈、孟郊也有一些利用俗语制造新奇表达效果的作品，其追求奇变的思想对后人影响很大。如韩愈《城南联句》："灵麻撮狗虱，村稚啼禽狌。"[1] 孟郊《偷诗》："饿犬齚枯骨，自吃馋饥涎。"[2] 这些描写丑陋物象的句子，似乎正是卢延让"饿猫""馋犬"一类鄙俗诗语的先例。俗语词的成功运用，在韩孟诗中不乏其例。如孟郊

---

① （唐）韩愈著、钱仲联集释：《韩昌黎诗系年集释》卷五，上海古籍出版社 1984 年版，第 482 页。

② （唐）孟郊著、华忱之校注：《孟郊诗集校注》卷三，人民文学出版社 1995 年版，第 132 页。

《老恨》诗："无子抄文字，老吟多飘零。有时吐向床，枕席不解听。"[①]"吐"字极口语化，"吐向床"也近乎大白话，但联系前后文意，却有种苦涩的味道。诗人一反时人惯用的"吟""咏"等字眼，特意择一"吐"字，故意以涩俗语矫正时流之熟滑。《答友人赠炭》诗云："吹霞弄日光不定，暖得曲身成直身。"描写极平俗的形象，却令人备感苦涩。韩愈《赠侯喜》诗："晡时坚坐到黄昏，手倦目劳方一起。""坚坐"一词，也较突兀，这种拙涩的语词正表现了诗人内心的不快。这些都是韩孟追求奇俗表达效果的成功之例，深深影响到晚唐诗人的"因俗制胜"诗学取向。但是，无论是杜甫的以俗语、俗字入诗，还是韩孟自铸拙涩语调、险俗诗风，都更多体现了诗人为表现性情而创造艺术的努力。进一步说，诗人取用怪俗意象、生涩语汇，只是艺术的手段，并不仅仅依靠物象本身完成创造，这与唐末苦吟诗人的一味"入僻"有所不同。在韩愈、孟郊的诗中，往往以具涩俗感的物象作为喻体或象征体，辅以诗人的奇思妙想和修辞艺术，创造出一种奇特诗风。如孟郊《峡哀十首》其四："喷为腥雨涎，吹作黑井身。怪光闪众异，饿剑唯待人。"[②]用各种怪俗的想象，突出内心的"哀"。韩愈《昼月》诗云："玉碗不磨著泥土，青天孔出白石补。兔入白藏蛙缩肚，桂树枯株女闭户。阴为阳羞固自古，嗟汝下民或敢侮，戏嘲盗视汝目瞽。"[③]不妨将此诗与卢延让《八月十六夜月》诗比较。同样写月，韩愈用奇妙的想象，将虚的化为实的，抽象的化为具体的，所用的物象非常生活化，比喻也很通俗。但这神奇的想象力，正是卢诗所欠缺的。韩愈《答孟郊》诗云："规模背时利，文字觑天巧。……名声暂膻腥，肠肚镇煎炒。古心虽自鞭，世路终难拗。弱拒喜张臂，猛挐闲缩爪。见倒谁肯扶？从嗔我须咬。"[④]"煎炒""张臂""缩爪""嗔""咬"等词汇都是世俗常见的，诗人摄入诗中，却生动而形象。正是这种想象力，赋予了韩诗特有的奇俗之气。总之，韩孟并不拘泥于怪俗形象本身，而是将其转化为一种艺术修辞，这其实是对杜甫反流俗诗学思想的发展。以卢延让为代表的唐末苦吟诗人，由于心境狭窄，诗境也狭小，倾心于一联一字的锤炼，往往不能顾及全篇。有时专注于对仗或取新意，反落入滑稽、鄙

---

① 《孟郊诗集校注》卷三，第 136 页。
② 《孟郊诗集校注》卷十，第 489 页。
③ 《韩昌黎诗系年集释》卷二，第 240 页。
④ 《韩昌黎诗系年集释》卷一，第 56 页。

俗一类。如前述卢延让之"饿猫""馋犬"等句，对的虽然工整，但雅意荡然无存。其《哭亡将诗》也因太过鄙俗，反被列入"谐谑"诗类。郑准《题水牛》诗云："护犊横身立，逢人揭尾跳。"也遭到时人嘲笑。这与韩孟融铸俗语，自成一家风范的创作起点就不一样。其成就孰高孰低，孰大孰小，也就不言而喻了。此外，韩孟用俗语，大多施于古体诗，卢延让等诗人却大量施于近体诗。众所周知，"古"与"俗"是最好融合的，在近体诗中用俗却不太容易，这也影响到其艺术成就的取得。明王溯元在《与杨抑所论词学》中说："作者才情虽不同，要不出此三者：曰情至语，曰典丽语，曰口头语。学情至不成流为隔靴搔痒，学典丽语不成流为学究填经，学口头语不成流为张打油套子。"王氏虽然是就作词之道而论，但显然注意到了作者驾驭不同语言的能力与作品的风格呈现之间具有直接关系。正因为"口头语"是打油诗的基本语言特征，才会引发他的"学口头语不成流为张打油套子"的言论。[1] 后世所谓"打油诗"其实正是俗体诗的重要类别之一。

二 "卢诗三遇"背景解析

就现有材料看，与卢延让有诗文交情的当世诗人主要有吴融和贯休两位。尤其是吴融，对延让实有知遇之恩。《唐摭言》卷六《公荐》条载：

> 先是，延让师薛许下为诗，词意入癖，时人多笑之。吴翰林融为侍御史，出官峡中，延让时薄游荆渚，贫无卷轴，未遑赍谒。会融表弟滕籍者，偶得延让百篇，融览，大奇之，曰："此无他，贵不寻常耳。"于是称之于府主成汭。时故相张公职大租于是邦，常以延让为笑端，及融言之，咸为改观。由是大获举粮，延让深所感激；然犹因循，竟未相面。后值融赴急征入内庭，孜孜于公卿间称誉不已。光化戊午岁，来自襄南，融一见如旧相识，延让呜咽流涕，于是攘臂成之矣。[2]

---

[1] 打油诗的始祖据说就是唐人张打油，他有一首著名的咏雪诗，曰："江上一笼统，井上黑窟窿。黄狗身上白，白狗身上肿。"此诗用浅显口语作直观摹绘，状物既形象又富于谐趣，令人读之不禁莞尔。

[2] 《唐摭言》卷六，第1627页。

"张公"即张浚，《旧唐书》卷一八三《张浚传》："乾宁二年，三镇杀韦昭度。帝召孔纬欲大用，亦以浚为兵部尚书，又领天下租庸使。三年，天子幸华州，罢浚使务，守尚书右仆射。"则知张浚领天下租庸使仅在乾宁二年到三年。那么，吴融初见卢延让诗的时间，也当在乾宁二年左右。是时，荆南节度使为成汭。成汭其人，本不知书，一介武夫耳。《新唐书》卷一一五《成汭传》曰："汭颇知吏治……时镇国节度使韩建亦以治显，号'北韩南郭'。"[1] 张浚虽通于文史，但诗歌非其所长，因此，卢延让虽在荆南士人中小有名气，却不为藩镇首领看重。直到吴融为之延誉，方获重名。

卢延让与吴融的荆南奇缘，改变了他此后的命运。《新唐书·吴融传》载吴融因韦昭度之败"坐累去官，流浪荆南，依成汭"。吴融在荆南时，曾为贯休的《禅月集》写序，又大加延誉卢延让。吴融之看重卢延让，与当时文坛重诗名的风尚有关，也与吴融个人遭遇有关。《唐摭言》卷十二载：

> 卢延让业癖涩诗，吴翰林虽以赋卷擢第，然八面受敌，深知延让之能。延让始投势，卷中有说诗一篇，断句云："因知文赋易为下者之乎。"子华笑曰："上门恶骂来！"[2]

延让为诗词意入僻，"时人多笑之"，张浚就"常以延让为笑端"。如前所述，延让诗本不入俗流，普通读者能见其怪，未悟其奇。而吴融，则是以一个诗家的眼光，看到延让诗歌"不寻常"的一面。其诗虽不合常人审美习惯，艺术上却有自己新创处。卢延让《冬除夜书情》诗云："愁章自难过，不觉苦吟频。"诗人通过苦吟，追求与传统相异的诗风。吴融看到了这种"癖涩诗"的独特之处，识出其创新的一面，故而大加称赞。这是诗学家的眼光与大众眼光的不同。同时，吴融本人热心于奖掖诗坛后进，他与陆龟蒙、李洞、贯休都有深交。《唐才子传·李洞传》曰："时人多诮僻涩，不贵其卓峭，唯吴融赏异。融以大才，八面受敌，新律著

---

[1] 成汭早年曾"更姓名为郭禹"，故称"南郭"。
[2] 《唐摭言》卷十二，第 1685 页。

称，游刃颇攻骚雅。"① 吴融于唐昭宗龙纪元年（889）于李瀚榜进士及第，因文而进，故《唐摭言》云："吴翰林虽以赋卷擢第，然八面受敌。"卢延让诗中"因知文赋易，为下者之乎"一联，正道其隐讳。小说家言虽不必尽信，可从中略见当时重诗轻文的风气。司空图《与李生论诗书》曰："文之难，而诗之难尤难。"杜荀鹤《读诸家诗》："辞赋文章能者稀，难中难者莫过诗。"正可以解释卢延让、李洞等苦吟诗人受到吴融称赏的原因。而要想在名家辈出的唐诗史上留下声名，必须经苦吟开创新的诗风。《唐诗纪事》卷六十五《卢延让》条曰："翰林学士吴融独重其作，盛称于时，且云：'此子语不寻常，后必垂名。'"②《诗话总龟》引《杨文公谈苑》曰："卢延让诗浅近，人多笑之，惟吴融独重其作，盛称于时，且云：'此公不寻常，后必垂名。'"③ 以诗"垂名"的思想，在唐末五代颇为盛行。要之，唐末诗人追逐"以诗垂名"并非远离当下，求万世之知音，而是希望在当世就能获得诗名。因为诗名的大小，很大程度上决定了他们的生活境遇。这也是支持卢延让、李洞等人苦吟为诗的时代背景。

前面我们从诗学的角度分析卢延让"容易格"的内涵，视其为诗艺新变的结果。在这一问题上，我们不妨再深入一步思考：因俗制胜，前人虽有先例，但在近体诗尤其是七律诗体创作中尚未成为某一诗人的主导风格，唐末五代诗人缘何致力于此？甚至不惜牺牲其审美代价，招来世人嘲笑。其实，除了来自诗歌艺术本身的解释外，这种创作情形在晚唐五代寒庶诗人阶层中形成普遍的意识，更与文学的接受风尚有关。

如前引《唐摭言》卷六《公荐》条所述，卢延让在荆南时久不为领主所赏，穷困潦倒，连自编诗集的能力都没有。"及融言之，咸为改观。由是大获举粮。"对于租庸使张浚、节度使成汭而言，卢延让其人未变，其诗未改，只因吴融的推荐就改变了他们原有的看法。此事重点说明吴融对卢延让的知遇之恩，但张浚、成汭对待卢延让态度转变之快，也反映了地方上的掌权人物、藩镇头领对待诗歌艺术缺乏自己的欣赏标准，审美判断能力薄弱。而在当时，恰恰是这些人物主宰着诸多士子的前途命运，由

---

① 《唐才子传校笺》卷九，第214页。
② 《唐诗纪事》卷六十五，第2176页。
③ 《诗话总龟·前集》卷八，第94页。

于这些人物的政治地位，他们还往往成为某地区文坛的核心人物。为了得到谒主的见赏，文人们必投其所好，偶有一联见赏，仕途或自此腾达。何光远《鉴诫录》卷五记载：

> 卢曾献太祖卷中有"栗爆烧毡破，猫跳触鼎翻"。后太祖冬夜与潘枢密峭在内殿平章边事，旋令官人于火炉中煨栗子，俄有数栗爆出，烧损绣褥子。时太祖多疑，常于炉中烧金鼎子，命徐妃二姊妹亲侍茶汤而已。是夜，宫猫相戏，误触鼎翻。太祖良久曰："'栗爆烧毡破，猫跳触鼎翻。'忆得卢延让卷有此一联。"乃知先辈裁诗，信无虚境。来日遂有六行之拜，自给事拜工部。议者以傅说栖岩自应武丁之梦，太公钓渭俄遇周文之知。君子穷通，实由命分。如卢所吟容易之句，发境于一人之前，可谓道合矣。①

"栗爆"两句属对虽工，但词意僻涩，并且"栗爆""猫跳"这些物象也显得滑稽不雅。王建居西蜀时，广纳贤才，延揽文士，好附庸风雅，本人却目不识丁。他对于卢延让的诗，只能从句意也即内容上加以理解，诗人之语若被现实事物所印证，则为"无虚境"，即好诗。卢延让在王建处，非常得赏遇。孙光宪《北梦琐言》卷七《卢诗三遇》条又载：

> 唐卢延让业诗，二十五举，方登一第。卷中有句云："狐冲官道过，狗触店门开。"租庸张浚亲见此事，每称赏之。又有"饿猫临鼠穴，馋犬舔鱼砧"之句，为成中令汭见赏。又有"栗爆烧毡破，猫跳触鼎翻"句，为王先主建所赏。尝谓人曰："平生投谒公卿，不意得力于猫儿狗子也。"人闻而笑之。②

张浚、成汭、王建三人文化修养均有限，对于诗歌艺术都非内行，其赏卢诗，并不是从诗歌艺术的角度，而是缘于各自的兴趣点。如此说来，"卢诗三遇"的传闻未必体现卢延让诗歌的艺术成就。正因为这样，卢延让才有"不意得力于猫儿狗子"的无奈叹息。

---

① 《鉴诫录校注》卷五，第117—118页。
② 《北梦琐言》卷七，第154页。

对于这一来自接受领域的时风变化，文人们也有意识地加以利用，表现出一定程度上的趋附和妥协。如唐末诗人陈咏在向人行卷时，特意把"隔岸水牛浮鼻渡，傍溪沙鸟点头行"一联置于卷首，有人感到奇怪，因为这一联诗太过俚俗，并不能代表陈咏的艺术水准，问道："先辈佳句甚多，何必以此为卷首？"陈咏回答："曾为朝贵见赏，所以刻于首章。"① 而一度依附于成汭的郑准，《北梦琐言》云其"虽有胸襟，而辞体不雅"，"应举日，诗卷《题水牛》曰：'护犊横身立，逢人揭尾跳。'朝士以为大笑。"② 陈咏、郑准的行为具有一定代表性。唐末五代时，一些藩镇首领不能赏雅，热衷赏俗，审美趣味低俗化，都影响到处于依附地位的寒庶士人的创作心态。如张道古在王镕幕、冯涓在西蜀王建处都作有俗语诗。③ 李山甫、罗隐、杜荀鹤等人诗歌的俗化，也有这方面的原因。罗隐，虽然后来受遇于钱镠，但在钱氏手下，如同弄臣玩偶。《唐才子传》曰："（罗隐）性简傲，高谈阔论，满座风生。好谐谑，感遇辄发。镠爱其才，前后赐予无数，陪从不顷刻相背。"同时，这些寒庶文士与朝廷的关系也开始疏离，儒家忠君思想变得淡薄。唐末很多寒士投身藩镇或幕府，这种环境与大一统王朝背景下的幕府生活是完全不一样的，文士的人格独立性受到考验。《吴越备史》卷二载：

> 隐本名横，凡十上不中第，遂更名。初从事湖南，历淮、润皆不得意，乃归新登。及来谒王，惧不见纳，遂以所为《夏口诗》标于卷末，云"一个祢衡容不得，思量黄祖漫英雄"之句，王览之大笑，因加殊遇。④

罗隐将"一个祢衡容不得，思量黄祖漫英雄"句标于卷末，与陈咏将"隔岸水牛浮鼻渡，傍溪沙鸟点头行"置于卷首，所希望达到的目的相同。钱镠是个喜欢通俗文艺的人，史载其作《还乡歌》《没了期歌》以

① 《北梦琐言》卷七"郑准讥陈咏"条，第158页。

② 同上书，第157页。

③ 《唐诗纪事》卷七十一："乾符中，道古在王镕幕府，一日，久旱得雨，众宾赋诗，道古最后，曰：'亢阳今已久，嘉雨自云倾。一点不斜去，极多时下成。'"（第2342页）《十国春秋》卷四十《冯涓传》："（涓）性滑稽，语多讥诮。"《全唐诗·谐谑二》载冯涓《自嘲绝句》："取水郎中何日了，破柴员外几时休。早知蜀地区姆与，悔不长安大比丘。"

④ （宋）钱俨：《吴越备史》卷二，影印文渊阁《四库全书》本。

及用吴语唱山歌等事。[①] 罗隐初谒钱氏，便以俗语诗相取悦。杜荀鹤拜谒朱温时，投出的也是通俗俚浅的《时世诗》，可惜内容不切，未被欣赏。总之，"卢诗三遇"传闻的背后，是整个社会高层统治者诗歌欣赏能力的趋俗，文人诗学向民间诗学的靠拢和学习，除了个别文人的能动作用外，也是时代趋势使然。

综上所述，一方面是对于格高调雅的传统文人诗风的有意回避，一方面是社会高层统治者对于俗文化的热爱，于是，在"以诗垂名""以诗取名"的意识驱动下，最终形成了卢延让之同时具备"词意入僻"与"著寻常容易语"这两种看似矛盾的风格特色的"容易格"诗体。卢延让的诗歌创作，"得"与"失"距离如此之近，又是如此普遍地出现，这在唐末五代诗人中并非个案。可以说，卢延让、李山甫、罗隐、杜荀鹤等诗人，一致看到了从"俗"中求变是文人诗歌艺术再度创新的可行性方案之一。这种艺术手法在杜甫、韩愈，甚至孟郊、卢仝、李贺等诗人，都有成功的运用，这对于唐末的这批诗人无疑是鼓舞。但由于个人才力的原因，以及时代环境使然，他们没能达到前人那样的高度。虽然，其"自成一家体"的目的在某种程度上达到了，却在文人诗学发展史上并没有成为坐标。唐末诗人的尝试，以及艺术上的得与失，都影响到宋初文人诗的发展。

余论：如果按照一般的论文写作，从本章的题目看，下面的内容应该是先分析晚唐五代文人诗歌俗化的表现，再联系民间俗体诗的艺术手法，通过比较二者艺术的异同，从而说明文人诗歌的"俗变"受到俗体诗哪些方面的影响，以及文人从民间俗体诗那里借鉴和吸取了哪些表现手法，如同研究后世文人学习汉乐府或六朝民歌那样。但是，因为我们的研究对象有它的特殊性，这种写作方案要落到实处，有相当大的难度。

首先，晚唐五代文人诗歌的俗化是个复杂的文化现象，并非仅关乎俗体诗一个方面。而且，诗歌的俗化，也不仅仅是艺术手法的问题。所以，我们不能把俗体诗的作用过于夸大，免得让它承担太多东西。其次，文人即使借鉴了俗体诗的艺术手法，一向不做理论说明。何况大多数民间俗体

---

① 僧文莹《湘山野录》载，钱镠唱《还乡歌》后："时父老虽闻歌进酒，都不之晓。武肃觉其欢意不甚浃洽。再酌酒，高揭吴喉唱山歌以见意。词曰：'你辈见侬底欢喜，别是一般滋味子，永在我侬心子里。'歌阕，合声赓赞，叫笑振席，欢感闾里。今山民尚有能歌者。"（宋）文莹撰、郑世刚点校：《湘山野录》卷中，中华书局 1984 年版，第 36 页。

诗，在艺术上是不及文人诗的，因此，文人即便采用某些类似俗体诗的表现方式或语言词汇，也不一定就是学习俗体诗。一般来说，一个被称作"诗人"的文人，他是不可能不会用俗语作诗的，只是他愿不愿意而已。如果有外在作用给他动力，他完全可以用俗诗的语言来完成自己的作品。如前一章我们所归纳出的文人创作的戏俗诗、谣俗诗、通俗训化诗等，就是最好的证明。再次，某些文人诗歌如果明显的用了俚俗的语言，或某些句子直接从俗语中来，我们仍然不能把俗体诗与文人诗直接联结起来，用来说明两者的影响关系。因为文人在诗中用俗，可能吸取了民间歌谣的艺术，可能受到俗曲变文的影响，也可能取用的是"当时语"、俚俗谚语或别的俗文学样式，不一定就是俗体诗。俗体诗，只是民间俗体文学艺术的一种。总之，如果从诗学的角度探讨晚唐五代文人诗的俗化问题，眼光要放得更宽，对于艺术风格的理解需更加灵活。

不过，即便存在上述研究难点，我们还是能够找到一些可以把握的环节，作为维系俗体诗与文人诗创作之间的关系纽带。

其一，中晚唐时期，是唐代民间的俗体诗臻于繁荣的时期。长沙窑的烧制期和繁荣期主要在中晚唐，这也是其瓷器占市场份额最大的时期。敦煌遗书中的俗体诗文有纪年或纪年可考的基本上是中晚唐或五代时期的作品。中唐以后，民间的俗文艺通过各种方式走入文人的日常生活，人们与民间俗文化之间的距离变得如此接近。俗文学的文体形式在民间文化消费中发挥着日渐突出的作用，文人们不会无视之。那些出自不知名的民间诗人之手的俗体诗，在民间社会的广泛存在，其被民众所需求的情况，生活于其中的文人们必然心中有数。俗体诗的社会影响力，它所具有的文体优势，也都是一眼可观的。

其二，俗体诗的文体风格，与传统的文人雅诗形成鲜明对比，为追求诗风新变、"自成一家体"的唐末文人提供了一种诗风参考。因此，文人在有意模仿俗体诗时，是将其作为一种"体"来对待的，如晚唐诗人郑愚的"拟权龙褒体"、郑綮的"歇后体"诗、卢延让的"容易格"诗。此类俚俗诗也被称之为"体"，已经表明在唐末五代时期，文人对于俗体诗的文体功能和优越性的普遍认可。文人诗学思想的这一转变，反映出民间诗学经过不断发展，其艺术成就和社会影响力达到了一定的高度，并对文人诗坛产生了深刻影响。

结　　论

　　本书所讨论的"俗体诗"属于狭义层面的范畴，是与文人雅诗相对，主要由民间知识分子创作、在民间社会传播与流行的一类诗歌。以存在于唐代的俗体诗写作行为及其相关文学现象为研究对象，这在目前的唐代文学研究中还是一个全新的课题。所得结论如下。

　　本书首先对现存唐代俗体诗的文献资料作了全面的清理调研，归纳出长沙窑瓷器题诗、敦煌俗体诗、墓志盖俗体挽诗、《全唐诗》"谐谑卷"俗体诗四种唐代俗体诗的重要体类。辑得唐五代长沙窑瓷器题诗中俗体诗74首，敦煌遗书中的学郎题记俗体诗59首，敦煌遗书中作者身份不明之俗体诗18首，唐人墓志盖题刻俗体挽诗20首。围绕《全唐诗》及各补遗本（以"谐谑卷"为主），辑得具俗体特征的诗作164首。通过对上述文献细致分析，认为长沙窑瓷器题诗主要体现了湘江流域与商业营销结合的民间俗体诗歌文化形态，敦煌俗体诗主要体现了西域敦煌地区与寺院文化教育结合的俗体诗歌形态，而出土于潞州、上党地区的唐人墓志盖俗体挽诗则体现了与该地区丧葬礼俗结合的诗歌文化形态。对比这三方面材料可以看出，俗体诗的地域文化特色是较为鲜明的。通过联结这三个俗体诗的民间据点，基本能够重新构建出唐代民间俗体诗歌文化的一个平面。《全唐诗》"谐谑卷"中的俗体诗，多为有名氏的创作，文人的作品大多有本事可按，将这部分材料与民间俗体诗相沟通，也使我们对于唐代俗体诗的认识变得更加立体和丰富。

　　俗体诗的盛行是唐代始有的文学现象，唐代特殊的政治、经济、文化环境为这种诗歌艺术的形成、发展提供了适宜的温度与土壤。首先，唐代的城市经济得到极大发展，促使市民阶层的文化要求和文化意识逐渐孕育成型。其次，唐代统治者重视文化教育，"以文学进身"的价值观念向着普通市民阶层蔓延。而重学的风气，又使文化进一步普及到下层民众中去，为俗体诗的发展提供了良好的文化基础。从诗学发展角度看，唐代诗歌的社会化、全民化背景，既推动着文人诗向着通俗化的方向倾斜，也促使民间的俗体诗创作兴发起来。唐代文人诗艺的高度繁荣及向民间社会的普及，正是催生俗体诗的直接诗学因素。

作为唐代民间诗歌的新生体类，俗体诗拥有自己独特的诗学特征。它大体属于群体创作的诗歌艺术类型，原因是作者没有自觉的著作权意识，作品主要体现公众意识与大众情感，且在其传播及消费过程中都有群体参与。此外，俗体诗在民众现实生活及情感生活中所发挥的实用功能性，较之艺术审美性更为突出。从意义层面看：俗体诗承载着民众群体的人生体验，树立和传递了大众视野中的是非标准，从而延续了民间自然形成的思想道德教育、文化教育传统。从其传播方面看，不少俗体诗与唐代民间繁荣的商业营销相结合，还依附于某些实物发挥其文化功能。本书还首次从诗学研究的角度，对俗体诗的创作艺术进行分析，揭示出唐人俗体诗具有"情志率真平俗"、"语言直质自然"、"诗律自由灵活"与"构思机巧谐趣"四个方面的特色。

文人写作俗体诗一般基于特定情境或目的，实为文人主动利用民间俗体诗的文体形态以期取得特定效果的写作行为。唐代文人参与俗体诗创作，反映了文人对俗体诗文体功能的认同。经考察发现，唐代文人写作俗体诗主要有三类情形：一是写作"戏俗诗"，意在谈笑取乐；二是写作"谣俗诗"，寓意托讽、关切时事；三是写作"通俗训化诗"，旨在教化民众。在这一部分，我们还以权龙褒为个案，对处于上层社会空间的非文士的诗歌创作动机与行为作了考察。而以权龙褒为代表的唐代武将们，实际上已成为写作俗体诗的作者群类之一。

本书还从俗体诗学的角度，重新审视了中晚唐文人诗的通俗化创作倾向，涉及中唐诗人的通俗诗学思潮、晚唐寒士的俚俗诗风、唐末五代苦吟诗人的诗歌创作三个论题。

中唐诗人的通俗诗学思潮，在新乐府诗人的创作中表现最为突出。乐府本出民间之俗体，关乎风俗与政教。张、王、元、白先后在乐府诗创作中实践自己的尚俗诗学思想。从理论层面讲，这种尚俗诗学思想的出现，正是文人诗学中的个体成员对于民间群体诗学的又一次向往。就创作实际来看，他们所取得的成就，以及由之形成的风格导向，也对民间诗坛产生影响。中唐乐府诗人出于风俗教化、政治教化的动机，着意恢复乐府诗的俗体性能，故在艺术手法上对民间俗体文学多有借鉴。

唐末罗隐、李山甫、杜荀鹤等寒士文人，诗语"尚质"，文意"尚理"，不少作品流入民间后发挥着俗体诗的功能。罗隐等人的俚俗诗句在民间流传的过程中，实际上已经担当了为世俗民众的文化思想加以引导和总结的任务，分担了民间诗人的职责。若从诗学的角度审视，以李山甫、罗隐、杜荀鹤等人为代表的来自唐末五代寒士文人的俚俗诗创作，正是文人诗学与民间诗学合流的产物。

最后，作者对晚唐苦吟诗人卢延让的"容易格"诗体进行诗学解析。卢延让诗之"词意入僻"，是相对于传统文人诗而言。认为"入僻"是卢诗追求生新表达效果的表现。其"多著寻常容易语"，也是一种新诗语的创造。"容易格"诗体，是以卢延让为代表的唐末苦吟诗人力求诗风新变的努力。他们尝试通过"避熟"与"用俗"，达到诗风新变、"自成一家体"的目的。晚唐五代诗人，对于"权龙褒体""歇后体""容易格"等诗体的认定，反映了民间诗学经过不断发展，其艺术成就和社会影响力达到了一定的高度，并对文人诗坛产生了回馈作用。总之，民间普通知识分子对于文人诗歌艺术的学习和模仿，以及文人们出于特殊动机对民间俗体的借鉴和利用，是唐代俗体诗的两大创作来源。

附录一

唐五代长沙窑瓷器题诗校录

　　一、本文以 2004 年版长沙窑课题组编《长沙窑》所刊题诗瓷器之图版为底本，以作品在书中出现的先后为序，各篇暂取首句为题。该书未有图版或图版不清的，另择底本。以其他著作所收题诗录文相参校。

　　二、著录图版与录文时，先交代正文所据底本，其后均为参校本。说明文字交代瓷器出土情况，以及藏品来源。将敦煌文书或传世文献所见与正文内容相关者，系于杂考，以备研究之用。探究篇旨有所得，也入杂考。

　　三、原文残缺之字，以方围"□"示之。误字、俗字出以圆括"（ ）"正之，拟补字以"［ ］"表示。[①]

　　四、主要利用文献及其简称：

　　04 长沙窑：长沙窑课题组编《长沙窑·作品卷二》所收瓷器图片下之题诗录文，湖南美术出版社 2004 年版。

　　图版：长沙窑课题组编《长沙窑·作品卷二》所收瓷器图版照片，同上。

　　总录：长沙窑课题组编《长沙窑·综述卷》所附"器物诗文、题记总录"，同上。

　　录存：周世荣《长沙窑唐诗录存》，《中国诗学》第五辑，1997 年。

　　96 长沙窑：长沙窑课题组编《长沙窑》瓷器题诗录文，紫禁城出版社 1996 年版。

　　校证：徐俊《唐五代长沙窑瓷器题诗校证——以敦煌吐鲁番写本诗歌参校》，《唐研究》第四卷，北京大学出版社 1998 年版。

　　新考：李效伟《长沙窑珍品新考》，湖南科学技术出版社 1999 年版。

　　弃儿：萧湘《唐诗的弃儿》，中国文联出版公司 2000 年版。

---

　　① 　其余附录均依此例，不再一一注明。

焦点：李效伟《长沙窑——大唐文化辉煌之焦点》，湖南美术出版社 2003 年版。

作品集：周世荣主编《长沙窑作品集》，湖北美术出版社 2004 年版。

解读：刘美观《解读长沙窑》，文物出版社 2006 年版。

诗文与绘画：萧湘、李建毛编《瓷器上的诗文与绘画》，湖南美术出版社 2006 年版。

1. 《春水春池满》

春水春池满，春时春草生。春人饮春酒，春鸟弄春声。

【图版与录文】04 长沙窑、图版 1；录存、96 长沙窑、校证、弃儿、总录。

【说明】据 96《长沙窑》报告，1983 年出土题此诗瓷器 1 件。又收集品 1 件。

图版 1：青釉褐彩诗文壶。高 19 厘米，口径 9.2 厘米，底径 10 厘米。喇叭口，瓜棱腹，多棱短流，平底。诗题流下，褐彩书。征集品。湖南省博物馆藏。

【杂考】敦煌遗书伯 3597 卷杂抄诗有："春日春风动，春来春草生。春人饮春酒，春鸟弄春声。"北京中国书店藏敦煌写本《佛说无量寿宗要经》卷背《社司转贴》后有张宗宗抄诗三首，第三首即此诗，唯末句脱"声"字，其他文字与伯 3597 全同。卷末题记云："癸未年十月永安寺学士郎张宗宗书已之耳。"① 又日本北三井 103（025—14—20）号《成唯识论》卷第七纸背有杂写四行："不籍奴孔目官/兴奴孔目书字上手记耳/春日春风动，春山春水流。春/人饮春酒，春棒打春牛。"② "黑石号"沉船出水一青釉褐彩瓷碗（04《长沙窑》图版 550 左下），碗已残甚，存两句题诗："春雨春地□，春时春草□。"显然，此类诗体在民间颇为盛行。

2. 《圣水出温泉》

圣水出温泉，新阳万里传。常居安乐国，多裒（报）未来缘[1]。

【图版与录文】04 长沙窑、图版 2、171；录存、96 长沙窑、校证、弃儿、总录。

【校勘】[1] 裒：即"报"字。《总录》漏此字。

【说明】据 96《长沙窑》报告，长沙市收集品 1 件，瓷壶。又华菱石渚博物馆藏题此诗酒盏 1 枚。

图版 2：青釉褐绿彩诗文壶。残高 18 厘米，底径 9.6 厘米。口沿残，长颈，圆

---

① 可参见柴剑虹《读敦煌学士郎张宗之诗抄札记》，《聂石樵先生七十华诞纪念论文集》，巴蜀书社 1997 年版。

② 参见施萍亭《日本公私收藏敦煌遗书叙录〈一〉——北三井文库所藏敦煌遗书》，《敦煌研究》1993 年第 2 期，第 88 页。

肩，圆腹，平底假圈足。诗题多棱形短流下。长沙市博物馆藏。

图版171：青釉褐彩诗文盏。高4.2厘米，口径13.5厘米。青釉，圆口，盏内题诗。华菱石渚博物馆藏。

3.《去去关山远》

去去关山远，行行湖（胡）地深[1]。早知今日苦，多与画师金[2]。

【图版与录文】04长沙窑、图版3、4；录存、96长沙窑（图版191）、校证、弃儿、总录。

【校勘】[1] 湖："胡"字音讹。[2] 画：《录存》、96《长沙窑》作"尽"，校作"画"。

【说明】据96《长沙窑》报告，1983年出土题此诗瓷器8件。

图版3：青釉褐彩诗文壶，高23.7厘米，口径10.2厘米，底径11.3厘米。诗题流下腹部，褐彩书。窑址出土。湖南省博物馆藏。

图版4：青釉褐彩诗文壶，高18.1厘米，口径9.4厘米，底径10.3厘米。诗题流下腹部，褐彩书。窑址出土。湖南省博物馆藏。

【杂考】此是咏王昭君诗。《西京杂记》曰："元帝后宫既多，不得常见，乃使画工图形，案图召幸之。诸宫人皆赂画工，多者十万，少者亦不减五万。独王嫱不肯，遂不得见。匈奴入朝，求美人为阏氏，于是上按图以昭君行。及去，召见，貌为后宫第一，善应对，举止闲雅。帝悔之，而名籍已定。"① 又《玉台新咏》卷十、《乐府诗集》卷二九载范静妇沈氏《昭君叹二首》之一："早信丹青巧，重货洛阳师。千金买蝉鬓，百万写蛾眉。"② 与瓷器题诗后两句意近。（晋）石崇《王明君》诗有"行行日已远，遂造匈奴城""传语后世人，远嫁难为情"语，（唐）张祜《昭君怨二首》其一"万里边城远，千山行路难。举头唯见月，何处是长安？"诗意可同观。

4.《日日思前路》

日日思前路，朝朝别主人。行行山水上[1]，处处鸟啼新[2]。

【图版与录文】04长沙窑、图版5、6；录存、96长沙窑（图版178）、校证、弃儿、总录。

【校勘】[1] 山水上：《弃儿》校记："一作山水遍。"[2] 处处：96《长沙窑》摹图414作"夜夜"。《录存》校记："处处，或作夜夜。"

---

① （汉）刘歆撰、（晋）葛洪集、王根林校点：《西京杂记》卷二，上海古籍出版社1999年版，第86页。

② （陈）徐陵编、（清）吴兆宜注：《玉台新咏笺注》卷十，中华书局1985年版，第495页。

【说明】据96《长沙窑》报告，1983 年出土题此诗瓷器 23 件。笔体不一，或楷体书，或行草体书。布局讲究章法，有五字一行，总四行；有末字"新"独列，总五行，可参 96《长沙窑》摹图 414—416。

图版 5：青釉褐彩诗文壶，高 21.5 厘米，口径 11.3 厘米，底径 13 厘米。喇叭口，直颈，瓜棱腹，曲柄，平底。诗题多棱短流下腹部，末缺"新"字。台湾历史博物馆藏。

图版 6：青釉褐彩诗文壶，高 20 厘米，口径 10.5 厘米，底径 12 厘米。喇叭口，粗直颈，溜肩，瓜棱深腹，平底，短流、曲柄对置于肩上。诗题多棱短流下腹部。上田社藏。

【杂考】首两字重叠是本诗一大特色，长沙窑题诗中常有此种句法。如"夜夜携长剑，朝朝望楚楼""岁岁长为客，年年不在家""去去关山远，行行湖（胡）地深"等。寒山有诗云："杳杳寒山道，落落冷涧滨。啾啾常有鸟，寂寂更无人。淅淅风吹面，纷纷雪积身。朝朝不见日，岁岁不知春。"为同类诗体。

5. 《只愁啼鸟别》

只愁啼鸟别[1]，恨送古人多[2]。去后看明月，风光处处过。

【图版与录文】04 长沙窑、图版 7、8、9；录存、96 长沙窑（图版 187）、校证、弃儿、总录。

【校勘】[1] 啼：96《长沙窑》校记："一作蹄"，摹图 429 作"蹄"，当是同音讹字。[2] 首两句，96《长沙窑》校记曰，在出土的 22 件瓷品中，有 3 件题作"古人皆有别，此别泪恨多"（如 04《长沙窑》图版 45）。《校证》以为此乃取另一首诗中句拼合而成。"古人皆有别，此别泪痕多。送客城南酒，悬令听楚歌。"〔见 04 长沙窑（图版 46）〕极是。

【说明】据 96《长沙窑》报告，1983 年出土题此诗瓷器 22 件。

图版 7：青釉褐彩诗文壶，高 17.5 厘米，口径 9 厘米，底径 11.5 厘米。直颈，喇叭口，溜肩，瓜棱腹，平底，诗题多棱短流下腹部，褐彩行书。上田社藏。

图版 8：青釉褐彩诗文壶，高 18.5 厘米，口径 9.5 厘米，底径 9.7 厘米。诗题流下腹部，褐彩书。窑址出土，湖南省博物馆藏。

图版 9：青釉褐彩诗文壶，残高 18 厘米，口径 9.5 厘米，底径 10 厘米。湖南省博物馆藏。

【杂考】此送别诗。

6. 《一别行千里》

一别行千里[1]，来时未有期。月中三十日，无夜不相思[2]。

【图版与录文】04 长沙窑、图版 10、11、12；录存、96 长沙窑（图版 186）、校证、弃儿、总录。

【校勘】[1] 千：《录存》校记"或作八"，非是。[2] 夜：一作"日"。据 96《长沙窑》校记，末句作"夜"者 18 件，作"日"者 3 件。

【说明】据 96《长沙窑》报告，1983 年出土题此诗瓷器 21 件。04《长沙窑》所示三例皆为青釉褐彩诗文壶，诗题流下腹部。

图版 10：高 25.1 厘米，口径 11.1 厘米，底径 13.3 厘米。诗题流下，行书。窑址出土。湖南省博物馆藏。

图版 11：高 21.9 厘米，口径 9.4 厘米，底径 11.7 厘米。喇叭口，直颈，溜肩，多棱短流，瓜棱腹，大平底。诗题流下，楷体书。窑址出土。湖南省博物馆藏。

图版 12：残高 21.8 厘米，底径 12 厘米。口沿外撇，瓜棱腹，多棱短流，平底。诗题流下，楷体书。窑址出土。湖南省博物馆藏。

【杂考】据《校证》考：日本国圆城寺现存《唐人送别诗并尺牍》（拟题）写本，收录唐大中十二年（858）唐人蔡辅送日僧圆珍归国诗，其中《大德归京敢奉送别诗四首》其三："一别萧萧行千里，来时悠悠未有期。一年三百六十日，无日无夜不相思。"与瓷器诗相比，改作痕迹明显，未知孰先孰后。原诗作者署名"大唐客管道衙前散将蔡辅谨上"。据考，蔡辅于大中十二年六月八日与圆珍同随李延孝商船到日本，其生平及诗作仅见于日藏写本。

此组诗，小野胜年《入唐求法行历の研究》附录有著录。陈尚君《全唐诗续拾·新见逸诗附存》著录蔡辅《大德归京敢奉送别诗四首》①，其第一、第二首也近似民间俗体改作。其一："鸿胪去京三千里，一驿萧条骏苦飞。执手叮咛深惜别，龙门早达更须归。"其二："一别去后泪凄凄，心中常忆醉迷迷。看选应是多仙子，直向心头割寸枝。"内容与送别出家人身份的圆珍情况显然不符。

7.《人归千里外》

人归千里外[1]，心尽一杯中[2]。莫虑前途远[3]，开帆逐便风[4]。

又：人归万里外，意在一杯中。只虑前逞（程）远[5]，开帆待好风。

【图版与录文】04 长沙窑、图版 13、14；录存、96 长沙窑（图版 211）、校证、弃儿、总录。

【校勘】[1] 千：一作"万"。[2] 心尽：一作"意在"。[3] 此句一作"只虑前逞（程）远"。[4] 帆：04《长沙窑》作"坑"，误。开帆：96《长沙窑》作"闻讯"，误录。此句一作"开帆待好风"。逐便风：《总录》作"待好风"，误。[5]

① 《全唐诗》，中华书局 1999 年版，第 15 册，第 11962 页。

逞：《总录》作"途"，误。

【说明】据96《长沙窑》报告，1983 年出土题此诗瓷器 2 件。04《长沙窑》所示二例，皆为青釉褐彩诗文壶，诗题流下腹部。

图版 13：高 21.6 厘米，口径 11.5 厘米，底径 12.5 厘米。喇叭口，长颈，圆肩，瓜棱形腹，平底假圈足，曲形柄。窑址出土，长沙市博物馆藏。

图版 14：高 18 厘米，口径 8.3 厘米，底径 9 厘米。喇叭口，直颈，溜肩，八棱短流，瓜棱腹，较修长，平底内凹。窑址出土，湖南省博物馆藏。

【杂考】一杯：代饮酒，此为临别饯行酒。《全唐诗》卷三九庾抱《别蔡参军》："悲生万里外，恨起一杯中。性灵如未失，南北有征鸿。"李白《江夏别宋之悌》诗云："楚水清若空，遥将碧海通。人分千里外，兴在一杯中。"诗意可同观。便风：顺风。温庭筠《苏小小歌》："一自檀郎逐便风，门前春水年年绿。"

8.《小水通大河》

小水通大河[1]，山深鸟宿多[2]。主人看客好，曲路亦相过[3]。

【图版与录文】04 长沙窑、图版 15、16；录存、96 长沙窑（图版 184）、校证、弃儿、新考、总录。

【校勘】[1] 河：图版 16 下录文作"何"，误。[2]《新考》展示一件收藏品，此句作"山高鸟兽多"，文意也顺。[3] 亦：图版 16 下录文作"赤"，误。

【说明】据96《长沙窑》报告，1983 年出土题此诗瓷器 20 件。个人收藏品 1 件。

图版 15：青釉褐彩诗文壶，高 16.7 厘米，口径 7.9 厘米，底径 9 厘米。喇叭口，瓜棱腹，多棱短流，平底。窑址出土，湖南省博物馆藏。

图版 16：青釉褐彩诗文壶，高 23.5 厘米，口径 12 厘米，底径 15 厘米。喇叭口，直颈，溜肩，四瓣瓜棱深腹，多棱短流，曲柄，平底。诗题流下。私人收藏。

【杂考】96《长沙窑》录此诗为三体，除本首外，另外两体为："小水通大河，山高鸟宿多。主人居此宅，曲路亦相过。""小水通大何（河），山高鸟宿多。主人看客好，曲路亦相过。"按"主人居此宅"句为图版 30"上有东流水，下有好山林。主人居此宅，日日斗量金"诗中语，显为窑匠误书，今合并为一体。

9.《一日三场战》

一日三场战，离家数十年[1]。将军马上坐，将士雪中眠[2]。

【图版与录文】04 长沙窑、图版 17；录存、96 长沙窑（摹图 459）、校证、弃儿、总录。

【校勘】[1] 此句 96《长沙窑》摹图 459 作："曾无赏罚名。"《总录》也录为两体，"名"字书作"为"，误。[2] 将：《总录》校作"战"。

【说明】据 96《长沙窑》报告，此属长沙市收集品，2 件。

图版 17：青釉褐彩诗文壶，高 17.5 厘米，口径 7.8 厘米，底径 8.7 厘米。喇叭口，直颈，溜肩，弓形柄，多棱短流，壶身修长，平底。诗题流下，褐彩书。窑址出土，湖南省博物馆藏。

96《长沙窑》摹图 459：喇叭口，粗直颈，瓜棱腹，八棱形短流，曲柄，流下用褐色题写五言诗一首："一日三场战，曾无赏罚名。将军马上坐，将士雪中眠。"灰黄胎，通体施青黄釉，通高 22.5 厘米，口径 11.2 厘米，腹径 15.5 厘米。

【杂考】敦煌遗书伯 2622《吉凶书仪》上下卷，书手李文义于卷背抄诗八首，其四为："昌昌（日日）三长（场）战，李（离）家数十年。将军马上前，百性（姓）霜中恋（怜）。"写卷正面有题记："大中十三年四月四日午时写了。"又在《吉凶书仪》"吊人父母经时节疏"及"答疏"下有"此是李文义书记"的题识。

10.《那日君大醉》

那日君大醉，昨日始自星（醒）[1]。今日与君饮，明日用斗量。

【图版与录文】04 长沙窑、图版 18、总录、诗文与绘画。

【校勘】[1] 星：图版作"皇"，当是窑匠误书。《诗文与绘画》作"皇"，未校。《长沙窑》《总录》录为"星"，校作"醒"。

【说明】图版 18：青釉褐彩诗文壶。残高 14 厘米，底径 10 厘米。颈残，诗题流下腹部，行书。华菱石渚博物馆藏。

【杂考】长沙窑中的这种瓷壶多用以盛酒，酒壶上题饮酒诗，同时彰显诗歌的文学性能与实用功能。在已发表的全部题诗中，关乎酒的诗作占十分之一强，另有大量题写在瓷罐、盏、碗上的如"好酒无深巷""卞家小口天下第一""酒家杓子"等文字。题写在长沙窑瓷器表面的这类饮酒诗、酒铭文，是唐五代民间俗体诗承担民众商业行为的一个表现，凸显了其商业文化的特点。

11.《道别即须分》

道别即须分[1]，何劳说苦新（辛）[2]。牵牛石上过，不见有啼恨（蹄痕）[3]。

【图版与录文】04 长沙窑、图版 19；录存、96 长沙窑（图版 210）、校证、弃儿、总录。

【校勘】[1] 道：《录存》空阙。[2] 新：有校作"心"，当以"苦辛"为是，义指"艰难"。（梁）刘孝威有《塘上行苦辛篇》，（唐）戎昱有《苦辛行》。[3] 以"蹄痕"谐音"啼恨"。

【说明】据 96《长沙窑》报告，1983 年出土题此诗瓷器 1 件。

203

图版19：青釉褐彩诗文壶，诗题流下腹部。高16.7厘米，口径7.9厘米，底径9厘米。窑址出土，长沙市博物馆藏。

【杂考】《乐府诗集·清商曲辞》"吴声歌"《读曲歌》有云："奈何不可言，朝看莫牛迹，知是宿蹄痕。"也以"蹄痕"谐音"啼恨"。此类谐音手法，吴歌中很常见。

12.《我有方寸心》

我有方寸心，无人堪共说。遣风吹却云[1]，托向天边月[2]。

又[3]：我有一片心，无人堪共说。遣风吹却去[4]，语向天边月[5]。

【图版与录文】04长沙窑、图版20；录存、96长沙窑（图版179、208）、校证、弃儿、总录。

【校勘】[1]云：《校证》依96《长沙窑》图版179校作"去"，误，图版本为"云"字。[2]托：04《长沙窑》《总录》作"言"，均误。《录存》作"托"，校记："或作语。"按04《长沙窑》图版20此字"言"旁，右半边不甚清晰。96《长沙窑》图版179"言"旁草写，右半边作"毛"。《校证》作"讬"。[3]96《长沙窑》录此诗两体，此为第二体，图版底沿及末行文字漫灭难识，文据96《长沙窑》录。[4]去：或为"云"之草体书，姑且不改。[5]语：图版不清，尚不可辨。

【说明】据96《长沙窑》报告，1983年出土题此诗瓷器3件。

图版20：青釉褐彩诗文壶。残高18厘米，残口径8厘米，底径10.7厘米。诗题流下腹部，褐彩书。窑址出土。长沙市博物馆藏。

13.《男儿大丈夫》

男儿大丈夫，何用本乡居。明月家家有，黄金何处无？

【图版与录文】04长沙窑、图版21；录存、96长沙窑（图版182）、校证、弃儿、总录。

【说明】据96《长沙窑》报告，1983年出土题此诗瓷器3件。

图版21：釉下褐彩诗文壶。高19厘米，口径10.4厘米，底径11.2厘米。喇叭口，长颈，圆肩，瓜棱形腹，平底假圈足，曲柄，诗题多棱短流下，褐彩书。窑址出土，长沙市博物馆藏。

【杂考】敦煌写本《秋胡变文》："□□方员足，黄金何处无？"（《敦煌变文集》第154页）与此诗末句同。瓷器题诗又有"忽起自长呼，何名大丈夫"语。寒山诗："男儿大丈夫，作事莫莽卤。"又："男儿大丈夫，一刀两段截。"①

---

① 项楚：《寒山诗注》，中华书局2000年版，第427、629页。

14.《客来莫直入》

客来莫直入[1]，直入主人嗔[2]。打门三五下[3]，自有出来人。

【图版与录文】04 长沙窑、图版 22、23；录存、96 长沙窑（图版 181）、校证、弃儿、总录。

【校勘】[1] 来：《总录》作"人"，误。[2] 嗔：《弃儿》校记："一作宴。"按当为"厌"之同音讹字。[3] 打：96《长沙窑》校记："一作扣"。《弃儿》校记："一作扝。"三五：《弃儿》校记："一作三伍。"

【说明】据 96《长沙窑》报告，1983 年出土题此诗瓷器 7 件。04《长沙窑》所示二例，皆为青釉褐彩诗文壶，诗题流下腹部。

图版 22：高 24 厘米，口径 11.6 厘米，底径 12 厘米。喇叭口，直颈，溜肩，多棱短流，瓜棱腹，大平底。文字无笔锋，似为硬笔或硬物书写。窑址出土，湖南省博物馆藏。

图版 23：高 19.9 厘米，口径 9 厘米，底径 10 厘米。软笔书写。窑址出土，长沙市博物馆藏。

【杂考】《礼记·曲礼上》："将上堂，声必扬。"敦煌写本王梵志诗："主人相屈至，客莫先入门。若是尊人处，临时自打门。"项楚按语："亦可见注明'王梵志诗一卷'之敦煌写本所收九十二首五言四句格言式白话小诗，实属唐代民间极为流行之通俗诗体。"①

15.《龙门多贵客》

龙门多贵客，出户是贤宾。今日归家去，无言谢主人[1]。

【图版与录文】04 长沙窑、图版 24；录存、96 长沙窑、校证、弃儿、总录。

【校勘】[1] 据 96《长沙窑》报告，1983 年出土题此诗的瓷器共 3 件，其中 2 件末句作"谁与买人看"。《校证》按"看"字失韵，与《买人心惆怅》诗之末句"将与买人看"略同，疑为舛误。

【说明】96《长沙窑》报告，1983 年出土题此诗的瓷器共 3 件。

图版 24：青釉褐彩诗文壶，残高 18 厘米，底径 8.9 厘米。诗题流下腹部。华菱石渚博物馆藏。

16.《君生我未生》

君生我未生，我生君以（已）老[1]。君恨我生迟，我恨君生早[2]。

【图版与录文】04 长沙窑、图版 25、26；录存、96 长沙窑、校证、弃儿、总录。

---

① 项楚：《王梵志诗校注》卷四，上海古籍出版社 2010 年版，第 401 页。

【校勘】[1]以:"已"之同音别字,《录存》径录作"已"。图版 26 为"与"字,音近而讹。《弃儿》作"与",未校。《校证》据 96《长沙窑》摹图 427—428 校作"已"。[2]早:《录存》作"老",误。

【说明】据 96《长沙窑》报告,1983 年出土题此诗瓷器 14 件。

图版 25:青釉褐彩诗文壶。高 17.6 厘米,口径 8.9 厘米,底径 9.6 厘米。喇叭口、长颈,圆肩,多棱短流,瓜棱腹,平底假圈足,曲柄。诗题流下腹部。书写认真,字迹清晰。窑址出土,长沙市博物馆藏。

图版 26:青釉褐彩诗文壶。高 17.5 厘米,口径 9.1 厘米,底径 10 厘米。窑址出土,湖南省博物馆藏。

【杂考】敦煌遗书斯 2073 卷《庐山远公话》中有佛偈:"身生智未生,智生身已老。身恨智生迟,智恨身生早。身智不相逢,曾经几度老。身智若相逢,便是成佛道。"此偈又见斯 2165 号写卷,为三首题为"别"的诗偈之一。徐俊认为瓷器题诗"君生我未生"乃流行的《庐山远公话》中偈的改作。(见徐俊《〈庐山远公话〉的篇尾结诗》,《文学遗产》1995 年第 6 期)

17.《天地平如水》

天地平如水,王道自然开。家中无学士[1],官从何处来?

【图版与录文】04 长沙窑、图版 27、28、29;录存、96 长沙窑(图版 180)、校证、弃儿、总录。

【校勘】[1]士:一作"子"。04《长沙窑》图版 27、28,均作"士",图版 29作"子"。

【说明】据 96《长沙窑》报告,1983 年出土题此诗瓷器 3 件。

图版 27:釉下褐彩诗文壶,残高 17.5 厘米,底径 12.6 厘米。口、颈、柄残,多棱短流,圆肩,瓜棱腹,平底假圈足稍凹,诗题流下腹部,褐彩书。行楷体。窑址采集。长沙市博物馆藏。

图版 28:釉下褐彩诗文壶,残高 18.8 厘米,底径 11 厘米。行书体。窑址采集。长沙市博物馆藏。

图版 29:釉下褐彩诗文壶,残高 11.5 厘米,底径 9.5 厘米。颜体楷书。窑址采集。长沙市博物馆藏。

【杂考】敦煌遗书 BD04291《佛说七阶礼佛名经》卷背,沙弥索惠惠抄诗有云:"高门出贵子,好木出良在(材)。丈夫不学闻(问),观(官)从何处来?"诗后题记:"巳年六月十二日秒(沙)弥索惠惠书已。"池田温定在 9 世纪前期。① 此诗又见

---

① 参见池田温《中国古代写本识语集录》1341 号。

斯 614《兔园册府》第一并序末。又吐鲁番阿斯塔那 363 号唐墓出土卜天寿景龙四年抄本《论语》末五言诗之一："高门出己子，好木出良才。交儿学敏（问）去，三公河（何）处来？"皆可与瓷器题诗相参看。

18.《上有东流水》

上有东流水，下有好山林[1]。主人居此宅[2]，日日斗量金[3]。

【图版与录文】04 长沙窑、图版 30、31、32、172；录存、96 长沙窑（图版 188）、校证、弃儿、总录。

【校勘】[1] 山：图版 31 作"花"。[2] 居此宅：一作"有好宅"、又作"有此宅"。04《长沙窑》图版 30、31、32 俱作"居此宅"。96《长沙窑》图版 188 作"有好宅"。04《长沙窑》图版 172 作"有此宅"。据 96《长沙窑》校记，1983 年出土题有此诗的瓷器共 6 件，5 件作"居此宅"，1 件作"有好宅"。[3] 斗：图版 30 作"卧"。量：图版 31、32 俱作"良"，简体书写。

【说明】据 96《长沙窑》报告，1983 年出土题此诗瓷器 6 件。又香港中文大学文物馆藏题此诗瓷碗 1 件。

图版 30：青釉褐彩诗文壶，残高 20.8 厘米，底径 11 厘米。诗题流下腹部，行书。窑址出土。湖南省博物馆藏。

图版 31：青釉褐彩诗文壶，残高 18.3 厘米，底径 9.6 厘米。诗题多棱残流下方。窑址出土。长沙市博物馆藏

图版 32：青釉褐彩诗文壶，残高 20.8 厘米，底径 12.7 厘米。行草书。笔体流畅。窑址出土。长沙市博物馆藏。

图版 172：青釉褐彩诗文碗。高 4.3 厘米，口径 14.4 厘米。侈口尖圆唇，斜弧腹，矮圈足。诗题碗内底，褐彩书。香港中文大学文物馆藏。

19.《天明日月夽》

天明日月夽，立月己三龙。言身一寸谢，千里重金钟。

【图版与录文】04 长沙窑、图版 33；录存、96 长沙窑（图版 189）、校证、弃儿、总录。

【说明】据 96《长沙窑》报告，1983 年出土题此诗瓷器 9 件。

图版 33：青釉褐彩诗文壶。高 18 厘米，口径 8.3 厘米，底径 10 厘米。口沿外撇，瓜棱腹，多棱短流，平底，施青釉，诗题流下腹部。窑址出土，湖南省博物馆藏。

【杂考】此为拆字诗一格。每句最后一字是前面几字的组合。

20. 《买人心惆怅》

买人心惆怅[1]，卖人心不安。题诗安瓶上，将与买人看。

【图版与录文】04 长沙窑、图版 34；录存、96 长沙窑（图版 209）、校证、总录。

【校勘】[1] 怅：《录存》作"帐"，校作"怅"。《校证》径作"怅"。

【说明】据 96《长沙窑》报告，1983 年出土题此诗瓷器 1 件。

图版 34：青釉褐彩诗文壶。高 19.6 厘米，口径 9.5 厘米，底径 10.5 厘米。喇叭口，长颈，圆肩，瓜棱腹，多棱短流，平底假圈足。诗题流下，褐彩书。窑址出土。长沙市博物馆藏。

21. 《念念催年促》

念念催年促，由（犹）如少水鱼。劝诸行过众[1]，修学至无余[2]。

【图版与录文】04 长沙窑、图版 35；录存、96 长沙窑、校证、总录

【校勘】[1] 众：《录存》作"家"，误。[2] 修：96《长沙窑》校作"休"，不必。至：96《长沙窑》作"香"，误。

【说明】据 96《长沙窑》报告，此件属长沙市收集品，1 件。

图版 35：青釉褐彩诗文壶。残高 13 厘米，底径 11.6 厘米。喇叭口，粗颈，瓜棱腹，平底，八棱短流，曲柄。诗题流下。窑址出土，长沙市博物馆藏。

【杂考】斯 236 号写卷《礼忏文一本》中白众所听《黄昏偈》曰："西方日已没，尘劳犹未除。老病死时至，相看不久居。念念催年促，犹如少水鱼。劝诸行道众，修学至无余。"瓷器题诗为《黄昏偈》之后四句。又见敦煌伯 2722 沙门思远述《礼佛文》中，文字作："念念摧（催）年促，犹如少水鱼。劝诸礼佛众，修斋至无余。"《校证》曰："知此诗原为寺院礼忏文，根据场合和对象的变易，文词略有不同。"

22. 《自从君去后》（1）

自从君去后，常守旧时心。洛阳来路远[1]，凡用几黄金[2]？

【图版与录文】04 长沙窑、图版 36；录存、96 长沙窑（图版 206）、校证、弃儿、总录。

【校勘】[1] 洛：《弃儿》曰："一作落。"音近讹字。[2] 凡：04《长沙窑》、《总录》校为"还"。96《长沙窑》录作"还"，校曰"或凡"。按"凡"字是。

【说明】据 96《长沙窑》报告，1983 年出土题此诗瓷器 7 件。

图版 36：青釉褐彩诗文壶。高 21.3 厘米，口径 9.3 厘米，底径 12.3 厘米。诗题流下腹部，褐彩书，行书体。窑址出土。长沙市博物馆藏。

【杂考】敦煌写卷伯 3836《南歌子》其二曰："自从君去后，无心恋别人。"可知，"自从君去后"为当时习称语。（汉）徐幹有《室思诗》五章，第三章曰："自君

之出矣，明镜暗不治。思君如流水，无有穷已时。"南朝乐府有《自君之出矣》，历代文人拟之甚多。

23.《自从君去后》（2）

自从君去后，日夜苦相思。不见来经岁，肠断泪沾衣。

【图版与录文】04 长沙窑、图版 37；总录、诗文与绘画。

【说明】图版 37：青釉褐彩诗文壶，高 21.5 厘米，口径 11 厘米，底径 12 厘米。诗题多棱短流下。私人收藏。

【杂考】可与前一诗同观。

24.《白玉非为宝》

白玉非为宝，千金我不须[1]。意念千张纸[2]，心存万卷书[3]。

【图版与录文】04 长沙窑、图版 38、41；录存、96 长沙窑（图版 177）、校证、弃儿、总录。

【校勘】[1] 须：04《长沙窑》《总录》校作"需"，不必。[2] 意：《录存》作"怀"，误。[3] 存：《录存》作"藏"，误。

【说明】据 96《长沙窑》报告，1983 年出土题此诗瓷器 1 件。又私人收藏品 1 件。此诗最早发表于傅举友《长沙窑新发现的唐诗》，香港《大公报》1985 年 10 月 26 日。

图版 38：青釉褐彩诗文壶，高 18.5 厘米，口径 8 厘米，底径 8.5 厘米。喇叭口、粗颈，多棱短流，瓜棱腹，平底。诗题流下。私人收藏。

图版 41：青釉褐彩诗文壶，高 16.6 厘米，底径 7.1 厘米。窑址出土，湖南省博物馆藏。

【杂考】《校证》云：敦煌伯 3441 何晏《论语集解》卷六背抄此诗："白玉虽未（为）宝，黄金我未虽（须）。心在千章（张）至（纸），意在万卷书。"题记："大中七年十一月廿六日学生判官高英建写记。"伯 2622《吉凶书仪》卷背杂诗八首其五即此诗："白玉非为宝，黄金我不□。□竟千张纸，心存万卷书。"题记："大中十三年四月四日午时写了。"又王梵志诗："黄金未是宝，学问胜珠玑。丈夫无伎艺，虚沾一世人。"① 诗意俱同。

25.《男儿爱花心》

男儿爱花心[1]，徒劳费心力。有钱则见面，无钱不相识。

---

① 项楚：《王梵志诗校注》卷四，上海古籍出版社 2010 年版，第 412 页。

【图版与录文】04 长沙窑、图版 39；总录、诗文与绘画。

【校勘】[1] 爱：《诗文与绘画》作"看"，误；心：图版此字残缺，姑录以俟校。

【说明】图版 39：青釉褐彩诗文壶，诗题多棱流下腹部，褐彩书。残高 17.4 厘米，底径 10.2 厘米。窑址出土。长沙市博物馆藏。

【杂考】此诗摹写世情，讽刺唯重金钱、情义淡薄之世态。男儿虽有爱花之心，若无金钱，则白费精神。瓷器题记中又有"有钱冰亦热，无钱火亦寒"句。《朝野佥载》载时人为王法曹歌曰"见钱满面喜，无镪（钱）从头喝"。王梵志诗中也多有嘲讽此种利禄主义者。

26.《凡人莫偷盗》

凡人莫偷盗，行坐饱酒食。不用说东西，汝亦自绦（条）直[1]。

【图版与录文】04 长沙窑、图版 40；录存、96 长沙窑、校证、弃儿、总录。

【校勘】[1] 绦：04《长沙窑》《弃儿》《总录》作"涤"，误。《校证》作"绦"，校作"条"，是。卢照邻《病梨树赋序》："细叶枝连，洪柯条直。"郭炯《西掖瑞柳赋》："始孤标而颖拔，乍苒弱而条直。"柳宗元《唐故万年令裴府君墓碣》："离纷龙，导滞塞，关百执事，条直显遂，司空拱手以成。"

【说明】据 96《长沙窑》报告，1983 年出土题此诗瓷器 1 件。

图版 40：青釉褐彩诗文壶。残高 19.4 厘米，底径 10.5 厘米。诗题流下腹部。笔法粗犷，呈色浓厚。窑址出土。湖南省博物馆藏。

27.《闻流不见水》

闻流不见水，有石复无山。金瓶成（盛）碎玉[1]，挂在树枝间[2]。

【图版与录文】04 长沙窑、图版 42；录存、96 长沙窑（图版 207）、校证、弃儿、总录。

【校勘】[1] 成：《录存》、96《长沙窑》、《校证》皆未校。《弃儿》作"盛"，其所示图版即作"盛"字。[2] 枝：96《长沙窑》作"木"，校记："一作枝。"

【说明】据 96《长沙窑》报告，1983 年出土题此诗瓷器 2 件。

图版 42：青釉褐彩诗文壶，诗题流下腹部。残高 24 厘米，底径 12.4 厘米。窑址出土。湖南省博物馆藏。

【杂考】诗谜，谜底为"石榴"。史思明《石榴诗》："三月四月红花里，五月六月瓶子里。作刀割破黄胞衣，六七千个赤男女。"所咏为同一物事。

28.《一暑（树）寒梅南北枝》

一暑（树）寒梅南北枝[1]，每年花发不同时[2]。南支（枝）昨夜花开尽[3]，北内梅花犹未知[4]。

【图版与录文】04 长沙窑、图版 43；录存、96 长沙窑、校证、弃儿、总录。

【校勘】[1] 梅：《校证》录作"悔"，校作"梅"（据 96《长沙窑》摹图 413）。《录存》、96《长沙窑》皆作"梅"。字体釉色脱落，图版不清。[2] 发：04《长沙窑》、《总录》作"开"，《录存》、《校证》、《弃儿》作"发"，96《长沙窑》空阙。观图版，"发"字为是。[3] 支：04《长沙窑》、96《长沙窑》、《录存》、《弃儿》、《总录》径作"枝"。[4] 梅：《校证》录作"悔"，校作"梅"，不必。

【说明】据 96《长沙窑》报告，1983 年出土题此诗瓷器 1 件。

图版 43：青釉褐彩诗文壶，诗题流下腹部，褐彩书。残高 13 厘米。窑址出土。湖南省博物馆藏。

【杂考】《校证》引（唐）张方注李峤《梅》诗"大庾天寒少，南枝独早芳"句："大庾岭上梅，南枝落、北枝开。"[（宋）朱翌《猗觉寮杂记》卷上] 又见《永乐大典》卷六六五引《元一统志》引《白氏六贴》。以为即此诗本意。《太平广记》卷五二"陈复休"条注引《仙传拾遗》："中和五年，大驾还京。复休亦至阙下，田晋公军容。问至京国几年安宁？曰二十。果自问后二十日，再幸陈仓。后于道中寄诗与田晋公曰：'夜坐空庭月色微，一树寒梅发两枝。'及驾至梁洋，邠帅朱玫立襄王监国。'寒梅两枝'验矣。"① 应是就流传的诗句附会而成，不当视为陈复休作。《全唐诗》卷八六二陈复休名下收录。又《全唐诗》卷八六三录观梅女仙《题壁》诗曰："南枝向暖北枝寒，一种春花有两般。凭仗高楼莫吹笛，大家留取倚阑看。"（卷八〇一作刘元载妻诗）诗意也可参看。《猗觉寮杂记》又曰："梅用南枝事共知，《青琐红梅》诗云：'南枝向暖北枝寒'……南唐冯延巳词云：'北枝梅蕊犯寒开。'则南北枝事其来远矣。"②

29.《不意多离别》

不意多离别，临分洒泪难[1]。愁容生白发，相送出长安[2]。

【图版与录文】04 长沙窑、图版 44；录存、96 长沙窑、校证、弃儿、总录。

【校勘】[1] 洒：96《长沙窑》作"痕"，《校证》疑其误，依《录存》作"洒"。今观图版，"洒"字是。[2] 出：《校证》校记写作"到"，当以"出"为是。

【说明】据 96《长沙窑》报告，1983 年出土题此诗瓷器 2 件。

图版 44：青釉褐彩诗文壶，诗题流下腹部，褐彩书。残高 13.6 厘米。窑址出土。

---

① 《太平广记》卷五二，第 320 页。

② （宋）朱翌：《猗觉寮杂记》卷上，《全宋笔记》第三编，大象出版社 2008 年版，第 13 页。

湖南省博物馆藏。

30. 《古人皆有别》

古人皆有别[1]，此别泪痕多。送客城南酒[2]，悬令听楚歌[3]。

【图版与录文】04 长沙窑、图版 46；录存、96 长沙窑、校证、弃儿、总录、解读（图）。

【校勘】[1] 古：96《长沙窑》、《录存》、《校证》、《总录》皆作"世"，《录存》校记"或作喝"。[2] 城：96《长沙窑》作"溅"，《录存》、《校证》、《总录》作"醉"，皆误。[3] 悬令：96《长沙窑》作"□吟"，《校证》据《录存》作"悬令"，按作"悬令"是。

【说明】据 96《长沙窑》报告，1983 年出土题此诗瓷器 1 件。04《长沙窑》图版 46 下之录文误载图版 45 下之录文，诗作及瓷器款形介绍均与图版 46 不符。

图版 46：青釉褐彩诗文壶。残高 18.6 厘米，底径 10.2 厘米。窑址出土，湖南省博物馆藏。

【杂考】04《长沙窑》图版 45："古人皆有别，此别泪恨多。去后看明月，风光处处过。"（《总录》录其为此诗之又一体）首两句与此诗同，后两句为图版 7、8、9 所示作品中语。当是匠人误书，不当视为本诗异体。《弃儿》曰此为祭祀诗。

31. 《剑缺那（哪）堪用》

剑缺那（哪）堪用[1]，霞（瑕）珠不直（值）钱[2]。[芙蓉一点污，□人那堪怜[3]？]

【图版与录文】04 长沙窑、图版 47；录存、96 长沙窑、校证、弃儿、总录。

【校勘】[1] 那：《录存》、《校证》、《弃儿》皆未校。[2] 直：《校证》依《录存》径录作"值"，不当。[3] 那：《总录》校作"哪"。

【说明】据 96《长沙窑》报告，1983 年出土题此诗瓷器 1 件。

图版 47：青釉褐彩诗文残片。长 10.4 厘米，宽 8.7 厘米。窑址出土。湖南省博物馆藏。后两句残，图版下录文注曰："后两句当是：'芙蓉一点污，□人那堪怜。'"他本皆有后两句，未知所据，姑且录之。

32. 《衣裳不如法》

衣裳不如法[1]，人前满面修（羞）[2]。行时无风彩（采），坐在下行头。

【图版与录文】04 长沙窑、图版 48；录存、96 长沙窑（图版 198）、校证、弃儿、总录。

【校勘】[1] 法：《校证》空阙。96《长沙窑》作"法"，《录存》作"注"。图版不清，待校。[2] 修：04《长沙窑》、《总录》径作"羞"。

【说明】据96《长沙窑》报告，1983年出土题此诗瓷器1件。

图版48：青釉褐彩诗文壶，高22厘米，底径12厘米。喇叭口，粗颈，平底，诗题多棱短流下瓜棱腹部，褐彩书。窑址出土。湖南省博物馆藏。

33.《孤竹生南岭》

孤竹生南岭[1]，安根本自危。每蒙东日照，常恐北风吹[2]。

【图版与录文】04长沙窑、图版49；录存、96长沙窑（图版196）、校证、弃儿、总录、新考（图版200）。

【校勘】[1] 岭：一作"街"（96《长沙窑》图版196）；[2] 恐：一作"被"（96《长沙窑》图版196）。96《长沙窑》述广东博物馆藏品此字作"怨"，误，当为"恐"字。《新考》亦作"怨"，均误。

【说明】据96《长沙窑》报告，1983年出土题此诗瓷器1件。又广东省博物馆藏1件。

图版49：青釉褐彩诗文壶。高18.2厘米，口径8.8厘米，底径9.4厘米。喇叭口，直颈，丰肩，瓜棱腹，多棱短流，曲柄（已残）。诗题流下腹部。毛笔书写。征集品。广东省博物馆藏。

34.《自从为客来》

自从为客来[1]，是事皆隐忍。若有平山路[2]，崎岖何人尽。

【图版与录文】04长沙窑、图版50、51；录存、96长沙窑（图183）、校证、弃儿、总录。

【校勘】[1] 为：《录存》作"与"，校记："疑当作为。"96《长沙窑》录作"与"，校曰："一作为。"[2] 山路：图版此两字釉色有脱落，估依图版下录文。平山路：一作"平常心"（见《弃儿》所示图版）。

【说明】据96《长沙窑》报告，1983年出土题此诗瓷器4件。

《总录》又录一别体："自从与客来，是事皆隐忍。辜负平生心，崎岖何人尽。"按04《长沙窑》图版51为一青釉褐彩诗文残片（高11厘米，窑址出土，湖南省博物馆藏），题诗为："自从为客来，是事皆隐忍。□（辜）负平生心，（后一行缺）。"

图版50：青釉褐彩诗文壶。高18.5厘米，口径9厘米，底径10厘米。喇叭口，直颈，丰肩，瓜棱腹，多棱短流，诗题腹部。窑址出土，湖南省博物馆藏。

35.《俗（避）酒还逢酒》

俗（避）酒还逢酒，逃杯反被杯[1]。今朝酒即醉[2]，满满酌将来。

【图版与录文】04 长沙窑、图版 52；录存、96 长沙窑、校证、弃儿、总录。

【校勘】[1] 反：《录存》、《校证》作"又"，误。[2] 酒：《校证》空阙，96《长沙窑》作"酒"，验之图版，作"酒"字是。

【说明】据 96《长沙窑》报告，1983 年出土题此诗瓷器 1 件。

图版 52：青釉褐彩诗文壶。残高 12 厘米，底径 10.5 厘米。诗题流下腹部，釉下褐彩书。窑址出土，湖南省博物馆藏。

36.《新妇家家有》

新妇家家有，新郎何处无。论情好果报[1]，嫁取可怜夫。

【图版与录文】04 长沙窑、图版 53；录存、96 长沙窑（摹图 444）、校证、弃儿、总录。

【校勘】[1] 论：《录存》作"伦"，疑误，余本皆作"论"，姑从之。

【说明】据 96《长沙窑》报告，1983 年出土题此诗瓷器 1 件。

图版 53：青釉褐彩诗文壶，残高 12 厘米，底径 9 厘米。窑址出土。诗题流下腹部，褐彩书。釉色脱落，除首句外，多不能识。湖南省博物馆藏。

【杂考】果报：佛家语，指有原因必有结果的报应。

37.《竹林青付付（郁郁）》

竹林青付付（郁郁）[1]，鸿雁北向飞。今日是假日[2]，早放学郎归[3]。

【图版与录文】04 长沙窑、图版 54；录存、96 长沙窑（图版 66）、校证、弃儿、总录。

【校勘】[1] 付付：04《长沙窑》、《弃儿》、《总录》径作"郁郁"，不妥。此句《录存》作"□林□付之"，"之"为重文符号之误读。《校证》按："'鬱'字又写作'欝'，下部与'付'字形近，写者以'欝'字笔画繁多，遂以'付'字代之。"其说可从。[2] 假：《录存》空阙。[3] 此句《录存》作"早□□□□"。

【说明】96《长沙窑》有图版，未有录文。《校证》据图版著录。《总录》又录一别体："望林心忧伤，鹄雁北向飞。今日是佳节，早盼学郎归。"未知所据。

图版 54：青釉褐彩诗文壶，高 18.6 厘米，底径 10 厘米。诗题流下腹部。私人收藏。

【杂考】敦煌伯 2622 写卷《吉凶书仪》末抄诗七首，其三："竹林清郁郁，伯（百）鸟取天飞。今照（朝）是我日，早放学生郎归。"题记："大中十三年四月四日午时写了。"又"此是李文义书记"。李文义当是抄写者的名字。又卜天寿写本《论语》末五言诗之一："写书今日了，先生莫酤（嫌）池（迟）。明朝是贾（假）日，早放学生归。"①

38.《街（阶）下后梅树》

街（阶）下后梅树[1]，春来画（花）不成[2]。[腹]中花易发[3]，荫处苦难生。

【图版与录文】04 长沙窑、图版 55；录存、96 长沙窑、校证、弃儿、总录。

【校勘】[1] 街：诸本未校，《弃儿》疑当校作"阶"。后：96《长沙窑》、《校证》、《录存》皆作"满"。[2] 画：《校证》未校，04《长沙窑》按语："'画'当为'花'。[3] 腹：《录存》《弃儿》《总录》皆作"腹"，《校证》空阙俟校。

【说明】据 96《长沙窑》报告，1983 年出土题此诗瓷器 1 件。

图版 55：青釉褐彩诗文壶，高 17.7 厘米，口径 9.2 厘米，底径 9.5 厘米。喇叭口，直颈，溜肩，八棱短流，瓜棱腹，平底内凹。诗题短流下腹部。窑址出土，湖南省博物馆藏。

【杂考】后梅：晚开之梅。春天已然到来，阶下晚梅仍未见花开迹象，原因是它植于背阴地，不临光照。此诗似抒发怀才不遇感。

39.《终日如醉泥》

终日如醉泥，看东不辨西[1]。为（惟）存酒家令[2]，心里不曾迷。

【图版与录文】04 长沙窑、图版 56；录存、96 长沙窑、校证、弃儿、总录。

【校勘】[1] 辨：《录存》作"看"，误。[2] 为：《校证》未校，04《长沙窑》、《总录》校作"惟"，可从。

【说明】据 96《长沙窑》报告，1983 年出土题此诗瓷器 1 件。

图版 56：青釉褐彩诗文壶，高 18.3 厘米，口径 9.3 厘米，底径 10.2 厘米。喇叭口，直颈，溜肩，曲柄，多棱短流，瓜棱腹，平底。诗题流下腹部。窑址出土，湖南省博物馆藏。

40.《二八谁家女》

二八谁家女，临河洗旧妆。水流红粉尽，风送绮罗香。

【图版与录文】04 长沙窑、图版 57；录存、96 长沙窑（图 201）、校证、弃儿、总录。

---

① 《吐鲁番出土文书》，文物出版社 1987 年版，第 7 册，第 549 页。

【说明】据 96《长沙窑》报告，1983 年出土题此诗瓷器 1 件。

图版 57：青釉褐彩诗文壶，高 17.2 厘米，口径 7.5 厘米，底径 9 厘米。喇叭口，直颈，溜肩，多棱短流，平底，无釉，胎色灰白。诗题流下腹部，褐彩书。窑址出土，湖南省博物馆藏。

41.《作客来多日》（1）

作客来多日，烦夕（扰）主人深[1]。未有黄金赠，空留一片心。

【图版与录文】04 长沙窑、图版 58、60；总录、焦点（图版 186）。

【校勘】[1] 扰：图版 58、《总录》作"夕"，图版 60 此字模糊，录作"寂"。按作"夕""寂"，文意均不通，《焦点》图版 186 所示一诗文壶，题作"扰"字，据改。

【说明】题此诗瓷器今见三个图版：04《长沙窑》图版 58、60 以及《焦点》图版 186。

图版 58：青釉褐彩诗文壶，高 23.5 厘米，口径 10.5 厘米，底径 11.5 厘米。局部已残，八棱流下之五言诗，字迹清晰。私人收藏。

图版 60：青釉褐彩诗文壶，高 18.8 厘米，口径 10.2 厘米，底径 11 厘米。口底均残。诗题流下腹部。窑址采集，长沙市博物馆藏。

42.《作客来多日》（2）

作客来多日，常怀一肚愁。路逢千丈木，堪作坐竹（望乡）楼[1]。

【图版与录文】04 长沙窑、图版 59；录存、96 长沙窑（图版 197）、校证、弃儿、总录。

【校勘】[1] 坐竹：04《长沙窑》、《录存》、96《长沙窑》（及摹图 445）、《总录》皆作"坐竹"，语义难解。《校证》据 96《长沙窑》图版 197，录为"望乡"，《弃儿》亦作"望乡"。按：04《长沙窑》图版 59、96《长沙窑》图版 197 两字不甚清晰，后一字为"竹"。原文姑依《长沙窑》所录，试校作"望乡"。

【说明】据 96《长沙窑》报告，1983 年出土题此诗瓷器 4 件。

图版 59：青釉褐彩诗文壶，高 18.8 厘米，口径 10.2 厘米，底径 11 厘米。喇叭口，长颈，圆肩，多棱短流，瓜棱腹，平底假圈足。诗题短流下腹部。窑址采集，湖南省博物馆藏。

43.《三伏不曾摇扇》

三伏不曾摇扇，时看涧下树阴。脱帽露顶折腹[1]，时来清风醒心。

【图版与录文】04 长沙窑、图版 61；总录、诗文与绘画。

【校勘】[1] 折：《诗文与绘画》作"披"，误。

【说明】图版 61：青釉褐彩诗文壶，高 22.5 厘米，口径 10.5 厘米，底径 13 厘米。口残，通体施青釉。诗题流下腹部。字迹清晰，完整。私人收藏。

【杂考】脱帽、露顶、折腹皆标示傲然散漫之态，杜甫《饮中八仙歌》云："张旭三杯草圣传，脱帽露顶王公前。"

44.《来时为作客》

来时为作客，去后不身陈[1]。无物将为信，流（留）语赠主人[2]。

【图版与录文】04 长沙窑、图版 62；总录、焦点（图版 188）、诗文与绘画。

【校勘】[1] 身陈：《总录》《诗文与绘画》作"陈身"，误。[2] 流：《焦点》未校。

【说明】图版 62：青釉褐彩诗文壶，高 19 厘米，口径 9.5 厘米，底径 9.5 厘米。喇叭口，直颈，溜肩，瓜棱腹，平底。诗题多棱流下腹部。华菱石渚博物馆藏。

45.《频频来作客》

频频来作客，扰乱主人多。未有黄金赠，空留一量靴。

【图版与录文】04 长沙窑、图版 63；总录、焦点、诗文与绘画。

【说明】图版 63：青釉褐彩诗文壶，高 19 厘米，口径 9.4 厘米，底径 10.1 厘米。喇叭口，直颈，溜肩，瓜棱腹，平底。诗题多棱流下腹部。华菱石渚博物馆藏。

【杂考】此客赠主人诗。为客将终，赠主人一双靴子以致谢。《诗文与绘画》释诗中"黄金"代指"茶叶"，未必。一量，即"一双"。《全唐诗续拾》卷二录《启颜录》所记王威德戏贾元逊语："千具羖䍽皮，唯裁一量鞡。"鞡，通"袜"，一量鞡，即一双袜。同书贾元逊戏王威德语："千丈黄杨木，空为一个梳。"空，乃"惟"，或"只"义。"空留一量靴"，只能留下一双靴子。此诗与上第 41、42《作客来多日》、第 44《来时为作客》以及 1983 年出土瓷器题诗《龙门多贵客》（"龙门多贵客，出户是贤宾。今日归家去，无言谢主人。"）皆为作客将终，留语或赠物于主人所用，似是套话。

46.《寒食元无火》

寒食元无火[1]，青松自有烟。鸟啼新柳上[2]，人拜古坟前[3]。

【图版与录文】04 长沙窑、图版 64、69；录存、96 长沙窑、校证、弃儿、总录。

【校勘】[1] 元：96《长沙窑》、04《长沙窑》校作"原"，不必。[2] 柳上：图版 64 作"上柳"，当为窑匠误书，《总录》未校。图版 69 作"柳上"，可从。[3] 古坟：图版 68 作"坟古"，当为误书。《录存》作"坟古"，校曰："或作古坟。"

【说明】据 96《长沙窑》报告，长沙市收集品，2 件。

图版 64：青釉褐彩诗文壶。高 23.6 厘米，口径 1.6 厘米，底径 12.5 厘米。喇叭

口，长颈，圆肩，瓜棱腹，多棱短流，平底假圈足。诗题流下，褐彩书。窑址出土。长沙市博物馆藏。

47.《远送还通达》

远送还通达，逍遥近道边。遇逢退迍过[1]，进退随遛连[2]。

【图版与录文】04 长沙窑、图版 65；录存、96 长沙窑、校证、弃儿、总录。

【校勘】［1］遇：96《长沙窑》作"迁"，误。［2］退：《录存》作"迢"，误。遛：04《长沙窑》、《总录》校作"流"，不必。

【说明】1983 年出土题此诗瓷器 1 件。文字游戏诗。

图版 65：青釉褐彩诗文壶。残高 12.7 厘米，底径 10.4 厘米。窑址出土，长沙市博物馆藏。

【杂考】敦煌遗书斯 5513《开蒙要训摘抄》卷背抄"辶"部首的字五行 42 字，前两行四字句，后三行五字句，末两行作："遥逢退迍过，进退□遊莲。送远还通达，逍遥近道边。"（《英藏敦煌文献》第 7 册，第 212 页，即此诗。

又伯 2738 号卷背，"空问当时苦"诗下接抄："送远还通［ ］，遛连近道边，畏辶逢［ ］［ ］，进退速忧远。"也为习字。

48.《东家种桃李》

东家种桃李，一半向西邻。幸有余光在，因何不与人。

【图版与录文】04 长沙窑、图版 66；录存、96 长沙窑（图版 212）、校证、弃儿、总录。

【说明】长沙市收集品，1 件。

图版 66：青釉褐彩诗文壶。高 17.4 厘米，口径 9.1 厘米，底径 9.5 厘米。喇叭口，粗颈，瓜棱腹，八棱短流，曲柄。诗题流下，褐彩书。窑址出土，长沙市博物馆藏。

49.《去岁无田种》

去岁无田种，今春乏酒财[1]。恐他花鸟笑，佯醉卧池台。

【图版与录文】04 长沙窑、图版 67、68；录存、96 长沙窑（图版 190）、校证、弃儿、总录。

【校勘】［1］财：《全唐诗》作"材"。按：作"材"更善，与前句"无田种"相承，因去岁无田可种，故今春无酿酒材料。

【说明】据 96《长沙窑》报告，1983 年出土题此诗瓷器 3 件。

图 67：青釉褐彩诗文壶。高 19.2 厘米，口径 9.5 厘米，底径 11 厘米。喇叭口，

瓜棱腹，多棱短流，平底，诗题流下腹部，褐彩书。窑址出土，湖南省博物馆藏。

图68：青釉褐彩诗文壶。高17.9厘米，口径9厘米，底径10厘米。喇叭口，瓜棱腹，多棱短流，平底，诗题流下腹部，褐彩书。窑址出土，湖南省博物馆藏。

此壶右侧面题"我""君"两字下面加"念"字的叠句，即成：君念我，我念君。

【杂考】《全唐诗》卷八五二张氲《醉吟三首》："去岁无田种，今春乏酒材。从他花鸟笑，佯醉卧楼台。""下调无人睬，高心又被瞋。不知时俗意，教我若为人。""入市非求利，过朝不为名。有时随俗物，相伴且营营。"第一首即此诗。张氲为唐初道士，事见（宋）张淏《云谷杂记》补编卷二。陈尚君《书后》："元赵道一《历世真仙体道通鉴》卷四〇载为唐玄宗天宝四载尸解的道士张氲的三首遗诗之一。张氲事迹可上溯到（宋）陈葆光《三洞群仙录》卷七引《高僧传》。其仙事不见于唐人记载，诗未必为其作。"

50.《忽起自长呼》

忽起自长呼[1]，何名大丈夫。心中万事有，[不愁手中无][2]。

【图版与录文】04 长沙窑、图版70（末一行被遮）；录存、96 长沙窑、校证、总录。

【校勘】[1] 忽：此字《录存》、96《长沙窑》、《校证》皆空阙，图版仅见此字下半"心"部，04《长沙窑》补作"忽"字（据敦煌本《论语义疏》卷背钞诗"忽起气肠嘘"句）。[2] 末一行图版被遮，不能辨。04《长沙窑》、《总录》皆作"不愁手中无"，姑且录之。《录存》、96《长沙窑》、《校证》皆作"不□手中无"。

【说明】据96《长沙窑》报告，1983年出土题此诗瓷器1件。

图版70：青釉褐彩诗文壶，高23厘米，口径13厘米，底径12厘米。喇叭口，瓜棱腹，多棱短流，平底，诗题流下，褐彩书。窑址出土。长沙市博物馆藏。

【杂考】《校证》语：伯3578《论语义疏》卷背，贞明九年卖物契后，抄诗一首："忽起气肠嘘，何名大丈夫。心□万事有，不那手中无。"

51.《万里人南去》

万里人南去，三春雁不（北）飞[1]。不知何岁月，得共女（汝）同归[2]。

【图版与录文】04 长沙窑、图版71；96 长沙窑（图版185）、校证、总录、录存、弃儿

【校勘】[1] 春：96《长沙窑》、《校证》作"秋"。96《长沙窑》图版185此句作"三秋雁北飞"。依照节候，大雁春天北向飞，当以"春"字为是。不：与"北"

音近致讹。《录存》校记："或作北"。雁：《弃儿》录作"鹰"，校作"雁"。[2]
女：《录存》未校。96《长沙窑》图版185作"汝"字。

【说明】据96《长沙窑》报告，1983年出土题此诗瓷器2件。

图版71：青釉褐彩诗文壶。高17.5厘米，口径8.4厘米，底径9.7厘米。喇叭口，直颈，溜肩，曲柄，瓜棱腹，多棱短流，平底，诗题流下腹部。窑址出土，湖南省博物馆藏。

【杂考】此为韦承庆《南中咏雁》（也作《南行别弟》），《文苑英华》卷三二八、《唐诗纪事》卷九、《全唐诗》卷四六载。《全唐诗》卷四六："万里人南去，三春雁北飞。不知何岁月，得与尔同归。"《全唐诗》卷八十于季子名下重出，《校证》已辨其误，云："案作于季子诗为沿传本《国秀集》正文之误，据《国秀集》目录，卷下于季子后有吕令问一首、敬括二首，其后才是韦承庆一首。但因正文缺一页，于'于季子'名后脱于季子诗和吕令问、敬括二人诗及'韦承庆'名，致使'于季子'名与《南行别弟》相连，造成误属。"

52. 《一双青鸟子》

一双青鸟子，飞来五两头[1]。借问舡轻重，附信到扬州。

【图版与录文】04长沙窑、图版72；录存、96长沙窑（图版202）、校证、弃儿、总录。

【校勘】[1] 五两：96《长沙窑》作"三两"。《录存》校记："五，或作三。"按作"五两"是，古代测风器。《乐府诗集》卷四四载《吴歌三首》其三："五两了无闻，风声那得达。"庾信《贾客词》："五两开船头，长樯发新浦。"

【说明】据96《长沙窑》报告，1983年出土题此诗瓷器1件。

图版72：青釉褐彩诗文壶。高19厘米，口径8.5厘米，底径9.5厘米。口、颈残，瓜棱腹，平底假圈足，诗题多棱短流下腹部。窑址出土，长沙市博物馆藏。

【杂考】《太平广记》卷三九〇引徐铉《稽神录》载周世宗显德二年（955），涟水军使秦进崇修城，掘出一座古墓，其中有个黄底黑纹瓶上就题这首诗。诗曰："一双青鸟子，飞来五两头。借问船轻重，寄信到扬州。"① 《全唐诗》卷八七五谶记收录，题作《涟水古冢瓶文》。

《全唐诗》卷二四七独孤及《官渡柳歌送李员外承恩往扬州觐省》诗中云："五两得便风，几日到扬州。莫贪扬州好，客行剩淹留。"②

---

① 《太平广记》卷三九〇，第3122页。
② 《全唐诗》卷二四七，第2763页。

53. 《自入长信宫》

自入长信宫，每对孤灯泣。闺门镇不开，梦从何处入？

【图版与录文】04 长沙窑、图版 73；录存、96 长沙窑（图版 199）、校证、弃儿、总录。

【说明】据 96《长沙窑》报告，1983 年出土题此诗瓷器 1 件。

图版 73：青釉褐彩诗文壶。残高 17.7 厘米，底径 10 厘米。诗题流下腹部。窑址采集，长沙市博物馆藏。

【杂考】敦煌伯 3812 唐诗写卷《高适在歌舒大夫幕下请辞退托兴奉诗》《闺情为落殊蕃陈上相知人》后三首《阙题》其二："自处长信宫，每向孤灯泣。闺门镇不开，梦从何处入？"即本诗。又《阙题》其一："不须推道委人猜，只是君心自不开。今夜闺门凭莫闭，孤魂拟向梦中来。"诗意俱同。

54. 《主人不相识》

主人不相识，独坐对林全（泉）[1]。莫慢愁酤酒，怀中自有钱。

【图版与录文】04 长沙窑、图版 74；录存、校证、弃儿、总录。

【校勘】[1] 全：04《长沙窑》未校。《录存》径录作"泉"，误。

【说明】96《长沙窑》未载其诗及图版。傅举有《长沙窑新发现的唐诗》（香港《大公报》1985 年 10 月 26 日）、《全唐诗续拾》、《长沙窑唐诗录存》载此诗。《校证》据之而补。

图版 74：青釉褐绿彩诗文壶，残高 14.6 厘米，口径 9.2 厘米，底径 7.9 厘米。征集。湖南省博物馆藏。

【杂考】此为唐诗人贺知章诗。《国秀集》《文苑英华》《万首唐人绝句》《全唐诗》皆存。《全唐诗》卷一一二贺知章《题袁氏别业》："主人不相识，偶坐为林泉。莫谩愁沽酒，囊中自有钱。"①

55. 《自入新峰（丰）市》

自入新峰（丰）市[1]，唯闻旧酒香。抱琴酤一醉[2]，终日卧垂杨[3]。

【图版与录文】04 长沙窑、图版 75；录存、96 长沙窑（摹图 420）、校证、弃儿、总录。

【校勘】[1] 自：一作"近"。《录存》作"近"，校记："或作自。"峰：一作"丰"，当以"丰"字为是，"新丰"乃古来美酒之乡。《弃儿》作"峰"，校作"丰"。96《长沙窑》摹图 420、460 皆作"丰"。《总录》作"峰"，未校。[2] 抱：

---

① 《全唐诗》卷一一二，第 1148 页。

《录存》、96《长沙窑》摹图 420 作"把",形近讹字。[3] 终：一作"尽"。

【说明】据 96《长沙窑》报告，1983 年出土题此诗瓷器 3 件。

图版 75：青釉褐彩诗文壶，残高 18.5 厘米，底径 10.5 厘米。窑址出土。长沙市博物馆藏。

又湖南省博物馆藏一青釉褐彩题记壶，流下题"抱琴终日醉，尽日卧谁（垂）阳（杨）"两句，见 04《长沙窑》图版 115。

【杂考】诗见《全唐诗》，为朱彬诗。《全唐诗》卷三一一，朱彬《丹阳作》："暂入新丰市，犹闻旧酒香。抱琴沽一醉，尽日卧垂杨。"① 又同卷见陈存名下。（宋）计有功《唐诗纪事》卷二九记朱彬《丹阳作》，云："彬，大历贞元间诗人。"② 卷四十述陈存，不再述及此诗。

56.《有僧长寄书》

有僧长寄书[1]，无信长相忆[2]。莫作瓶落井[3]，一去无消息。

【图版与录文】04 长沙窑、图版 76；录存、96 长沙窑（图版 203）、校证、总录。

【校勘】[1] 僧：疑当校为"信"，合与下句"无信"对。[2] 无信：《录存》作"老□"，误。[3] 瓶落井：96《长沙窑》、《录存》空阙。

【说明】据 96《长沙窑》报告，1983 年出土题此诗瓷器 1 件。

图版 76：青釉褐彩诗文壶，残高 11 厘米，底径 12 厘米。诗题多棱短流下腹部，褐彩书。湖南省考古研究所藏。

【杂考】此为唐前作品。《玉台新咏》卷十"近代西曲歌"五首其二即此诗，题作《估客乐》，未署作者。首两句作"有客数寄书，无信心相忆"。（唐）皎然《诗式》载宋孝武帝《客行乐》也为此诗，前二句作"有使数寄书，无信心相忆"。《乐府诗集》卷四十八"西曲"歌中有《估客乐》二首，作者释宝月，第二首首句作"有信数寄书"。据郭茂倩引《古今乐录》曰："《估客乐》者，齐武帝之所制也。帝布衣时，尝游樊、邓。登祚以后，追忆往事而作歌。使乐府令刘瑶管弦被之教习，卒遂无成。有人启释宝月善解音律，帝使奏之，旬日之中，便就谐合。敕歌者常重为感忆之声，犹行于世。宝月又上两曲。"③

57.《二月春丰（风）酒》

二月春丰（风）酒[1]，红泥小火炉。今朝天色好[2]，能饮一杯无？

【图版与录文】04 长沙窑、图版 77、91；录存、96 长沙窑（图版 194）、校证、

---

① 《全唐诗》卷三一一，第 3515 页。
② 《唐诗纪事》卷二九，第 1006 页。
③ 《乐府诗集》卷四十八，上海古籍出版社 1998 年版，第 541 页。

弃儿、总录。

【校勘】［1］此句图版91为："八月新风酒。"［2］今朝：图版91为"晚来"。

【说明】据96《长沙窑》报告，1983年出土题此诗瓷器2件。又华菱石渚博物馆藏1件。

图版77：青釉褐彩诗文壶，诗题多棱短流下，褐彩书。残高13厘米，底径9.5厘米。湖南省考古研究所藏。

图版91：青釉褐彩诗文壶，诗题多棱短流下，褐彩书。高22.8厘米，口径10.3厘米，底径12.9厘米。喇叭口，直颈，溜肩，四瓣瓜棱深腹，多棱短流，平底，曲柄，诗题流下腹部，褐彩书。华菱石渚博物馆藏。

【杂考】此白居易《问刘十九》诗，《白氏长庆集》卷十七曰："绿蚁新醅酒，红泥小火炉。晚来天欲雪，能饮一杯无。"《全唐诗》卷四四〇亦载。瓷器题诗也有作"八月新风酒，红泥小火炉。晚来天色好，能饮一杯无？"

58.《岁岁长为客》

岁岁长为客，年年不在家。见他桃李树，思忆后园花。

【图版与录文】04长沙窑、图版78、79、80；录存、96长沙窑（图版193）、校证、弃儿、总录。

【说明】据96《长沙窑》报告，1983年出土题此诗瓷器4件。

图版78：青釉褐彩诗文壶，诗题流下腹部。高23.5厘米，口径10.1厘米，底径12.1厘米。窑址出土。湖南省博物馆藏。

图版79：青釉褐彩诗文壶，诗题流下腹部。残高23.8厘米，底径13厘米。窑址采集，长沙市博物馆藏。

图版80：青釉褐彩诗文壶，诗题流下腹部。高16.7厘米，口径8.2厘米，底径9.2厘米。窑址出土，湖南省博物馆藏。

【杂考】《唐摭言》卷十三："元和中长安有沙门。善病人文章，尤能捉语意相合处。张水部颇恚之，冥搜愈切，因得句曰：'长因送人处，忆得别家时。'径往夸扬，乃曰：'此应不合前辈意也！'僧微笑曰：'此有人道了也。'籍曰：'向何人？'僧乃吟曰：'见他桃李树，思忆后园春。'籍因抚掌大笑。"① 《太平广记》卷一九八《元和沙门》条引。阮阅《诗话总龟》前集卷六亦载，诗作"见他桃李树，忆着后园枝"②。

---

① 《唐摭言》卷十三，第1694页。

② 《诗话总龟》前集卷六，人民文学出版社1987年版，第59页。

59.《海鸟浮还没》

海鸟浮还没[1]，山云断便（更）连[2]。掉（棹）川（穿）波里（上）月[3]，舡压水中天。

【图版与录文】04 长沙窑、图版 81；录存、96 长沙窑（图版 192）、校证、弃儿、总录。

【校勘】[1] 鸟：《总录》作"岛"，误。[2] 便：96《长沙窑》图版 192 作"更"。[3] 掉：04《长沙窑》、《总录》、96《长沙窑》径作"棹"，误。川：96《长沙窑》图版 192 作"穿"。里：96《长沙窑》图版 192 作"上"。按"波上"与末句"水中"对，更善。

【说明】据 96《长沙窑》报告，1983 年出土题此诗瓷器 2 件。又长沙市收集品 1 件。

图版 81：青釉褐彩诗文壶，残高 22.5 厘米，底径 13.1 厘米。口、颈、柄残，圆肩，瓜棱腹，多棱短流。长沙市博物馆藏。

【杂考】此诗《全唐诗》卷七九一载贾岛名下，云与高丽使过海联句。前二句高丽使吟，后二句贾岛吟。李嘉言《长江集新校》附集据《唐音统签》收录。《全唐诗》所据为（明）胡震亨《唐音统签·丁签》，胡震亨校曰："《今是堂手录》载高丽使过海吟诗，岛诈作梢人与联句，事近诬，姑附此。"（宋）胡仔《苕溪渔隐丛话前集》卷十九引《今是堂手录》："高丽使过海，有诗云'水鸟浮还没，山云断复连。'时贾岛诈为梢人，联下句云：'棹穿波底月，船压水中天。'丽使嘉叹久之，自此不复言诗。"① 敦煌遗书伯 2622《吉凶书仪》末李文义抄诗七首第四，即此诗，存一句又三字，云："海鸟无还没，山云收。"

60.《地接吾城近》

地接吾城近，闻君遇夕杨（阳）。白云留不住，万里独归乡。

【图版与录文】04 长沙窑、图版 82；总录、作品集、诗文与绘画。

【说明】图版 82：青釉褐彩诗文壶。高 16 厘米，口径 7.5 厘米，底径 8.5 厘米。喇叭口，直颈，溜肩，四瓣瓜棱深腹，多棱短流，曲柄，平底。诗题流下腹部，硬笔楷体。私人收藏。

61.《年年同闻阁》

年年同闻阁，天天下欢笔……

【图版与录文】04 长沙窑、图版 83；总录。

---

① （宋）胡仔纂集、廖德明校点：《苕溪渔隐丛话·前集》卷十九，人民文学出版社 1962 年版，第 126 页。

【说明】图版 83：青釉褐彩诗文壶。高 23.1 厘米，口径 9.1 厘米，底径 11.8 厘米。喇叭口，细直颈，溜肩，瓜棱腹，多棱长流，曲柄，平底。诗题流下腹部，狂草书。诗共五言四句，后两句未能辨识。华菱石渚博物馆藏。

62.《欲到求仙所》

欲到求仙所，王母少时开[1]。卜人舡上坐[2]，合眼见如来。

【图版与录文】04 长沙窑、图版 84、86、87；总录、诗文与绘画。

【校勘】［1］开：《诗文与绘画》作"间"，误。　［2］舡：《诗文与绘画》作"盘"，误。

【说明】于 04《长沙窑》中所见凡三图版，如下所示：

图版 84：青釉褐彩诗文壶，残高 17.5 厘米，口径 8.5 厘米，底径 9.3 厘米。诗题多棱短流下。台湾历史博物馆藏。

图版 86：青釉褐彩诗文壶，残高 18.6 厘米，底径 10 厘米。诗题多棱短流下，软笔书写。长沙市博物馆藏。

图版 87：青釉褐彩诗文壶，残高 18.3 厘米，底径 10.5 厘米。诗题流下。长沙市博物馆藏。

【杂考】此求仙诗。图版按语："似有道仙难遇，佛祖易求之意。""舡"字同"船"，瓷器题诗中凡当"船"字皆作"舡"。

63.《春来花自笑》

春来花自笑，春去叶生愁。千今（金）乍可得，年年枉为流[1]。

【图版与录文】04 长沙窑、图版 85；总录、《焦点》（图版 192）。

【校勘】［1］枉：图版此字不清，俟校。

【说明】图版 85：青釉褐彩诗文壶。残高 14 厘米，底径 10.3 厘米。诗题于多棱流下腹部正面，软笔书写。华菱石渚博物馆藏。

【杂考】图版按语："似是一首企盼发财致富的诗，或是叙述爱情之可贵。"笔者认为解作惜时伤春语更切。俗语云"一寸光阴一寸金""春宵一刻值千金"，然千金能得，光阴却难多买一刻。春日短促，时光易逝，男子或悲叹一事无成，女子或伤叹红颜易老。

64.《后岁迎新岁》

后岁迎新岁[1]，新天接旧天。元和十六载，长庆一千年。

【图版与录文】04 长沙窑、图版 88、168；总录、作品集。

【校勘】［1］后：图版 168 作"旧"。

225

【说明】于 04《长沙窑》中所见凡二图版，一壶，一碟。

图版 88：青釉褐彩诗文壶，高 22.3 厘米，口径 11 厘米，底径 12 厘米。喇叭口，直颈，溜肩，瓜棱腹，多棱短流，条形曲柄，平底。诗题流下正面。华菱石渚博物馆藏。

图版 168：所示为一青釉褐彩诗文碟。高 3.3 厘米，口径 12.6 厘米。敞口圆唇，浅腹，通体施青黄釉。碟心褐彩行书此五言诗。上田社藏。

【杂考】此为瓷器题诗中少见的纪年诗，诗当作于穆宗长庆元年。旧岁、新岁，新天、旧天，造成回环效果。

65.《终日池边走》

终日池边走，无有水云深[1]。看花摘不得，屈作采莲人。

【图版与录文】04 长沙窑、图版 89；总录、焦点、诗文与绘画。

【校勘】[1] 水云：《诗文与绘画》作"云水"，误。

【说明】图版 89：青釉褐彩诗文壶。高 20.2 厘米，口径 10.2 厘米，底径 11.3 厘米。喇叭口，直颈，溜肩。流下褐彩行书五言诗。釉色脱落，字迹难辨。华菱石渚博物馆藏。

【杂考】此诗题旨不明，或述主人公求爱受阻。《焦点》断为宫廷太监诗或妓女艳情诗。

66.《入池先弄水》

入池先弄水，岸上拂轻沙[1]。林里惊飞鸟，蔄（园）中扫落花[2]。

【图版与录文】04 长沙窑、图版 90；总录、诗文与绘画。

【校勘】[1] 上：《诗文与绘画》作"山"，误；拂：《诗文与绘画》作"披"，误。[2] 园：04《长沙窑》图下录文阙，疑作"园"字。《总录》径作"园"。

【说明】图版 90：青釉褐绿彩诗文壶。残高 17.9 厘米，底径 9.8 厘米。诗题多棱短流下，软笔书写。窑址采集。长沙市博物馆藏。

【杂考】此为谜诗，谜底"风"。（南朝梁）何逊《咏春风诗》："可闻不可见，能重复能轻。镜前飘落粉，琴上响余声。"《全唐诗》卷六一李峤《风》诗："解落三秋叶，能开二月花。过江千尺浪，入竹万竿斜。"与瓷器题诗语意手法都颇近，也似谜。而李峤五律百咏有《风》，云："落日生苹末，摇扬遍远林。带花疑凤舞，向竹似龙吟。月动临秋扇，松清入夜琴。若至兰台下，还拂楚王襟。"则为雅体咏物诗。

67.《澧河青石水》

澧河青石水[1]，安居湖里边。有心相（想）故家[2]，将书待客来。

【图版与录文】04 长沙窑、图版 92；总录、解读、诗文与绘画。

【校勘】[1] 澧：图版似为"礼"字，字迹不甚清晰，姑录俟校。[2] 相：《诗文与绘画》未校。

【说明】图版 92：青釉褐彩诗文壶。高 17.5 厘米，口径 6 厘米，底径 12 厘米。喇叭口，直颈，溜肩，四瓣瓜棱深腹，多棱短流，弓形曲柄，平底。诗题流下腹部，褐彩书，楷书体。字体清秀，布局均匀。私人收藏。

【杂考】此为思乡诗。澧河，水名，在今湖南西北部。

68.《造得家书经两月》

造得家书经两月，无人为我送将归[1]。欹凭鸿雁寄将去[2]，雪重天寒雁不飞。

【图版与录文】04 长沙窑、图版 93；总录、解读（图版）。

【校勘】[1] 将归：图版本作"归将"，旁有逆转标识"√"。04《长沙窑》、《总录》皆未改正。[2] 欹：《总录》作"欲"，误。

【说明】图版 93：青釉褐彩诗文壶。残高 20 厘米，底径 12.2 厘米。壶口残，流下褐彩书七言诗。行楷体书。私人收藏。

【杂考】思乡诗。主人公寓居南方，雪重天寒，雁不北飞，故无法借其传书。

69.《从来不相识》

从来不相识，相识便成亲。相识满天下，知心能几人。

【图版与录文】04 长沙窑、图版 94；总录、作品集、诗文与绘画。

【说明】图版 94：青釉褐彩诗文壶。高 19 厘米，口径 9 厘米，底径 9.7 厘米。喇叭口，直颈，溜肩，四瓣瓜棱深腹，多棱短流，曲柄，平底。诗题流下腹部，褐彩书，行书体。私人收藏。

【杂考】此感怀诗，叹知音难遇，当惜取眼前人。"从来"，即"原来"或"本来"之义。《游仙窟》载《十娘咏别》诗首句曰"元来不相识"。（五代）延寿《宗镜录》卷二十六："昔人诗云：'海枯终见底，人死不知心。'（按此杜荀鹤《感寓》诗："大海波涛浅，小人方寸深。海枯终见底，人死不知心。"）又云'相识满天下，知心能几人'。"①

70.《君去远秦川》

君去远秦川，无心恋管弦。空房对明月，心在白云边。

---

① （五代）延寿：《宗镜录》卷二十六，台南和裕出版社 1996 年版，第 897 页。

【图版与录文】04 长沙窑、图版 95；总录、新考。

【说明】图版 95：青釉褐彩诗文壶。喇叭口，直颈，溜肩，瓜棱腹，平底。诗题多棱短流下腹部，褐彩书。楷体书写，字迹整齐。华菱石渚博物馆藏。

【杂考】此闺怨诗。《新考》认为这是一首征战言情诗，反映了安史之乱带给人们的灾难和痛苦。但仅从字面尚不能判断其反映"灾难"的性质，大体属闺妇思夫题材作品。

71.《夜夜携长剑》

夜夜携长剑[1]，朝朝望楚楼[2]。可怜孤夜月[3]，偏照客心愁[4]。

【图版与录文】04 长沙窑、图版 96、97；录存、96 长沙窑、校证、总录、解读（图版）

【校勘】[1] 携长剑：《录存》、96《长沙窑》、《校证》均作"挂长钩"，误。[2] 楚：一作"戍"，04《长沙窑》图版 97、《解读》所示图版。"戍"字当为"楚"之音近讹字。[3] 孤：《解读》作"今"；夜月：《录存》、96《长沙窑》、《校证》均作"月夜"。[4] 偏：《录存》、96《长沙窑》、《校证》均作"沧"，误。心：《录存》作"人"，校记："或作心。"

【说明】今见三件题此诗的瓷器图版：04《长沙窑》图 96、图 97 以及《解读》（图版）。以上据此三图版而校。

图版 96：青釉褐彩诗文壶。残高 11 厘米。诗题流下腹部，褐彩书。窑址出土。长沙市文物考古研究所藏。

图版 97：青釉褐彩诗文壶。高 17.3 厘米，口径 8.8 厘米，底径 9.7 厘米。诗题多棱短流下。华菱石渚博物馆藏。

又：96《长沙窑》云长沙市收集品 1 件，题作"夜夜挂长钩"壶：喇叭口，粗直颈，瓜棱腹，八棱形短流，曲柄。流下用褐色题写五言诗一首："夜夜挂长钩，朝朝望楚楼。可邻（怜）孤月夜，沧照客心愁。"灰青胎，通体施青黄釉，通高 19、口径 10.3、腹 13.6 厘米。《总录》又录一别体："夜夜挂长钩，朝朝望楚楼。可怜孤夜月，沧照客心愁。"似为据此而录。96《长沙窑》无图版，待校。

72.《鲍昌行来多》

鲍昌行来多，守常□奇（寄？）衣[1]。今寒至莫送[2]，来急自言归。

【图版与录文】04 长沙窑、图版 98；总录。

【校勘】[1] 阙字 04《长沙窑》作"媛"，观图版似为"媛"；奇：疑为"寄"字误书。[2] 至：04《长沙窑》空阙；送：04《长沙窑》作"还"，《总录》作"送"。按作"还"与下句"归"字重复，"送"字可从。

【说明】图版98：青釉褐彩诗文壶。高 14.9 厘米，口径 6.7 厘米，底径 7.7 厘米。喇叭口，高直颈，溜肩，圆鼓腹，腹下部略内收，假圈足式大平底，曲柄。诗题多棱短流下，行楷书。香港中文大学文物馆藏。

【杂考】此诗意旨未明，或为念远怀人诗。试解如下：眼前往来舟楫繁多，按照惯例该给在外的人寄去寒衣了。转念一想，若不送冬衣，在外的人不久当自归来。抒情主人公一方面怀念客居异乡的亲人，天气转凉时，殷勤惦念对方，欲送寒衣；一方面，又盼望亲人早归，甚至想以不送寒衣促使其归来。

73.《小小竹林子》

小小竹林子，还生小小枝。将来作笔管[1]，书得五言诗。

【图版与录文】04 长沙窑、图版 99、100；总录、焦点。

【校勘】[1] 作：04《长沙窑》校作"做"，不必。笔：图版 99 作"必"，实为"笔"之同音简写字。

【说明】于 04《长沙窑》中所见凡二图版，如下所示：

图版99：青釉褐彩诗文壶，高 18 厘米，口径 9.8 厘米，底径 10.2 厘米。喇叭口，直颈，溜肩，瓜棱腹，多棱短流，曲柄，平底。诗题流下，褐彩书。华菱石渚博物馆藏。

图版100：青釉褐彩诗文壶，残高 15.1 厘米，底径 10.2 厘米，诗题流下，褐彩书。长沙市博物馆藏。

74.《借问东园柳》

借问东园柳，枯来得几年[1]？自无枝叶分[2]，莫怨太阳偏。

【图版与录文】04 长沙窑、图版 101；总录、焦点。

【校勘】[1] 枯：04《长沙窑》、《焦点》、《诗文与绘画》均作"植"，误。[2] 自：《焦点》《诗文与绘画》均作"目"，误；分：04《长沙窑》、《焦点》均作"茂"，误。

【说明】图版101：青釉褐彩诗文壶。残高 20 厘米，底径 12.2 厘米。诗题流下腹部，行楷书。华菱石渚博物馆藏。

【杂考】《焦点》认为此诗为"求学科考诗"，不确。晚唐范摅《云溪友议》卷下"艳阳词"条载刘采春善唱《啰唝曲》（即《望夫歌》），"所唱一百二十首，皆当代才子所作"。下举其所唱六首，第二首即本诗。元稹也说采春"选词能唱《望夫歌》"。似乎刘采春并不拥有歌辞的创作权。不过，即使在唐之晚季，那些"当代才子"们已无从考知，只好将其系于刘采春名下。《万首唐人绝句》卷十九、《全唐诗》卷八〇二皆录在刘采春名下。《云溪友议》又曰"采春一唱是曲，闺妇行人莫不涟泣"。显见，此诗与求学科考无关，乃女子自嗟身世之作。后两句见录于《增广贤文》，作"自恨枝无叶，莫怨太阳偏"。

75.《夕夕多长夜》

夕夕多长夜，一一二更初。田心思远客[1]，门口问征夫[2]。

【图版与录文】04 长沙窑、图版 102、104；总录、新考（图版 179）、焦点。

【校勘】[1] 客：图版 102 作"路"。[2] 征：图版 104 作"贞"，为"征"之音近讹字；一作"经"，校为"更"，见《新考》图版 179。

【说明】于 04《长沙窑》中所见凡二例（图版 102、104），《新考》中见一例（图版 179）。皆题青釉褐彩壶流下腹部，行书。

图版 102：高 20.8 厘米，口径 11 厘米，底径 12.5 厘米。喇叭口，直颈，溜肩，深腹下部微收，多棱短流，弓柄，平底。上田社藏。

图版 104：高 18.8 厘米，口径 9.8 厘米，底径 10.8 厘米。隋唐大运河柳孜码头遗址出土。安徽省淮北市博物馆藏。

【杂考】此离合体诗之一格，每句首两字合为第三字。敦煌伯 3597 有学郎抄诗："日日楼昌（昌楼）望，出（山山）出没云。田心思远客，问（门）口问贞人。"

76. 青骢饮渌（绿）水

青骢饮渌（绿）水，双吸复双呼。影里蹄相踏，波中嘴对乌[1]。

【图版与录文】04 长沙窑、图版 103；总录。

【校勘】[1] 乌：各本皆作"焉"，以"乌"、"焉"形近误，今正之。按："乌"同"呜"，亲吻也。《世说新语·惑溺》曰："儿见充喜踊，充就乳母手中呜之。"董解元《西厢记诸宫调·梁州三台》："抱来怀里惜多时，贪欢处呜损脸窝。……恣恣地觑了可喜冤家，忍不得恣惜呜嘬。"《牡丹亭·寻梦》："呜着咱香肩。"《长生殿·窥浴》："不住的香肩呜嘬。"呜嘬，犹呜咂，都是口语中表亲吻的形声词。

【说明】图版 103：青釉褐彩诗文壶。高 22.8 厘米，口径 11.4 厘米，底径 14 厘米。喇叭口，直颈，溜肩，瓜棱深腹，多棱短流，扁曲柄，平底。诗题流下腹部，楷书体。华菱石渚博物馆藏。

【杂考】青骢，良马之一种。四句二十字，生动传达青骢饮于绿水的情趣，尽显民间诗取材随意自然、刻画简洁直观的风格特点。

77.《柳色何曾具（见）》

柳色何曾具（见）[1]，人心尽不同。但看桃李树，花发自然红。

【图版与录文】04 长沙窑、图 105；总录、焦点（图版 191）。

【校勘】［1］具：《总录》《焦点》径录作"见"，误。

【说明】所见 1 例。

图版 105：青釉褐彩诗文壶，残高 14.5 厘米，底径 8.6 厘米。诗题流下腹部，硬笔书写。华菱石渚博物馆藏。

【杂考】此感怀诗。察其文意，首句怨春色迟迟不来，人心不可捉摸。但桃李总能按时开花，不管人间冷暖、世情如何，桃花依然红艳。此诗不显悲怨，较明朗。（明）王世贞《正月八日即事》诗："日色何曾见，天心未可窥。"诗意可参。

78. 《无事来江外》

无事来江外，求福不得福。眼看黄叶落，谁为送寒衣。

【图版与录文】04 长沙窑、图版 106；总录、作品集。

【说明】所见 1 例。

图版 106：青釉褐彩诗文壶。高 21.7 厘米，口径 11 厘米，底径 12.5 厘米。长颈喇叭口，四瓣瓜棱长腹，多棱短流，曲柄，平底。诗题流下腹部，行书体。私人收藏。

【杂考】思乡诗。与第 17 首《鲍昌行来多》或可视为应和之作。彼云"今寒至莫送，来急自言归"，此言"眼看黄叶落，谁为送寒衣"。

79. 《不短复不长》

不短复不长，宜素复宜妆[1]。酒添红粉色，杯染口脂香[2]。

【图版与录文】04 长沙窑、图版 107；总录、诗文与绘画。

【校勘】［1］复宜：图版题作"宜复"，旁有逆转标识"√"。［2］此句《诗文与绘画》作"杯深暗口香"，误。

【说明】所见 1 例。

图版 107：青釉褐彩诗文壶。残高 18.6 厘米，底径 10 厘米。口残，长颈，曲柄，瓜棱腹，平底假圈足，多棱短流。诗题流下腹部，楷书，字体工整。长沙市博物馆藏。

【杂考】此诗似咏美人。宋玉《登徒子好色赋》："东家之子，增之一分则太长，减之一分则太短；著粉则太白，施朱则太赤。"而此诗所咏美人身材不短不长，又宜素宜妆。饮酒后两颊飞红晕，杯沿尚留口脂余香。

80. 《破镜不重照》

破镜不重照[1]，落花难上支（枝）。行到水穷处，坐看云起时[2]。

【图版与录文】04 长沙窑、图版 108；总录、诗文与绘画。

【校勘】[1] 不:《诗文与绘画》作"又",误。[2] 后两句为王维《终南别业》中语。

【说明】图版108:青釉褐彩诗文壶。高18.5厘米,口径10.5厘米,底径10.5厘米。喇叭口,直颈,溜肩,瓜棱腹,多棱短流,扁曲柄,平底。诗题流下腹部,行书。私人收藏。

81.《日红衫子合罗裙》

日红衫子合罗裙[1],尽日看花不厌春。更向妆台重注口[2],无那萧郎悭煞人[3]。

【图版与录文】04长沙窑、图版109;录存、96长沙窑(图版146)、校证、弃儿、总录。

【校勘】[1] 合:《录存》作"和",误。[2] 更:《录存》作"须",误。图版此字左半残。[3] 无那:96《长沙窑》作"无邪(?)",《校证》辨其误,云:"'无那'为唐人习语,义同'无奈'。"其说可从。

【说明】据96《长沙窑》报告,1983年出土题此诗瓷器1件。

图版109:青釉褐绿彩狮座诗文枕。高7.3厘米,长13厘米,宽8.1厘米。伏狮为座,枕两端绘龟背纹,中间书诗。窑址出土,湖南省博物馆藏。

【杂考】(1)日红:太阳朝升或夕落时的颜色。孟浩然《东京留别诸公》:"尘遮晚日红",曹唐《小游仙诗》:"天上鸡鸣海日红。"合:搭配。罗裙:舞裙。首句言少女艳丽的着装。重:再次,第二次;注口:涂口红。《释名·释首饰》:"以丹注面曰勺。"乐府《子夜四时歌·春歌》有"画眉忘注口"句。李贺《恼公》:"注口樱桃小,添眉桂叶浓。"悭:吝啬,坏。(2)萧郎:此称源于萧史、弄玉之典。《列仙传》曰:"萧史教弄玉吹箫,作凤皇声,凤皇来止其屋,秦穆公为作凤台。一旦,皆随凤飞去。"唐诗中,"萧郎"多代称女子的心上人。王建《题花子赠渭州陈判官》:"况复萧郎有情思,可怜春日镜台前。"《全唐诗》卷八七六《白衣女子木叶上诗》云:"佳景虽堪玩,萧郎殊未来。"

82.《熟练轻容软似绵》

熟练轻容软似绵,短衫披帛不纵缠。萧郎急卧衣裳乱[1],往往天明在花前。

【图版与录文】04长沙窑、图版110;录存、96长沙窑、校证、弃儿、总录。

【校勘】[1] 急:96《长沙窑》、《录存》作"恶",《校证》原阙。

【说明】据96《长沙窑》报告,1983年出土题此诗瓷器1件。

图版110:青釉褐绿彩诗文枕。高7.5厘米,长13.2厘米,宽8.3厘米。枕呈工

字形，狮为座，两端绘龟背纹，中间褐彩书七言诗。窑址出土。湖南省文物考古研究所藏。

83.《鸟飞平无（芜）近远》

鸟飞平无（芜）近远[1]，人随流水东西。白云千里万里，明月前溪后溪。

【图版与录文】04 长沙窑、图版 167；录存、96 长沙窑（图版 113）、校证、总录。

【校勘】［1］无：04《长沙窑》、《总录》未校。近远：《录存》、96《长沙窑》均作"远近"，误。

【说明】长沙市收集品，1 件。

图版 167：青釉褐彩诗文碟。高 3.8 厘米，口径 14.7 厘米。圆唇，浅腹折起，圈足，足部略经修削，盘心作圆形露胎。诗题盘心，褐彩书。行楷体。长沙市博物馆藏。

【杂考】《文苑英华》卷一六六著录，作刘长卿《答秦征君徐少府春日见集苕溪酬梁耿别后见寄六言》，诗曰："晴川落日初低，惆怅孤舟解携。鸟去平芜远近，人随流水东西。白云千里万里，明月前溪后溪。独恨长沙谪去，江潭春草萋萋。"《才调集》卷一载刘长卿此诗，题作《若耶苕溪酬梁耿别后见寄》。瓷器诗乃节录刘长卿诗。又（唐）康骈《剧谈录》卷下述《谪仙怨》曲云："大历中，江南人盛为此曲。随州刺史刘长卿左迁睦州司马，祖筵之内，吹之为曲。长卿遂撰其词，意颇自得。盖亦不知本事。词云云。"①《唐语林》卷四亦引此条。《全唐诗》卷八九〇即题《谪仙怨》，上下四句，分两叠著录。

84.《住在绿池边》

住在绿池边，朝朝学采莲。水深偏责（侧）就[1]，莲尽更移舡。

【图版与录文】04 长沙窑、图版 169；总录。

【校勘】［1］责：04 长沙窑、总录皆校为"侧"字。按"侧（cè）"又通"仄（zè）"，有狭窄、紧促义，陈师道《晚望》诗曰"侧径无好步"。"水深偏责（侧）就"句可释为：湖水深邃，而行舟之路偏又狭窄。

【说明】图版 169：青釉褐彩诗文碗。高 4 厘米，口径 13.5 厘米。敞口，斜腹壁，环形底，诗题碗内。1999 年蓝岸嘴窑区发掘出土物。长沙市文物考古研究所藏。

---

① （唐）康骈：《剧谈录》卷下，《唐五代笔记小说大观》本，上海古籍出版社 2000 年版，第 1493 页。

【杂考】此日常情事诗，反映水乡人民辛苦勤奋的采莲劳作。

85.《东阁多添酒》

东阁多添酒，西关下玉阑。不须愁日夜[1]，明月送君还[2]。

【图版与录文】04 长沙窑、图版 170；总录、新考。

【校勘】[1] 须：《总录》校作"需"，不必。[2] 月：04《长沙窑》、《总录》、《新考》皆作"日"，误。

【说明】图版 170：青釉褐彩诗文盏。高 4.2 厘米，口径 14.7 厘米。诗题盏心。华菱石渚博物馆藏。

【杂考】"西关下玉阑"句指斜阳西下，夜色已阑珊。离别在即，开怀畅饮，不见伤感，唯有美好的祝愿，备显唐诗风调。《全唐诗》卷一一四载丁仙芝《余杭醉歌赠吴山人》曰："酒后留君待明月，还将明月送君回。"诗意可参看。

86.《岭上平看月》

岭上平看月[1]，山头坐听风[2]。心中一片气，不与女人同。

【图版与录文】04 长沙窑、图版 173；总录、诗文与绘画（图）。

【校勘】[1] 平看月：《诗文与绘画》作"看明月"，误。[2] 听：04《长沙窑》空阙；坐听风：《诗文与绘画》作"听晚风"，误。

【说明】图版 173：青釉褐彩诗文碗。高 4.5 厘米，口径 14.4 厘米。坦腹，通体施青釉，釉色稍泛黄，碗心釉下褐彩书此五言诗一首。台湾蒋剑文赠湖南省博物馆藏。

87.《公子求贤未识真》

公子求贤未识真[1]，却将毛遂等常伦[2]。当时不及三千客，今日何如十九人[3]。

【图版与录文】04 长沙窑、图版 174（字体残缺）；总录、焦点。

【校勘】[1] 未识：04《长沙窑》空阙，疑作"未识"，图版不能辨识，此据《总录》《焦点》补。[2] 却：《总录》作"欲"；等：《总录》作"比"，均误。[3] 何如：《总录》作"如何"，误。

【说明】图版 174：青釉褐彩诗文盏。高 4.3 厘米，口径 13.5 厘米，底径 9.2 厘米。诗题于盏心，边沿三处残损。华菱石渚博物馆藏。

【杂考】此高拯诗。《全唐诗》卷二八一载高拯《及第后赠试官》诗曰："公子求贤未识真，欲将毛遂比常伦。当时不及三千客，今日何如十九人。"瓷器题诗与之略异，但显为同一首诗。

88.《孤雁南天远》

孤雁南天远[1]，寒风切切惊[2]。妾思江外客[3]，早晚到边停（亭）[4]。

【图版与录文】04 长沙窑、图版 547；总录、诗文与绘画。

【校勘】[1] 雁：《诗文与绘画》阙，疑为"雁"字，案作"雁"字是。[2] 惊：《总录》作"凉"，误。[3] 客：《总录》作"寒"，误。[4] 停：《诗文与绘画》未校。

【说明】青釉褐彩诗文碗，"黑石号"沉船出水物。高 6.4 厘米，口径 20 厘米。诗题于碗心，绿彩行书。

89.《今岁今宵尽》

今岁今宵尽，明年明日开。寒随今夜走，春至主人来[1]。

【图版与录文】04 长沙窑、图版 550（右下）；总录、诗文与绘画。

【校勘】[1] 至：《诗文与绘画》作"缘"，误。

【说明】诗文题记碗，"黑石号"沉船出水物。

【杂考】《全唐诗》卷一四五王諲《除夜》诗，曰："今岁今宵尽，明年明日催。寒随一夜去，春逐五更来。气色空中改，容颜暗里回。风光人不觉，已著后园梅。"① 《文苑英华》卷一五八著录王湮《除夜》诗，《唐诗纪事》卷二十三云作者为王諲。又《全唐诗》卷一一五史青名下重出，题《应诏赋得除夜》，题注："一作王諲诗。"（宋）阮阅《诗话总龟》卷十一引《零陵总记》曰："史青，零陵人。其先名籍秦随。幼而聪敏，博闻强记。开元初，上上表自荐：'臣闻曹子建七步成章，臣愚以为七步太多。若赐召试，五步之内，可塞明诏。'明皇试以《除夜》《上元》《观灯》《竹火笼》等诗，惟《除夜》最佳，云云。"② 史青、王諲俱开元年间人。王諲登开元进士第，官至右补阙。此依《文苑英华》作王諲《除夜》诗。瓷器题诗当本自王諲《除夜》诗，取其前四句，改动数字，更通俗明白。

90.《君弄从君弄》

君弄从君弄，拟弄恐君嗔。空房闲日久，政（正）要解愁人[1]。

【图版与录文】04 长沙窑、综述卷（摹图 14）；总录、诗文与绘画。

【校勘】[1] 解愁：《诗文与绘画》作"确悉（需）"，待校。

【说明】诗文碗，1999 年蓝岸嘴窑区发掘出土物。未见图版，04《长沙窑·综述

---

① 《全唐诗》卷一四五，第 1474 页。
② 《诗话总龟》前集卷十一，人民文学出版社 1987 年版，第 127 页。

卷》仅有摹图。

91.《七贤第一祖（组）》[1]

须饮三杯万士（事）休[2]，眼前花拨（发）四枝（肢）桒（柔）[3]。不知酒是龙泉剑，吃入伤（肠）中别何愁[4]。

【图版与录文】96 长沙窑、图版 103；04《长沙窑·综述卷》（图版 243、225）、录存、校证、弃儿、总录。

【校勘】[1] 祖：《总录》径录作"组"，误。余本皆作"祖"，未校。全诗题一双系瓷罐上，另一侧线绘二人对坐图，"七贤第一祖"五字位于诗与画之间，单列一行。96《长沙窑》的发掘报告中，即将该五字定为诗之题目。《校证》以为"此实为线绘人物画之题，非诗之题"。《弃儿》曰："窃以为诗、题与人物图像都相关于一体，即图为七贤中的人物，诗是表七贤人物习性，题由二者共用之，唯题中'第一祖'三字，颇费解。"笔者按：图版书作"祖"字，当校为"组"。除此罐外，所见全部长沙窑瓷器有题铭者，铭文中皆无对器表所书诗文或绘画的特别说明。自南朝以来，水墨画、砖画、铜镜铭中屡见取材于"竹林七贤"者。1960 年，南京西善桥南朝古墓葬中出土有以竹林七贤为图像的砖画，有关专家认为此砖画在公元 420 年到 589 年间问世。1978 年，云南大理出土一枚唐铜镜（径 21cm），文物界命名为"竹林七贤镜"。纹饰用浅浮雕手法，所绘人物皆席地而坐，上方有两人对弈，一人静观，左侧两人坐于大树下，钮下方绘有四人交谈。其间饰山石、竹林、飞禽等，表现了竹林七贤的生活意境。此长沙窑罐所绘人物造型与铜镜上的人物风貌极为相似。铜镜图案上的众人物，或两两相聚，或三四组群，总体数目未尽合于"七"，可见其构图重在意趣表达。那么，是否可以认为瓷罐所绘的两人对坐图，只是选取了"七贤图"中的一个场面呢？这是很有可能的。此罐"七贤第一祖"五字，无论为诗之题，还是画之题，均为瓷罐装饰艺术的组成部分。此五字与题诗、绘画承担一个共同的使命，即提高瓷罐的审美效果，以期招揽更多买家。因此，将"第一祖"校作"第一组"，更接近于题铭直接为瓷艺服务的角色。或许这个瓷罐还有其他姐妹，题为"七贤第二组""七贤第三组"等。04《长沙窑·综述卷》曰："可知七贤的画还有另外几组。"[2] 士：《弃儿》、《总录》径作"事"，误。96《长沙窑》、《校证》校为"事"。《录存》作"士"，校记："当作事。"唐人诗中多有此意。《全唐诗》卷二三五贾至《对酒曲二首》其二："一酌千忧散，三杯万事空。"白居易《老热》："一饱百情足，一醉万事休。"卢仝《解闷》："人生都几日，一半是离忧。但有尊中物，从他万事休。"高骈《写怀二首》其一："渔竿消日酒消愁，一醉忘情万事休。"[3] 枝：《录存》未校。《弃儿》、《总录》径作"肢"，误。桒：古"桑"字，96《长沙窑》存疑未校，《录存》校记："疑当作柔。"《校证》校作"柔"，以"桒"、"柔"形近讹。

《弃儿》、《总录》径作"柔"。按："桒"字不谐韵，当以"柔"为是。《校证》又云："敦煌 S.4359 背《谒金门·开于阗》词后，抄诗二句：'并有三杯万事休，眼前花发死池之。'当即此诗前二句，'死池'即'四肢'音讹，'之'为'上'形讹，'上'、'桒'音近讹。"依其说，"上"果为"桒"之音近讹字，恰表明瓷器上的文字当为"桒"，而非"柔"。饶宗颐《敦煌曲》录第二句作"根前花发苑池文（?）"。题此诗的瓷器品仅此 1 件，瓷器题诗姑校作"柔"，敦煌诗文字待考。[4] 伤：《弃儿》、《总录》径作"肠"，误。

【说明】此诗书一青釉褐绿彩双系瓷罐上，另一侧线绘人物，采用褐色单彩铁线描手法，二人高冠对坐。罐口沿有褐彩装饰刻绘线。诗前题"七贤第一祖"五字。目前，题此诗的长沙窑瓷器仅见一件。此罐的诗、画装饰内蕴一致。画面上的二人，头戴高冠、衣襟飘然，手中所执物不甚清晰，但大有魏晋名士谈玄风采。题诗正面见 04《长沙窑·综述卷》图版 243，人物画见 04《长沙窑·综述卷》图版 225。长沙市博物馆藏。

92.《单乔亦是乔》

单乔亦是乔，着木亦成乔（桥）[1]。除却乔（桥）边木[2]，着女便成娇。

【图版与录文】96 长沙窑、图版 205；录存、校证、弃儿、总录。

[1] 乔：《录存》、96《长沙窑》未校。[2] 乔：《录存》、96《长沙窑》、《校证》未校。

【说明】据 96《长沙窑》，此件属长沙市收集品，1 件。04《长沙窑》未见图版。

93.《离国离家整日愁》

离国离家整日愁，一朝白尽少年头。为转（寻）亲故知何处[1]，南海南边第一州[2]。

【图版与录文】总录、解读（图版）；诗文与绘画。

【校勘】[1] 转：《解读》未校，《诗文与绘画》径录作"寻"。[2] 州：《诗文与绘画》作"洲"，误。

【说明】青釉瓷文字壶，高 17.5 厘米，口径 8 厘米。书用行楷，嫩绿色釉书写，为长沙窑瓷器题诗中少见。

【杂考】此诗主人公离国离家，四处飘零，为寻找失散的亲人，行至"南海南边第一州"。愁闷孤苦侵占了他的整个身心，每时每刻的忧愁令他少年白发。深重的悲伤，读之令人心痛。

94. 《昨夜垂花宿》

昨夜垂花宿[1]，今朝荡路归[2]。面上无光色[3]，满怀将与谁。

【图版与录文】总录、解读（图版）；诗文与绘画。

【校勘】[1] 垂花：《总录》、《诗文与绘画》作"无家"，误，依《解读》正之。[2] 归：《诗文与绘画》作"口"，误。[3] 光：《总录》、《诗文与绘画》作"花"，《解读》作"元"，皆误。

【说明】"黑石号"沉船出水物，宽颈青釉褐彩文字壶，诗题流下腹部。高17.2厘米，口径8.5厘米。

【杂考】古时富贵人家的院落，有内外两院。垂花门又称二门，位于院落的中轴线上，用以分隔内外两院。内院是供家人起居的地方，外人不得擅入，内眷也不能随便出来。垂花门内有一个较宽畅的空间，多建为阁楼，主妇与女亲友话别多在此间。此诗的主人公能夜宿"垂花门"，当是一位女性。昨夜离别，今朝上路。细味"面上无光色"句，这可能是一位被遣的女性。满腹心事，无人可诉。《解读》曰："'垂花'应是'垂花门'的借词，是当时对婚外情女性对象的俗称。"从而认定主人公为一偷情的男子。实无确据。

95. 《上有千年鸟》

上有千年鸟，下有百年人。丈夫具纸笔，一世不求人。

【图版与录文】96长沙窑、校证、录存、弃儿、总录。

【说明】据96《长沙窑》报告，此件属长沙市收集品，1件。《录存》散句有"上有千年树，下有百年人"。流下褐彩书"上有千年鸟，下有百年人"，当为《录存》所据。《弃儿》所录图版也仅显示前两句。未见全诗图版。04《长沙窑》图版117：青釉褐彩题记壶。残高13.4厘米，底径12厘米。窑址出土，长沙市博物馆藏。

96. 《□□□家日》

□□□家日，□途柳色新。□前辞父母[1]，洒泪别尊亲。

【图版与录文】96长沙窑、录存、校证、总录。

【校勘】[1] 前辞：《总录》作"有别"，未见图版，待校。《校证》疑阙字为"堂"字。

【说明】据96《长沙窑》报告，1983年出土题此诗瓷器1件。未见图版。

97. 《□□□□岩》

□□□□岩，□□□碾碏。□□巑岞徧，□□□磲磙。

【图版与录文】96长沙窑、录存、校证、总录。

【说明】据96《长沙窑》报告，1983 年出土题此诗瓷器1件。文字游戏诗。未见图版。

98.《幼小深闺养》

幼小深闺养[1]，昨霄（宵）春睡重[2]。[□□□□□，□□□□□][3]。

【图版与录文】总录；录存、96 长沙窑、校证。

【校勘】[1] 深：《录存》、《校证》皆作"春"。养：《录存》《校证》作"眷"，《校证》疑为"养"字之误。[2] 昨：《录存》作"睡"，似误。未见图版，待校。[3] 后两句《录存》、96《长沙窑》皆空阙。但显然全诗当为四句。《总录》不显示后两句。

【说明】据96《长沙窑》报告，1983 年出土题此诗瓷器1件。据刘静敏《长沙窑及其题记之研究》第五章之第一节，此为"长沙窑蓝岸嘴（T2）（三）：241"出土文物之题记。未见图版。

99.《不知春早晚》

不知春早晚，折取柳条看。

【图版与录文】04 长沙窑、图版145；总录、解读。

【校勘】此句《解读》作"不知春，早晚折取柳条看"。按，作五言诗更善。

【说明】青釉褐彩题记壶。高 23 厘米，口径 11 厘米，底径 13 厘米。喇叭口，粗颈，溜肩，平底，多棱长流。诗题流下腹部，行书，三字一列。私人收藏。

100.《东家极重情》

东家极重情，妹曰未同心。

【图版与录文】04 长沙窑、图版544；总录、诗文与绘画（图2—46）。

【说明】青釉褐彩题记碗。高 6.4 厘米，口径 20 厘米。"黑石号"沉船出水物，诗题碗心，狂草体书。录文参考《诗文与绘画》。04《长沙窑》作"□峰极之情，妹日未回兆"，《总录》作"□峰极之情，妹曰未回兆"。

101.《流水何年尽》

流水何年尽，青山老几□（人）。

【图版与录文】04 长沙窑、图版137；录存、96 长沙窑、校证、总录。

【说明】04 图版137：青釉褐彩题记壶。高 22.2 厘米，口径 11 厘米，底径 12.5 厘米。喇叭口，长颈，柄残，瓜棱腹，多棱短流，平底假圈足，流下褐彩书。窑址出土，长沙市博物馆藏。

239

102.《不知何处在》

不知何处在，惆怅望东西。

【图版与录文】04 长沙窑、图版 138；录存、96 长沙窑（图版 202）、校证、总录。

【说明】图版 138：青釉褐彩题记壶。残高 19.5 厘米，底径 11.7 厘米，腹径 13.5 厘米。口、颈、柄残，圆肩，瓜棱腹，多棱短流，平底假圈足，流下褐彩书。窑址出土，长沙市博物馆藏。

附录二

敦煌学郎题记俗体诗校录

　　一、本文校录诗歌的范围是，在敦煌唐诗文献中，由学生郎或书手们抄写在经头卷尾的题记诗和其他散杂诗抄。这些学生郎或书手，正是民间创作和传播俗体诗的群体之一，其作品最能代表俗体诗的形态。

　　二、本文所收诗歌以敦煌文书原卷影刊本为底本，参考徐俊《敦煌诗集残卷辑考》中的题名、作者考证情况。写本原有之诗题，均依原题署方式著录，并在说明文字中注明。原写本无题者，或采《敦煌诗集残卷辑考》中的拟题，或自行拟题。作者名注于诗题之后，包括写本原有之作者，或原本未署作者，但可据有关材料考知者。作者无可考者，付之阙如。

　　三、说明文字，先交代所用底本及参考本的文献来源，再著录与正文有关之题记内容或其他文献。正文内容之校勘、释义，出校记说明。

　　四、主要利用文献及其简称：

　　《法藏》：上海古籍出版社、法国国家图书馆编《法国国家图书馆藏敦煌西域文献》，《敦煌吐鲁番文献集成》，上海古籍出版社 1995—2005 年陆续出版。

　　《英藏》：《英藏敦煌文献》，四川人民出版社 1990—1995 年陆续出版。

　　《北藏》：《国家图书馆藏敦煌遗书》，北京图书馆出版社 2005—2012 年陆续出版。

　　《俄藏》：《俄藏敦煌文献》，上海古籍出版社 1992—2001 年陆续出版。

　　《文书》：《吐鲁番出土文书》第三册，文物出版社 1996 年版。

　　《辑考》：徐俊《敦煌诗集残卷辑考》，中华书局 2000 年版。

1. 《李陵苏武往还书后题诗》（李幸思）

幸思比是老生儿，投师习业弃无知。父母偏阤[1]（怜）昔（惜）爱子，日讽万幸（行）不滞迟。

伯 2498。《法藏》，14 册，335 页。《辑考》，768 页。原抄《李陵与苏武书》、《穷囚苏子卿谨献书于右交力王》末，题记曰："天成三年（928）戊子岁正月七日学郎李幸思书记。"题记后另起一行书此诗，笔迹同正文。

校记：[1]阤：图版此字左旁部首不清，此依《辑考》所校。

2. 《古文尚书后题诗》（薛石二）

野棘（棘）知人意，因何不早回？既能牵绠[1]（挽）淂[2]（得），待后[3]洩[4]（拽）将来。

伯 2516。《法藏》，15 册，57 页。《辑考》，768 页。原抄"《尚书》卷第五"末，题记曰："薛石二书记。"笔迹同正文，当为一人所书。

校记：[1]绠："挽"之形误，牵挽，即牵绊也。[2]淂：音 de，本为水名，古又与"得"字通。《辑考》此字作"是"，误。[3]后：《辑考》作"没"，误。敦煌遗书中"後"字也常书作"氵"旁。[4]洩：即"拽"字。

3. 《事森后题诗》（员义）

写书不饮酒，恒日笔头干。且作随疑（宜）过，即与后人看。

伯 2621。《法藏》，16 册，311 页。《辑考》，774 页。原写于《事森》末题记后，题记曰："戊子年（928）四月十日学郎员义写书故记。"此诗又见于另外三个写卷中：BD08668《百行章》一卷题记后，诗云："写书不饮酒，恒日笔头干。且作随宜过，即与后人看。"又伯 2937《太公家教》背题记"维大唐中和四年（884）二月廿五日沙州敦煌郡学士郎兼充行军除解□太学博士宋英达"之后，诗云："写书不饮酒，恒日必（笔）头干。但作须宜过，有作（错）后人[□]。"（《法藏》，20 册，166 页）又伯 3305"《论语》卷第五"题记后，诗云："写书不饮酒，恒日笔头干。且德（得）随宜过，有错后人看。"诗抄两遍。

4. 《李文义抄诗十首》（李文义）

4.1   今照（朝）书字笔头干，谁知明栀（晨）[1]实个奸[2]（？）。向前早许则其信，交他人者[3]不许（喜）欢。

伯 2622。《法藏》，16 册，319 页。《辑考》，775—779 页。此诗及下五诗原抄

《吉凶书仪》上、下两卷末，与正文为同一人所书。有题记："大中十三年（859）四月四日午时写了。"而在《吉凶书仪》"吊人父母经时节疏"题下有"李文义"落款。"答疏"下又有"此是李文义书记"的题识，知卷末题诗者为李文义。

校记：［1］根：《辑考》校作"振"，不若作"晨"字。"明晨"，与前句之"今朝"相对。［2］奷：图版此字不清，疑为"奷"字。［3］人者：《辑考》作"者人"。原卷图版"者"字在"人"右边，"者"为添字。"他者人"，不通，当以"他人者"为是。

4.2　山头一队录（绿）陵（凌）云，白马红英（缨）出众群。知如（尔）意气不如次（此），多应则（这）个待河（何）人。

此诗又见伯3619，题《野外遥占浑将军》："山头一队欲陵（凌）云，白马红缨出众群。诸人气色不如此，只应者（这）个是将军。"

4.3　竹林清（青）郁郁，伯（百）鸟取天飞。今照（朝）是我日，且放学生郎归。

此诗又见于长沙窑瓷器题诗。另吐鲁番阿斯塔那三六三号唐墓出土景龙四年（710）卜天寿钞本《论语》末五言诗之一："写书今日了，先生莫酽（嫌）池（迟）。明朝是贾（假）日，早放学生归。"

4.4　海鸟无（浮）还没，山云收［复连。棹穿波底月，船压水中天。］

原卷抄至"山云收"，下缺，此据《全唐诗》卷七九一贾岛与高丽使《过海联句》诗补。前两句高丽使咏，后两句贾岛咏。《辑考》据《全唐诗》补题为《过海联句》。此诗又见长沙窑瓷器题诗中，作"海鸟浮还没，山云断便连。棹川（穿）波里月，舡压水中天"。陈尚君《长沙窑唐诗书后》曰："贾岛时高丽尚未复国，何来使者。得长沙窑诗，知此事即据民间流行诗附会而来。"笔者仍录为阙题诗。

4.5　遮莫千今（金）与万金，不如人意与人心。黄金将来随手散，不如人意进（尽）[1]长存。

首两句与伯2555卷《奉答》诗前二句略同，云："纵使千金与万金，不如人意与人心。欲知贱妾相思处，碧海清江解没深。"

校记：［1］进：《辑考》未校。

4.6　寸步难相见，同街似隔山。长天作何罪，交（教）见不交

（教）连（怜）。

4.7　尚书读《尚书》，读（独）[1]坐在楼头。壹双清（青）龙在，□尽［□□□］[2]。

此诗及下三诗，抄伯2622卷背，笔迹同正面，同为李文义所抄。此诗小字倒书于《兰亭序》习字前，未完。隔数行，有杂写"大中十三年三月日百姓张安□"。

校记：［1］读：《辑考》未校。

4.8　昔日家中富，门前车马多。可中负赋[1]去，朝不□□过。

校记：［1］赋：《辑考》空阙。此诗前有"赠赤心乡判官吕惠运""日日延宾客，实胜孟常（尝）［君］""沙州判官邓骨仑，草书草刹不须论"等杂写。

4.9　昌昌（日日）三长（场）战，李（离）家数十年。将军马上前，百性（姓）霜中邻（怜）。

4.10　白玉非为宝，黄金我未须。［□］竟千张数，心存万卷书。

5.《孝经后题诗》（翟曦呕）

读诵须勤苦，成就始似虎。不词（辞）扙（杖）椎体，原（愿）赐荣躯路。

伯2746。《法藏》，18册，55页。《辑考》，783页。原钞于《孝经》卷末，"《孝经》一卷"下落款："翟曦呕郎君。翟曦呕诗卷。"诗前题记："岁至庚辰（860），月造季秋，日逮第三，写诗竟记。后有余纸，辄造五言拙诗一首。"知翟曦呕为此诗之作者。

校记：［1］呕：《辑考》作"颰"，误。

6.《蕲法师垂引文后题诗》

书后有残纸，不可列（别）将归。虽然无手笔，且作五言诗。

伯2947。《法藏》，20册，197页。《辑考》，785页。原钞于《蕲法师垂引文》末，诗前题记："甲寅年四月十八日书记。"池田温定为吐蕃甲寅年（834），唐文宗大和八年。（见《中国古代写本识语集录》1041号）此诗为学郎诗之固定一格，伯3195、伯3322均载此诗。伯3192《论语》卷第六张口题记后有两诗，其一为"书后有残纸，不可别将归。虽然无纸笔，且作五言诗"。（《法藏》，22册，第113页）又斯 6208 末题记"酉年二月七日张学儒书□"之后，残存"□然无手笔，且作五言"九字。可参看徐俊《敦煌学郎诗作者问题考略》（《文献》1994 年第 2 期）。

7.《姓氏书后题诗》

沙弥天生道理多，人名不得那（奈）人何。从头至尾没闲姓，忽若学字不得者，杆（打）你沙弥头恼（脑）破。

伯 2995。《法藏》，20 册，366 页。《辑考》，787 页。抄于残姓氏书末。字迹同，为一人所书。

8.《开蒙要训卷背题诗》（张富郎）

宋家大门面西开，椀落当心金阿塸。麦粟□圌主山崖，慢眉慢系[1]主把推。

伯 3054。《法藏》，21 册，188 页。《辑考》，788 页。《开蒙要训》卷背题记："维大唐天福三年岁次己亥五月六日，张富郎自首（手）之耳。"诗抄其后。

校记：[1] 系：《辑考》空阙。

9.《开蒙要训后题诗》（张彦宗）

闻道侧书难，侧书实是难。侧书须侧立，还须侧立看。

伯 3189。《法藏》，22 册，110 页。《辑考》，791 页。原钞《开蒙要训一卷》末，题记："《开蒙要训》一卷，三界寺学士郎张彦宗写记。"诗抄两遍，第一遍不完。第二遍缺最后"立看"两字，斜书。另吐鲁番阿斯塔那三六三号唐墓出土景龙四年（710）卜天寿钞本《论语》末五言诗之一："他道侧书易，我道侧书［难］。侧书还侧读，还须侧眼［看］。"

10.《李文改抄诗四首》（李文改）

10.1 今朝闷会会[1]，更将愁来对。好酒沽五升，送愁千理（里）外。

校记：[1] 会会：《辑考》校作"晦晦"。

10.2 唾落烟陈（尘）气，山头玉月明。家[1]鸡怕夜语（雨），桃（逃）出奉黄（凤凰）城。

校记：[1] 家：《辑考》空阙。

10.3　写书不饮酒，恒日笔头干。且德（得）随宜过，有错后人看。

伯3305。《法藏》，23 册，136 页。《辑考》，794 页。《法藏》拟题作"五言打油诗四首"。第一首原抄"《论语》卷第五"尾题之后，卷背又抄一遍。题记："学生李文改书一卷。"（笔者按：李文改，《辑考》作"李文段"，误。）《辑考》按："此诗即伯2555 卷七言第四十三首'今朝心里闷会会'诗之截句诗。"伯2555 卷阙题诗曰："今朝心里闷会会（晦晦），不意更将愁来对。共君好酒觅五升，一起送愁千里外。"第二首诗后接抄"写书不饮酒"诗两遍、"可连（怜）学生郎"诗三遍。卷背有"咸通九年闰十一月十八日书记记事"题记。

卷背又有《诗一首七言》，墨迹浅淡，也为李文改所书。诗云：（即下诗）

10.4　男儿屈滞不须论，今岁蹉跎虚度春。□□强健不学问，满行逐色陷没身。□□自身苦教勤，一朝得疾留后人。

校记：原抄于杂写中，文字多不能识，暂且依《辑考》所录。

11.　［咏孝经十八章末题诗］［张富盈］

计写两卷文书，心里些些不疑。自要心身恳切，更要师父阇梨。

伯3386、3582 拼合卷。《法藏》，24 册，50 页。《辑考》，799 页。原抄《杨满山咏孝经一十八章》题记后。题记曰："杨满山咏孝经一十八章，维大晋天福七年壬寅岁（942）七月廿二日三界寺学士郎张富盈记。""戊辰年（968）十月卅日三界寺学士。"与《咏孝经十八章》笔迹如一。

12.　《社司转贴旁杂抄》（高英建）

白玉虽未（为）宝，黄金我未虽（须）。心在千章至（张纸），意在万卷书

伯3441。《法藏》，24 册，213 页。《论语集解》卷六写卷背面"社司转贴"旁杂抄，有"大中七年十一月廿六日学生判官高英建写记"题记。

13.　《论语疏卷背题诗》

忽起气肠嘘，何名大丈夫。心里百事有，不那（奈）手中无。

伯3573 背。《法藏》，25 册，372 页。《辑考》，805 页。原写于《论语疏》卷背，"贞明九年癸未闰四月十□"卖物契后。贞明九年癸未即龙德三年（923）。此诗又见长沙窑瓷器题诗中。

14. 《灵图寺弥比丘抄诗四首》

伯 3597。《法藏》，26 册，52 页。残卷，共抄诗九首，中有白居易《夜归》、《柘枝妓》二诗，首抄《白侍郎蒲桃架诗》一首（现考知为姚合作，为游戏文中"吃语诗"之一体），其余六首均阙题。卷末有抄写者"乾符四年（877）二月二十日灵图寺弥比丘□□"的题记。前人多认为此卷为白居易诗抄，但写卷中有四首明显具游戏诗特征。《辑考》，285—286 页。

14.1 春日春风动，春来春草生。春人饮春酒，春鸟弄春声。

此叠字诗一体。中国书店藏敦煌写本《佛说无量寿宗要经》背社司转贴后学郎张宗宗钞诗三首，第三首即此诗，除末句脱"声"字外，其余全同。1967 年长沙铜官镇瓦渣坪五代至宋初窑址出土的五代时青黄釉瓷注子腹部，诗作："春水春池满，春时春草生。春人饮春酒，春鸟弄春声。"另日本三井文库藏北三井 103 号卷背写五言一首，一、三句与此诗同，诗曰："春日春风动，春山春水流。春人饮春酒，春棒打春牛。"

14.2 孔子高［山］座（坐），弱水不能流。诸君在学问，何敢该君同。

此诗又见北藏 BD04291 卷《佛说七阶礼佛名经》背四诗中。

14.3 高僧（山）高高高入云，真僧真真真是人。清水清清清见底，长安长长长有君。

14.4 日日楼昌（昌楼）望，出（山山）出没云。田心思远客，问（门）口问贞人。

此为离合体诗。斯 3835 卷背收诗图四件，第一件即此诗。原文为一"出"字，校作"山山"，分为二字。长沙窑瓷器题诗中有云："夕夕多长夜，一一二更初。田心思远客，门口问征夫。"与此诗后两句同。

15. 《赞碎金诗题记二首》（吕均）

15.1 人生不学漫是非，愚情小子实堪悲。三文两字暂将用，疑欲更作心里迷。

15.2 先贤制作好文书，人身明过戴头皮。早晚会知心明晓，努力恳克寻古诗。

伯3906卷。《法藏》，29 册，179 页。二诗原抄于《字宝》所附《赞碎金诗》后，位居"天福七年（942）壬寅岁四月二十日，伎术院学郎、知慈慧乡书手吕均书"题记之两侧，字体略小。《辑考》，826 页著录，然第二诗所录多误。

16.《钞太公家教题诗二首》（张盈信）

16.1 学字经今三再（载），言语一切（些）不解。官次家中大郎，且交成（城）外受罪。

16.2 今朝到此间，酒前（钱）交须（谁）还。吃着一盏料（料），面孔赤籼籼。

伯4588。《法藏》，32 册，104 页。《辑考》，833 页。第一首抄"《太公家教》一卷"末题记后，题记："壬申年十月十四学士郎张盈信纪书文二。"第二首书卷背，笔迹同，也张盈信所书。

17.《秦妇吟后题诗》（安友盛）
今日写书了，合有五升米。高代（贷）不可得，坏（还）是自身灾。
斯692。《英藏》，2 册，117 页。《辑考》，854 页。原写于《秦妇吟》末题记后。题记云："贞明五年（919）己卯岁四月十一日敦煌郡金光明寺学仕郎安友盛写记。"后另起行，抄写此诗。篇末"秦妇吟一卷"下又随意书"一米锹鑺"四字，或与此诗内容相关。

18.《千字文后题诗》
今日书他智（纸），他来定是嗔。我今归舍去，将作是何人。
斯3287。《英藏》，5 册，28 页。原写于《千字文》末尾题"千字文一卷"下。《辑考》，877 页。

19.《千字文卷背题诗》
汋泪研墨磨，媚（眉）毛作笔使。衫衿为智（纸）[1]□，早起一偏[2]（篇）言。
斯3287。《英藏》，5 册，33 页。原钞于卷背《子年擘三部落百姓回履倩等户手实》（题拟）之后。《辑考》，877 页。

校记：[1] 智：《辑考》未校。依前二句文意，此字当为"纸"字。阙字《辑考》曰作"偼"字。[2] 偏：《辑考》未校。

20.《王梵志诗后题诗》

莫道今朝大其（奇）哉，日落西夏（下）眼不开。不是等闲游行许，前世天生配业来。

斯3393。《英藏》，5册，70页。《辑考》，877页。原抄于《王梵志诗一卷》末，卷背"戊午年五月社司转贴""丁巳年八月九日""丁乙（巳）冬月廿五日"纪年两行，笔迹同诗抄。

21.《五言》

可可随宜纸，故故遣人书。充功而已矣，何假觅众诸。

斯3663。《英藏》，5册，136页。《辑考》，878页。原写于"《文选》卷第九"尾题后，诗前原有朱笔"郑家为景点讫"一行。诗后另有"张平语赵平，平平"一行。诗题《五言》为原写本所有。

22.《金刚经疏卷下尾题诗》

今日好风光，骑马上天堂。阿须（谁）家有好女，家（嫁）如（予）学是（士）郎。

斯3713。《英藏》，5册，144页。《辑考》，879页。抄《大宝积经》背面、《金刚经疏》卷下末。此诗另见伯3319《孟姜女词》后、伯4787《儿自咏一绝》诗前、伯3305《论语集解》末，多有异文。又俄藏1319（孟一四六八）《太玄真一本际经》卷第五背抄词一首，首句作"今日好风光，花开作建章。"

伯3319作"今日好风光，其马上天唐。浿家有好女，贤阴家遛清女夫郎。"（《法藏》，23册，181页）

伯4787作"今朝好光骑，骑马上天堂。须（谁）家好女子，嫁娶何学家。"（《法藏》，33册，178页）

23.《崔氏夫人训女文背面题诗三首》

23.1　□□□□□，看字极快有分判。□□□□□聪明，恳苦学问觅财（才）艺。

23.2 不知学郎有才志，直是无嫌没意□。甚好儿郎学括顶，言语忠（中）间不忠（中）听。

23.3 ［□□］学郎身姓阴，财（才）艺精令不求人。直是□□□□□，适奉尊卑好儿郎。

斯 4129。《英藏》，5 册，259 页。《辑考》，883 页。原抄于《崔氏夫人训女文》背第三块残片。当为学郎题诗，残。

24. 《佛说七阶礼佛名经卷背题诗》（索惠惠）

24.1 那日跐（兜）头见，当初便有心。数度门前过，何曾见一人？

24.2 高门出贵子，存（好）木出良在（材）。丈夫不学闻（问），观（官）从何处来？

24.3 由由（悠悠）天尚（上）云，父母生我身。少来学里坐，金（今）日得成人。

24.4 孔子高山坐，若（弱）水不欲流。诸君在学闻（问），观（官）从何处来。

BD04291 号背。《北藏》，55 册，79 页。《辑考》卷下（中日俄藏及其它），916 页。原抄于《佛说七阶礼佛名经》背，诗后题记："巳年六月十二日衫（沙）弥索惠惠书已。"池田温定在 9 世纪前期（《中国古代写本识语集录》1341 号）。

第二首又见斯 614 卷《兔园策府》第一并序末，诗云："高山出贵子，好木不（出）良才（材）。男儿不学门（问）（下缺）。"诗前题记："巳年四月六日学生索广翼由赑（书写）了。"又见吐鲁番阿斯塔那三六三号唐墓出土景龙四年（710）卜天寿抄五言诗，诗作："高门出己子，好木出良才（材）。交□学敏（问）去，三公河（何）处来？"

第三首又见伯 3534《论语集解》卷第四末，诗作："由由（悠悠）天上云，父母生我身。小来学李（里）坐，今日得成人。"诗前题记："亥年四月七日孟郎郎写汜（记）之。"（《法藏》，25 册，207 页。）另，中国书店藏敦煌永安寺学郎张宗宗所抄三诗之二，即此诗，诗作："云云（悠悠）天上去（云），父母生我身。少坐（来）学礼（里）坐，长大得成人。"

第四首又见伯 3597 唐诗丛抄，诗作："孔子高［山］座（坐），弱水不能流。诸君在学问，何敢该君同。"

25.《降生礼文卷背题诗》

清清（青青）何（河）边草，游（犹）如[1]水鳬鳬（裊裊？）[2]。男如（儿）[3]不学问，如若一头驴。

BD03925 号背 3。《北藏》，54 册，96 页。《辑考》卷下（中日俄藏及其它），917页。原抄于《降生礼文》、《观音礼文》背面，《金光明最胜王经》卷第一"序品第一"末。又斯 8448（C）存五言诗二行："清清河边草，游如水上敎。南如不学文，[□] 归一头虞。"又伯 3108《千字文》卷背，抄诗："青清河边草，犹如水上鱼。男如不学问，如若一头鸟。"（《法藏》，21 册，323 页。）

校记：[1] 游如：《辑考》本校作"游鱼"，未允。笔者按：据斯 8448 存诗此句作"游如水上敎"，乃承首句"河边草"而来。故本诗"游如"校作"犹如"更善。[2] 鳬鳬：此两字《辑考》未校，或当校作"裊裊"。以水波形容河边草摇曳之貌。[3] 如：《辑考》校作"儿"，极是。斯 614 卷《兔园策府》第一并序末抄诗云："高山出贵子，好木不（出）良才（材）。男儿不学门（问）（下缺）。"

26. 五言诗一首赠上

写书今日了，因何不送钱。谁家无赖汉，回面不相看。

BD01199 号 2。《北藏》，17 册，385 页。《辑考》卷下（中日俄藏及其它），918页。原写于《达磨论》写卷末行，正文、题诗为一人所抄。诗题"《五言诗一首》赠上"为原写本所有。

27.《百行章末题诗》

学郎身姓 [□]，长大要人求。堆亏急学得，成人作都头。

BD08668 号 2。《北藏》，103 册，367 页。《辑考》卷下（中日俄藏及其它），920页。原抄《百行章》末，诗二首。前一首为"写书不饮酒"诗（又见伯 2621 卷），此第二首。诗前有题记："庚辰年（920）正月廿一日净土寺学使（仕）郎王海润书写，邓保住、薛安俊札。""庚辰年正月十六日，净土寺学使（仕）郎邓保住写记述也，薛安俊札用。"据斯 4129 阙题三首之三首句作"学郎身姓阴"，知此诗首句阙字为该学郎之姓氏，或许即王海润、邓保住、薛安俊三人之姓氏其一。

28.《逆刺占一卷后题诗》（翟奉达）

28.1　三端俱全大丈夫，六艺堂堂世上无。男儿不学读诗赋，恰似肥菜根尽枯。

28.2 躯体堂堂六尺余，走笔横波纸上飞。执笔题篇须意用，后任将身选文知。

28.3 哽咽卑末手，抑塞多不谬。嵯峨难遥望，恐怕年终朽。

BD14636 号3。《北藏》，131 册，122 页。《辑考》卷下（中日俄藏及其它），923 页。原抄《毛诗训诂传》卷一六《大雅·文王之什》卷背《逆刺占》末，诗前题记："于时天复二载岁在壬戌（902）四月丁丑朔七日，河西敦煌郡州学上足子弟翟再温记。"旁注："再温字奉达也。"诗后复题："幼年作之，多不当路，今笑，今笑！已前，达走笔题撰之耳。年廿作，今年迈[1]见此诗！羞煞人！"按：此翟奉达幼年求学时作，自称"州学上足子弟"，可证。篇中有励学之意。诗后所题文字中，"已前，达走笔撰之耳"数字，笔墨及书写力度与前题诗一致，当为写诗时所书。而其余文字墨迹浅淡，当为其自称"年迈见此诗"之时所写。

校记：[1] 迈：《辑考》校作"遇"，不妥。"幼年"与"年迈"正相对。

29.《社司转贴后题诗》（张宗宗）

可连（怜）学生郎，每日画一张。看书痒（佯）度［日］，泪落数千行。

ZSD060 号背2。《中国书店藏敦煌文献》，168 页。《辑考》卷下（中日俄藏及其它），928 页。原抄《佛说无量寿宗要经》背社司转贴后，诗共三首，第一首即此诗，第二首"云云（悠悠）天上去（云）"诗，第三首"春日春风动"诗。诗末题记："癸未年十月永安寺学士郎张宗宗书已之耳。"可参考柴剑虹《读敦煌学士郎张宗之诗钞札记》。《聂石樵教授七十寿辰学术纪念文集》，389—393 页，巴蜀书社 1997 年版。

30.《卜天寿抄诗六首》（卜天寿）

据《吐鲁番出土文书》第7 册所载阿斯塔那三六三号唐墓发掘文书图录辑录。《吐鲁番出土文书》（三），文物出版社 1996 年版。郑氏注《论语抄》篇末有题记"景龙四年（710）三月一日私学生卜天寿□（抄）"。后抄有《十二月新三台词》及诸五言诗。末有"西州高昌县宁昌乡厚风里义学生卜天寿年十二状具（下残）"题记，另行书"右出身以来未经历任"。

30.1 写书今日了，先生莫酻（嫌）池（迟）。明朝[1]是贾（假）

日，早放学生归[2]。

校记：[1]朝：此字仅存左边上半截，《吐鲁番出土文书》补作"朝"字。[2]此句后原有"了抄"两字。

30.2　伯（百）鸟头（投）林宿[1]，各各觅高支（枝）[2]。□（五）更分散去[3]，苦落（乐）不想（相）知[4]。

校记：[1]"宿"前本有"息"字，显为衍字。[2]支：此字本施空围，补字，今校作"枝"。[3]阙字，据上下文或可补作"五"。[4]苦落：不词，"乐""落"为同音字。

30.3　日落西山夏（下），潢（黄）河东海流。人□（生）不满百[1]，恒作万年忧[2]。

校记：[1]"人"字本施空围，补作"人"。乐府古诗《西门行》："人生不满百，常怀千岁忧。昼短苦夜长，何不秉烛游。"卜天寿抄诗后两句即此诗前两句。[2]"万"字前本有一"方"字，旁书"卜"字，为敦煌遗书中常见之删除符号。

30.4　高门出己（贵）子[1]，好木出良才（材）。交□学敏（问）去[2]，三公河（何）处来？[3]

校记：[1]敦煌遗书 BD04291《佛说七阶礼佛名经》卷背，沙弥索惠惠抄诗有云："高门出贵子，好木出良在（材）。丈夫不学闻（问），观（官）从何处来？"卜天寿抄诗前两句与沙门索惠惠抄诗前两句同，"己"字据敦煌遗书校。[2]阙字，仅存上半，似为"儿"字。[3]此诗后另起行有"静虑寺罗城外宁戎寺□"等文字，不晓文意，下书"写书人〇〇"。

30.5　他道侧书易，我道侧书［难］。侧书还侧读，还须侧眼［看］[1]。

校记：[1]诗后另行书"学开觉寺学""景龙四年五月"。

30.6　学问非今日，维须跡（积）年多。□看阡（千）菌（涧）水，万合始城（成）河。

31.《赞碎金诗四首》

《字宝》，又称《碎金》，唐代民间字书。赞碎金诗见于伯 3906、斯 619、斯 6204

卷中。伯 3906 卷诗抄行间有题记："天福七年（942）壬寅岁四月二十日，伎术院学
郎、知慈慧乡书手吕均书。"《字宝》收字注音非限于敦煌地区方言方音，当传自中
原。斯 6204 卷末题记："壬申年（912）正月十一日僧智贞记。"《辑考》以伯 3906、
斯 619 为底本合校。《辑考》卷中（法藏下），288 页。伯 3906，29 册，179 页。

31.1　《沈侍郎赞碎金》[1]（沈侍郎）

墨宝三千三百余，展开胜读两车书。人间要字应采尽，呼作零金也
不虚。

校记：[1] 伯 3906 题署作"沈侍郎赞碎金"，斯 6204 卷同，斯 619 仅题"沈侍
郎"三字。《英藏敦煌文献》，2 册，104 页，拟题作"洗侍郎"，误。

31.2　同前（白侍郎）

猰头讠赴人难识，溅波婢衊恼家心。写向箧中甚敬重，要来一字一碏
（碎）金。

31.3　同前（吏部郎中王建）

一轴零书则未多，要来不得那人何。从头至尾无闲字，胜看真珠一
百锞。

31.4　《白侍郎寄卢协律》（白侍郎）

满卷玲珑实碎金，展开无不称人心。晓眉歌得白居易，飓嗔卢郎更
敢寻。

32.《崔氏夫人训女文附诗二首》

伯 2633 卷。《法藏》，17 册，17 页。《辑考》卷中，290 页。另有二卷，斯 4129
卷题同，末句"千秋万"以下裂失，其前也多有残缺。斯 5643，题存"女文"二字，
第四句"三日拜堂"以下缺。关于《崔氏夫人训女文》及白侍郎赞、诗，陈祚龙
《唐代西京刻印图籍之一斑》谓"大致就在会昌年间，崔氏'八龙'与白居易并享
'盛名'的时期，西京的'俗儒'，特别来行这样的'托名'的制作。"（《敦煌资料
考屑》下册 253 页，（台湾）商务印书馆 1979 年版）

32.1　《诗一首》

亭亭独步［一］枝花，红脸青娥不是夸。作将喜貌为愁白（貌），未

惯离家往婿家。

32.2　《又诗一首》

拜别高堂日欲斜，红巾拭泪贵新花。从来生处却为客，今日随夫始是家。[上都李家印崔氏夫人一本]

校记：以上二诗诗题为原写本所有。

33.　七言［三首］

伯2555。《法藏》，15 册，335 页。唐诗文丛抄。原抄七言诗四十七首，其中五首可考知作者，余皆无考。此三首颇有俗体风格，录文参考《辑考》卷下（英藏俄藏部分），701 页。

33.1　今朝心里闷会会（晦晦），不意更将愁来对。共君好酒觅五升，一起送愁千里外。

33.2　小小愁时一两盏，大大愁时三五杯。一日中间三度醉，交我愁从何处来。

33.3　檀知（枝）打邓（灯）不须愁，酒债将来儿自酬。莫看手下无钱用，一代（旦）无名万世休。

34.　《神龟一首》

海中有神龟，雨（两）鸟共想（相）随。游依世间故，老众人不知。道鸟衔牛粪，口称我且归（龟）[1]。不能谨口舌，鼋（扑）煞老死尸。

伯2129。《法藏》，6 册，210 页。《辑考》卷上（法藏），764 页。此诗原接抄于《老人相问嗟叹诗》后，有小注："敢上神龟一首。"诗末另有坐禅诗数行。诗题为原写本所有。

校记：[1] 归：《辑考》未校。

35.　《开蒙要训背题诗》

须（谁）人读自书，奉上百疋罗。来人读不得，回头便唱歌。

伯3486 背。《法藏》，24 册，318 页。《辑考》，802 页。原写于《开蒙要训》背，同卷有"乾付（符）三年（876）正月廿二日"施舍帐及题记："乾付（符）二年

（875）岁次乙未三月十一日敦煌悬（县）徒众至方等道场为记。"

36.《俗名要务林卷中题诗》

厶乙铺上新铺货，要者相问不须过。交关市易任平章，卖（买）物之人但且坐。

伯3644。《法藏》，26 册，201 页。《辑考》，813 页。原钞于《俗名要务林》卷中。诗后另有一段文字："厶乙铺上且有：橘皮胡桃攘（瓤），栀子高良姜，陆路诃梨勒，大腹及槟榔。亦有荜萝荜拨，芫荑大黄，油麻椒秫（蒜），阿苗藕弗香。甜干枣，醋齿石榴，绢帽子，罗幞头。白礬，皂礬，紫草苏芳，秒糖吃时牙齿美，饧糖咬时舌头甜。市上买取新袄子，街头易得紫绫衫，阔口裤，斩（崭）新鞋，大跨腰带十三事。"

37.《礼忏文后题诗》

枯树再生苗，枝上座（坐）百（白）周鸟。自后须怒（努）力，勤勤□骨哮。

伯4072。《法藏》，31 册，84 页。《辑考》，830 页。原抄"卧疾礼忏文"后残片上，诗有小字注："急纳□莫。"可能与《礼忏文》有关。

校记：[1] 自后：《辑考》作"头□"，误。这是一首励志诗。

38.《书仪镜卷背题诗》

好客须留住，三秋莫放归。出门□道好，莫作主人□。

斯329。《英藏》，1 册，133 页。《辑考》，848 页。原抄于《书仪镜》卷背。诗前后存曲子词数首，此诗在原卷上被有意涂抹去，末字不能辨。可能与长沙窑瓷器题诗中的做客诗性质相同。

39.《春秋后语背题诗》

春至人仙（先）觉，秋来雁早知。草何北岸□，花 [□] 挂南支（枝）。

斯713。《英藏》，2 册，128 页。《辑考》，855 页，原写于《春秋后语》背。

40.《真言杂抄卷背诗》

吐吓人易老，才火水长流。送迤不书写，迫迤度三秋。

北7677（夜字九八）。《辑考》卷下（中日俄藏及其它），916 页。原抄于《真言杂抄》卷背、法坛图及佛吉祥天女真言后。《敦煌遗书最新目录》作"方言诗一首"。项楚《敦煌诗歌导论》以之为游戏诗，谓第二句是将"水"字分离，其余三句为添加偏旁，本诗应作："上下人易老，才长水长流。天也不书写，日月度三秋。"

41. 《谢恩启前题诗二首》

41.1　昨来唯□（命）归黄沙，鸿恩却存流草命。□谘都头与妇儿，且仿作□劝相随。

41.2　善谘阿郎与妇儿，判割处分实慈悲。衣裳破碎长受饥，鸿恩安委却交活。用辅明圣取分判，老□苦累眼□□。

俄藏 Дx. 1291、1298。《俄藏》，8 册，65 页。《辑考》卷下（中日俄藏及其它），940 页。原卷抄于《某甲奉牒补充节度押衙兼龙勒务上大王谢恩启》前，《俄藏敦煌文献》以首句拟题，作《昨天唯命归黄砂诗》、《善谘阿耶与妇儿诗》。

附录三

唐人墓志盖题刻俗体挽诗校录

一、本次校录以目前公开发表的唐人墓志盖拓片图版，以及新见唐人墓志盖未刊拓片为底本，同时参考学界已有研究成果。各篇暂取首句为题。

二、说明文字，先交代正文所据底本，再介绍墓志盖、墓志有关信息，包括墓志盖面题名、墓主下葬年月、与传世文献互证情形等。

三、主要利用文献及其简称：

《挽歌》：陈忠凯、张婷《西安碑林新藏唐—宋墓志盖上的挽歌》，后附墓志盖图版。李均明主编《出土文献研究》第八辑，上海古籍出版社2007年版。

《丛考》：金程宇《稀见唐宋文献丛考》第204页"新见唐人志盖题诗"，中华书局2009年版。

《胡文》：胡可先《墓志新辑唐代挽歌考论》，《浙江大学学报》2009年第3期。

《山西卷》：张希舜主编《隋唐五代墓志汇编·山西卷》，天津古籍出版社1991年版。

《北京卷》：张宁等主编《隋唐五代墓志汇编·北京卷（附辽宁卷）》，天津古籍出版社1991年版。

《碑林》：赵力光《西安碑林博物馆新藏墓志汇编》，线装书局2007年版。

《施拓》：河北省正定县二义厚古玩店施荣珍所拓带题诗墓志盖①。笔者对现有拓片作了编号，图版附于文后。

---

① 施荣珍个人收藏唐代墓志盖约八十套，部分志盖未及拓下。

1. 《剑镜匣晴春》

剑镜匣晴春[1]，哀歌踏路尘。名镌秋石上[2]，夜月照孤坟。

校记：[1]晴：《挽歌》图五题"两剑匣青春"。施拓图四此字作"情"。[2]秋：施拓图四此字作"金"。

录文据《挽歌》图一《李神及妻郭氏墓志》。墓主葬于唐开元二十三年（735）十二月二十九日。盖题"唐故李府君夫人墓志"。施拓图四盖题"唐故申府君夫人墓志"，下葬年代不详。

2. 《阴风吹残阳》

阴风吹残阳[1]，苍苍度秋水[2]。车马却归城，孤坟月明里。

校记：[1]残："胡文"、《碑林》皆阙。[2]苍苍：《碑林》作"仓仓"。此诗《挽歌》本作"孤坟月明里，阴风吹残阳。苍苍度秋水，车马却归城。"句序有误。

录文据《挽歌》图二《张国清及妻杜氏墓志》。夫妻合祔于唐咸通十二年（871）七月十一日。盖题"大唐故张府君墓志铭"，周匝刻诗。

3. 《人生渝若风》

人生渝若风，暂有的归空。生死罕相逢，苦月夜朦胧。

西安碑林新藏，录文据《挽歌》，未见图版。题为《郑宝贵墓志》，墓主葬于唐龙纪元年（889）八月十三日。盖题"大唐故郑府君墓志铭"。

4. 《阴风吹黄蒿》

阴风吹黄蒿，挽歌渡西（溪）水[1]。车马却归城，孤坟月明里[2]。

校记：[1]西：《挽歌》、《丛考》、"胡文"皆未校。施拓图一作"青"。[2]后两句《挽歌》图四本作"孤坟月明里，车马却归城"。

录文据《挽歌》图四，校以施拓图一。《挽歌》图四盖题"唐故府君夫人墓志铭"，年代不详，周匝刻诗。施拓图一盖题"大唐故郭府君墓志铭"。按：此诗为于鹄之《古挽歌》①，载《文苑英华》卷二一一、《全唐诗》卷三一〇于鹄名下，曰："阴风吹黄蒿，挽歌渡秋水。车马却归城，孤坟月明里。"于鹄为大历、贞元间人，有《古挽歌》四首。《乐府诗集》卷二七著录于鹄《挽歌》两首，其一即此诗。

---

① 金程宇《稀见唐宋文献丛考》（中华书局2009年版）书中也指出该诗为于鹄所作。书中"新见唐人志盖题诗"所披露的六首唐诗同样是根据西安碑林博物馆收藏的带题诗唐人墓志盖。

5. 《两剑匣青春》

两剑匣青春[1]，哀歌踏路尘。风悲陇头树，月吊（一作照）下泉人[2]。

校记：[1] 两：《丛考》作"雨"，误。[2] 吊：施荣珍藏《唐故府君夫人墓志铭》志盖题诗此字作"照"。

录文据《挽歌》图五，盖题"唐故李公夫人墓志铭"。年代不详。周匝题诗。环刻八卦字符。

6. 《篆石记文清》

篆石记文清[1]，悲风落泪溋（盈）[2]。哀哀传孝道，故显万年名。

校记：[1] 记：《碑林》图版319、357作"继"。[2] 落：施拓《唐故万府君夫人之铭》志盖此字作"乐"，同音讹字。溋：《挽歌》、《丛考》皆校作"温"，误。"溋"当是"盈"的民间书写形式，如第10首书"血"作"洫"。

录文据《挽歌》图六，盖题"大唐故夫人墓志之铭"，年代不详。施拓图七《唐故刘府君夫人志铭》与此诗全同。又《碑林》图版334《李公素妻王氏墓志》盖面也题此诗，墓主咸通十五年（874）八月十日葬。

7. 《篆石继文清》

篆石继文清，悲风落泪盈[1]。礼泉彰孝道，幽壤万年名。

校记：[1] 风：《碑林》图版357《任君妻赵氏墓志盖》作"凉"。然施拓《唐故万府君夫人之铭》志盖、《唐故种府君墓志之铭》志盖，此字均作"风"。

录文据《碑林》图版319《任素妻李氏墓志》志盖。墓主葬咸通三年（862）十月十四日。

8. 《阴风吹黄蒿》

阴风吹黄蒿[1]，苍苍渡春水[2]。贯哭恸哀声，孤坟月明里。

校记：[1] 首句施拓图六作"春风吹白杨"。[2] 春水：施拓图六作"秋水"。

录文据《山西卷》162页图版《张怀清妻石氏墓志》。墓主葬于唐大中九年（855）二月二十三日，盖题"清河郡张府君夫人武威郡石氏墓志铭"。施拓图六盖题"唐故府君夫人墓志铭"，年代不详。

9. 《哀歌》

哀歌：片玉琢琼文[1]，用旌亡者神。云埋千陌塚[2]，松镰九泉人[3]。

校记：[1] 文：《挽歌》作"丈"，误。[2] 塚："胡文"作"冢"。[3] 镰："胡文"作"锁"。

录文据《山西卷》174 页图版《张免及妻唐氏合袝墓志》。墓主葬于唐中和三年（883）二月二十九日。"张君之志"四字篆书，分居盖面四角。盖中心题"哀歌"，楷书。

10.《坟树草欺（萋）斜日落》

坟树草欺（萋）斜日落[1]，断洪（鸿）飞处西风愁[2]。云连乐惨哀声发，苦痛人和泪泪流。

校记：[1] 欺：《挽歌》、"胡文"皆未校。斜：《挽歌》、"胡文"作"那"，误。[2] 洪：《挽歌》，"胡文"未校。西风：《挽歌》空阙，"胡文"作"长兄"，误。

录文据《山西卷》185 页图版《李行恭及妻陈氏合袝墓志》。墓主葬于后晋开运三年（946）十二月二十三日。盖题"晋故李府君夫人墓志"。周匝题诗。

11.《三代幽儿（？）葬此园》

三代幽儿（？）葬此园[1]，神灵潜隐车光烟（？）[2]。□□□流黄泉下，万古千秋□□坟。

校记：[1] 儿：图版不清，疑为"儿"字。[2] 烟：图版不清，疑为"烟"字。此诗残损严重。

此诗首次披露。录文据《北京卷》（第三册）173 页图版《王君妻田氏墓志》，盖面有磨损。墓主葬五代后汉乾祐二年（949）。原石现藏山西省榆社县化石博物馆。盖题"汉故秦国太夫人墓志"。周匝题诗。

12.《明神无所鉴》

明神无所鉴，贞良命不延。送终从此隔，号恸别坟前。

录文据《碑林》图版 231《郭远墓志盖》。盖题《大唐故郭府君墓志铭》，周匝刻诗。墓主葬于贞元十五年（799）十一月二十日。

13.《阴风吹白阳（杨）》

阴风吹白阳（杨）[1]，苍苍度秋水。冠哭送泉声[2]，孤坟月明里。

校记：[1] 阳："胡文"、《碑林》未校。[2] 泉：《碑林》校作"哀"，误。

录文据《碑林》图版 318《刘让墓志盖》。盖题《大唐故刘府君墓志铭》。墓主葬于咸通三年（862）八月二日。

14.《儿女□（恸）声哀》

儿女□（恸）声哀[1]，玄堂更不开。秋风悲垅树，明月照坟台[2]。

校记：[1] 阙字：据施拓图十《唐故李府君墓志之铭》此字作"㤦"。[2] 坟：施拓图十作"玄"。

录文据《碑林》图版325《孙昊及妻关氏墓志》。盖题《唐故孙府君夫人之铭》。墓主葬于咸通十一年（870）九月二十一日。

15.《洒泪别离居》

洒泪别离居，孤坟恨有余。铭松春石上，残叶半凋疏。

录文据《碑林》图版332《青陟霞及妻万氏墓志》。墓主葬于咸通十五年（874）二月七日。盖题《唐故青府君夫人志铭》。

16.《冥寞夫人路》

冥寞夫人路，哀哥（歌）是宋钟（送终）。目玄（眩）寒树影，声散叫长空。

录文据《碑林》图版356《宋佛进墓志盖》。盖题《唐故宋府君墓志铭记》。墓主葬于天祐三年（906）十月二十九日。

17.《残月照幽坟》

残月照幽坟，愁凝翠岱云。泪流何是痛，肠断复销魂。

录文据《碑林》图版367《裴简墓志盖》。盖题《大周故裴府君墓志铭》墓志盖。墓主葬于后周显德二年（955）十一月八日。

18.《父子恩情重》

父子恩情重，念汝少年倾。一送交（郊）荒外，何时再睹形。

录文据施拓图二。志盖中心题"唐故元君白氏墓志之铭"。

19.《逝水东流急》

逝水东流急，星飞电忽光。奄丧悲年早，永别与天长。

此诗首次披露。录文据施拓图三。志盖中心题"大唐故夫人墓志之铭"。

20.《松柏韵增哀》

松柏韵增哀，烟云愁自结。灵车逝不回，泣慕徒呜咽。

此诗首次披露。录文据施拓图五。志盖中心题"唐故焦府君墓志之铭"。

21. 《白玉奄（掩）泉台》

白玉奄（掩）泉台，千秋无复开。魂名何处去，空遣后人哀。

此诗首次披露。录文据施拓图八。志盖中心题"唐故王府君夫人墓志"。此诗见刻于数方墓志盖面。施拓《唐故胡府君夫人墓志》志盖上题诗"奄"即作"掩"。

22. 《生前名行契》

生前名行契，殁后与谁论。一剑归长夜，人间去主（住）分。

此诗首次披露。录文据施拓图九。志盖中心题"大唐故袁府君墓志铭"。

23. 《杳杳归长夜》

杳杳归长夜，冥冥□垅丘。德风雕万载，松柏对千秋。

此诗首次披露。录文据施藏《唐故府君王夫人志铭》原石抄录，无拓片。

24. 《岭上卷舒云势捴》

岭上卷舒云势捴，桥边呜咽水声愁。人生到此浑如梦，一掩泉台万事休。

此诗首次披露。此诗据施藏《大周故裴府君墓志铭》原石抄录，无拓片。

附：宋人墓志盖题诗四首

1. 《肠断恨难穷》

肠断恨难穷，交驰远送终。人回何所托，空卷夕旸（阳）风。

录文据《挽歌》图三。《韩延超及妻王氏墓志》，宋淳化三年（992）十一月十三日。盖题"大宋故韩府君墓志铭"。

2. 《寂寂起新坟》

寂寂起新坟，冥冥对墓（暮）云[1]。四时呜噎（咽）雁[2]，明月夜为怜（邻）。

校记：[1] 墓：当作"暮"，《挽歌》未校。[2] 呜噎：《挽歌》作"鸣噎"，误。雁：《挽歌》作"咽"，误。

录文据《挽歌》图七。盖题"大宋故申府君墓志铭"，年代不详。按：周绍良主编《唐代墓志汇编·续集》第 1017 页铭文曰：（前十二句皆四言，末四句作五言）"悲伤辞旧室，哀痛宿新坟。野云朝作□，孤月夜为邻。"诗意可参看。图版见《隋唐五代墓志汇编》"河北卷"第一册。"大中十二年四月廿九日记。"

3. 《四面悲风起》

四面悲风起，也（野）云南北飞。孤坟荒草里，月照独为□（？）。

录文据施拓图十一。志盖中心题"大宋故菀府君墓志铭"，年代不详。字为行书体，末字不识。

4. 《切切悲风动》

切切悲风动，哀哀欲断肠。交亲无所托，月照寂寞乡。

录文据施拓图十二。志盖中心题"大宋故兰府君墓志铭"。

附：施荣珍藏唐五代墓志盖拓片图版十二方

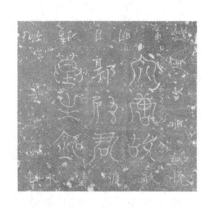

一

二

三

四

五　　　　　　　　　　　六

七　　　　　　　　　　　八

九　　　　　　　　　　　十

十一　　　　　　　　　　　　　　　　　十二

附录四

《全唐诗》中的俗体诗

一、所用底本：《全唐诗》，中华书局 1999 年版。各篇以在《全唐诗》中出现的先后为序。

二、说明文字包括正文出处、有参考价值的诗歌本事、流传情形、异文情况等。

三、题名一仍底本，加书名号，作者名用圆括号。

1. 《戏赠杜甫》（李白）

饭颗山头逢杜甫，顶戴笠子日卓午。借问别来[1]太瘦生，总为从前作诗苦。

《全唐诗》卷一八五，3 册，1898 页。

《唐摭言》卷十二："李白《戏赠杜甫》曰：'长乐坡前逢杜甫，头戴笠子日卓午。借问形容何瘦生，只为从来学诗苦。"①

[1] 别来：原注"一作因何"。

2. 《雪席口占》（高崇文）

崇文宗武不崇文，提戈出塞号将军。那个髊儿射雁落，白毛空里乱纷纷。

《全唐诗》卷三一三，5 册，3523 页。

《北梦琐言》卷七"高崇文相国咏雪"条："唐高相国崇文，本蓟州将校也，因讨刘辟有功，授西川节度使。一旦大雪，诸从事吟赏有诗，渤海遽至饮席，笑曰：'诸君自为乐，殊不见顾鄙夫。鄙夫虽武人，亦有一诗。'乃口占云：'崇文崇武不崇文，提戈出塞号将军。那个髊儿射落雁（注：渤海鄙言多呼人为髊儿），白毛空里落

---

① 《唐摭言》卷十二，第 1688 页。

纷纷。'其诗著题，皆谓北齐敖曹之比也。"①

3.《戏语》（成辅端）

秦地城池二百年，何期如此贱田园。一顷麦苗伍石米[1]，三间堂屋二千钱。

《全唐诗》卷七三二，11 册，8458 页。

《旧唐书》卷一三五《李实传》，云："德宗问人疾苦，实奏曰：'今年虽旱，谷田甚好。'由是租税皆不免，人穷无告，乃彻屋瓦木，卖麦苗以供赋敛。优人成辅端因戏作语，为秦民艰苦之状云云。凡如此语有数十篇。实闻之怒，言辅端诽谤国政，德宗遽令决杀。当时言者曰：'瞽诵箴谏，取其诙谐以托讽谏，优伶旧事也。设谤木，采刍荛，本欲达下情，存讽议。辅端不可加罪。'德宗亦深悔。"② 优人成辅端作戏语事在贞元二十年（804）。《新唐书》卷一六七《李实传》仅云"优人成辅端为俳语讽帝，实怒奏贱工谤国，帝为杀之"。《资治通鉴》卷二三六："优人成辅端为谣嘲之。"谓之"戏语""俳语"或"谣"，均显现其俗体特征。

[1] 伍石：本作"硕伍"，据《旧唐书》改。"硕"，古通"石"字，《全唐诗》卷七三二载燮《听妓洞云歌》："一饮一硕犹自醉。"十斗为一石。"硕伍"乃一石零五斗，与"伍石"义不同。

4.《嘲萧瑀射》（欧阳询）

急风吹缓箭，弱手驭强弓。欲高翻复下，应西还更东。十回俱著地，两手并擎空。借问谁为此，乃[1]应是宋公。

《全唐诗》卷八六九，13 册，9905 页。

《太平广记》卷二五四"嘲诮二"："唐宋国公萧瑀不解射，九月九日赐射，瑀箭俱不着垛，一无所获。欧阳询咏之云云。"（出《启颜录》）③ 又见（宋）曾慥《类说》卷十四，以及（宋）祝穆《古今事文类聚》前集卷四十二"作诗嘲射"条。

[1] 乃：《类说》作"多"。

5.《嘲欧阳询》（长孙无忌）

耸膊成山字，埋肩不[1]出头。谁家麟角[2]上，画此一猕猴。

《全唐诗》卷八六九，13 册，9906 页。

---

① 《北梦琐言》卷七，第 162 页。
② 《旧唐书》卷一三五，第 3731 页。
③ 《太平广记》卷二五四，第 1974 页。

《本事诗》"嘲戏"七："国初长孙太尉，见欧阳率更姿形么陋，嘲之云云。询亦酬之云云。太宗闻之而笑曰：'询此嘲，岂不畏皇后邪？'"①

《大唐新语》卷十三"谐谑"："太宗常宴近臣，令嘲谑以为乐。长孙无忌先嘲欧阳询云云。询应声答云云。太宗敛容曰：'汝岂不畏皇后闻耶？'无忌，后之弟也。询为人瘦小特甚，寝陋而聪悟绝伦。读书数行俱下，博览古今，精究《苍》《雅》。初学王羲之书，渐变其体，笔力险劲，为一时之绝。"②

[1] 不：《本事诗》作"畏"。[2] 角：《本事诗》《大唐新语》作"阁"。

6.《嘲长孙无忌》（欧阳询）

索头连背暖，漫[1]裆畏肚寒。只因心浑浑，所以面团团。

《全唐诗》卷八六九，13 册，9906 页。

[1] 漫：原注"一作裩"。

7.《嘲屏墙》（裴略）

高下八九尺，东西六七步。突兀当厅坐，几许遮贤路。

《全唐诗》卷八六九，13 册，9906 页。

《大唐新语》卷十三"谐谑"："温彦博为吏部侍郎，有选人裴略被放，乃自赞于彦博，称解白嘲。彦博即令嘲厅前丛竹，略曰：'竹，冬月不肯凋，夏月不肯热，肚里不能容国士，皮外何劳生枝节？'又令嘲屏墙，略曰云云。彦博曰：'此语似伤博。'略曰：'即扳公肋，何止伤博！'博惭而与官。"③

8.《嘲崔左丞》（省吏）

崔子曲如钩，随例得封侯。髆上全无项，胸前别有头。

《全唐诗》卷八六九，13 册，9907 页。

《旧唐书》卷一九一《崔善为传》："武德中，历内史舍人、尚书左丞，甚得誉。诸曹令史恶其聪察，因其身短而伛，嘲之云云。"④

《大唐新语》卷七："崔善为明天文历算，晓达时务，为尚书左丞。令史恶其明察，乃为谤书曰：'崔子曲如钩，随时待封侯。'高祖（本作宗，误）……乃构流言者罪之。"⑤

"崔子"二句化用汉末童谣"直如弦，死道边。曲如钩，反封侯"。

① 《本事诗》，第 1251 页。

② 《大唐新语》卷十三，第 188 页。

③ 同上。

④ 《旧唐书》卷一九一，第 5088 页。

⑤ 《大唐新语》卷七，第 105 页。

9.《书化度藏院壁》(裴玄智)

将肉遣狼守,置骨向狗头[1]。自非阿罗汉,焉能免得偷。

《全唐诗》卷八六九,13 册,9908 页。

《太平广记》卷四九三"裴玄智"条:化度寺有无尽藏。"贞观中,有裴玄智者,戒行精勤,入寺洒扫。积十数年,寺内徒众,以其行无玷缺,使守此藏。后密盗黄金,前后所取,略不知数,寺众莫之觉也。因僧使去,遂便不还。惊疑所以,观其寝处,题诗云云,更不知所之。"(出《辨疑志》)①

[1] 首两句底本校曰:"首句一作放羊狼额下,置骨狗前头。"

10.《嘲许子儒》(窦昉)

不能专习礼,虚心强觅阶。一年辞爵弁,半岁履麻鞋。瓦恶频蒙撖,墙虚屡被叉。映树便侧睡,过匮即放乖。岁暮良工毕,言是越朋侪。今日纶言降,方知愚计喎。

《全唐诗》卷八六九,13 册,9908 页。

《太平广记》卷二五四:"唐许子儒旧任奉礼郎,永徽中,造国子学,子儒经祀,当设有阶级。后不得阶,窦昉咏之云云。"(出《启颜录》)②

〔杂考〕《全唐诗》题注作:"子儒经纪,当有阶级。""阶级",非指台阶,而为官阶。《旧唐书·高宗本纪》:"佐命功臣子孙及大将军府僚佐以下今见存者,赐阶级有差,量才处分。"子儒负责造国子学,承望功成后官阶有所提升,因其不负责任,工程恶劣,最终也没有得到赏赐,遭窦昉嘲笑。

11.《咏兴善寺佛殿灾》(李荣)

道善何曾善,言兴且不兴[1]。如来烧赤尽,惟有一群僧。

《全唐诗》卷八六九,13 册,9909 页。

《大唐新语》卷十三:"京城流俗,僧、道常争二教优劣,递相非斥。总章中,兴善寺为火灾所焚,尊像荡尽。东明观道士李荣因咏之云云。时人虽赏荣诗,然声称从此而减。"③

[1] 此句《大唐新语》作"云兴遂不兴"。

---

① 《太平广记》卷四九三,第 4047 页。
② 《太平广记》卷二五四,第 1975 页。
③ 《大唐新语》卷十三,第 190 页。

12. 《嘲武懿宗》（张元一）

长弓短度箭，蜀马临阶骗[1]。去贼七百里，隈墙独自战。忽然逢着贼，骑猪向南蹿[2]。

《全唐诗》卷八六九，13 册，9906 页。

《朝野佥载》卷四："契丹贼孙万荣之寇幽，河内王武懿宗为元帅，引兵至赵州，闻敌骆务整从北数千骑来，王乃弃兵甲，南走邢州，军资器械遗于道路。闻贼已退，方更向前。军回至都，置酒高会，元一于御前嘲懿宗云云。上曰：'懿宗有马，何因骑猪？'对曰：'骑猪，夹豕走也。'上大笑。""懿宗形貌短丑，故曰'长弓短度箭'。"①

[1] 临阶骗：《本事诗》《唐诗纪事》卷十三作"临高骗"。按："骗"字有"跃上"、"乘骑"等义。蜀马，是一种良马，此嘲笑武懿宗身材短小，须登临台阶才能跃上马背，当以"临阶骗"为是。[2] 蹿：本作"趦"，据诸本改。末两句《朝野佥载》卷四、《太平广记》卷二五四作"甲仗纵抛却，骑猪正南蹿"。《本事诗》《唐诗纪事》如底本所载，观上下文意，当以"忽然逢着贼"更善。

13. 《咏静乐县主》（张元一）

马带桃花锦，裙衔[1]绿草罗。定知帏[2]帽底，形容似大哥。

《全唐诗》卷八六九，13 册，9910 页。

《朝野佥载》"周静乐县主，河内王懿宗妹，短丑；武氏最长，时号'大歌'。县主与则天并马行，命元一咏，云云。则天大笑，县主极惭。"②

[1] 衔：《朝野佥载》作"拖"。[2] 帏：《朝野佥载》作"纱"。

14. 《嘲格辅元》（杜易简）

有耻宿龙门，精彩先畋浑。眼瘦呈近店，睡响彻遥林。埒囊将旧识，制被异新婚。谁言骢马使，翻作蛰熊蹲。

《全唐诗》卷八六九，13 册，9910 页。

《太平广记》卷二五五："唐格辅元拜监察，迁殿中。充使，次龙门遇盗，行装都尽，袒被而坐。监察御史杜易简，戏咏之云云。"（出《御史台记》）③

15. 《始平谐诗》（石抱忠）

平明发始平，薄暮至何城。库塔朝云上，晃池夜月明。略彴桥头逢长

---

① 《朝野佥载》卷四，第 87 页。
② 同上书，第 87—88 页。
③ 《太平广记》卷二五五，第 1984 页。

史，橘星门外揾司兵，一群县尉驴骤骤，数个参军鹅鸭行。

《全唐诗》卷八六九，13 册，9911 页。

《太平广记》卷二五五："抱忠在始平，尝为谐诗云云。"（出《御史台记》）①

16.《咏傅岩监祠》（梁载言）

闻道监中溜，初言是大祠。很傍[1]索传马，悤动出安徽。卫司无帟幕，供膳乏鲜肥。形容消瘦尽，空往复空归。

《全唐诗》卷八六九，13 册，9911 页。

《太平广记》卷二五五"傅岩"条："唐傅岩，魏州人，本名佛庆。尝在左台，监察中溜，而中溜小伺，无牺牲之礼。比回，怅望曰：'初一为大祠，乃全疏薄。'殿中梁载言咏之云云。"（出《御史台记》）②

[1]"很傍"：《太平广记》作"狼傍"。

17.《嘲崔生》（刘行敏）

崔生犯夜行，武侯正严更。幞头拳下落，高髻掌中擎。杖迹胸前出，绳文腕后生。愁人不惜夜，随意晓参横。

《全唐诗》卷八六九，13 册，9911 页。下两诗同。

《太平广记》卷二五四"刘行敏"条："唐有人姓崔，饮酒归犯夜，被武侯执缚，五更初，犹未解。长安令刘行敏，鼓声动向朝，至街首逢之，始与解缚。因咏之云云。"③

18.《嘲杨文瓘》（刘行敏）

武陵敬爱客，终宴不知疲。遣共浑王饮，错宴延陀儿。始被鸿胪识，终蒙御史知。精神既如此，长叹复何为。

《太平广记》卷二五四"刘行敏"条："武陵公杨文瓘，任户部侍郎，以能饮，令宴蕃客浑王，遂错与延陀儿宴，行敏咏之。"④

19.《嘲李叔慎贺兰僧伽杜善贤》（刘行敏）

叔慎骑乌马，僧伽把漆弓。唤取长安令，共猎北山熊。

---

① 《太平广记》卷二五五，第 1982 页。
② 同上书，第 1983 页。
③ 《太平广记》卷二五四，第 1975 页。
④ 同上。

《太平广记》卷二五四"刘行敏"条:"李叔慎、贺兰僧伽,面甚黑;杜善贤为长安令,亦黑;行敏咏之云云。"(出《启颜录》)①

20.《乞金鱼词》(崔日用)

台中鼠子直须谙,信足跳梁上壁龛。倚翻灯脂污张五,还来啮带报韩三。莫浪语,直王相。大家必若赐金龟,卖却猫儿相报赏[1]。

《全唐诗》卷八六九,13册,9913页。

《本事诗·嘲戏七》:"崔日用为御史中丞,赐紫。是时佩鱼须有特恩。亦因内宴,中宗命群臣撰词。日用云云。中宗亦以绯鱼赐之。"②《全唐诗》录崔日用《又赐宴自歌》:"东馆总是鹓鸾,南台自多杞梓。日用读书万卷,何忍不蒙学士。墨制帘下出来,微臣眼看喜死。"题注:"中宗宴,日用起舞自歌云云。其日以日用兼修文馆学士。制曰:'日用书穷万卷,学富三冬。'日用舞蹈拜谢。"则其歌当为《回波词》。

[1]《太平广记》卷二四九无"报"字,作"卖却猫儿相赏"。

21.《送司功入京》(麴崇裕)

崇裕有幸会,得遇明流行。司士向京去,旷野哭声哀。

《全唐诗》卷八六九,13册,9914页。

《朝野佥载》卷二:"冀州参军曲崇裕《送司功入京诗》云云。司功曰:'大才士,先生其谁?'曰:'吴儿博士教此声韵。'司功曰:'师明弟子哲。'"③此诗数犯声病,且不合韵。又见载《太平广记》卷二六○"嗤鄙三"。

22.《岭南归后献诗》(权龙褒)

龙褒有何罪,天恩放岭南。敕知无罪过,追来与将军。

《全唐诗》卷八六九,13册,9914页。

底本注曰:"龙褒初以亲累远贬,洎归,献此。一云,无事向容山,今日向东都。陛下敕追来,今作右金吾。"《全唐诗续拾》卷七题权龙襄《神龙中自容山追入上诗》,录别体为正体。

23.《初到沧州呈州官》(权龙褒)

遥看沧州[1]城,杨柳郁青青。中央一群汉,聚坐打杯觥。

---

① 《太平广记》卷二五四,第1975页。
② 《本事诗》,第1252页。
③ 《朝野佥载》卷二,第49页。

《全唐诗》卷八六九，13 册，9915 页。

底本注曰："州官见此诗，谓曰：'公有逸才。'褒曰：'不敢，趁韵而已。'"

[1] 州：本作"海"，据《朝野金载》改。此诗乃通天元年，至沧州时作。

24.《秋日述怀》（权龙褒）

櫓前飞七百，雪白后园强。饱食房里侧，家粪集野螂。

《全唐诗》卷八六九，13 册，9915 页。

底本注曰："时有参军不晓其义，请释之。褒曰：'鹞子檐前飞，直七百文。洗衫挂后园，干白如雪。饱食房中侧卧，家里便转，集得野泽蜣螂也。'"

25.《喜雨》（权龙褒）

暗去也没雨，明来也没云。日头赫赤出，地上绿氤氲。

《全唐诗》卷八六九，13 册，9915 页。

26.《咏王主敬》（张敬忠）

有意嫌兵部，专心望考功。谁知脚竛竮，却落省墙东。

《全唐诗》卷八六九，13 册，9916 页。

《大唐新语》卷十三："王上客自负其才，意在前行员外。俄除膳部员外，既乖本志，颇怀怅惋。吏部郎中张敬忠戏咏之曰。膳部在省东北隅，故有此咏。"① 《全唐诗》卷七十五作《戏咏》，后两句为："谁知脚蹭蹬，几落省墙东。"

27.《嘲邵景、萧嵩》（韦铿）

一双胡子着绯袍，一个须多一鼻高。相对厅前搽且立，自惭身品世间毛。

《全唐诗》卷八六九，13 册，9916 页。

28.《嘲韦铿》（邵景）

飘风忽起团团旋[1]，倒地还如着脚槌。莫怪[2]殿上空行事，却[3]为元非五品才。

《全唐诗》卷八六九，13 册，9917 页。

《大唐新语》："玄宗初即位，邵景、萧嵩、韦铿，并以殿中升殿行事。既而景、

---

① 《大唐新语》卷十三，第 191 页。

嵩俱加朝散，铿独不沾。景、嵩二人多须，对立于庭。铿嘲之云云。举朝以为欢笑。后睿宗御承吴门，百僚备列，铿忽风眩而倒。铿既肥短，景意酬其前嘲，乃咏之云云。时人无不讽咏。"①

[1]团团旋：《大唐新语》作"团栾回"，"回"字押韵，可从。[2]莫怪：《大唐新语》作"昨夜"。[3]却：《大唐新语》作"直"。

29.《咏毁天枢》（李休烈）

天门街上倒天枢，火急先须卸火珠。计合一条麻线挽，何劳两县索人夫。

《全唐诗》卷八六九，13 册，9917 页。

题注："先是有讹言云：'一条麻线挽天枢。'言其不经久也。故休烈诗及之。士庶莫不咏讽。"《朝野佥载》卷一载景云中谣曰："'一条麻线挽天枢，绝去也。'神武即位，敕令推倒天枢，收铜并入尚方，此其应兆。"②《全唐诗》卷一二〇重出，题注："李休烈，开元中洛阳尉。诗一首。"长寿三年，武后建铜柱，谓之天枢。开元中诏毁。

30.《与李全交诗》（石惠泰）

御史非常任，参军不久居。待君迁转后，此职还到余。

《全唐诗》卷八六九，13 册，9917 页。

《太平广记》卷二五九"嗤鄙"："唐岐王府参军石惠泰，与监察御史李全交诗云云。因竞放牒往来，全交为之判十余纸以报之，乃假手于拾遗张九龄。"（出《朝野佥载》）③《朝野佥载》作石惠恭诗。

31.《嘲刘文树》（黄幡绰）

可怜好个刘文树，髭须共颏颐别住。文树面孔不似猢狲，猢狲面孔强似文树。

《全唐诗》卷八六九，13 册，9918 页。

32.《答朝士》（贺知章）

鈒镂银盘盛蛤蜊，镜湖莼菜乱如丝。乡曲近来佳此味，遮渠不道是

---

① 《大唐新语》卷十三，第 192 页。
② 《朝野佥载》卷一，第 10 页。
③ 《太平广记》卷二五九，第 2023 页。

吴儿。

《全唐诗》卷八六九，13 册，9919 页。

《云溪友议》卷下"杂嘲戏"："贺秘监、顾著作，吴越人也。朝英慕其机捷，竞嘲之，乃谓：南金复生中土也。每在班行，不妄言笑。贺知章云云，顾况和云云。"①《全唐诗》题注："朝士以知章吴越人，戏云：'南金复生中土。'知章赋诗云云。"《旧唐书》卷一八八载陆南金，为苏州吴人。"南金颇涉经史，言行修谨，左丞相张说及宗人太子少保象先，皆钦重之。"

33.《和知章诗》（顾况）

钑镂银盘盛炒虾，镜湖莼菜乱如麻。汉儿女嫁吴儿妇，吴儿尽是汉儿爷。

34.《嘲赵谦光》（贺遂涉）

员外由来美，郎中望亦优。宁知粉署里，翻作土山头。

《全唐诗》卷八七〇，13 册，9921 页。

《太平广记》卷二四九："唐诸郎中，不自员外郎拜者，谓之土山头果毅。言不历清资，便拜崇品，有似长征兵士，便授边远果毅。赵谦光自彭州司马入为大理正，迁户部郎中。户部员外贺遂涉咏云云，赵谦光答诗曰：'锦帐随情设，金炉任意薰。唯愁员外署，不应列星文。'人以为奇句。"（出《谈宾录》）②

35.《上浙东孟尚书》（孔颐）

有个将军不得名，唯教健卒喝书生。尚书近日清如镜，天子官街不许行。

《全唐诗》卷八七〇，13 册，9922 页。

《云溪友议》卷下"杂嘲戏"："浙东孟简尚书，六衙按覆囚徒，其间一人自曰鲁人孔颐。献诗启云：'偶寻长街柳阴吟咏，忽被都虞侯拘缧数日，责以罪名，敢露血诚，伏请申雪。'孟公立以宾客待之，批其状曰：'薛陟不知典教，岂辨贤良？驱遣健徒，凭陵国士，殊无畏惮，辄恣威权，翻成刺许之宾，何异吠尧之犬。然以久施公效，尚息杖刑，退补散将，外镇收管。'孔生诗云云。"③

---

① 《云溪友议》卷下，第 1318 页。
② 《太平广记》卷二四九，第 1930 页。
③ 《云溪友议》卷下，第 1319 页。

36.《嘲柳州柳子厚》（吕温）

柳州柳刺史，种柳柳江边。柳管[1]依然在，千秋[2]柳拂天。

《全唐诗》卷八七〇，13 册，9922 页。

[1] 管：《云溪友议》作"馆"。[2]《云溪友议》作"株"。

37.《嘲黔南观察南卓》（吕温）

终南南太守，南郡在云南。闲向南亭醉，南风变俗谈。

《全唐诗》卷八七〇，13 册，9922 页。

《云溪友议》卷中："先柳子厚在柳州，吕衡州温嘲谑之云云。至南公至黔南又以故人嘲云云。"① 推其意，嘲南卓者为吕温。《唐诗纪事》卷五十四"南卓"条："子厚在柳州，吕温嘲之云云。后卓为黔南经略使，故人嘲云云。"② 则嘲南卓者为其故人，非吕温。以上两诗，《全唐诗》本题"吕温"作。然两诗皆伪，见岑仲勉《读全唐诗札记》所辨。

38.《嘲张祜》（朱冲和）

白在东都元已薨，兰台凤阁少人登。冬瓜堰下逢张祜，牛屎堆边说我能。

《全唐诗》卷八七〇，13 册，9923 页。

《云溪友议》卷下"杂嘲戏"："张祜为冬瓜堰官，憾其牛户无礼，责欲鞭笞，无不取给于其中也，然无名秀才居多，职事皆怯于祜。钱塘酒徒朱冲和，小舟经过，祜令语曰：'张祜前称进士，不亦难乎？'冲和乃自启名，而赠诗嘲之。祜平生傲诞，至于公侯，未如斯之挫也。诗云云。"③

39.《嘲妓》（崔涯）

虽得苏方木，犹贪玳瑁皮。怀胎十个月，生下昆仑儿。

40.《嘲妓》（崔涯）

布袍披袄火烧毡，纸补筜簾麻接弦。更著一双皮屐子，纥梯纥榻出门前。

《云溪友议》卷中"辞雍氏"："崔涯者，吴楚之狂生也。与张祜齐名，每题一诗

---

① 《云溪友议》卷中，第 1300 页。
② 《唐诗纪事》卷五十四，第 1831 页。
③ 《云溪友议》卷下，第 1318 页。

于倡肆，无不诵之于衢路。誉之，则车马继来；毁之，则杯盘失错。"①

41.《嘲李端端》

黄昏不语不知行，鼻似烟窗耳似铛。独把象牙梳插鬓，昆仑山上月初明。

《全唐诗》卷八七〇，13 册，9924 页。前两诗出处同此。

《云溪友议》卷中"辞雍氏"："端端得此诗忧之，候涯使院饮回，遥见二子蹑屣而行，乃道傍再拜曰：'端端祗候三郎、六郎，伏望哀之。'又重赠一绝句粉饰之，于是大贾居豪，竞臻其户。或戏之曰：'李家娘子，才出墨池，便登雪岭。何期一日，黑白不均？'红楼以为倡乐，无不畏其嘲谑也。"②

42.《咏崔云娘》（李宣古）

何事最堪悲，云娘只首奇。瘦拳抛令急，长啸出歌迟。只见[1]肩侵鬓，唯忧[2]骨透皮。不须当户立，头上有钟馗。

《全唐诗》卷八七〇，13 册，9924 页。

《云溪友议》卷中"澧阳燕"："时澧州宴席酒纠崔云娘者，形貌瘦瘠，而戏调罚于众宾，兼恃歌声，自以为郢人之妙也。李生乃当筵一咏，遂至钳口。"③

[1] 见：《云溪友议》译"帕"。[2] 忧：《云溪友议》译"愁"。

43.《嘲妓》（杜牧）

盘古当时有远孙，尚令今日逼家门。一车白土将泥项，十幅红旗补破裈。瓦官寺里逢行迹，华岳山前见掌痕。不须惆怅忧难嫁，待与将书问乐坤。

《全唐诗》卷八七〇，13 册，9924 页。

《云溪友议》卷中"澧阳燕"："杜牧侍郎罢宣城幕，经陕圻，有录事肥而且巨，敏其言词，牧为诗以挫焉。"④

44. 醉题广州使院（郑愚）

数年百姓受饥荒，太守贪残似虎狼。今日海隅鱼米贱，大须惭愧石

---

① 《云溪友议》卷中，第 1284 页。
② 同上。
③ 同上书，第 1295 页。
④ 同上。

留黄[1]。

《全唐诗》卷八七〇，13 册，9928 页。

[1] 留：本作"榴"，据《云溪友议》改。《万首唐人绝句》亦作"留"。石留黄，即石硫黄，古人以之作为修道养生的药物。《唐国史补》卷中："韦山甫以石流黄济人嗜欲，故其术大行，多有暴风死者。"郑愚诗，以"惭愧石留黄"讥前任太守之贪奢极欲。

《云溪友议》云此诗"似讥前政"。当为郑愚咸通九年任岭南东道节度使时作。

45. 《拟权龙褒体赠鄠县李令及寄朝右》（郑愚）
鄠县李长官，横琴膝上弄。不闻有政声，但见手子动。

46. 《戏妻族语不正》（胡曾）
呼十却为石，唤针将作真。忽然云雨至，总道是天因。
《全唐诗》卷八七〇，13 册，9929 页。

47. 《婢仆诗》（李昌符）
春娘爱上酒家楼，不怕归迟总不忧。推道那家娘子卧，且留教住待梳头。

48. 《婢仆诗》（李昌符）
不论秋菊与春花，个个能噇空腹茶。无事莫教频入库，一名闲物要些些。
《全唐诗》卷八七〇，13 册，9929 页。
《北梦琐言》卷十"李昌符咏婢仆"："唐咸通中，前进士李昌符有诗名，久不登第。常岁卷轴，忽于装修，因出一奇，乃作《婢仆诗》五十首，于公卿间行之。……诸篇皆中婢仆之讳，浃旬，京城盛传其诗篇，为你姬辈怪骂腾沸，尽要捆其面，是年登第。与夫桃杖、虎靴，事虽不同，用奇即无异也。"①

49. 《嘲郑傪妓》（孙子多）
相公经文复经武，常侍好今兼好古。昔人[1]曾闻阿武婆，今日[2]亲见阿婆舞。

① 《北梦琐言》卷十，第 228 页。

《全唐诗》卷八七〇，13 册，9929 页。

刘崇远《金华子》卷上："李赵公绅再镇广陵，宁俨犹幕江淮。俨永贞二年相公权德舆门生，洎武宗朝，踰四十载。赵国虽事威严，亦以俨宿老敬之。俨列筵以迎府公，公不拒焉。既而出家乐侑之，伶人赵万金前献口号以讥之云云。赵公懨然久之。"①《绀珠集》卷十引《金华子》："郑俨出妓以宴赵绅，而舞者年已长。伶人孙子多献口号云：'相公经文复经武，常侍好今兼好古。昔日曾闻阿武歌，今日亲见阿婆舞。'"

[1] 人：《金华子》作"日"。[2] 今日：《金华子》作"如今"。

50. 《嘲归仁绍龟诗》（皮日休）

硬骨残形知几秋，尸骸终是不风流。顽皮死后钻须遍，都为平生不出头。

《全唐诗》卷八七〇，13 册，9930 页。下诗同。

《太平广记》卷二五七"嘲诮五"："唐皮日休尝谒归仁绍，数往而不得见。皮既心有所慊，而动形于言，因作咏龟诗云云。时仁绍亦有诸子佾、系，与日休同在场中，随即闻之。因伺其复至，乃于刺字皮姓之下，题诗授之曰：'八片尖裁浪作球，火中爆了水中揉。一包闲气如长在，惹踢招拳卒未休。'时人以为日休虽轻俳，而仁绍亦浮薄矣。"②（出《皮日休文集》）

51. 《咏蟛蟹呈浙西从事》（皮日休）

未游沧海早知名，有骨还从肉上生。莫道无心畏雷电，海龙王处也横行。

《全唐诗》卷八七〇，13 册，9930 页。

52. 《题中书壁》（郑綮）

侧坡蛆蜒蚛，蚁子竞来拖。一朝白雨中，无钝无喽罗。

《全唐诗》卷八七〇，13 册，9931 页。

《新唐书》卷一八三《郑綮传》："大顺后，王政微，綮每以诗谣托讽，中人有诵之天子前者。……綮本善诗，其语多俳谐，故使落调，世共号'郑五歇后体'。"③《唐音癸签》卷二十六："世多以歇后郑五为笑柄，郑五未可笑也。渠尝有诗题中书堂云：侧坡蛆蜒蚛，蚁子竞来拖。一朝白雨中，无钝无喽啰。言国运且衰，旦夕有愚智同尽之祸也，若今人处此，则一切讳言矣。"

---

① 《金华子》卷上，第 1757 页。
② 《太平广记》卷二五七，第 1999 页。
③ 《新唐书》卷一八三，第 5384 页。

53.《题大梁临汴驿》（姚嵘）

近日侯门不重才，莫将文艺拟为媒。相逢若要如胶漆，不是红妆即拨灰。

《全唐诗》卷八七〇，13 册，9932 页。

54.《题仙娥驿》（李日新）

商山食店大悠悠，陈鹘馎饦古馅头。更有台中牛肉炙，尚盘数脔紫光球。

《全唐诗》卷八七〇，13 册，9932 页。

55. 黎瓘《赠漳州崔使君乡饮翻韵诗》

惯向溪边折柳杨，因循行客到州漳。无端触忤王衙押，不得今朝看饮乡。

《全唐诗》卷八七〇，13 册，9933 页。

《云溪友议》卷下"杂嘲戏"："麻衣黎瓘者，南海狂生也。游于漳州，频于席上喧酗。乡饮之日，诸宾悉赴，客司独不召瓘。瓘作《翻韵诗赠崔使君》，坐中皆大笑。崔使君驰骑迎之。"①

56.《示妓榜子》（张保胤）

绿罗裙下标三棒，红粉腮边泪两行。叉手向前咨大使，这回不敢恼儿郎。

《全唐诗》卷八七〇，13 册，9933 页。

《云溪友议》卷下"杂嘲戏"："乐营子女席上戏宾客，量情三木，乃书榜子示诸妓云，岭南掌书记张保胤。"②

57.《留别同院》（张保胤）

忆昔当年富贵时，如今头脑尚依稀。布袍破后思宫内，锦袴穿时忆御衣。鹘子背钻高力士，婵娟翻画太真妃。如今憔悴离南海，恰似当时幸蜀时。

《全唐诗》卷八七〇，13 册，9934 页。

① 《云溪友议》卷下，第 1319 页。
② 同上书，第 1318 页。

58. 《嘲僧惟恭》（荆人）

灵岿作尽业，惟恭继其迹。地狱千万重，莫厌排头入。

《全唐诗》卷八七〇，13 册，9935 页。

《唐音统签》注出经生《高僧传》，今无考。《全唐诗》题注："荆州僧惟恭，常事酒博。暇则诵经，祈生安养。同寺灵岿，迹颇类之，荆人嘲之云云。后恭感西方七人来迎，出莲花放异光而逝。岿亦悟，改行为高德云。"

59. 《题僧院》（李涛）

走却坐禅客，移将不动尊。世间颠倒事，八万四千门。

《诗话总龟》引《谈苑》："李涛相国性滑稽，为布衣时往来京洛间，氾泥关有僧舍曰不动尊院。院中有僧不出院十余载。涛每过常谒其院，必省其僧。未几寺焚僧散，涛再过之，但有门扉而已。因题诗云云。"① 李涛，五代后晋至宋初人。《全唐诗》卷七三七载李涛《春社从李昉乞酒》："社公今日没心情，为乞治聋酒一瓶。恼乱玉堂将欲遍，依稀巡到第三厅。"《全唐诗》卷八七一有李涛《答弟妇歇后语》。

60. 《咏垂丝蜘蛛嘲云辨（辩）僧》（杨芒萝）

吃得肚婴撑，寻丝绕寺行。空中设罗网，只待杀众生。

《诗话总龟》卷三十八："长寿二年五月，云辩讲对歌者，忽有蜘蛛于檐前垂丝而下，正对少师与云辩前。少师笑谓歌者曰：'试嘲得着，奉绢五匹。'歌者不思，应声嘲之，意不离蜘蛛戏之云辩。云辩体充肚大不能行。少师见诗绝倒，大叫：'和尚将绢五匹。'云辩惭且笑，与绢五匹。"②

61. 《自嘲绝句》（冯涓）

取水郎中何日了，破柴员外几时休。早知蜀地区姒与，悔不长安大比丘。

《全唐诗》卷八七〇，13 册，9937 页。

62. 《哭亡将诗》（卢延让）

自是硇砂发，非干骇石伤。牒高身上职，碗大背边创。

《全唐诗》卷八七〇，13 册，9937 页。

---

① 《诗话总龟》卷四十，第 385 页。
② 《诗话总龟》卷三十八，第 368 页。

《唐摭言》卷六：“卢延让，光化三年登第。先是，延让师薛许下为诗，词意入癖，时人多笑之。吴翰林融为侍御史，出官峡中，延让时薄游荆渚，贫无卷轴，未遑贽谒。会融表弟滕籍者，偶得延让百篇，融览，大奇之，曰：‘此无他，贵不寻常耳。’于是称之于府主成汭。时故相张公职大租于是邦，常以延让为笑端，及融言之，咸为改观。”① 卷十二：“卢延让业癖涩诗，吴翰林虽以赋卷擢第，然八面受敌，深知延让之能。延让始投贽，卷中有说诗一篇，断句云：‘因知文赋易为下者之乎。’子华笑曰：‘上门恶骂来！’”②

《北梦琐言》卷七“卢诗三遇”：“唐卢延让业诗，二十五举，方登一第，卷中有句云：‘狐冲官道过，狗触店门开。’租庸张浚亲见此事，每称赏之。又有‘饿猫临鼠穴，馋犬舔鱼砧’之句，为成中令汭见赏。又有‘栗爆烧毡破，猫跳触鼎翻’句，为王先主建所赏。尝谓人曰：‘平生投谒公卿，不意得力于猫儿狗子也。’人闻而笑之。”③

《唐才子传·卢延让》：“（吴融）大惊曰：此去人远绝，自无蹈袭，非寻常耳。余昔在翰林召对，上曾举其‘臂鹰健卒横毡帽，骑马佳人卷画衫’一联，虽浅近，然自成一体名家，今则信然矣。”④

63. 《咏王给事》（蒋贻恭）

厥父元非道郡奴，允光何事太侏儒。可中与个皮裤著，擎得天王左脚无。

《全唐诗》卷八七〇，13 册，9937 页。64、65 出处同。

《太平广记》卷一二四：“伪蜀给事中王允光性严刻，吏民有犯，无贷者。及判刑院，本院杖直官张进，因与宅内小奴子诵火井县令蒋贻恭《咏王给事绝句》云：‘厥父元非道郡奴，允光何事太侏儒。可中与个皮裈著，擎得天王左脚无。’奴子记得两句，时念诵之。允光问谁人教汝，对云：‘杖直官张进。’允光大怒，寻奏进受罪人钱物，遂置极法。”⑤（出《儆诫录》）

△《太平广记》卷二六六：“蒋贻恭者好嘲咏，频以此痛遭榷楚，竟不能改。蜀中士子好着袜头裤，蒋谓之曰：‘仁贤既裹将仕郎头，何为作散子将脚也。’皆类此。蒋生虽嗜嘲咏，然谈笑儒雅，凡被讥刺，皆轻薄之徒，以此搢绅中恶之。官至令佐而卒。”⑥（出《北梦琐言》）

---

① 《唐摭言》卷六，第 1627 页。

② 《唐摭言》卷十二，第 1685 页。

③ 《北梦琐言》卷七，第 154 页。

④ 傅璇琮主编：《唐才子传校笺》卷十，中华书局 1987 年版，第 409 页。

⑤ 《太平广记》卷一二四，第 880 页。

⑥ 《太平广记》卷二六六，第 2091 页。

64.《咏金刚》（蒋贻恭）

扬眉斗目恶精神，捏合将来恰似真。刚被时流借拳势，不知身自是泥人。

65.《咏伛背子》（蒋贻恭）

出得门来背拄天，同行难可与差肩。若教倚向闲窗下，恰似箜篌不著弦。

66.《咏安仁宰捣蒜》（蒋贻恭）

安仁县令好诛求，百姓脂膏满面流。半破磁缸成醋酒，死牛肠肚作馒头。帐生岁取餐三顿，乡老盘庚犯五瓯。半醉半醒齐出县，共伤涂炭不胜愁。

《全唐诗》卷八七〇，13 册，9938 页。

67.《五门街望有题》（蒋贻恭）

我皇开国十余年，一辈超升炙手欢。闲向五门楼下望，衙官骑马使衙官。

《全唐诗》卷八七〇，13 册，9938 页。

68.《谢郎中惠茶》（蒋贻恭）

三斤绿茗赐贻恭，一种颁沾事不同。想料肠怀无答处，披毛戴角谢郎中。

《全唐诗》卷八七〇，13 册，9938 页。

69.《咏虾蟆》（蒋贻恭）

坐卧兼行总一般，向人努眼太无端。欲知自己形骸小，试就蹄涔照影看。

《全唐诗》卷八七〇，13 册，9938 页。

70.《住名山日陈情上府主高太保》（蒋贻恭）

名山主簿实堪愁，难咬他家大骨头。米纳功南钱纳府，只看江面水东流。

《全唐诗》卷八七〇，13 册，9938 页。

71. 《咏刺猬》（李贞白）

行似针毡动，卧若栗球圆。莫欺如此大，谁敢便行拳。

《全唐诗》卷八七〇，13册，9939页。下六诗同。

72. 《谒贵公子不礼书格子屏风》（李贞白）

道格何曾格，言糊又不糊。浑身总是眼，还解识人无。

73. 《咏月》（李贞白）

当涂当涂见，芜湖芜湖见。八月十五夜，一似没柄扇。

74. 《咏狗蚤》（李贞白）

与虱都来不较多，撺挑筋斗太喽罗。忽然管着一篮子，有甚心情那你何。

75. 《咏罂粟子》（李贞白）

倒排双陆子，希插碧牙筹。既似牺牛乳，又如铃马兜。鼓捶并瀑箭，直是有来由。

76. 《咏蟹》（李贞白）

蝉眼龟形脚似蛛，未曾正面向人趋。如今钉在盘筵上，得似江湖乱走无。

77. 《题棺木》诗（李贞白）

久久终需要，而今未要君。有时闲忆者，大是要知闻。

《全唐诗》15册，《全唐诗续拾》卷四四，11598页。

《全唐诗续拾》录朱贞白《题棺木》诗。《类说》卷五三"朱处士诗"引前两句，云："江南处士朱真白善嘲咏。"《增修诗话总龟前集》卷二十引《谈苑》作李正白，"正"为讳改。则知，《全唐诗》卷八七〇李贞白与此朱贞白实为一人。

78. 《答日休皮字诗》（归氏子）

八片尖裁浪作球，火中焊了水中揉。一包闲气如长在，惹踢招拳卒未休。

《全唐诗》卷八七一，13 册，9943 页。

79. 《即事》（杨鸾）

白日苍蝇满饭盘，夜间蚊子又成团。每到更深人静后，定来头上咬杨鸾。

《全唐诗》卷八七一，13 册，9944 页。

杨鸾，南唐人。《类说》卷五十七《西清诗话》中有“杨鸾诗”条，曰：“世传欧公掌贡闱，举子问尧、舜是几种事。公曰：‘（疑事）不用使。’此乃南唐汤悦、杨鸾问答，见郑文宝《江表志》。又载鸾诗云：‘白日苍蝇满饭盘，夜间蚊子又成团。每到更深人静后，定来头上咬杨鸾。’”①

（清）郑方坤《五代诗话》卷三引《双槐岁抄》有“杨鸾”条，论及此诗，王良璧以为鸾诗本之韩愈诗。“良璧谓曰：‘子谓元美本昌黎，安知鸾不本昌黎邪？二十八字真非苟作者，元美致祸，而鸾则幸免耳。’余曰：‘子可谓善为鸾解嘲矣。’相与大笑。”②

80. 《台中里行咏》

柱下虽为史，台中未是官。何时闻必也，早晚见任端。

《全唐诗》卷八七二，13 册，9950 页。

《太平广记》卷二五〇：“唐开元中置里行，无员数。或有御史里行，侍御史里行，殿中里行，监察里行。以未为正官。台中咏之云云。任端即侍御史任正名也。”③

81. 《嘲四相》

确确无余事，钱财总被收。商人都不管，货赂几时休。

《全唐诗》卷八七二，13 册，9951 页。

《唐诗纪事》卷四十八：“商，宣宗时为山南东道节度使。咸通四年为宰相，封东莞县子。商与曹确、杨收、路岩同秉政，有嘲之者云云。”《南部新书》卷一：“曹确、杨收、徐商、路岩同秉政，外有嘲之曰。”

82. 《放榜诗》

乞儿还有大通年，三十三人碗杖全。薛庶准前骑瘦马，范酂依旧盖

---

① 《类说校注》卷五十七，第 1721 页。
② 《五代诗话》卷三，人民文学出版社 1989 年版，第 165 页。
③ 《太平广记》卷二五〇，第 1937 页。

番毡。

《全唐诗》卷八七二，13 册，9951 页。

《类说》卷六《秦中岁时记》"进士多贫士"条："太和八年放进士榜，多贫士。无名子作诗云云。"①

83.《嘲举子骑驴》

今年敕下尽骑驴，短辔长鞭满九衢[1]。清瘦儿郎犹自可，就中愁杀郑昌图。

《全唐诗》卷八七二，13 册，9951 页。

《唐摭言》卷十五"条流进士"："咸通中，上以进士车服僭差，不许乘马。时场中不减千人，虽势可热手，亦皆跨长耳。或嘲之云云。相国魁梧甚，故有此句。"②又见《唐摭言》卷十二轻佻门。《太平广记》卷二五一注出《卢氏杂说》："唐咸通中，杨玄翼怒举子车服太盛，欲令骑驴。时有诗曰：'今年诏下尽骑驴，紫轴绯毡满九衢。清瘦儿郎犹自可，就中愁杀郑昌图。'"③

[1] 辔：《全唐诗》作"轴"，依《唐摭言》改。《太平广记》卷一八三引《唐摭言》作"袖"。

84.《吹火诗》

吹火青唇动，添薪黑腕斜。遥看烟里面，恰似鸠盘茶。

《全唐诗》卷八七二，13 册，9954 页。

《太平广记》卷二五一引《笑言》："有睹邻人夫妇相谐和者，夫自外归，见妇吹火，乃赠诗曰：'吹火朱唇动，添薪玉腕斜。遥看烟里面，大似雾中花。'其妻亦候夫归，告之曰：'每见邻人夫妇，极甚多情，适来夫见妇吹火，作诗咏之。君岂不能学也？'夫曰：'彼诗道何语？'乃诵之。夫曰：'君当吹火，为别制之。'妻亦效吹，乃为诗云云。"④

85.《咏橘》（唐朝美）

金香大丞相，兄弟八九人。剥皮去滓子，若个是汝身？

《全唐诗续补遗》卷十，《全唐诗》14 册，10713 页。

唐朝美，庄宗时伶人。题注曰："庄宗小酌，进新橘，命诸伶咏之。唐朝美诗先

---

① 《类说校注》卷六，第 174 页。
② 《唐摭言》卷十五，第 1707 页。
③ 《太平广记》卷二五一，第 1953 页。
④ 同上书，第 1952 页。

成云云。帝大笑，赐所御软金杯。"

86. 《石榴诗》（史思明）

三月四月红花里，五月六月瓶子里。作刀割破黄胞衣，六七千个赤男女。

《全唐诗续拾》卷十三，《全唐诗》，14 册，11093 页。

87. 《以樱桃赐子朝义及周贽》（史思明）

樱桃一笼子，半赤一半黄。一半与怀王，一半与周贽。

《全唐诗续拾》卷十三，《全唐诗》，14 册，11093 页。

以上两诗俱见《唐）姚汝能《安禄山事迹》卷下。《全唐诗》卷八六九载史思明《樱桃子诗》作："樱桃子，半赤半已黄。一半与怀王，一半与周贽。"又《太平广记》卷四九五引《芝田录》载其事，诗作："樱桃一笼子，半已赤，半已黄。一半与怀王，一半与周至。"

88. 《答小子弟诗》（杨莱儿）

黄口小儿口莫[1]凭，逡巡看取第三名。孝廉持水添瓶子，莫向街头乱碗鸣。

《全唐诗》卷八〇二，12 册，9123 页。

[1] 莫：底本校曰"一作没"，按《说郛》卷七十八上《北里志》条作"没"。

89. 《谑杨莱儿》（京师小子弟）

尽道莱儿口可凭，一冬夸婿好声名。适来安远门前见，光远何曾解一鸣。

《全唐诗续拾》卷三一，《全唐诗》，15 册，11360 页。

《北里志》曰莱儿"字蓬仙，貌不甚扬，齿不卑矣，但利口巧言，诙谐臻妙"。进士赵光远一见溺之，后为豪家所得。《全唐诗续拾》卷三一补京师小子弟《谑杨莱儿》诗。

90. 《贻郑昌图》（楚儿）

应是前生有宿冤，不期今世恶因缘。蛾眉欲碎巨灵掌，鸡肋难胜子路拳。只拟吓人传铁券，未应教我踏青莲。曲江昨日君相遇，当下遭他数十鞭。

《全唐诗》卷八七〇，12 册，9124 页。

《郑昌图答楚儿》，《全唐诗续拾》卷三三重录郑昌图《答楚儿》诗，校以《说郛》本《北里志》。

91.《答诗》（郑昌图）

大开眼界莫言冤，毕世甘他也是缘。无计不烦乾偃蹇，有门须是疾连拳。据论当道加严棰，便合披缁念《法莲》。如此兴情殊不减，始知昨日是蒲鞭。

《全唐诗续拾》卷三十三，《全唐诗》15 册，11397 页。

《北里志》："楚儿字润娘，素为三曲之尤，而辩慧，往往有诗句可称。"《全唐诗》卷八七〇"谐谑二"录郑光业《纪中表试案》一首："新糊案子，其白如银。入试出试，千春万春。"题注："光业中表间有同入试者，时举子率以白纸糊案子，光业潜纪之云云。"《北里志》亦云"光业性疏纵，且无畏惮，不拘小节"。可见略其性情。《全唐诗续拾》据《登科记考》卷二三、《郎官石柱题名考》卷八补其传。

92.《和李标》（王苏苏）

怪得犬惊鸡乱飞，羸童瘦马老麻衣。阿谁乱引闲人到，留住青蚨热赶归。

《全唐诗》卷八〇二，12 册，9124 页。

王苏苏，北里南曲妓，善谐谑。《北里志》："有进士李标者……饮次，标题窗曰：'春暮花株绕户飞，王孙寻胜引尘衣。洞中仙子多情态，留住刘郎不放归。'苏苏先未识，不甘其题，因谓之曰：'阿谁留郎？君莫乱道！'遂取笔继之。"①

93.《里人为薛媛语》

当时妇弃夫，今日夫弃妇[1]。若不逞丹青，空房应独守[2]。

《全唐诗》卷七九九，12 册，9085 页。

南楚材，五代末濠梁人，其妻薛媛写真寄夫事见《云溪友议》卷上"真诗解"条。又见《诗话总龟》引《唐宋遗史》，然无里人语。据《云溪友议》"真诗解"上一条"鲁公明"载，颜鲁公为临川内史时，邑有杨志坚者，嗜学而居贫，妻厌之，索书求离。颜公判曰："阿王决二十后，任改嫁。杨志坚秀才，赠布绢各二十匹、禄米二十石，便署随军，仍令远近知悉。"② 江左十数年来，莫有敢弃其夫者。知此诗首句曰"当时妇弃夫"指"鲁公明"条所述事。

---

① 《北里志》，第 1413 页。
② 《云溪友议》卷上，第 1262 页。

[1]弃：《云溪友议》作"离"。[2]守：《云溪友议》、《太平广记》均作"自"。

94.《嘲曹翰》

不作锦衣裳，裁为十指仓。千金包汗脚，惭愧络丝娘。

《全唐诗续补遗》卷十六，《全唐诗》，14 册，10794 页。

题注：曹翰事世宗为枢密承旨。性贪侈。常着锦袜金线丝鞋。朝士有托无名子嘲之者云云。

95.《李德裕相公贬崖州三首》其一

乐天尝任苏州日，要勒须教用礼仪。从此结成千万恨，今朝果中白家诗。

96.《李德裕相公贬崖州三首》其二

昨夜新生黄雀儿，飞来直上紫藤枝。摆头撼脑花园里，将谓春光总属伊。

97.《李德裕相公贬崖州三首》其三

闲园不解栽桃李，满地唯闻种蒺藜。万里崖州君自去，临行惆怅欲怨谁？

《全唐诗续拾》卷五十六，《全唐诗》，15 册，11811 页。

此三首假托白居易，《全唐诗续拾》定为无名氏作。苏辙《栾城后集》卷二一、北宋王得臣《麈史》、胡仔《苕溪渔隐丛话后集》卷十三，皆证其为伪作，然此诗北宋前已有。

98.《题茶陵县门》（伊用昌）

茶陵一道好长街，两畔栽柳不栽槐。夜后不闻更漏鼓，只听锤芒织草鞋。

《全唐诗》卷八六一，12 册，9795 页。

《太平广记》卷五十五"伊用昌"条载："（伊用昌）能饮多狂逸，时人皆呼为伊风子。多游江左庐陵、宜春等诸郡，出语轻忽，多为众所殴击。爱作《望江南词》，夫妻唱和，或宿于古寺废庙间，遇物即有所咏……江南有芒草，贫民采之织履。缘地土卑湿，此草耐水，而贫民多着之。伊风子至茶陵县门，大题云云。时县官及胥吏大为不可，遭众乱殴，逐出界。江南人呼轻薄之词为覆窠，其妻告曰：'常言小处不要覆窠，而君偏要覆窠之。譬如骑恶马，落马足穿镫，非理伤堕一等。君不用苦之。'如是夫妻俱有轻薄之态。"① （出《玉堂闲话》）

（宋）陶岳《五代史补》卷四《汉》"张少敌抗议嫡庶"条："先是城中街道尚种槐，其柳即无十一二，至是内外一变，皆种柳，无复槐矣。又居人夜间好织草鞋，其槌芒之声闻于郊野，俄有童谣：'湖南城郭好长街，竟栽柳树不栽槐。百姓奔窜无一事，只是槌芒织草鞋。'人无少长皆诵之，未几国乱，百姓奔窜，死于沟壑者十有八九，至是议者始悟。盖长街者，通内外之路也。槐者，为言怀也。不栽，盖兄弟不睦以至国亡，失孔怀之义也。草鞋者，远行所用，概百姓远行奔窜之义也。"②

（清）吴任臣《十国春秋》卷六十九《楚三·废王世家》："先是潭州多夹道植槐，废王时尽易以柳干。又居人向夜争织草履为业，声闻内外，童谣云：'湖南有长街，栽柳不栽槐。百姓任奔窜，搥芒织草鞋。'识者以为长街者，内外路也。不栽槐者，兄弟失孔怀也。草鞋者，远行所服。百姓逋逃之义也。其预兆有如此。"③

99. 段谷《市中狂吟》

一间茅屋，尚自修治。任狂风吹，连檐破碎。科栱斜欹，看着倒也。墙壁作散土一堆，主人翁永不来归。

《全唐诗》卷八六一，12 册，9799 页。

《类说》卷二十四引《括异志》"段谷狂吟"条："段谷者累举进士，后忽如狂，市中讴吟云云。后病死，及葬发视，但棺耳。"④

100.《笑巫诗》（李序）

魍魉何曾见，头旋即下神。图他衫子段，诈道大王嗔。

《全唐诗》卷八六四，12 册，9833 页。

《太平广记》卷三〇八："元和四年，寿州霍丘县有李六郎，自称神人御史大夫李序。……尝作笑巫诗云云。"⑤ （《博异志》）

101.《冢上答太宗》（慕容垂）

我昔胜君昔，君今胜我今。荣华各异代，何用苦追寻。

《全唐诗》卷八六五，12 册，9842 页。

---

① 《太平广记》卷五十五，第 342 页。
② 《五代史补》卷四，影印文渊阁《四库全书》本。
③ 《十国春秋》卷六十九，第 967 页。
④ 《类说校注》卷二十四，第 748 页。
⑤ 《太平广记》卷三〇八，第 2438 页。

《太平广记》卷三二八"慕容垂"条："唐太宗征辽，行至定州。路侧有一鬼，衣黄衣，立高冢上，神彩特异。太宗遣使问之，答云云。言讫不见，问之，乃慕容垂墓。"①（出《灵怪集》）

102.《死后诗》（李叔霁）

忽作无期别，沉冥恨有余。长安虽不远，无信可传书。

《全唐诗》卷八六五，12 册，9844 页。

《太平广记》卷二七九："监察御史李叔霁者，与兄仲云俱进士擢第，有名当代。大历初，叔霁卒。经岁余，其妹夫与仲云同寝，忽梦叔霁，相见依依然。语及仲云，音容惨怆曰：'幽明理绝，欢会无由，正当百年之后，方得聚耳。我有一诗，可为诵呈大兄。'诗云云。后数年。仲云亦卒。"②（《广异记》）

103.《献高骈》（赵香）

我昔胜君昔，君今胜我今。人生一世事，何用苦相侵。

《全唐诗》卷八六五，12 册，9852 页。

后蜀何光远《鉴诚录》卷二"鬼传书"条，详载其事及书信一篇。《鉴诚录》卷二："西川高相公骈版筑罗城，日遣诸指挥分辟地界，开掘古冢，取砖甃城。独沧州守御指挥使姜知古卓旗，占得西南肖波块。其块即赵奋相公坟也，年代深远，碑文磨灭，走脚损缺，肖字存焉。姜君号令将健，俟晓开之。是夜二更以来，忽闻墓上清啸数声，良久有人云：'冥司赵相公遣使送书。'……姜君至晓，持神鬼使所送到书并诗，面闻元戎，遽绝诸军于斯古冢，仍差大将往彼祭焉。其诗与慕容垂所吟事皆相似。……其诗云云。"③（清）郑方坤《全闽诗话》《五代诗话》均载刘克庄曾夜梦（唐）徐寅拊其背云："我昔胜君昔，君今胜我今。有隆还有替，何必苦相侵。"《慕容垂吟诗》《赵奋献诗》《徐寅吟诗》三者句式结构相类。当是流传民间的俗体诗。

附：《游仙窟》中的俗体诗（61 首）

张鷟所撰《游仙窟》为初唐时期著名的传奇小说。内容述男主人公一夜艳遇，其中穿插大量赠答、咏物诗歌。其诗大多构思奇巧，采用俗白语汇，极富谐趣，可以见出作者采用俗体进行创作的明确意识。中华书局1999 年版《全唐诗》第 13 册载《全唐诗逸》卷下，著录《游仙窟诗》

---

① 《太平广记》卷三二八，第 2601 页。
② 《太平广记》卷二七九，第 2219 页。
③ 《鉴诚录校注》卷二，第 57—58 页。

"稍可采览者一十九首"。孙望《全唐诗补逸》卷四据《古佚小说丛刊》本增补《全唐诗逸》未著录之五十八首。现从俗体诗的角度考察，据李时人、詹绪左校注的《游仙窟校注》（中华书局 2010 年版），辑出其中俗体特征较明显的诗歌 61 首，附于本篇之末。各篇依《游仙窟》中先后顺序编次，据文意重拟诗题。

1.《文成闻调筝咏》
自隐多姿则，欺他独自眠。故故将纤手，时时弄小弦。耳闻犹气绝，眼见若为怜。从渠痛不肯，人更别求天。

2.《十娘答》
面非他舍面，心是自家心。何处关天事，辛苦漫追寻。

3.《文成咏十娘半面》
敛笑偷残靥，含羞露半唇，一眉犹叵耐，双眼定伤人。

4.《十娘再答》
好是他家好，人非着意人。何须漫相弄，几许费精神。

5.《文成赠崔十娘》
今朝忽见渠姿首，不觉殷勤着心口。令人频作许叮咛，渠家太剧难求守。端坐剩心惊，愁来益不平。看时未必相看死，难时那许太难生。沉吟处幽室，相思转成疾。自恨往还疏，谁肯交游密。夜夜空知心失眠，朝朝无便投胶漆。园里花开不避人，闺中面子翻羞出。如今寸步阻天津，何处留心更觅新。莫言长有千金面，终归变作一抄尘。生前有日但为乐，死后无春更着人。只可倡伴一生意，何须负持百年身。

6.《文成梦后咏》
梦中疑是实，觉后忽非真。诚知肠欲断，穷鬼故调人。

7.《文成闻十娘烧诗咏》
未必由诗得，将诗故表怜。闻渠掷入火，定是欲相燃。

8. 《文成咏十娘弹琵琶》

心虚不可测，眼细强关情。回身已入抱，不见有娇声。

9. 《十娘答》

怜肠忽欲断，忆眼已先开。渠未相撩拨，娇从何处来？

10. 《五嫂咏筝》

天生素面能留客，发意关情併在渠。莫怪向者频声战，良由得伴乍心虚。

11. 《十娘咏尺八》

眼多本自令渠爱，口少元来每被侵。无事风声彻他耳，教人气满自填心。

12. 《文成咏局》

眼似星初转，眉如月欲消。先须捺后脚，然始勒前腰。

13. 《十娘答》

勒腰须巧快，捺脚更风流。但令细眼合，人自分输筹。

14. 《五嫂咏双树》

新华发两树，分香遍一林。迎风转细影，向日动轻阴。戏蜂时隐见，飞蝶远追寻。承闻欲采摘，若个动君心。

15. 《五嫂答》

暂游双树下，遥见两枝芳。向日俱翻影，迎风并散香。戏蝶扶丹萼，游蜂入紫房。人今忽摘取，各着一边厢。

16. 《文成窥十娘咏》

忽然心里爱，不觉眼中怜。未关双眼曲，直是寸心偏。

17. 《十娘答》

眼心非一处，心眼旧分离。直令渠眼见，谁遣报心知。

18.《下官又咏》

旧来心使眼，心思眼剩传。由心使眼见，眼亦共心怜。

19.《十娘又咏》

眼心俱忆念，心眼共追寻。谁家解事眼，副着可怜心。

20.《下官咏刀子》

自怜胶漆重，相思意不穷。可惜尖头物，终日在皮中。

21.《十娘咏鞘》

数捺皮应缓，频磨快转多。渠今拔出后，空鞘欲如何。

22.《文成咏围棋》

向来知道径，生平不忍欺。但令守行迹，何用数围棋。

23.《五嫂咏》

娘子为性好围棋，逢人剩戏不寻思。气欲断绝先挑眼，既得速罢即须迟。

24.《文成咏》

千金此处有，一笑待渠为。不望全露齿，请为暂轫眉。

25.《十娘咏》

双眉碎客胆，两眼刺君心。谁能用一笑，贱价买千金。

26.《十娘咏破铜熨斗》

旧来心肚热，无端强熨他。即今形势冷，谁肯重相磨！

27.《文成仆咏破铜熨斗》

若冷头面在，生平不熨空。即今虽冷恶，人自觅残铜。

28.《十娘咏》

得意似鸳鸯，乖情若胡越。不向君边尽，更知何处歇。

29.《文成咏笔砚》
摧毛任便点，爱色转须磨。所以研难竟，良由水太多。

30.《十娘咏鸭头铛子》
嘴长非为嗍，项曲不由攀。但令脚直上，他自眼双翻。

31.《文成咏酒杓子》
尾动惟须急，头低则不平。渠今合把爵，深浅任君情。

32.《十娘咏盏》
发初先向口，欲竟渐升头。从君中道歇，到底即须休。

33.《文成后园咏花》
风吹遍树紫，日照满池丹。若为交暂折，擎就掌中看。

34.《十娘咏花》
映水俱知笑，成蹊竟不言。即今无自在，高下任渠攀。

35.《文成代蜂子答十娘》
触处寻芳树，都卢少物华。试从香处觅，正值可怜花。

36.《十娘咏射雉》
大夫巡麦陇，处子习桑间。若非由一箭，谁能为解颜。

37.《文成答十娘射雉》
心绪恰相当，谁能护短长。一床无两好，半丑亦何妨。

38.《十娘咏弓》
平生好须弩，得挽则低头。闻君把投快，更乞五三筹。

39.《文成答十娘咏弓》
缩干全不到，抬头则大过。若令齐下入，百放故筹多。

40. 《文成闺中咏》
千看千意密，一见一怜深。但当把手子，寸斩亦甘心。

41. 《五嫂咏》
他家解事在，未肯辄相嗔。径须刚捉着，遮莫造精神。

42. 《文成把手后咏》
千思千肠热，一念一心焦。若为求守得，暂借可怜腰。

43. 《五嫂咏》
巧将衣障口，能用被遮身。定知心肯在，方便故邀人。

44. 《文成揽腰后咏》
腰支一遇勒，心中百处伤。但若得口子，余事不承望。

45. 《十娘嗔咏》
手子从君把，腰支亦任回。人家不中物，渐渐逼他来。

46. 《五嫂咏》
自隐风流到，人前法用多。计时应拒得，佯作不禁他。

47. 《文成咏》
药草俱尝遍，并悉不相宜。惟须一个物，不道自应知。

48. 《十娘答咏》
素手曾经捉，纤腰又被将。即今输口子，余事可平章。

49. 《十娘咏别》
元来不相识，判自断知闻。天公强多事，今遣若为分。

50. 《文成咏别》
积愁肠已断，悬望眼应穿。今宵莫闭户，梦里向渠边。

51.《文成别崔琼英》

卞和山未斫，羊雍地不耕。自怜无玉子，何日见琼英？

52.《十娘答》

凤锦行须赠，龙梭久绝声。自恨无机杼，何日见文成？

53.《相思枕留赠十娘》

南国传椰子，东家赋石榴。聊将代左腕，长夜枕渠头。

54.《报文成双履》

双鸟乍失伴，两燕还相属。聊以当儿心，竟日承君足。

55.《益州新样锦留赠五嫂》

今留片子信，可以赠佳期。裁为八幅被，时复一相思。

56.《五嫂报文成金钗》

儿今赠君别，情知后会难。莫言钗意小，可以挂渠冠。

57.《香儿咏》

丈夫存行迹，殷勤为数来。莫作浮萍草，逐浪不知回！

58.《十娘报文成》

他道愁胜死，儿言死胜愁。愁来百处痛，死去一时休。

59.《十娘又咏》

他道愁胜死，儿言死胜愁。日夜悬心忆，知隔几年秋。

60.《文成赠十娘》

人去悠悠隔两天，未审迢迢度几年。纵使身游万里外，终归意在十娘边。

61. 《十娘答文成》

天崖地角知何处，玉体红颜难再遇。但令翅羽为人生，会些高飞共君去。

附录五

《全唐诗·谐谑卷》与《唐音统签· 谐谑卷》比勘

【体例说明】

1. 底本：清编御定《全唐诗》（扬州诗局本），中华书局 1999 年版。（明）胡震亨辑《唐音统签》（简称《统签》），故宫珍本丛刊，海南出版社 2000 年版。

2. 《全唐诗》中作品一如原序，标作者、作品名、题注情况。仍分四卷。每篇之下列其在《统签》中的著录情况，包括所处位置、题名、有无题注及作品出处。

3. 《统签》中作品的位置以"卷内排序号/分卷号"表示，如"1/一"表示该作品位于"谐谑一"中的第一篇。卷内排序一般以作者名为单位，无名氏以作品为单位。

4. 按语包括异文、异注、其人其事、作品出处等的补充说明。

《全唐诗》卷八六九"谐谑一"

1. 高祖《嘲苏世长》。有题注。

《统签》（1/一）：题同，题注同，出《世长本传》。

按：见《旧唐书》卷七十五《苏世长传》。《新唐书》卷一〇三《苏世长传》载高祖嘲世长曰："何名长而意之短，口正而心之邪？"

2. 睿宗《戏题画》。无题注。

《统签》（2/一）：题《戏题胡头画》，题注："《南部新书》云：'滋水驿厅西壁画一胡头，睿皇在藩日经此，题云。'"

按：《南部新书》戊卷："滋水驿在长乐驿之东，睿皇在藩日经此厅，厅西壁画一胡头，因题曰。"则《统签》拟题更善。

3. 欧阳询《嘲萧瑀射》。有题注。

《统签》（3/一）：题同，题注同，出《启颜录》。

按：《太平广记》卷二五四引《启颜录》，纪事及诗同《统签》。但《类说》卷十四引《启颜录》载太宗赐射箭事，未言时在九月九日，末句作"多应是宋公"，（宋）祝穆《古今事文类聚》前集卷四十二"作诗嘲射"条引《启颜录》，纪事同《类说》，末云："后帝见此诗谓萧瑀曰：'此乃四十字章疏也。'由是与询有隙。"

4. 长孙无忌与欧阳询互嘲。有题注。

《统签》（1/四）《长孙无忌、欧阳询互嘲》，出《本事诗》。

按：《统签》谓无忌嘲词中"不"一作"畏"，欧阳询嘲词"漫"字一作"榐"。知正文出《大唐新语》卷十三"谐谑"目。异文可能参以《隋唐嘉话》卷中、《太平广记》卷二四八引《国朝杂记》。

5. 裴略《为温仆射嘲竹》。有题注，注及异文均不标出处。

《统签》（4/一）：题同，题注同，出《启颜录》。异文出《唐世说》。

按：刘肃《大唐新语》末句作"皮外何劳生枝节"。

6.《又嘲屏墙》。有题注，不标出处。

《统签》：题同，题注同，出《唐世说》。

按：《启颜录》不载嘲屏墙事，胡震亨引《大唐新语》补。

7. 省吏《嘲崔左丞》。有题注。

《统签》（1/三）：题同，题注同，出《旧唐书》。

按：见《旧唐书》卷一九一《崔善为传》。

8. 选人《嘲高士廉木履》。有题注。

《统签》（2/三）：题同，题注同，出《国史纂》。

按：见《朝野佥载》卷四。又《梁书·孙廉传》："广陵高爽有险薄才，客于廉，廉委以文记，爽尝有求不称意，乃为展谜以喻廉曰：'刺鼻不知嚏，蹋面不知瞋，啮齿作步数，持此得胜人。'讥其不计耻辱，以此取名位也。"与本篇为同一作品。知此诗乃唐前诗作，本为谜诗。

9. 裴玄智《书化度藏院壁》。有题注，注及异文均不标出处。

《统签》（5/一）：题同，题注同，出《二京灵异小录》。胡氏按语："《辨疑论》首二句'放羊狼颔下，置骨狗前头'，似胜。"

按：裴玄智偷金题诗事见唐韦述《两京新记》卷三①，《太平广记》卷四九三"裴玄智"条，注引《辨疑志》。《诗话总龟》卷十八"纪实门"引《二京灵异小录》。《统签》引《二京灵异小录》云"道士裴玄智"，误，裴玄智为寺僧。正文后之按语，可反映胡氏之俗诗审美眼界。

10. 窦昉《嘲许子儒》。有题注。

《统签》（6/一）：题同，题注同，出《启颜录》。

按：《统签》及《全唐诗》题注："永徽中，造国子学，子儒经纪，当有阶级。后不得阶，窦昉咏之。"《太平广记》卷二五四"窦昉"条："子儒经祀，当设有阶级，后不得阶。"

11. 梁宝与赵神德互嘲。有题注。

《统签》（2/四）：题同，题注同，出《启颜录》。

按：见《太平广记》卷二五四引《启颜录》。《类说》卷十四引《启颜录》"黑面赤眼相嘲"条，"赵神德"作赵仲德。

12. 释元康与讲师互谑。有题注。

《统签》（3/四）：题同，题注同，出《高僧传》。

按：见（宋）赞宁《宋高僧传》卷四《唐京师安国寺元康传》。

13. 李荣《咏兴善寺佛殿灾》。有题注。

《统签》（7/一）：题同（影印本"佛"字空缺），题注同，出《唐世说》。

---

① 韦述《两京新记》成书于开元十年，书成后曾风行一时，但宋以后流传日少，最终亡佚，明清时已无完本。胡震亨仅得以《二京灵异小录》《辨疑志》为底本。《两京新记》虽在国内无传，至迟在唐末已传入日本，虽然日本流传至今的也非唐时五卷足本，仅为原书第三卷的残抄本。在这一残抄本基础上，后人继有辑佚、补校。《两京新记》卷三在"义宁坊"下纪"南门之东，化度寺"，载贞观中裴玄智偷金题诗事，纪事略同《二京灵异小录》及《辨疑志》，题诗处抄本原作"将军遣狼放置狗前头，自非阿罗汉，谁能免作偷"，首句缺字，"军"字形近"羊"，"置"字形近"骨"，或可校为"将羊遣狼［守］，放骨前头"。

按：事见《大唐新语》卷十三，末云："时人虽赏荣诗，然声称从此而减。"《统签》云"荣，巴西入也"。"入"字为"人"字误书。

14. 张元一《叙可笑事》《嘲武懿宗》《又嘲》《咏静乐县主》。有题注。

《统签》（8/一）：题同，《嘲武懿宗》《又嘲》两诗题注分列，余同《全唐诗》，出《朝野佥载》。

按：见《朝野佥载》卷四。《太平广记》卷二五〇引《御史台记》。

15. 杜易简《嘲格辅元》。有题注。

《统签》（9/一）：题同，题注同，出《朝野佥载》。

按：今本《朝野佥载》不载其事。《太平广记》卷二五五载其事及诗，同《统签》，注出《御史台记》。

16. 石抱忠《始平谐诗》。无题注，作者小传："则天时检校天官郎中。"

《统签》（10/一）：题同，有题注，出《朝野佥载》。

按：今本《朝野佥载》无石抱忠事。《太平广记》卷二五五载其事及诗，纪事详于《统签》，注出《御史台记》。

17. 梁载言《咏傅岩监祠》。有题注。

《统签》（11/一）：题同，题注同，出《朝野佥载》。

按：今本《朝野佥载》无梁载言事。《太平广记》卷二五五载其事及诗，同《统签》，注出《御史台记》。

18. 刘行敏《嘲崔生》《又嘲杨文瓘》《嘲李叔慎、贺兰僧伽、杜善贤》。有题注。

《统签》（12/一）：题同，题注同，出《启颜录》。

按：《太平广记》卷二五四"刘行敏"条，载其事及三诗，注出《启颜录》。《类说》卷十四《启颜录》"咏黑"条，载第三诗，首两句作"叔慎骑黑马，僧伽挽漆弓"。

19. 陆子《嘲父》。有题注，不标出处。句末小字注："先是人有嘲陆者云：说事则喙长三寸，判事则手重五斤。"不标出处。

《统签》（13/一）：题同，题注同，出《御史台记》。单列时人嘲陆语，题注："《朝野佥载》云时人嘲陆余庆，元有此语。"

按：今本《朝野佥载》卷二载陆子《嘲父》，无时人嘲陆语，《太平广记》卷二五九同。《类说》卷四十引《朝野佥载》，"喙长三尺"条载时人嘲陆余庆，"论事则喙长三尺，判事则手重五斤"。又载其子曰："笔头无力嘴头硬。"（明）陈耀文《天中记》卷十七载陆子《嘲父》及时人嘲陆语，注出《朝野佥载》。可知《朝野佥载》本载陆子《嘲父》及时人嘲陆语两种。

20. 杨廷玉《回波词》。无题注，作者有传。

《统签》（14/一）：题同，有题注，出《朝野佥载》。

按：事见《朝野佥载》卷二。

21. 中宗朝优人《回波词》。有题注。

《统签》（16/一）：题同，题注同，出《启颜录》。

按：《全唐诗》卷八九〇又作裴谈词，事见《本事诗·嘲戏七》。后人征引均出《本事诗》，不见出《启颜录》者。

22. 崔日用《乞金鱼词》《赐宴自歌》。有题注。

《统签》（17/一）：题同，《乞金鱼词》注出《本事诗》。《赐宴自歌》题注无出处，依《统签》书例，当也出《本事诗》。

按：《乞金鱼词》见《本事诗·嘲戏七》，《赐宴自歌》仅见《唐诗纪事》卷十"崔日用"条。《新唐书》卷一二一《崔日用传》："宴内殿，酒酣，起为《回波舞》，求学士，即诏兼修文馆学士。"则其诗当为《回波词》。

23. 吴人《咏痴》。有题注。

《统签》（4/三）：题同，题注同，出《朝野佥载》。

按：事见《朝野佥载》卷四。

24. 封抱一《偈后》。有题注及异说，均不标出处。

《统签》（18／一）：作者"留抱一"（"留"当为"封"字误），出《启颜录》。文后附异说，不注出处。

　　按：《太平广记》卷二五六载封抱一嘲客事，同《统签》，注出《启颜录》。《统签》所附异说，见《太平广记》卷二五七"患目鼻人"条，注出《启颜录》。

25. 魏崇裕《送司功入京》。有题注。

《统签》（19／一）：题同，题注同，注出《朝野佥载》。

　　按：事见《朝野佥载》卷二。

26. 权龙褒《岭南归后献诗》《初到沧州呈州官》《秋日述怀》《喜雨》《皇太子夏日赐宴诗》。作者名下有简略小传："中宗时为瀛州刺史。"题注附于各诗末。

《统签》（20／一）：总题《权龙褒诗》，各篇不单独拟题，篇末附小字说明。作者名下引《朝野佥载》详叙权龙褒生平。首篇末小字："一云无事向容山，今日向东都。陛下敕追来，今作右金吾。"但未注出处。其后有胡氏按语："又大晓韵在。"

　　按：《统签》《全唐诗》录《岭南归后献诗》正体为"龙褒有何罪"诗，而《朝野佥载》卷四及《太平广记》卷二五八皆著权龙襄事，诗作"无事向容山"，正为《统签》所录之异体。《唐诗纪事》卷八十权龙褒条载"龙褒有何罪"诗，或为《统签》所本。

27. 崔泰之《哭李峤诗》。无题注。

《统签》（21／一）：注出《御史台记》，无文字内容。

　　按：《全唐诗》卷九十一存崔泰之诗三首，不包括此诗。诗用经语，或许正是其被列入"谐谑"卷的原因。诗见《朝野佥载》卷二。

28. 苏颋《咏尹字》。有题注。

《统签》（22／一）：题同，题注同，注出《纪事》。

　　按：《全唐诗》卷七十四苏颋集中载此诗。《唐诗纪事》卷十录其事及诗。又见《明皇杂录》卷上。

29. 张敬忠咏《王主敬》。有题注。

《统签》（24/一）：题同，注出《唐新语》。

按：《全唐诗》卷七十五张敬忠集中作《戏咏》。《统签》注出《大唐新语》，然今本《大唐新语》卷十三虽载其事及诗，文字多异于《统签》，且王主敬其人作王上客。《太平广记》卷二五〇引《两京新记》，文字颇近《统签》题注，作王上客。岑仲勉《读全唐诗札记》引《精舍碑》亦作王上客。惟《南部新书》"丁卷"作王主敬（别本有作"王主客"）。

30. 韦铿《嘲邵景萧嵩》。有题注。

《统签》（8/四）：注出《御史台记》。

按：《太平广记》卷二五五"邵景"条，注出《御史台记》。又见《大唐新语》卷十三。

31. 邵景《嘲韦铿》。有题注。

《统签》（9/四）：有题注，据前篇，出《御史台记》。

32. 李休烈《咏毁天枢》。有题注。

《统签》（25/一）：题同，题注同，出《唐新语》。

按：《全唐诗》卷一二〇李休烈名下，题《咏铜柱》。事见《大唐新语》卷十三。

33. 石惠泰《与李全交诗》。注石惠泰、李全交官职。

《统签》（26/一）：注出《朝野签载》。

按：见《朝野金载》卷二，作石惠恭诗。末云"因竞放牒往来，全交为之判十余纸以报。乃假手于拾遗张九龄"。《太平广记》卷二五九引《朝野金载》作"石惠泰"。

34. 黄幡绰《嘲刘文树》。有题注。

《统签》（27/一）：题同，题注同，出《启颜录》。

按：《太平广记》卷二五五载其事，注出《开天传信记》，文字同《统签》。

35. 祖咏《尚书省门吟》。有题注。

《统签》（28/一）：题同，题注同，出《纪事》。

按：事见《唐诗纪事》卷二十。

36. 王昌龄《上马当山神》。有题注。

《统签》（29/一）：题同，题注同，出《广异记》。

按：《太平广记》卷三〇〇，注出《博异志》。

37. 张怀庆《窃李义府诗》。有题注，不标出处。正文后小字附"时人为张怀庆语"。

《统签》（30/一）：题作《张怀庆诗》，题注同，出《朝野佥载》。单列时人为张怀庆语。

按：今本《朝野佥载》无其事及诗。事见《大唐新语》卷十三。《太平广记》二六〇引《大唐新语》。《唐诗纪事》卷四，同《大唐新语》所载。《类说》卷五十一《本事诗》中有"活剥生吞"条，即此，语多同《大唐新语》。

38. 贺知章《答朝士》。有题注。

《统签》（29/四）：注出《唐诗纪事》。

按：见《唐诗纪事》卷十七"贺知章"条。《全唐诗》一一三贺知章卷著录，题同。

39. 顾况《和知章诗》。题注同上诗。

《统签》（30/四）：注出《云溪友议》。

按：见《云溪友议》卷下"杂嘲戏"。与贺知章《答朝士》诗同载。

40. 顾况《续茅山秀才吟》。有题注。

《统签》（31/四）：注出《北梦琐言》。

按：见《北梦琐言》卷七。

41. 史思明《樱桃子诗》。有题注。

《统签》（31/一）：题同，题注同，注出《明皇杂录》。

按：今本《明皇杂录》未见史思明咏樱桃事。事及诗见《太平广记》卷四九五引《芝田录》以及《安禄山事迹》卷下。《统签》诗下胡氏按语："叶梦得以为安禄山诗，误。'周至'当作'周贽'，《思明传》云思明僭号以子朝义为怀王，周贽为相。"《广记》作"周至"，《安禄山事迹》作"周贽"。当以"周贽"为是。《全唐诗》之《樱桃子诗》后所加按语即胡氏按语。

《全唐诗》卷八七〇"谐谑二"

1. 高亭《讥元载诗》。有题注。作者名下注："一作云。"

《统签》（1／二）：题同，题注同，出《朝野佥载》。末云："亭一作云。"正文后小字注："沈既济《刘展乱纪》作白箸。"

按：当引自《春明退朝录》，作者高云，其误自《诗话总龟》而来。今本《朝野佥载》不载其事。《诗话总龟》卷三十五载其事及诗，文字同《统签》及《全唐诗》，但不注出处。《诗话总龟》前一条记谢阳夏、李邯郸嘲王安简、黄唐乡事，注出《春明退朝录》。后一条记景龙中霖雨嘲宰相事，注出《朝野佥载》。今按宋敏求《春明退朝录》卷下引沈既济《刘展乱纪》，详载其事，作者云渤海高云。《统签》题注及作者高亭，当引《诗话总龟》，且误引下一条引文出处。其按高亭"一作高云"，参《刘展乱纪》。

2. 贺遂涉《嘲赵谦光》。有题注。

《统签》（6／四）：题同，题注同，注出《南部新书》。

按：今本《南部新书》无载。《太平广记》卷二四九引《谈宾录》，事及诗同《统签》。又见《唐诗纪事》卷二十。《类说》卷十五引《谈宾录》"土山头"条作赵浩嘲赵谦光。

3. 赵谦光《答贺遂涉》。有题注。

《统签》（7／四）：有题注，据前篇，当出《南部新书》。

4. 孔颙《上浙东孟尚书》。有题注。

《统签》（3／二）：题同，题注同，出《云溪友议》。

按：事及诗出《云溪友议》卷下"杂嘲戏"。

5. 吕温《嘲柳州柳子厚》《嘲黔南观察南卓》（注：一云卓故人效吕温作）。

《统签》（32/四、33/四）：注出《云溪友议》。后一首题《人嘲黔南观察南卓》，注"卓故人效吕温作"。

按：《全唐诗》以两诗皆吕温作。《统签》以前一首为吕温《嘲柳州柳子厚》，后一首为时人嘲南卓诗。然两诗皆为伪诗，见岑仲勉《读全唐诗札记》辨。

6. 张祜《戏简朱坛诗》《戏颜郎官骑猎诗》。有题注。

《统签》（4/二、5/二）：题同，题注同，出《云溪友议》。

按：事及诗出《云溪友议》卷下"杂嘲戏"。

7. 朱冲和《嘲张祜》。有题注。

《统签》（6/二）：题同，题注同，出《云溪友议》。

按：事及诗出《云溪友议》卷下"杂嘲戏"。

8. 崔涯《嘲妓》《又嘲》《嘲李端端》《又嘲李端端》。有题注。

《统签》（7/二）：题同，题注同，出《杂说》。

按：《杂说》或指《卢氏杂说》。然事及诗见《云溪友议》卷中"辞雍氏"。《太平广记》《诗话总龟》等引俱出《云溪友议》。

9. 李宣古《咏崔云娘》。有题注。

《统签》（8/二）：题同，题注同，注出《杂说》。

按：事及诗出《云溪友议》卷中"澧阳燕"条。《太平广记》《诗话总龟》等俱引《云溪友议》。

10. 杜牧《嘲妓》，题注"一作崔立言诗"。

《统签》（9/二）：题同，题注同，注出《杂说》。引《南部新书》作崔立言诗。

按：事及诗见《云溪友议》卷中"澧阳燕"条。

11. 卢肇《嘲游使君》。有题注。

《统签》（10/二）：题同，题注同，出《云溪友议》。

按：事及诗见《云溪友议》卷下"杂嘲戏"。

12. 韦蟾《嘲李汤题名》。有题注。

《统签》（11/二）：题《嘲李场题名》（场，题注引文作"场"），题注同，注出《唐摭言》。

按：《唐摭言》卷三、十三皆作李汤。《唐诗纪事》卷五十八作"李汤"。当以"汤"为是。《全唐诗》卷五六六韦蟾名下正作《长乐驿谑李汤给事题名》。

13. 严震《闻鹿鸣互谑》。有题注，不标出处。

《统签》（10/四）：题同，出《北梦琐言》。

按：见《北梦琐言》卷十二"堑杜氏山冈事"附严氏，《统签》严震句"此除多应到表兄"，"除"字当为"际"字之误。《全唐诗》作"此际"。

14. 章孝标《及第后寄李绅》。无题注。

《统签》（11/四）：题同，出《唐摭言》，曰"详前孝标集"。

按：事见《唐摭言》卷十三"矛盾"条，注"或云寄白乐天"。又《太平广记》卷二五一"章孝标"条引《唐摭言》。

15. 李绅《答章孝标》。无题注。

《统签》（12/四）：题《绅答》。

16. 杨汝士《戏柳棠》有题注，不标出处。

《统签》（13/四）：曰"汝士前见"。此条不注出处。

按：见《唐摭言》卷十三、《云溪友议》卷中"弘农忿"条。

17. 柳棠《答杨尚书》《又忤杨尚书诗》。有题注，不标出处。

《统签》（14/四、15/五）：题注不注出处。

按：《全唐诗》卷五一六柳棠集载两诗。《又忤杨尚书》诗见《云溪友议》，疑出《云溪友议》。

18. 朱泽《嘲郭凝素》。有题注，不标出处。

《统签》（13/二）：题同，题注同，出《乾月巽子》。

按：事见《云溪友议》卷上。《太平广记》卷二五七、《类说》卷四十一皆引《云溪友议》。

19. 郑光业《纪中表试案》。有题注。

《统签》（14/二）：题同，题注同，出《唐摭言》。

按：事见《唐摭言》卷十二"轻佻"条。

20. 郑愚《醉题广州使院》《拟权龙褒体赠鄠县李令及寄朝右》。有题注。

《统签》（15/二）：题同，题注同，出《云溪友议》。

按：事见《云溪友议》卷下"杂嘲戏"。

21. 郑仁表《题沧浪峡榜》。有题注。

《统签》（16/二）：题同，题注同，出《纪事》。

按：见《唐诗纪事》卷六十一。又见《唐摭言》卷十三"敏捷"条，《诗话总龟》卷十五引《唐摭言》。

22. 胡曾《戏妻族语不正》。无题注。

《统签》（17/二）：题同，注："曾前见戊签。"

按：此诗不见《全唐诗》卷六四七胡曾名下。《统签》未注出处。

23. 李昌符《婢仆诗》。有题注。

《统签》（18/二）：题同，注出《北梦琐言》。

按：见《北梦琐言》卷十"李昌符咏婢仆"。

24. 孙子多《嘲郑傪妓》。有题注。

《统签》（19/二）：题同，题注同，出刘崇远《金华子》。

按：《金华子杂编》作伶人赵万金嘲宁傪口号，且诗有异文。《绀珠集》卷十引刘崇远《金华子》"阿婆舞"条，事及诗同《统签》，无异文。

25. 薛能《嘲赵璘》（一诗两联）。有题注。

《统签》（20/二）：题同，注出《唐摭言》。

按：今本《唐摭言》无载。《太平广记》卷二五七注出《抒情集》，同《统签》《全唐诗》录。

26.《口号》（秦宗权续后两句）。有题注。

《统签》（16/四）：题注同，注出《小说》，宗权续语后引费衮《梁溪漫志》所考："《梁溪漫志》云唐史能见逐于忠武将周岌，为乱兵所杀。时宗权闻能死，托云赴难，募兵据蔡州，是能死于许，宗权自在蔡也。疑有误。"

按：考证见《梁溪漫志》卷九"薛能诗"条，其云"野史杂说多有得之传闻。初未尝考究其实，而相承以为然者……杂说中如此类甚多，殆不胜掊击也。"《直斋书录解题》卷十一载刘悚《小说》三卷，然刘悚天宝间人，纪事当不及此。《山西通志》卷二二九述及此事，注出《朝野佥载》，亦误。

27. 皮日休《嘲归仁绍龟诗》。有题注。

《统签》（19/四）：注出《唐摭言》。后载《归氏子答日休皮字诗》（20/四）。

按：今本《唐摭言》无载。《太平广记》卷二五七载皮日休与归仁绍诸子咏字相嘲事，注出《皮日休文集》，纪事同《统签》及《全唐诗》。

28. 皮日休《咏螃蟹呈浙西从事》。无题注。

《统签》（21/二）：注出《云溪友议》。

按：见《云溪友议》卷下"杂嘲戏"。

29. 郑綮《题中书壁》《别庐州郡人》。皆有题注。

《统签》（22/二）：先著《别庐州郡人》，注出本传。后著《题中书壁》，出《北梦琐言》。

按：《旧唐书》卷一七九《郑綮传》："綮善为诗，多俳剧刺时，故落格调，时号郑五歇后体。初去庐江，与郡人别云：'唯有两行公廨泪，一时洒向渡头风。'滑稽皆此类也。"《新唐书》卷一八三《郑綮传》："大顺后，王政微，綮每以诗谣托讽，中人有诵之天子前者。……綮本善诗，其语多俳谐，故使落调，世共号'郑五歇后体'。"《新唐书》未载其别郡人诗。

30. 徐彦若《戏答成汭》。有题注。

《统签》（23/二）：题同，题注同，出《北梦琐言》。

按：事见《北梦琐言》卷五"徐相讥成中令"条，作"南广海，黄茅瘴，不死成和尚"。《太平广记》卷二五七"徐彦若"条引，诗同《统签》。

31. 崔立言《醉中谴浙江廉使》，无题注及作者小传。

《统签》（24/二）：题同，题注：《南部新书》云"立言高退隐茅山，善谴浪"。

按：见《诗话总龟》卷三十七"讥诮门"引《南部新书》，又载其嘲营妓郭庞诗。

32. 韦鹏翼《戏题盱眙邵明府壁》。有题注。

《统签》（25/二）：题同，题注同，出《云溪友议》。

按：《全唐诗》卷七七〇韦鹏翼《戏题盱眙壁》，诗人无考。见《云溪友议》卷下"杂嘲戏"。

33. 姚嵘《题大梁临汴驿》。无题注。

《统签》（26/二）：题同，注出《云溪友议》。

按：见《云溪友议》卷下"杂嘲戏"。

34. 李日新《题仙娥驿》。无题注。

《统签》（27/二）：题同，注出《云溪友议》。

按：见《云溪友议》卷下"杂嘲戏"。

35. 柳逢《嘲染家》。有题注。

《统签》（28/二）：题同，注出《云溪友议》。

按：见《云溪友议》卷下"杂嘲戏"。

36. 黎璀《赠漳州崔使君乡饮翻韵诗》。有题注。

《统签》（29/二）：题同，注出《云溪友议》。

按：见《云溪友议》卷下"杂嘲戏"。

37. 张保胤《示妓榜子》《留别同院》。有题注。

《统签》（30/二）：题同，注出《云溪友议》。

按：见《云溪友议》卷下"杂嘲戏"。《全唐诗》卷七七〇张保嗣《戏示诸妓》。《万首唐人绝句》五十五作张保嗣，季《诗》六十七亦抄作"嗣"。作者当以"张保嗣"为是。

38. 陆岩梦《桂州筵上赠胡予女》。有题注。

《统签》（31/二）：题《桂州筵上赠胡子女》，注出《杂说》。

按：《云溪友议》卷中作陆岩梦《桂州筵上赠胡子女》，《诗话总龟》卷三十九同。《太平广记》二五六引《云溪友议》作"赠胡女子"。则原题当作"胡子女"。

39. 李都《戏答朝士》。有题注。

《统签》（32/二）：题同，注出《抒情集》。

按：（明）陈文耀《天中记》卷三十八引《抒情集》纪其事及诗。

40. 荆人《嘲僧惟恭》。有题注。

《统签》（33/二）：题同，注出经生《高僧传》。

按：经生《高僧传》不可考。

41. 冯道幕客《题酒户修孔庙状》。有题注。

《统签》（39/二）：题同，注出《五代史补》。

按：事见《诗话总龟》卷三十五"讥诮门"上，纪事同《统签》。《旧五代史》卷一二六《冯道传》引《五代史补》纪事及诗多不同，云为一判官作。曰："冯道之镇同州也，有酒务吏乞以家财修夫子庙，道以状付判官参详其事。判官素滑稽，因以一绝书判后云：'荆棘森森绕杏坛，儒官高贵尽偷安。若教酒务修夫子，觉我惭惶也大难。'道览之有愧色，因出俸重创之。"

42. 李花开《孔庙口号》。有题注。

《统签》（40/二）：题同，注出《五代史补》。

按：见（宋）陶岳《五代史补》卷五"李谷修陈州夫子庙"条。

43. 冯晖《答妻》。有题注。

《统签》（41/二）：题同，注出《画墁录》。

按：事见（宋）张舜民《画墁录》。

44. 李涛《题僧院》。有题注。

《统签》（42/二）：题同，注出《谈苑》。后载《答弟妇歇后语》，注出《五代史补》。

按：今见《诗话总龟》卷三八引《谈苑》。

45. 杨苎萝《咏垂丝蜘蛛嘲云辨僧》。有题注。

《统签》（44/二）：题同，注出《洛阳旧闻记》。

按：今见《诗话总龟》卷三十六引《洛阳旧闻》，《天中记》卷五十七引《洛阳旧闻记》。

46. 冯涓《自嘲绝句》。有题注。

《统签》（45/二）题同，注出《北梦琐言》。

按：事及诗见《诗话总龟》卷二十一"咏物门"下引《北梦琐言》。《类说》卷四三《北梦琐言》引其前两句。

47. 卢延让《哭亡将诗》，无题注。

《统签》（46/二）：题同，注曰："延让诗好为俚俗之语，《北梦琐言》诮此为打脊诗。"

按："延让诗好为俚俗之语"句为胡氏按语。事见《北梦琐言》卷七。《诗话总龟》卷二八"诗病门"引。

48. 蒋贻恭《咏王给事》。有题注。

《统签》（47/二）：注出《鉴诫录》。

按：事见《太平广记》卷一二四"张进"条，注出《鉴诫录》。

《全唐诗》于蒋贻恭名下《咏王给事》诗后，录《咏金刚》《咏伛背子》《咏安仁宰捣蒜》《五门街望有题》《谢郎中惠茶》《咏虫叚蟆》《住名山日陈情上府主高太保》七首，《统签》不载。

49. 李贞白《咏刺蝟》、《谒贵公子不礼书格子屏风》、《咏月》、《咏狗蚤》、《咏婴粟子》、《咏蟹》。无题注。

《统签》（48/二）：注云："《谈苑》云：贞白南唐处士，善嘲咏，曲尽其妙。"

按：江少虞《宋朝事实类苑》六十三引《杨文公谈苑》云："朱贞白，江南人，不仕，号处士。子锐，举进士，至知制诰。贞白善嘲咏，曲尽其妙。人多传诵。"曾慥《类说》五十三亦引为朱贞白，当以"朱贞白"为是。

50. 郓城令《示女诗》。有题注。

《统签》（52/二）：题同，注出《鉴诫录》。

按：事见《鉴诫录》卷八，首曰"陈太师敬瑄"（《统签》作"陈瑄太师"），纪事多不同《统签》。《诗话总龟》卷四十八"佞媚门"引《鉴诫录》，作"陈瑄太师"，纪事同《统签》。显然，《统签》此题注转引自《诗话总龟》。

51. 李令《寄女》。有题注，不标出处。

《统签》（53/二）：题作《寄妻》。题注同，注出《云溪友议》。

按：事见《云溪友议》卷上"哀贫诫"条。据文中意，《统签》拟题《寄妻》更善。

52. 太守《讽刘炎索贿诗》。有题注。

《统签》（54/二）：题同，注出《江南野录》。

按：见《诗话总龟》卷三十五引《江南野录》。

53. 刘炎《被按自悔诗》。有题注。

《统签》（55/二）：出处同上篇。

《全唐诗》卷八七一"谐谑三"

1. 甘洽《与王仙客互嘲》。有题注。

《统签》（5/四）：注出《启颜录》。

按：《太平广记》卷二五五"嘲诮三"，文字略异，注引《启颜录》。又见（明）徐应秋《玉芝堂谈荟》"拆字谑语"条。

2. 阎敬爱《题濠州高塘馆》。有题注。

《统签》（17/四）：注出《南部新书》。

按：见《南部新书》卷七。

3. 李和风《题敬爱诗后》。有题注。

《统签》（18/四）：出处同上篇。

4. 归氏子《答日休皮字诗》。有题注。

《统签》（20/四）：前录皮日休《嘲归仁绍龟诗》，注出《唐摭言》。

5. 张鲁封《谑池、亳二州宾佐兼寄宣武军掌书记李昱》。有题注。

《统签》（21/四）：注出《云溪友议》。

按：见《云溪友议》卷下"杂嘲戏"。

6. 李昱《戏酬张鲁封》。无题注。

《统签》（22/四）：出处同上篇。

7. 杨鸾《即事》。无题注。

按：《统签》"谐谑"卷不载此诗。

8. 座客《嘲周颛》。有题注。

《统签》（25/四）：注出《南唐近事》。

9. 周颛《和座客》

《统签》（26/四）：注出《南唐近事》。

按：事见《太平广记》卷二五七"周颛"条，注出《抒情集》。《统签》题注胡氏按："颛，一作颢。"（宋）吴曾《能改斋漫录》卷二："俗以不情者为搭猱"，举周颢此诗为例。

10. 张鷟《答或人》（句）。有题注。

《统签》（23/一）：注出《启颜录》。

按：事见《太平广记》卷二五〇，注出《御史台记》，云"唐司门员外郎张文成工为俳谐，诗赋行于代"。

11. 施肩吾《嘲崔嘏》（句）。有题注。

《统签》（2/二）：注出《南部新书》。

按：今见《唐语林》卷六。又《新唐书·李德裕传》，《唐诗纪事》卷五十。

12. 苏云《岭南诗句》（句）。有题注。

《统签》（34/二）：注出《因话录》。

13. 包贺《谐诗逸句》（句）。无题注。

《统签》（35/二）：注《北梦琐言》云："贺多为粗鄙之句，或好事者托以成之。"

14. 蔡押衙《题洞庭湖》（句）。有题注。

《统签》（36/二）：注出《北梦琐言》。

15. 温庭筠《戏令狐相》（句）。有题注。

《统签》（12/二）：注出《南部新书》。

按：原文末字《统签》《全唐诗》皆作"铃"，据各本当改"令"

字，谐"铃"之音。事见《南部新书·庚》。又《白孔六帖》卷二十三
"天下诸胡悉带令"条引。《唐语林》卷七。

16. 顾云《与罗隐互谑》（句）。有题注。

《统签》（23/四）：注出《鉴诫录》。

按：见《鉴诫录》卷八"钱塘秀"目。

17. 孙光宪引《自落便宜句》。无题注。

《统签》（56/二）：注出《北梦琐言》。

按：见《北梦琐言》卷七，于卢延让《哭边将》诗后载，谓之世传
逸诗，号"自落便宜诗"。

18. 商则《嘲廪丘令丞》。有题注。

《统签》（23/三）：题同，无作者，注出《语林》。

按：《统签》列此诗入谐谑三无名氏卷中，题注引《语林》，末句云
"人皆大笑，嘲曰"。《全唐诗》题注以"人皆大笑"结束，以之为商则
诗，误。又见《天中记》卷二十八、《山堂考肆》卷七十九引《唐语
林》。《锦绣万花谷》前集卷十四引《职官分纪》。

19. 罗颖《题汉祖庙》。有题注。

《统签》（49/二）：注出《江南野录》。

20. 陈峤《自赋催妆诗》。有题注。

《统签》（37/二）：注出《南部新书》。

按：事见《南部新书》戊卷。

21. 何承裕《戏为举子对句》。有题注。

《统签》（38/二）：注出《五代史补》。

按：何承裕知商州为宋太宗时事，此首非唐诗。

22. 李涛《答弟妇歇后语》。有题注。

《统签》（43/二）：注出《五代史补》。

23. 程紫霄《与释惠江互谑》。有题注。

《统签》（24/四）：注出《纪异录》。

24. 僧法轨《与李荣互谑》。有题注。

《统签》（4/四）：注出《启颜录》。

按：见《太平广记》卷二四八引《启颜录》。

《全唐诗》卷八七二"谐谑四"

1. 广州三樵歌。有题注。

《统签》（5/三）：注出《朝野佥载》。

按：见《朝野佥载》卷四。

2. 三御史咏。有题注。

《统签》（6/三）：注出《御史台记》。

按：见《太平广记》卷二五〇引《御史台记》。

3. 台中里行咏。有题注。

《统签》（7/三）：注出《御史台记》。

按：见《太平广记》卷二五〇引《御史台记》。

4. 讥裴休。有题注。

《统签》（13/三）：题同，注出《鉴诫录》。

按：见《鉴诫录》卷一。

5. 嘲四相。有题注。

《统签》（14/三）：题同，注出《南部新书》。

按：见《南部新书》甲卷。又《唐语林》卷七。

6. 放榜诗。有题注。

《统签》（9/三）：注出《秦中记》。

按：《统签》首句"乞儿还有大道年"，《全唐诗》作"乞儿还有大通年"，当以"大通年"为是。事见《类说》卷六、《记纂渊海》卷三十七引《秦中岁时记》。第三句"三十三人椀杖全",《类说》卷六、《绀珠集》卷十作"二十三人椀杖全",《记纂渊海》作"六十三人笔仗全"。据徐松《登科记考》,大和八年进士及第者二十五人,《增订注释全唐诗》卷八六八曰此句应以"二十五人"为是。

7. 改魏扶诗。有题注。

《统签》(15/三):题同,注出《南部新书》。

按:见《南部新书》戊卷。

8. 嘲举子骑驴。有题注。

《统签》(17/三):题同,注出《唐摭言》。

按:见《唐摭言》卷十五。

9. 嘲崔垂休。有题注。

《统签》(18/三):题同,注出《北里志》。

10. 嘲主司崔澹。有题注。

《统签》(19/三):题同,注出《唐摭言》。

按:见《唐摭言》卷十三。《太平广记》卷二五七引。

11. 朝士戏任毂。有题注。

《统签》(21/三):题同,注出《幽闲鼓吹》。

按:事见《太平广记》卷二五七引《幽闲鼓吹》。

12. 题房鲁题名后。有题注。

《统签》(22/三):题同,注出《卢氏杂说》。

按:事见《太平广记》卷二一二引《卢氏杂说》。

13. 洛阳人嘲跋异。有题注,注出刘道醇《五代名画记》。

《统签》(24/三):题同,题注同,注出刘道醇《五代名画记》。

按:《全唐诗》"谐谑"卷保留题注出处的唯一一条。

14. 又嘲（跋异）。有题注。

《统签》（25/三）：据前篇当出《五代名画记》。

15. 蜀选人嘲韩昭。有题注。

《统签》（27/三）：题同，注出《蜀梼杌》。

按：事见《蜀梼杌》卷上。

16. 嘲伛偻人。有题注。

《统签》（28/三）：题同，注出《启颜录》

按：事见《太平广记》卷二五七引《启颜录》。

17. 曲中唱语。有题注。

《统签》（34/四）：题同，注出《北里志》。

18. 改唱。有题注。

《统签》（35/四）：出处同前篇。

19. 街中又唱。有题注。

《统签》（36/四）：出处同前篇。

20. 吹火诗（二首）。有题注。

《统签》（37/四）：题同，注出《卢氏杂说》。

按：事及诗见《太平广记》卷二五一引《笑言》。

21. 刘黑闼解嘲人语。有题注。

《统签》（27/四）：题同，注出《启颜录》。

22. 村人学解嘲人语。有题注。

《统签》（28/四）：出处同前篇。

23. 嘲刘师老。有题注。

《统签》（8/三）：题同，注出《古今诗话》。

按：《诗话总龟》卷三十六"讥诮门中"，注出《古今诗话》。《唐诗纪事》卷四十八"韦渠牟"条，注出《古今诗话》。《太平广记》卷一八八"韦渠牟"条，注出《刘宾客嘉话录》。

24. 嘲郑薰。有题注。

《统签》（16/三）：题同，注出《唐摭言》。

按：见《唐摭言》卷八"误放"、卷十三"无名子榜议"。

25. 嘲蒋蟠金丹。有题注。

《统签》（20/三）：题同，注出《古今诗话》。

按：见《唐摭言》卷十三，"蟠"字作"幡"。

26. 注苗张二进士题名。有题注。

《统签》（10/三）：注出《唐摭言》。

按：见《唐摭言》卷三。

27. 袁州人谑彭伉。有题注。

《统签》（11/三）：题《袁人谑》，注出《唐摭言》。

按：见《唐摭言》卷八。

28. 洛中人语。有题注。

《统签》（12/三）：题《洛人语》，注出《嘉话录》。

按：见《大唐传载》。

29. 嘲毛炳、彭会。有题注。

《统签》（26/三）：题同，注出马令《南唐书》。

按：见《南唐书》卷十五。

30. 右威卫嘲语。有题注。

《统签》（3/三）：题同，注出《南部新书》。

按：事见《因话录》卷五。

31. 南唐伶人献先主词。有题注。

《统签》（50/二）：题《南唐伶人献词》，注出《闻见录》。

32. 闽伶官戏主延政语。有题注。

《统签》（51/二）：题同，注出《闽世家》。

33. 言志。有题注。

《统签》（29/三）：题同，注出《小说》。

按：见南朝梁《殷芸小说》卷六，非唐语。

参考文献

一　参考书目

（汉）毛亨传、（汉）郑玄笺、（唐）孔颖达疏：《毛诗正义》，中华书局
　　1980 年版。

（汉）郑玄注、（唐）贾公彦疏：《周礼注疏》，北京大学出版社 1999
　　年版。

（汉）郑玄注、（唐）贾公彦疏：《仪礼注疏》，北京大学出版社 1999
　　年版。

（汉）郑玄注、（唐）孔颖达疏：《礼记正义》，北京大学出版社 1999
　　年版。

（清）郭庆藩撰：《庄子集释》，《新编诸子集成》（第一辑），中华书局
　　1961 年版。

（汉）司马迁撰、（宋）裴骃集解、（唐）司马贞索隐、（唐）张守节正
　　义：《史记》，中华书局 1959 年版。

（汉）班固撰、（唐）颜师古注：《汉书》，中华书局 1962 年版。

（刘宋）范晔撰、（唐）李贤等注：《后汉书》，中华书局 1965 年版。

（晋）陈寿撰、（刘宋）裴松之注：《三国志》，中华书局 1959 年版。

（唐）房玄龄等撰：《晋书》，中华书局 1974 年版。

（梁）沈约撰：《宋书》，中华书局 1974 年版。

（梁）萧子显撰：《南齐书》，中华书局 1972 年版。

（唐）姚思廉撰：《梁书》，中华书局 1973 年版。

（唐）姚思廉撰：《陈书》，中华书局 1972 年版。

（北齐）魏收撰：《魏书》，中华书局 1974 年版。

（唐）李延寿撰：《南史》，中华书局 1975 年版。

（唐）李延寿撰：《北史》，中华书局 1974 年版。

（唐）魏征等撰：《隋书》，中华书局 1973 年版。

（五代）刘昫等撰：《旧唐书》，中华书局 1975 年版。

（宋）欧阳修、宋祁撰：《新唐书》，中华书局 1975 年版。

（宋）薛居正等撰：《旧五代史》，中华书局 1976 年版。

（宋）欧阳修撰：《新五代史》，中华书局 1974 年版。

（元）脱脱等撰：《宋史》，中华书局 1977 年版。

（宋）钱俨撰：《吴越备史》，文渊阁《四库全书》本。

（宋）陶岳撰：《五代史补》，文渊阁《四库全书》本。

（清）吴任臣：《十国春秋》，中华书局 1983 年版。

（宋）王溥撰：《唐会要》，中华书局 1955 年版。

（宋）司马光编著、（元）胡三省音注：《资治通鉴》，中华书局 1956
年版。

（宋）郑樵撰、王树民点校：《通志二十略》，中华书局 1995 年版。

（唐）徐坚：《初学记》，中华书局 1963 年版。

（唐）欧阳询撰：《艺文类聚》，上海古籍出版社 1982 年版。

（宋）王钦若等编：《册府元龟》，中华书局 1960 年版。

（宋）李昉等编：《太平御览》，中华书局 1960 年版。

（宋）李昉等编：《太平广记》，中华书局 1961 年版。

（宋）曾慥编纂、王汝涛等校注：《类说校注》，福建人民出版社 1996
年版。

（隋）侯白撰，曹林娣、李泉辑注：《启颜录》，上海古籍出版社 1990
年版。

（唐）张鷟撰：《朝野佥载》，中华书局 1979 年版。

（唐）刘肃：《大唐新语》，中华书局 1984 年版。

（唐）刘悚撰：《隋唐嘉话》，中华书局 1979 年版。

（唐）郑处诲：《明皇杂录》，中华书局 1994 年版。

（唐）封演撰：《封氏闻见记校注》，中华书局 2005 年版。

（唐）范摅撰：《云溪友议》，古典文学出版社 1957 年版。

（唐）孟棨撰：《本事诗》，上海古籍出版社 1991 年版。

（唐）姚汝能撰：《安禄山事迹》，中华书局 2006 年版。

（唐）裴庭裕撰：《东观奏记》，中华书局 1994 年版。

（唐）赵璘：《因话录》，上海古籍出版社 1979 年版。

（唐）李肇：《唐国史补》，上海古籍出版社 1979 年版。

（唐）段成式撰：《酉阳杂俎》，中华书局 1981 年版。

（五代）孙光宪撰：《北梦琐言》，中华书局 2002 年版。

（宋）王谠撰：《唐语林校证》，中华书局 2008 年版。

（宋）钱易撰：《南部新书》，中华书局 2002 年版。

（宋）陆游撰：《老学庵笔记》，中华书局 1979 年版。

（宋）文莹撰、杨立扬点校：《玉壶清话》，中华书局 1984 年版。

（宋）文莹撰、郑世刚点校：《湘山野录》，中华书局 1984 年版。

（宋）王楙撰、王文锦点校：《野客丛书》，中华书局 1987 年版。

（宋）龙衮撰：《江南野史》，文渊阁《四库全书》本。

（明）谢肇淛：《五杂俎》，上海书店出版社 2001 年版。

《唐五代笔记小说大观》，上海古籍出版社 2000 年版。

李时人主编：《全唐五代小说》，陕西人民出版社 1998 年版。

（南朝梁）刘勰著、范文澜注：《文心雕龙注》，人民文学出版社 1958
　年版。

李珍华、傅璇琮：《河岳英灵集研究》，中华书局 1992 年版。

（唐）皎然著、李壮鹰校注：《诗式校注》，人民文学出版社 2003 年版。

张伯伟：《全唐五代诗格汇考》，江苏古籍出版社 2002 年版。

王利器：《文镜秘府论校注》，中国社会科学出版社 1983 年版。

（宋）胡仔纂集、廖德明校点：《苕溪渔隐丛话》，人民文学出版社 1962
　年版。

（宋）魏庆之：《诗人玉屑》，上海古籍出版社 1978 年版。

（宋）阮阅编著：《诗话总龟》，人民文学出版社 1987 年版。

（明）胡震亨：《唐音癸签》，上海古籍出版社 1981 年版。

（明）胡应麟：《诗薮》，上海古籍出版社 1979 年版。

（明）杨慎：《升庵诗话笺证》，上海古籍出版社 1987 年版。

（明）高棅：《唐诗品汇》，上海古籍出版社 1993 年版。

（清）翁方纲：《石洲诗话》，人民文学出版社 1981 年版。

（清）王士祯：《香祖笔记》，上海古籍出版社 1982 年版。

（清）何文焕辑：《历代诗话》，中华书局 1981 年版。

丁福保辑：《历代诗话续编》，中华书局 1983 年版。

郭绍虞编选:《清诗话续编》,上海古籍出版社 1983 年版。

逯钦立辑:《先秦汉魏晋南北朝诗》,中华书局 1983 年版。

(陈)徐陵编,(清)吴兆宜注、程琰删补:《玉台新咏笺注》,中华书局 1985 年版。

(梁)萧统撰、(唐)李善注:《文选》,中华书局 1977 年版。

(宋)郭茂倩编:《乐府诗集》,上海古籍出版社 1998 年版。

《全唐诗》,中华书局 1999 年版。

陈尚君辑校:《全唐诗补编》,中华书局 1992 年版。

陈贻焮主编:《增订注释全唐诗》,文化艺术出版社 2001 年版。

《全宋诗订补》,大象出版社 2005 年版。

(明)胡震亨编:《唐音统签》,海南出版社 2000 年版。

(清)严可均校辑:《全上古三代秦汉三国六朝文》,中华书局 1985 年版。

(清)董诰等编:《全唐文》,中华书局 1983 年版。

任半塘:《敦煌歌辞总编》,上海古籍出版社 1987 年版。

(唐)杨炯撰、徐明霞点校:《杨炯集》,中华书局 1980 年版。

(唐)岑参撰、刘开扬笺注:《岑参诗集编年笺注》,巴蜀书社 1995 年版。

(唐)王维撰、陈铁民点校:《王维集校注》,中华书局 1997 年版。

(唐)李白撰、(清)王琦注:《李太白全集》,中华书局 1977 年版。

(唐)杜甫撰、(清)仇兆鳌注:《杜诗详注》,中华书局 1979 年版。

(唐)顾况撰,王启兴、张虹注:《顾况诗注》,上海古籍出版社 1994 年版。

(唐)元稹撰、冀勤点校:《元稹集》,中华书局 1982 年版。

(唐)白居易撰、顾学颉校点:《白居易集》,中华书局 1979 年版。

(唐)张籍撰:《张籍诗集》,中华书局 1959 年版。

(唐)王建:《王建诗集校注》,巴蜀书社 2006 年版。

(唐)罗隐撰、李之亮笺注:《罗隐诗集笺注》,岳麓书社 2001 年版。

项楚校注:《王梵志诗校注》,上海古籍出版社 2010 年版。

项楚校注:《寒山诗注》,中华书局 2000 年版。

(宋)包恢撰:《敝帚稿略》,文渊阁《四库全书》本。

(宋)林希逸撰:《竹溪鬳斋十一稿续集》,文渊阁《四库全书》本。

(宋)林之奇撰:《拙斋文集》,文渊阁《四库全书》本。

（明）沈鲤撰：《亦玉堂稿》，文渊阁《四库全书》本。

（明）李开先：《李开先全集》，文化艺术出版社 2004 年版。

（宋）计有功撰、王仲镛校笺：《唐诗纪事校笺》，中华书局 2007 年版。

（元）辛文房撰、傅璇琮主编：《唐才子传校笺》，中华书局 1987 年版。

曹道衡、沈玉成编撰：《中国文学家大辞典·先秦汉魏晋南北朝卷》，中
　华书局 1996 年版。

周祖譔主编：《中国文学家大辞典·唐五代卷》，中华书局 1992 年版。

《唐代墓志汇编》，上海古籍出版社 1992 年版。

王国维：《王国维经典文存》，上海大学出版社 2003 年版。

陈寅恪：《元白诗笺证稿》，生活·读书·新知三联书店 2001 年版。

林庚：《中国文学简史》，北京大学出版社 1995 年版。

朱光潜：《诗论》，生活·读书·新知三联书店 1998 年版。

周一良：《周一良集》，辽宁教育出版社 1998 年版。

葛晓音：《诗国高潮与盛唐文化》，北京大学出版社 1985 年版。

罗宗强：《隋唐五代文学思想史》，中华书局 2003 年版。

［德］格罗塞：《艺术的起源》，蔡慕晖译，商务印书馆 1984 年版。

钱志熙：《魏晋南北朝诗歌史述》，北京大学出版社 2005 年版。

吴相洲：《唐诗创作与歌诗传唱关系研究》，北京大学出版社 2004 年版。

林继中：《文化建构文学史纲（魏晋—北宋）》，北京大学出版社 2005
　年版。

李定广：《唐末五代乱世文学研究》，中国社会科学出版社 2006 年版。

吴宗国：《唐代科举制度研究》，辽宁大学出版社 1992 年版。

吴同瑞、王文宝、段宝林编：《中国俗文学概论》，北京大学出版社 1997
　年版。

谭帆：《中国雅俗文学思想论集》，中华书局 2006 年版。

中国俗文学学会编：《俗文学论》，黑龙江人民出版社 1987 年版。

叶志良：《大众文化》，上海文艺出版社 2003 年版。

陈望道：《修辞学发凡》，上海教育出版社 2001 年版。

郑振铎：《插图本中国文学史》，人民文学出版社 1957 年版。

郑振铎：《中国俗文学史》，东方出版社 1996 年版。

胡适:《白话文学史》,上海古籍出版社 1999 年版。

卢斯飞、杨东甫:《中国幽默文学史话》,广西教育出版社 1994 年版。

吴丽娱:《唐礼摭遗——中古书仪研究》,商务印书馆 2002 年版。

王重民等编:《敦煌变文集》,人民文学出版社 1957 年版。

陈祚龙:《敦煌学海探珠》,台湾商务印书馆 1979 年版。

陈祚龙:《敦煌资料考屑》,台湾商务印书馆 1979 年版。

张锡厚:《敦煌文学》,上海古籍出版社 1980 年版。

林聪明:《敦煌俗文学研究》,台北私立东吴大学中国学术著作奖助委员
会 1984 年版。

颜廷亮主编:《敦煌文学概论》,甘肃人民出版社 1993 年版。

项楚:《敦煌诗歌导论》,成都巴蜀书社 2001 年版。

徐俊:《敦煌诗集残卷辑考》,中华书局 2000 年版。

赵和平:《敦煌写本书仪研究》,台北新文丰出版公司 1993 年版。

潘重规:《敦煌变文集新书》,台湾中国文化大学中文研究所印行 1984
年版。

郭在贻:《敦煌变文集校议》,岳麓书社 1990 年版。

荣新江:《敦煌学十八讲》,人民文学出版社 2001 年版。

朱凤玉:《敦煌写本〈碎金〉研究》,台北文津出版社 1997 年版。

长沙窑课题组编:《长沙窑》,湖南美术出版社 2004 年版。

长沙窑课题组编:《长沙窑》,紫禁城出版社 1996 年版。

李效伟:《长沙窑珍品新考》,湖南科学技术出版社 1999 年版。

萧湘:《唐诗的弃儿》,中国文联出版公司 2000 年版。

李效伟:《长沙窑——大唐文化辉煌之焦点》,湖南美术出版社 2003
年版。

周世荣主编:《长沙窑作品集》,湖北美术出版社 2004 年版。

刘美观:《解读长沙窑》,文物出版社 2006 年版。

萧湘、李建毛编:《瓷器上的诗文与绘画》,湖南美术出版社 2006 年版。

二 参考论文

俞大纲:《纪〈唐音统签〉》,"国立"中央研究院《历史语言研究所集
刊》第七本第三分册,1937 年。

周绍良：《谈唐代民间文学》，《新建设》1963 年第 1 期。

程毅中：《关于变文的几点探索》，《文学遗产增刊》第 10 辑，1963 年。

徐俊：《敦煌学郎诗作者问题考略》，《文献》1994 年第 2 期。

柴剑虹：《读敦煌学士郎张宗之诗抄札记》，《聂石樵先生七十华诞纪念论文集》，巴蜀书社 1997 年版。

施萍亭：《日本公私收藏敦煌遗书叙录〈一〉——北三井文库所藏敦煌遗书》，《敦煌研究》1993 年第 2 期。

徐俊：《〈庐山远公话〉的篇尾结诗》，《文学遗产》1995 年第 6 期。

荣新江：《英伦所见三种敦煌俗文学作品跋》，《九州岛学刊》1993 年第 5 卷第 4 期。

韩建瓴：《敦煌写本〈古贤集〉研究》，《敦煌语言文学研究》，北京大学出版社 1988 年版。

张金泉：《论敦煌本〈字宝〉》，《敦煌研究》1993 年第 2 期。

葛晓音：《论汉魏三言体的发展及其与七言的关系》，《上海大学学报》2006 年第 3 期。

钱志熙：《从群体诗学到个体诗学——前期诗史发展的一种基本规律》，《文学遗产》2005 年第 2 期。

钱志熙：《从歌谣的体制看"〈风〉诗"的艺术特点——兼论对〈毛诗〉序传解诗系统的正确认识》，《北京大学学报》2005 年第 2 期。

钱志熙：《论绝句体的发生历史和盛唐绝句艺术》，《中国诗歌研究》第 5 辑，中华书局 2008 年版。

钱志熙：《两汉镜铭文本整理及文学分析》，《中华文史论丛》2009 年第 1 期。

赵敏俐：《论班固的〈咏史诗〉与文人五言诗的发展成熟问题——兼评当代五言诗研究中流行的一种错误观点》，《北方论丛》1994 年第 1 期。

孙海：《前后蜀作家考略》，《四川师范大学学报》2006 年第 4 期。

唐雯：《日本汉文古类书〈秘府略〉文献价值研究》，《古籍整理研究学刊》2004 年第 5 期。

吕肖奂：《唐代文人谣谚议》，《四川大学学报》2004 年第 1 期。

赵荣蔚：《论晚唐寒士诗歌的俚俗之风》，《东南大学学报》2007 年第 6 期。

冯先铭：《从两次调查长沙铜官窑所得到的几点收获》，《文物》1960 年第 3 期。

周世荣：《石渚长沙窑出土的瓷器及其有关问题的研究》，《中国古代窑址调查发掘报告集》，文物出版社 1984 年版。

长沙市文化局文物组：《唐代长沙铜官窑调查》，《考古学报》1980 年第4 期。

萧湘：《唐代长沙铜官窑瓷诗内容初探》，《湖南考古辑刊》第 1 辑，岳麓书社 1982 年版。

朱启新：《唐代长沙窑瓷面绘画与题诗》，《故宫文物月刊》第 9 期（总第90 期），1990 年版。

何强：《唐代长沙窑诗词浅议》，《湖南博物馆文集》，湖南省博物馆编，岳麓书社 1991 年版。

傅举有：《唐代铜官窑题诗瓷器》，《典藏艺术杂志》第 16 期，台北典藏杂志社 1994 年版。

周世荣：《长沙窑唐诗录存》，《中国诗学》第五辑，1997 年。

陈尚君：《长沙窑唐诗书后》，《中国诗学》第五辑，1997 年。

徐俊：《唐五代长沙窑瓷器题诗校证——以敦煌吐鲁番写本诗歌参校》，《唐研究》第四卷，北京大学出版社 1998 年版。

蒋寅：《读长沙窑瓷器所题唐俗语诗札记》，《咸宁师专学报》1999 年第19 卷第 4 期。

贺晏然：《唐长沙窑诗文初探》，《南方文物》2005 年第 2 期。

潘军：《诗海遗珠，民俗瑰宝——从长沙窑器表诗文看唐代民间诗歌文化》，《长沙大学学报》2006 年第 6 期。

李建毛：《长沙窑瓷题诗意蕴索史札记》，《南方文物》1998 年第 3 期。

吴顺东：《关于长沙窑诗文瓷的几点认识》，《湖南考古集刊》第 7 集，《求索》，1999 年版。

谢明良：《记黑石号（Batu Hitam）沉船中的中国陶瓷器》，"国立"台湾大学《美术史研究集刊》第 13 期，"国立"台湾大学艺术史研究所印行，2002 年 9 月。

陈忠凯、张婷：《西安碑林新藏唐—宋墓志盖上的挽歌》，李均明主编《出土文献研究》第八辑，上海古籍出版社 2007 年版。

后　记

　　唐诗向以高雅著称，我却研究起它的"俗"来，是标新立异，还是剑走偏锋？自然都不是。本书是在我博士论文的基础上修订而成，回想起当时论文的选题，还有一点小小曲折。

　　初入北大，因导师钱志熙先生赴日本讲学，除通过邮件督促学业外，还拜托葛晓音先生亲自辅导我读书。由于之前自己于乐府诗方面关注较多，故博士论文本打算继续作乐府，但与二位导师商议后，皆认为读书期间还是应该涉猎不同领域，扩大研究视野，丰富知识结构，培养个人独立发现问题的能力。于是，我暂时从乐府研究的思维中脱离出来，开始静下心来读书。

　　唐代笔记小说中有不少被称作"歌"或"谣"的作品，阅读这部分文献时，葛老师建议我可以搜集一下这方面的材料。众所周知，汉魏六朝民歌对中国文人诗的发展产生过巨大影响，而唐代所谓民歌除敦煌曲词外，似乎与此期高水平的文人诗创作之间的关系并不常为人所提及。为了搜集歌谣资料，我又去调查敦煌文献。翻阅敦煌文献时，开始接触到那些流行于民间社会的带有通俗气质的诗歌作品，其中学郎诗的俗体特征十分明显。而在读了徐俊先生《唐五代长沙窑瓷器题诗校证——以敦煌吐鲁番写本诗歌参校》这篇文章后，得以了解长沙窑瓷器题诗这类文献，并知晓部分瓷器题诗与敦煌民间诗歌存在互见情形。而瓷器题诗中的"一双青鸟子"诗，与徐铉《稽神录》所载出土古冢瓶上题诗之重合现象，又令我重新思考这二宗文献之间的微妙关系。笔记小说虽出文人之手，但所记多有当日民间情事，作者或依托故事中人的口吻进行创作，或直接记述民间流传之诗文，故而不少作品（包括徒诗、歌或谣）也具有俗诗性能。想至此，我不禁有一种豁然明朗之感，于是，我的思维开始从歌谣的角度转向民间俗诗，并试图打通笔记小说、敦煌文献与长沙窑瓷器题诗这三宗文献，综合考察它们与唐代民间诗歌文化的关系。待钱老师从日本回来，博士论文的选题也被最终确定下来。就这样，论文选题从乐府，到歌谣，再到现今的俗体诗。经过虽然曲折，其间也曾遭遇困境，但这一经历却极大地开阔了我的学术视野。在博士论文的后记中我曾这样记述：

> 论文写到这里，已是五月下旬。毕业在即，这项研究不得不暂告一段落。回想这几年间，自己一点一滴地收集材料，寻找有关唐代俗体诗的信息、成果；从一篇篇的小文章，最后结集成章节完备、初具规模的论文全稿。作为孕育者的我，内心渴盼我的新生儿是完好的、优秀的，而她的全新面孔和丰富内容也让我一直持有发掘的渴望。为了完成这项研究，我涉猎了敦煌学、民间文学、俗文学、考古学等多项学科。但又深知，就那些领域而言，我所接触到的只是基础入门的知识罢了。

以上就是我研究唐诗"避雅就俗"的原因及经过，对我来说那也是一段极有意义的岁月。

从毕业到现在，五年多时间已悄然而去。其间工作虽然忙碌，但主要还是个人疏懒，这本书稿拖延至今才拿出来。付梓之际，钱老师又仔细审阅全稿，并盛情为序，师恩深重，此生当铭记于心。

论文答辩时，白化文老先生及程郁缀、邓小军、吴相洲、诸葛忆兵、杜晓勤等先生都曾提出修改意见，本次修订时多有吸取，在此向诸位先生深致谢意！

感谢我所供职的中国人民大学国学院，为本书出版提供资金援助。感谢黄朴民教授，几年来对我工作方面的大力支持。我所在的国文教研室，更是一个温馨和睦的小集体，尤其在我休产假的这段日子，劳烦各位老师不少，在此一并致谢！

最后，祝我的家人身体健康，女儿灯灯一生快乐无忧！

梁海燕

2014 年 11 月 26 日于景宜里寓所